KB012445

은 하루

휴머니스트 세계문학 019

악의 길

LA VIA DEL MALE

그라치아 델레다 | 이현경 옮김

차례

일러두기

1. 번역 대본으로는 Grazia Deledda, *La via del male*(Arnoldo Mondadori Editore, 1990)를 사용했다.
2. '원주'를 제외한 나머지 주석은 모두 옮긴이 주다.
3. 본문 중 굵은 글씨는 원서에서 이탤릭체로 강조한 부분이다.

1

피에트로 베누는 로사리오 성당 앞에서 잠시 걸음을 멈추었다.

'이제 겨우 1시가 지났는걸.' 그가 생각했다. '노이나 집에 가는 건 너무 이를지도 몰라. 아마 다들 자고 있을 거야. 그 사람들은 부자니까 낮잠을 즐기겠지.'

잠시 망설이던 그는 누오로시의 끝자락에 있는 동네인 산투술라로 다시 걸어갔다.

9월 초였다. 여전히 뜨거운 햇볕이 아무도 없는 거리에 쟁쟁 내리쬐고 있었다. 돌로 지은 집들 앞에는 들쭉날쭉한 그늘이 길게 드리웠고, 굶주린 개 몇 마리 만이 그 아래를 어슬렁거렸다.

멀리서 들려오는 증기 제분기 소리가 오후의 고요를 깼다.

끽끽대고 덜컹덜컹하는 그 소리는 작열하는 태양 아래의 작은 도시에서 유일하게 살아 있는 소리 같았다.

짧은 그림자를 남기며 걷는 피에트로의 장화 소리가 로사리오 성당에서 묘지로 이어지는 황량한 거리에 잠시 활기를 불어넣었다. 거기서 그는 산투술라 근처로 들어갔다. 잡초로 뒤덮인 작은 밭들, 무화과나무와 아몬드나무 몇 그루와 함께 초라한 퍼걸러●가 드리운 그늘 속에 잠긴 작은 뜰들을 보며 머뭇거렸다. 마침내 걸음을 멈추고 빗자루 위에 간판을 놓아둔 선술집 안으로 들어갔다.

선술집 주인은 토스카나 출신으로 한때 석탄 장수였는데 행실이 좋지 않은 이 동네 여자와 결혼했다. 그 남자는 소매점(그는 누추한 술집을 당당하게 이렇게 불렀다)의 하나밖에 없는 긴 의자에 누워 있다가 손님에게 자리를 내주려 마지못해 일어났다.

주인은 피에트로를 금방 알아보고는 크고 맑으면서도 짓궂어 보이는 눈으로 그를 향해 웃었다.

"어서 와, 피에트로." 순수한 시에나●● 말에 옥에 티처럼 사르데냐 방언이 섞인 이상한 말투로 말했다. "이쪽엔 뭔 볼일이야?"

● 뜰이나 편평한 지붕 위에 나무를 가로와 세로로 얽어놓고 등나무 따위의 덩굴성 식물을 올려 만든 서양식 정자.

●● 이탈리아 토스카나주의 도시.

"뭔 볼일이든 무슨 상관이오! 마실 거나 줘요." 피에트로가 약간 경멸하듯 대꾸했다.

토스카나인은 마실 것을 주면서 늘 웃고 있는 어린아이 같은 눈으로 그를 보았다.

"자네가 어디 가는지 맞춰볼까? 니콜라 노이나네 집에 가는 길이지. 그 집에 들어가 일하고 싶어서. 자네가 우리 집 단골이 되는 건 언제나 환영이야."

"대체 그건 어떻게 알았소?" 피에트로가 물었다.

"그거야…… 마누라한테 들었지. 여자들은 모르는 게 없거든. 아마 자네 사비나에게 들었을 거야……."

사비나가 토스카나인의 아내와 관련 있다는 생각이 들자 피에트로는 약간 눈살을 찌푸렸다. 그러다가 그의 습관인 경멸하는 듯한 몸짓으로 오른쪽에서 왼쪽으로 비스듬히 고개를 저었다. 그는 다시 차분해졌다. 무의식적으로 차분해지기는 했지만 그 안에는 냉소적인 뭔가가 담겨 있었다.

무엇보다 사비나는 **그의** 여자가 아니었다. 마지막 수확 때 그녀를 만났다. 그리고 보름달이 뜬 밤, 타작마당에서 개미들이 조용히 줄을 지어 밀알을 훔쳐 가던 그 밤, 그는 입을 땅에 댄 채 잠이 들었다가 사비나와 결혼하는 꿈을 꾸었다. 사비나는 사랑스러웠다. 하얀 피부에 금발인 앞머리 밑으로 깨끗한 이마가 살짝 보였다. 그녀는 피에트로에게 다정했는데 아마 그를 사랑하고 있을 것이다. 하지만 피에트로는 꿈에서 깨자 그 문제를 해결하는 데 시간을 갖기로 했다. 아직도 그녀에게 호감을 표해야 할지 결정하지 못했다.

"그 사비나라는 여자가 누굽니까?" 그가 적포도주를 마시고 난 빈 잔을 바라보며 물었다.

"이봐, 모르는 체하지 마! 니콜라 노이나 삼촌의 친척이잖아!" 토스카나인이 말했다.

누오로 사람들은 나이 든 사람을 부를 때에만 삼촌이나 이모라는 호칭을 썼는데 토스카나인은 어린아이, 아가씨, 남녀 어른 할 것 없이 누구나 그렇게 불렀다.

"사실, 난 잘 몰라요." 피에트로가 거짓말을 했다. "아, 그 여자가 자기 친척네로 내가 일하러 갈 거라고 말했다는 거죠?"

"몰라. 그냥 내 생각이었어."

"이봐요, 할 일이 되게 없나봐요, 굴러 들어오신 양반." 피에트로가 경멸하듯 다시 말했다. "좋을 대로 생각하쇼. 그런데 내가 정말 니콜라 노이나네로 일하러 들어가고 싶어 한다고 쳐요. 그게 당신하고 무슨 상관이오?"

"아까도 말했지만 난 그러면 좋을 것 같은데."

"그럼 어디 말 좀 해봐요. 노이나 집안사람들은 어떤 사람들이오?"

"누오로 사람인 자네가 타지 사람인 나보다야 훨씬 더 잘 알겠지." 선술집 주인이 방어 자세를 취했다. 그는 깃털 모양으로 자른 종이를 손에 들고 문 옆에 진열된 과일 바구니에서 파리를 쫓았다.

"가까이 사는 타지 사람이 멀리 사는 고향 사람보다 아는 게 더 많지 않소."

선술집 주인이 계속 파리를 쫓으며 수다스러운 여자처럼 이야기를 시작했다.

"노이나 집안은 이 근방의 왕이야. 알잖아. 그 집이 누오로 사람들이기는 하지만 나처럼……."

"무슨 말이오, 젠장? 부인이 누오로의 프린치팔레● 출신인데?"

"부인이야 그렇지만 삼촌은? 어디서 왔는지 누가 알겠어? 본인도 기억 못 하는데. 램프용 기름을 사서 비싼 값으로 되팔던 떠돌이 행상 아버지를 따라 누오로에 왔지 않나."

"돈은 그렇게 버는 거요! 이 포도주에 물 탄 거 아니오?"

피에트로가 크게 소리치며 잔에 남은 포도주 몇 방울을 바닥에 뿌렸다.

그는 자신의 사랑 때문에 본능적으로 미래의 주인을 변호해야 할 필요성을 느꼈다.

"누오로의 술집 중에 우리 집만큼 진한 포도주를 파는 데는 없을걸." 선술집 주인이 말을 이었다. "니콜라 삼촌이 잘 알테니 직접 물어봐……."

"아, 정말, 삼촌이 술을 그렇게 많이 마시오?" 피에트로가 물었다. "지난달에 올리에나에서 돌아오다가 말에서 떨어져 다리가 부러졌을 때 술에 취해 있었다고 하던데."

● 부유하고 품위 있는 집안(원주).

"난 몰라. 아마 여러 가지 포도주를 시음했을 거야! 포도주를 사러 갔었으니까. 다리가 부러진 건 사실이야. 그래서 지금 믿을 만하고 일 잘하는 하인을 찾는 거야. 이제 삼촌이 하던 일을 더 이상 할 수 없게 되었으니까."

"안주인은 어떤 여자요?"

"악마처럼 절대 웃지 않는 여자야. 거만해. 이 지방에서 볼 수 있는 전형적인 프린치팔레 여자지. 포도밭하고 농원, 탄카,● 말과 소를 가지고 있으니 세상이 다 자기 손안에 있다고 생각하는 그런 여자 말이야."

"그런 게 당신에게는 별것 아닌 걸로 보이오? 굴러 들어오신 양반? 그건 그렇고 딸은, 딸은 어때요. 거만하오?"

"마리아 이모? 예쁜 처녀야. 정말 예쁘다니까!" 선술집 주인이 볼을 부풀리며 말했다. "착하고 잘난 체하지 않고 집안일도 잘한다네. 사람들이 그러더라고! 나는 그 여자가 자기 어머니보다 훨씬 더 낫다고 생각해. 그렇기는 한데 두 여자 모두 틀림없이 인색할 거야. 니콜라 삼촌은 그렇게 유쾌하고 돈을 잘 쓰는데 말이야. 어쨌든 두 여자가 니콜라 삼촌을 꽉 쥐고 있지. 그래, 쩝, 불쌍한 니콜라 삼촌!"

"그런 건 나하고 상관없는 일이고." 피에트로가 꽉 쥔 선술집 주인의 주먹을 보며 말했다. "나한테 인색하지만 않으면 그만이지."

● 사르데냐에서 방목을 위해 울타리를 두른 넓은 토지.

"아, 그러니까 진짜 그 집에 가는 거네." 선술집 주인이 하던 일을 멈추고 물었다.

"품삯을 잘 주면, 가보려고. 하녀도 있소?"

"없어. 하인도 하녀도 없어. 전부 다 자기들이 알아서 한다니까. 마리아는 소처럼 일해. 샘에도 가고 빨래도 하고 안뜰과 그 앞쪽 길까지 쓸지. 그런 부자들이 그렇게 하다니 부끄러운 일이야."

"일하는 건 부끄러운 게 아니오. 그리고 조금 전에 당신이 그 사람들은 부자가 아니라고 말하지 않았소?"

"그렇지만 그 사람들은 그렇게 생각해. 가난한 이웃들 속에 사니까 자신들이 부자라고 생각하는 거지. 특히 여자들은 자랄 때 주위에 가난을 벗어나기 힘든 사람들밖에 없었기 때문에 자기들이 여왕이라고 생각한다니까. 게다가 마리아 이모는 거만하다 해도 어느 정도 선이 있고, 그래도 되도록 드러내지 않으려고 하는데 루이사 이모는 말끝마다 자기네는 아무도 필요 없고 부자라고, 집에 먹을 게 가득하고 서랍에는 돈이 잔뜩 쌓여 있다고 자랑해. 두말할 필요가 없는 여자지. 니콜라 삼촌은 그 여자를 **왕실 부인**이라고 부른다니까. 마리아 이모처럼 이웃 여자들과 함께 바람을 쐬러 광장에 나가는 일도 절대 없어. 활짝 열린 대문 옆에, 안뜰에만 그냥 있는 거지. 그러다가 어떤 여자라도 다가가면 얼마나 거드름을 피우는지 봐야 한다니까!"

"아, 그러니까." 피에트로가 생각에 잠겨 문밖을, 뜨겁게 달구어진 거리 쪽을 바라보며 그의 말을 가로막았다. "그러니까 주인은 거만하지 않다는 거군요."

"오, 익살스럽고 말이 많은 사람이야. 그게 전부야. 다른 사람들 놀리길 좋아하고 돈이 있어야 한다는 걸 보여주지. 영리한 사람이라네, 친구!"

"가족들은 화목하오?"

"한 둥지의 새처럼 사이가 좋아." 토스카나인이 말했다. "서로 뜻이 맞아 보여. 게다가 그 사람들은 자기네 일을 남들에게 알리지 않으니까."

"당신은 모르는 게 없군요. 수다스러운 여자들처럼 말이오……." 피에트로가 경멸하듯 말했다.

"무슨 상관이야? 여긴 수다를 떠는 곳인데. 벌들이 벌집으로 몰려들듯 모두 여기로 모여든다니까." 토스카나인이 말했고 그럴듯한 비유에 피에트로는 웃지 않을 수 없었다. "나야 그냥 듣고 있다가 들은 대로 말하는 건데……."

"그럼 궁금한 게 있으면 여기로 오면 되겠구려."

"벌써 그때가 온 것 같은데……."

피에트로는 가죽 벨트에 매단 작은 가방의 단추를 열어 은화 하나를 꺼냈다.

"포도줏값이오. 당신 안사람은 어디 간 거요?"

"백년초 열매 따러 갔네." 토스카나인이 가짜 은화가 아닌지 확인하려고 계산대에 은화를 던져보며 대답했다.

피에트로는 선술집 주인의 아내를 생각했다. 눈이 검고 커다란 아름다운 여자로 그 역시 그녀와 몇 시간을 보낸 적이 있었다. 여러 가지 생각이 꼬리를 물고 이어져서 피에트로는 다시 물었다.

"마리아 노이나에 대해서는 뭐라고들 하오? 정숙하다 하오?"

"말해 뭘 해, 물을 것도 없지!" 선술집 주인이 외쳤다. "니콜라 노이나 삼촌의 딸인데! 정숙함의 거울이지."

"그 거울에게 적어도 사랑하는 남자는 있겠지?"

"천만에, **굉장한 결혼**을 원할걸. 그 여자가……."

"아, 그럼, 우리가 육지에서 구해줘야겠소……." 피에트로가 육지 사람에게 장난스레 말했다.

피에트로는 더 많은 것을 알고 싶었으나 선술집 주인이 나중에 노이나 집안에 대해 자신이 이것저것 물었다고 그 집 사람들에게 전하러 갈까봐 걱정되었다. 그는 자리에서 일어났다.

"다시 만나세, 피에트로. 니콜라 삼촌하고 계약해. 알겠지. 어쨌든 좋은 사람이야. 기다려봐. 그러면 자네가 원하는 걸 얻을 테니."

"조언 고맙소. 하지만 난 그 집에 안 갈 거요." 피에트로가 다시 거짓말을 했다.

말과는 달리 선술집에서 나오자마자 오른쪽으로 방향을 틀어 노이나의 집 근처로 갔다.

실제로 안뜰을 둘러싼 높은 담벼락 안에 조용히 자리 잡은 새하얀 집은 광장 주위와 먼지 나는 거리를 따라 옹기종

기 모인 오두막집들을 거만하게 내려다보고 있는 듯했다. 피에트로는 망설이지 않고 반쯤 열린 빨간 대문을 밀고 안으로 들어갔다.

자갈로 포장된 넓은 안뜰은 바닥이 깨끗하게 정돈되어 있었으며 햇볕에 달구어진 뜰의 오른쪽으로 마구간이자 헛간으로 쓰는 곳에 드리워진 차양이 피에트로의 눈에 들어왔다. 왼쪽에는 화강암 계단이 밖으로 난 하얀 집이 서 있었다. 쇠난간을 휘감은 싱싱한 초롱꽃 다발이 계단에 활기를 주었다.

사르데냐 마차, 낡은 바퀴, 쟁기, 괭이, 멍에 등 여러 농기구가 대칭을 이루듯 여기저기 놓여 있었다.

계단 밑의 문이 열려 있었다. 거기서 조금 떨어진 곳에 다른 문이 하나 더 있었는데 윗부분에 작은 창이 나 있고, 연기로 그은 그 나무 문이 부엌문인 게 분명했다.

피에트로가 그 문 쪽으로 가서 열려 있던 작은 창문에 대고 인사했다.

"뭐 하십니까?"

"들어와요." 키가 작고 뚱뚱한 여자가 즉시 대답했다. 사프란으로 노랗게 물들인 쓰개로 감싼 길고 하얀 얼굴이 차분해 보였다.

피에트로 베누가 문을 밀고 안으로 들어갔다.

"니콜라 삼촌과 이야기하고 싶습니다."

"내가 불러오지요. 앉아요."

피에트로는 불 꺼진 난로 앞에 앉았다. 루이사 이모가 뜰로 나가 느리고 무거운 걸음으로 계단을 올라갔다.

부엌은 사르데냐의 다른 부엌들과 비슷했다. 바닥에 벽돌을 깔아 널찍했고, 갈대를 댄 천장은 연기로 검게 그을었다. 반짝반짝 빛나는 큼직한 구리 냄비와 제빵 도구, 커다란 꼬치, 나무 도마 들이 갈색 벽에 걸려 있었다. 반원형의 커다란 화덕 위에는 실제로 사용하는 작은 화로들이 자리 잡고 있었다. 화로 중 하나에서 작은 구리 커피포트에 담긴 커피가 끓었다.

피에트로는 문 옆에 있던 등받이 없는 의자에 앉아 바느질에 필요한 물건들이 담긴 아스포델 바구니●를 바라보았다. 바구니 안에는 이제 막 만들기 시작한, 사르데냐 전통 문양을 수놓은 여자 블라우스도 있었다. 마리아의 바구니가 틀림없었다. 마리아는 지금 어디 있을까? 피에트로가 그 자리에 앉아 있는 동안 보이지 않은 것으로 보아 골짜기의 개울로 빨래를 하러 갔는지도 몰랐다.

잠시 후, 숨 막히게 더운데도 몸에 꼭 맞는 보디스●●를 입은 루이사 이모가 무표정한 하얀 얼굴에 입을 꽉 다문 채 돌아왔다. 곧이어 한쪽 다리를 저는 남자의 발소리가 뜰에서 들려왔다.

피에트로는 사람 좋아 보이는 분위기에 형형한 눈빛, 밝은

● 백합과에 속하는 아스포델의 꽃줄기로 만드는 누오로 지방의 전통 바구니.

●● 코르셋 위에 입는 여성 옷의 하나. 가슴과 허리가 꼭 맞게 되어 있다.

표정의 니콜라 삼촌을 보자마자 기분이 좋아졌다.

"잘 지내나?" 앉는 부분을 짚으로 엮은 넓은 의자에 다소 불편하게 앉으며 주인이 물었다.

"잘 지내고 있습니다." 피에트로가 대답했다.

니콜라 삼촌은 건강한 다리를 쭉 폈고 잠시 통증을 느낀 듯 살짝 얼굴을 찌푸렸으나 곧 다시 원래의 표정으로 돌아왔다.

루이사 이모는 커피포트를 화로에서 내려놓은 뒤 하얀 양모 실이 잔뜩 감긴 작은 사르데냐 물렛가락을 들고 실을 잣는 일을 계속했다. 루이사 이모는 키가 작고 뚱뚱했지만 사르데냐의 전통 복장을 하고 있어서, 그러니까 불가사의해 보이는 큰 얼굴을 노란 쓰개로 감싸고 가장자리가 초록색인 모직 치마를 입고 있어서 거의 근엄해 보이기까지 했다. 맑고 차가운 두 눈에 입을 꼭 다문 그녀는 이집트 신상 같았다. 남편이 친밀감을 느끼게 한다면 그녀는 종교적인 경외심을 불러일으켰다.

"하인을 구하신다고 알고 있습니다." 피에트로가 길쭉한 검은색 모자를 접었다 폈다 하며 말했다. "괜찮으시다면 제가 오고 싶습니다. 안토니 기수 집에서 일했는데 9월이면 일이 끝납니다. 그래서 괜찮으시면……."

"젊은이." 니콜라 삼촌이 반짝이는 눈으로 피에트로를 뚫어지게 보며 대답했다. "한 가지만 말하고 싶은데 기분 나빠 하지 말게. 자네 평판이 그다지 좋지 않던데……."

피에트로의 회색 눈에서도 빛이 번득였다. 그는 무례하다

할 정도로 니콜라 삼촌의 눈을 똑바로 보았다. 모욕감으로 귀가 빨갛게 달아올랐지만 침착하게 말했다.

"그렇게 알고 계시다면……."

"기분 나쁘게 생각하지 말아요." 루이사 이모가 입을 거의 벌리지 않고 이를 꽉 다문 채 말했다. "그런 소문이 있다는 말이니까. 니콜라가 농담을 한 거예요."

"무슨 소문 말입니까, 루이사 이모? 저에 대해 뭐라고 한단 말입니까? 저는 옳지 않은 일은 한 번도 한 적이 없습니다. 낮에는 일을 하고 밤이면 잠을 잡니다. 주인과 여자와 어린 아이들을 존중합니다. 빵을 먹고 포도주를 마시는 곳을 제집으로 생각합니다. 저는 실오라기 하나 훔쳐본 적이 없습니다. 이런 저에 대해 뭐라고 할 수 있단 말입니까?" 피에트로가 얼굴을 붉히며 물었다.

니콜라 삼촌이 그를 계속 바라보며 웃었다. 불그레한 턱수염과 검은 콧수염 사이로 혈색 좋은 입술과 튼튼한 이가 또렷하게 드러났다.

"아, 사람들은 그냥 자네가 거칠고 화를 잘 낸다고 하더군." 니콜라 삼촌이 크게 말했다. "실제로 지금 화가 난 것 같은데. 지팡이 필요한가?"

니콜라 삼촌이 지팡이를 내밀며 그것으로 누군가를 때리는 시늉을 했다. 피에트로가 웃었다.

"사실입니다." 피에트로가 솔직히 털어놓았다. "제가 어렸을 때 장난꾸러기였던 건 부인하지 않겠습니다. 벽이란 벽은

다 뛰어넘었고 온갖 나무 위로 기어 올라갔으며 친구들을 막대기로 때리기도 했어요. 사나운 말들의 등에 올라타고 달리기도 했고요. 그렇지만 어릴 때는 다 그러지 않습니까? 돌아가신 어머니는 가끔 저를 묶어놓고 집 밖으로 한 발짝도 못 나가게 했습니다. 저는 끈을 이빨로 물어뜯어 끊어낸 뒤 달아나곤 했지요. 하지만 곧 고통을 알게 되었어요. 어머니가 돌아가셨고 조그만 우리 집 지붕이 무너져 내렸습니다. 저는 추위와 배고픔과 온갖 병을, 버려진다는 게 뭔지를 알게 되었지요. 늙으신 숙모 두 분이 저를 도와줬지만 두 분 역시 가난했답니다! 그래서 저는 인생이 뭔지 알게 되었어요. 아, 빌어먹을. 배고픔은 훌륭한 선생입니다! 저는 남의 밑에서 일하기 시작했고 고분고분 말 잘 듣는 법과 일을 배웠지요. 그래서 지금 일하고 있습니다. 집을 다시 수리하고 마차와 황소 두 마리, 개 한 마리만 가질 수 있다면 곧 아내를 얻어서…….”

“이런, 제기랄, 제기랄, 아내를 얻으려면 먹을 게 필요해…….” 니콜라 삼촌이 사르데냐의 오래된 속담을 말했다.

루이사 이모는 실을 자으며 두 사람의 대화에 귀를 기울였다. 오른쪽 입술 주변에 생긴 가느다란 주름이 실룩거렸다.

‘거지들 같으니! 굶어 죽게 생겼어도 장가갈 꿈을 꾼다니까!’ 루이사 이모가 생각했다.

“됐네.” 니콜라 삼촌이 지팡이로 벽난로의 돌을 두드리며 말했다. “이제 일 이야기를 해보세. 서로 조건이 맞는지 봐야지.”

서로 맞았다.

2

피에트로는 9월 15일에 노이나의 집에 일을 하러 들어갔다. 저녁이었다. 구름이 많이 긴 우울한 그날의 기억은 슬픈 꿈처럼 젊은 하인의 마음에 각인되었다.

여자들은 차갑게, 거의 무관심하게 그를 맞았다. 아직 컴컴한 부엌에 들어가서 문 옆 한 귀퉁이에 외투를 걸어놓을 때 서글픈 마음이 들었다.

불을 켠 마리아가 새로 온 하인에게 마실 것을 따라주었다.

"마셔요." 그녀가 날카롭게 피에트로를 보며 말했다.

"모두의 건강을 위하여." 하인이나 가난한 이들이 마시는 그저 그런 품질의 적포도주를 마시며 피에트로도 젊은 여주인을 뚫어지게 보았다.

수려한 두 사람, 전통적인 옷을 입은 하인과 여주인은 아주 가까운 사이처럼 보였다. 두 사람 모두 뛰어난 아름다움의 본보기 같았다. 하지만 엄청난 거리감이 둘을 갈라놓았다.

피에트로는 키가 크고 몸이 유연했다. 그는 오래되어 빛이 바랜 주홍색 상의를 입고 있었다. 두꺼운 파란색 벨벳 안감을 댄 그 상의 위에 소매 없는 양가죽 웃옷을 겹쳐 입었다. 거칠게 무두질한 가죽이지만 몸에 맞게 잘 만들어졌고 가느다란 빨간 실로 장식이 되어 있었다. 입고 있는 작업복이 그다지 깔끔하지는 않아도 세련되고 멋있었다. 윤곽이 깨끗한 구릿빛 얼굴은 갸름해 보였는데 이마를 덮은 곧은 검은 머리와 끝이 뾰족한 검은 콧수염 때문이기도 했다.

커다란 회색 눈은 아주 부드럽고 생기 있게 반짝거려서 숱이 많은 윗눈썹과 거만해 보이는 입술이 만들어내는 거친 표정과 대조되었다.

젊은 여주인도 키가 크고 날렵했다. 칠흑 같은 곱슬머리를 목 부근에서 굵게 땋아 내렸는데 얼굴은 환히 빛났고 갸름하고 검은 눈이 넓지 않은 이마 밑에서 반짝였다. 산호 펜던트가 달린 둥근 귀걸이는 작고 섬세한 귀와 함께 태어난 듯 잘 어울렸다. 그녀는 태양과 관능의 땅에서 태어난 아랍 여인, 달콤하면서도 새콤한 야생의 열매 같은 여인을 상기시켰다.

마리아의 부드러운 코끝과 아랫입술과 턱의 윤곽은 빼어나게 아름다웠다. 웃을 때면 양 볼에 보조개가 파였고 눈가에도 아주 작은 보조개가 생겼다. 그래서 마리아는 자주 웃었다.

그렇기는 하지만 마리아는 피에트로가 마음에 들지 않았고 피에트로도 마찬가지였다.

보디스를 입고 노란 쓰개로 얼굴을 감싼 루이사 이모가 저녁을 준비했다. 니콜라 삼촌은 아직 집에 돌아오지 않았다.

피에트로는 문 뒤의 구석에 앉아서 두 여자를 호기심 어린 눈으로 지켜보았다. 경계하는 눈빛이기도 했다.

"내일 골짜기에 있는 우리 농원에 가야 해요. 어딘지 알아요?" 마리아가 물었다.

"알다마다요." 피에트로가 평상시처럼 경멸하는 듯이 고개를 들며 대답했다.

"농원 옆이 우리 포도밭이라네." 루이사 이모가 돌아보지 않은 채 말했다. "이것도 알겠지."

"알아요, 알아요. 당신네 포도밭을 모르는 사람이 있나요?"

"그렇지. **넓은 골짜기**에서 제일 훌륭한 포도밭이니까." 늙은 여주인이 말했다. "거기엔 우리 돈과 노동력이 들어 있어. 니콜라 노이나가 돈뿐만이 아니라 시간을 다 쏟아부어 포도밭을 일궜으니까. 어쨌든 우리에게 제대로 된 포도밭이 있다는 건 우리도 알고 있지!"

"모두 알고 있지요." 하인이 메아리처럼, 그러나 슬픈 목소리로 대답했다.

"내가 자주 찾아갈게요." 마리아가 피에트로 옆에 병을 내려놓으려고 허리를 숙이며 말했다.

그러더니 그의 앞에 있는 등받이 없는 의자에 보리빵 바구니와 치즈, 감자를 곁들인 고기 한 접시를 내려놓으며 말했다.

"먹어요. 아버지가 오시네요."

조용한 안뜰에 니콜라 삼촌의 절룩이는 발걸음 소리가 울려 퍼졌다. 주인이 온다고 생각하자 피에트로는 기분이 좋아졌다.

"잘 있었나. 잘 왔네." 니콜라 삼촌이 부엌으로 들어오면서 인사했다. "끔찍한 밤이야. 다리가 애 낳는 여자처럼 아파. 자, 우리도 식사를 해야지. 편안히 있어도 되네, 피에트로 베누. 자네는 친한 사람들과 함께 있으니까. 정직하고 쾌활한 사람들 말이야. 그래, 보잘것없지만 쾌활한 사람들이지."

니콜라 삼촌이 식탁보를 깔지 않은 작은 식탁에 앉았다. 두 여자는 바구니를 바닥에 놓고 앉아서 저녁을 먹었다.

대화가 계속되었지만 그다지 활기는 없었다. 피에트로는 저녁을 먹은 뒤 외출을 허락받았다. 약속해놨던 마을 청년들과 만나 누오로 전통 노래를 함께 부를 합창단을 결성해 그들이 사랑하는 여인들의 집 앞으로 갔다.

피에트로도 사비나가 일하는 집의 창문 밑에서 노래를 부르고 싶었다.

내 마음을 훔쳐 간 당신, 금발에……

그 뒤 며칠 동안 피에트로는 농원에서 일하고 포도밭의 포도와 농원에서 자라는 과일들을 지키게 되었다.

미리 말했던 대로 마리아는 거의 매일 골짜기에 왔다. 걸어오거나 말을 타고 왔다. 젊은 하인은 전혀 신경을 쓰지 않는 듯했다. 어떨 때는 그에게 말 한마디 건네지 않았다.

농원 아래쪽으로 흐르는 개울을 따라 얕은 둑을 쌓던 피에트로는 그 위쪽, 여전히 뜨거운 태양이 내리쬐는 포도밭의 포도나무들 사이를 돌아다니는 마리아를 발견했다.

포도밭 위로는 태양에 달구어진 오르토베네산의 하얀 바위들이 솟아 있었다. 눈부신 푸른 하늘을 배경으로 선 바위들 위로 보이는 월계수들은 미동도 하지 않은 채 생각에 잠겨 반대편 지평선을 바라보는 것 같았다.

야생식물들이 계곡을 뒤덮었다. 회녹색의 백년초와 올리브 나무들 사이에서 에메랄드빛 포도 덩굴들이 빛났고 좀사위 질빵●은 반짝이는 유향수를 타고 올라갔다.

언젠가 산에서 떨어졌을지도 모를 바위들이 골짜기와 개울 가 여기저기에서 눈에 띄었다. 개울물은 골짜기 아래쪽의 작 은 밭들로 흘러들었다. 바위들은 담쟁이덩굴과 보랏빛 페리 윙클●●에 뒤덮여 있었다. 겨우 흔적만 남은 오솔길들이 덤불 과 관목 사이로 오르락내리락했다. 골짜기 가장자리에 드넓 게 자리한 백년초들은 경사면을 따라 차츰 위로 올라가며 자 랐다. 서로에게 기댄 채 태어난 두꺼운 백년초 잎들은 노란 꽃과 열매로 장식되어 있었다.

무늬가 있는 소박한 회색 무명 치마에 초록빛 벨벳 보디스 를 입은 마리아는 날렵하고 유연한 걸음걸이로 이리저리 돌 아다녔다. 그녀가 입은 보디스는 부드러운 얼룩처럼 초록색 포도밭과 올리브밭에서 살아 움직였다. 그녀는 몸을 숙여 포 도송이를 살폈다. 한 손을 뻗어 거의 다 익은 포도송이를 만 져보기도 하고 나무 막대로 노란 백년초를 꺾기도 했다.

하지만 백년초처럼 자신의 가시를 숨길 줄 몰랐다. 피에트 로는 그녀가 자신을 무시할 뿐만 아니라 불신한다는 사실을 알아차리고는 곱지 않은 눈으로 그녀를 보았다.

● 미나리아재빗과의 덩굴나무.

●● 협죽도과의 관목.

'나를 감시하러 온 거야.' 피에트로는 생각했다. '내가 자기네 것에 손을 댈까봐 걱정하고 있어. 내 화를 돋우면 어떻게 되는지 따끔하게 가르쳐줘야지. 뺨을 한 대 갈길 테니 두고 봐.'

하지만 마리아는 그를 자극하지 않았다. 가끔 몇 마디 말을 걸며 그에게 계속 일하라는 눈짓을 할 뿐이었다.

그녀는 차갑고 당당했다. 피에트로는 그녀가 끔찍하게 싫어졌다. 빨리 농원에서 떠나 그 위선적인 얼굴과 염탐하는 듯한 눈을 더 이상 보지 않길 바랐다. 그녀의 눈길은 그에게 말없는 굴욕을 안겨주었다.

'**이 사람들**은 하인을 부려본 적이 없는 게 분명해.' 그는 불쾌했고, 오기가 생겨 열심히 일했으며 농원을 지키는 동안 포도에는 손도 대지 않았다.

10월의 어느 날 포도송이에 햇빛이 닿도록 포도나무의 잎을 따고 있을 때 마리아가 피에트로의 곁을 지나가며 말했다.

"왜 포도를 먹지 않지요, 피에트로?"

"아, 그러니까 포도송이 개수까지 다 세어놨군요?" 그는 허리를 구부린 채 그녀를 보기 위해 눈을 들었고 경멸적으로 고개를 저었다.

마리아의 얼굴이 새빨개졌다. 그녀는 속내를 들켰다는 걸 알아차렸지만 영리하게 화제를 바꿨다.

"피에트로." 마리아는 배나무가 한 줄로 길게 늘어선 포도밭 가장자리 쪽을 좀 더 자세히 보기 위해 손차양을 만들며 그를 불렀다. 배나무 잎들은 노랗게 물들었고 주렁주렁 매달린 잘 익은 배들은 햇빛에 금방이라도 녹아버릴 밀랍 같았다.

"내일모레 배를 딸 거예요."

피에트로도 배나무 쪽을 보았다. "마음대로 해요."

"있잖아요. 당신이 내일모레 아침에 배를 따요. 오후에 내가 말을 타고 와서 배를 가져갈 거예요. 네 바구니 정도는 충분히 나오지 않을까요? 내가 두 번 왔다 갔다 하면 돼요."

피에트로가 포도나무 가지 다발을 안고 포도나무들 사이로 멀어지자 마리아가 뒤를 따라왔다.

"배를 수확하다니! 작년에는 다 도둑맞았는데. 올해에는 배를 팔면 적어도 20리라●를 손에 넣을 거예요. 피에트로 당신 생각은 어때요?"

"나요? 모르죠. 배를 팔아본 적이 한 번도 없으니."

"그래요. 작년에는 다 도둑맞았어요. 올해는 당신이 잘 지켜준 덕이에요. 시가 여섯 개를 선물로 줄게요."

"담배 안 피워요." 그가 거의 비웃듯 대답했다.

하지만 그날따라 젊은 여주인이 너무나 솔직하고 착해 보였다. 피에트로는 혹시 자신이 그녀를 괜히 나쁘게 생각한 건 아닌지 자문해야 할 정도였다.

하지만 그가 길게 늘어선 포도나무 끝 쪽에다 포도나무 잎 더미를 집어 던질 때 마리아가 그에게 말했다.

"이봐요, 피에트로. 이렇게 하는 게 좋겠어요. 내일모레 내

● 1861년부터 2002년까지 사용하던 이탈리아의 화폐단위.

가 일찍, 그러니까 오후 2시쯤 올게요. 같이 배를 따고 한 번에 옮기도록 해요."

'아하, 이 여자는 내가 혼자 배를 따다가 다른 곳에 따로 떼어놓을까봐 걱정하는 거로군. 흥! 욕심꾸러기에 음흉하고 사악하기는……'

그런데 갑자기 그녀의 입에서 나온 마법 같은 세 마디에 그의 마음이 환하게 밝아졌다.

"사비나를 부를 거예요."

사비나가 온다, 사비나가 온다, 바라던 대로 마리아가 떠난 뒤에도 피에트로는 그 말을 몇 번이고 되뇌었다.

파리들, 포도 잎사귀에 숨어 있는 벌레들, 개울가의 하얀 포플러를 쪼아대는 딱따구리, 호두나무에서 노래하는 나이팅게일, 살랑살랑 흔들리는 나뭇잎들, 비탈길에 굴러다니는 돌멩이들이 기분 좋은 그 두 마디 말만을 되풀이하는 듯했다.

맑고 고요한 해 질 녘이 되어서야 젊은 하인은 기쁨으로 가슴이 두근거리는 것을 느꼈다. 불같고 까칠한 그의 영혼을 혼탁하게 했던 모든 것이 떠오르는 햇살에 안개가 흩어지듯 사라져버렸다.

'사비나가 온다.'

석양의 마지막 햇빛에 노랗게 물든 관목들 사이로 사비나의 금발이 나타났다가 사라지곤 했다……. 옛 노래의 열정 넘치는 가사들이 멀리 푸른 들판에서, 아직도 옛 방랑 시인의 혼들이 떠도는 바위들 사이에서 메아리쳤다.

짙푸른 해 질 녘의 하늘과 올리브나무들 뒤에 숨은 초승달의 희미한 빛이 뒤섞이고, 포플러와 호두나무 사이로 흐르는 개울물이 일순간 반짝일 때 피에트로는 다시 초막으로 올라갔다. 야트막한 담장에 누워 초막을 둘러싼 산을 하염없이 바라보았다. 나뭇잎 흔들리는 소리도 들리지 않을 정도로 가벼운 바람이 불어왔다. 소리 없는 공기의 떨림으로 포도나무 잎과 올리브나무 잎의 색조가 부드럽게 바뀌었다. 달빛이 나뭇잎들에 진주를 뿌린 듯했다.

귀뚜라미들의 합창이 풀숲에서 울려 퍼졌다. 개울물 흐르는 소리도 들렸다. 골짜기와 산 사이에 걸쳐 있는, 달빛을 받아 하얀 길을 달리는 수레바퀴 소리가 멀리서 들려왔다. 또렷하지 않고 우울하며 언제나 똑같은 그 소리는 젊은 하인의 주위를 한층 고요하고 쓸쓸하게 만들었다. 피에트로는 자기도 모르게 그 시간의 달콤함을 맛보았다. 뜨거운 햇볕 아래 하루 종일 일을 하고 난 뒤 누리는 휴식과 시원함이 부드러운 이불처럼 그의 몸을 감쌌다. 초승달의 희뿌연 달빛과 비슷한, 수증기 같은 무엇인가가 그의 거친 영혼을 적셨다. 그것은 농부의 소박한 꿈, 젊은이의 욕망, 농부 시인이 품은 이미지 같았다.

'사비나가 온다.' 꿈과 욕망과 이미지의 세계가 어슴푸레하고 거대한 둥근 원들을 그리며 넓어졌다. 현재는 미래와 뒤섞였고 격정적인 키스에 대한 뜨거운 갈망은 어느 날 사랑스럽고 상냥한 금발의 아내와 함께 식사를 하리라는 희망과 하나가 되었다.

'그녀가 온다.' 하인은 그녀를 품에 안을 생각에 몸을 떨었다. '그 못된 여자가 가고 우리 둘만 남으면 그녀를 품에 안고 미친 듯이 입을 맞출 거야. 그녀의 입술은 체리처럼 달콤하겠지…….'

뜨거운 욕망이 잦아들자 현실적인 꿈으로 변했다.

'우리는 집과 마차와 황소 두 마리를 갖게 될 거야. 그녀는 빵을 만들고 나는 돈을 더 벌기 위해 **여러 일**을 하러 다닐 거고…….'

달님이 꿈꾸는 피에트로에게 미소를 지었다. 선하면서도 부도덕한 꿈을 꾸는 들녘의 다른 몽상가들에게 짓는 미소 같았다. 아무에게도 눈길을 주지 않은 채 모두에게 짓는 여왕의 미소였다.

다음 날 마리아는 농원에 오지 않았다. 젊은 여주인에게 갑자기 무슨 일이 생겼을지도 모른다는 다소 냉정한 희망을 품자 기운이 나기는 했지만 그래도 피에트로는 불안했다. 그는 큰길까지 올라가 멀리 내다보았다.

백년초가 수북이 담긴 바구니를 든 여자와 아이들, 포도를 잔뜩 실은 수레, 기운 없이 축 처진 작은 말을 탄 올리에나의 농부들이 지나갔다.

'제기랄.' 피에트로는 포도밭으로 돌아가며 생각했다. '그 여자가 오길 기다리긴 이번이 처음인데 안 오잖아. 지옥에나

가버려라!'

　다음 날에도 쓸쓸한 농원에는 사람 그림자도 비치지 않았다. 시간이 흐르면서 피에트로는 보통 때와 달리 안절부절못했다. 두 여자가 올까? 오지 않으려나? 태양이 하늘 한가운데를 지나자 올리브나무들의 그림자가 길어졌다. 바로 그때 노랗게 익은 배들이 주렁주렁한 나무 밑에 묶어둔 개가 작고 빨간 눈으로 길 쪽을 쳐다보며 앞다리를 들고 짖어댔다. 피에트로는 그쪽을 쳐다보기도 전에 알아차렸다.

　마리아와 사비나가 두 명의 유령처럼 말을 달려 내려오는 중이었다. 회색 먼지구름 사이로 오후의 햇살에 발그레하게 달아오른 얼굴들이 나타났고 땀에 젖어 번들거리는 말들은 꼬리로 제 엉덩이를 거세게 때리며 달렸다.

　농원의 철문 앞에 도착한 두 여자가 말에서 내렸다. 여자들은 목을 길게 뻗어 나뭇잎을 뜯어 먹는 말을 끌고 포도밭으로 내려왔다. 피에트로는 당장 두 여자에게 달려가고 싶은 마음이 굴뚝같았지만 움직이지 않았다. 가슴이 두근거렸다. 그는 마리아가 포도밭 가장자리를 지나자마자 일어나서 인사를 했다.

　"피에트로, 별일 없었어요?" 사비나가 말고삐를 힘껏 잡아당기며 소리쳤다. "우리 얼마 만에 만나는 거죠!"

　그가 사비나를 보며 미소를 지었다.

　"자, 이쪽으로." 피에트로는 그녀를 도와 말을 묶고 커다란 갈대 바구니 두 개가 들어 있어 불룩한 자루를 내렸다. 그 사이 마리아는 풀숲에 주둥이를 처박고 온몸을 뒤흔드는 자신의 말을 묶느라 애를 먹고 있었다.

사비나는 새하얀 블라우스에 빨간 벨벳 보디스를 아주 예쁘게 차려입었다. 목에 맨 스카프가 느슨하게 풀어져서 검은색 비단 끈들이 감긴 길고 하얀 목이 드러났다.

사비나의 부드럽고 청순한 아름다움 때문에 마리아의 관능미가 빛을 잃지는 않았다. 어쨌든 사비나는 아름답다기보다 사랑스러웠다. 스카프 사이로 삐져나와 이마를, 때로는 눈을 가리기도 하는 머리카락 때문에 어린 소녀 같은 분위기를 풍겼다.

그녀가 얼마나 좋던지! 피에트로는 약간 가느스름하게 뜬 맑고 나른한 그녀의 눈에 매혹되었다. 사비나는 말을 묶은 뒤 땅에 앉아 신발을 벗었다. 피에트로는 그녀에게서 눈을 떼지 못했고 사비나는 그 사실을 눈치채고 내심 기뻐했다. 하지만 얼굴이 시뻘게지고 땀범벅이 된 마리아가 돌아보더니 화를 내며 소리쳤다.

"피에트로, 넋이 나갔어요? 이리 좀 와서 이 말을 묶어봐요. 미쳐 날뛰는 게 당신을 꼭 닮았네요."

피에트로는 대답도 하지 않고 마리아에게 다가가 말을 묶었다. 그의 얼굴에 어두운 그림자가 졌다. 마리아도 신발을 벗더니 다시 소리를 지르며 하인에게 서두르라고 재촉했다.

"빨리, 빨리, 빨리요. 피에트로 베누, 당신에게는 시간이 넉넉하지만 우린 서둘러야 해요. 빨리요. 대체 무슨 생각을 하는 거죠."

바구니를 든 피에트로가 배나무 위로 올라가서 배를 따기 시작했다. 두 여자는 낮은 가지에서 자기들끼리 눈짓을 하거나 밀면서 웃어댔다. 이따금 펼친 앞치마에는 이미 배가 반쯤 담겨 있었다. 피에트로는 약간 덜 익은 배를 떨어뜨려서 두 여자 앞치마에 있는 다른 배들 사이에서 튀어 오르게 했다.

"이제 나한테 줘요."

"아니, 나한테요."

"계속 너한테만 줬잖아." 마리아가 자기 앞치마를 펼치며 말했다. "피에트로, 이번에는 나 줘요. 조심해요! 자."

"아니, 나한테 줘요." 사비나가 마리아를 밀치며 소리쳤다. "그 위에, 저기 저거요. 봐요, 황금 같아요."

"알았어요. 당신에게 줄게요. 잘 받아요. 가슴에 던질 테니까!" 그가 웃으면서 대답했다. 그러면서도 위를 올려다보는 사비나의 얼굴에서 눈을 떼지 않았다.

피에트로가 던진 잘 익은 배가 사비나의 가슴을 스치고 앞치마에서 튀어 올랐다가 안으로 떨어졌다.

"아." 사비나가 어린아이처럼 깜짝 놀라 소리를 질렀고 그 사이 마리아는 벌써 몸을 숙여 땅에 떨어진 배들을 주웠다. "마리아, 나한테 화내지 마!"

금빛 나뭇잎들 사이에서 피에트로가 아이처럼 웃었다. 잠시 동작을 멈추고서 옥신각신하는 두 친척을 바라보았다.

"네가 나를 밀었잖아……."

"아니, 네가 밀었어. 너 때문에 앞치마 끈이 풀어졌다고."

"피에트로, 누가 밀었어요?" 두 사람 다 위를 올려다보며 물었다.

"글쎄요, 내가 밀었나봐요."

두 여자가 웃었다. 피에트로는 마리아에게 보조개가 있다는 것을 처음 알아차렸다. 얼굴이 빨갛게 달아오른, 볼륨감 있는 상체에 유연한 마리아 옆에 있으니 사비나가 유난히 창백하고 말라 보인다고 생각했다.

"이 나무는 끝났어요." 피에트로가 배나무에서 날렵하게 미끄러져 내려오면서 말했다. 땅에 도착하자 열매가 하나도 남지 않은 배나무를 보며 작별 인사를 했다. "우리 살아 있으면 내년에 보자!"

마리아가 그의 팔에서 바구니를 받아 들고 자루에 배를 쏟아부으러 갔다.

"왜 날 그런 눈으로 보는 거예요?" 피에트로와 눈이 마주치자 사비나가 물었다.

"당신에게 할 말이 조금 있어요." 그가 다른 배나무 몸통을 껴안으며 대답했다.

사비나는 그 말이 무슨 뜻인지 알아들었다. 그녀는 이미 '조금'이라는 대단하고 신비한 말이 무엇인지 알았다. 오래전부터 그 말을 기다렸고 당장이라도 듣고 싶었다. 하지만 마리아가 돌아왔다. 사비나의 창백한 얼굴이 홍조로 물들었다가 금방 사라졌다. 나른한 두 눈이 반짝였고 목소리는 간절한 바람으로 떨렸다.

"지금 말해요, 피에트로……."

"다음번에." 그가 눈짓으로 마리아를 가리키며 나지막이 말했다. "포도 수확 때 올 거죠. 그렇죠?"

그녀는 대답하지 않았지만 피에트로는 배나무 위를 오를 때 하늘로 오르는 기분이 들었다. 그렇다. 사비나는 그를 사랑했다. 그래서 얼굴이 붉어지고 목소리가 떨렸다. 그녀의 두 눈이 그렇게 말했다.

그때부터 두 젊은이는 웃지도 않고 농담을 하거나 대화를 나누지도 않았다. 피에트로는 위쪽에서, 두 친척은 얕은 가지에서 배를 땄다. 어떤 배들은 저절로 떨어졌다. 반짝이는 나뭇잎들 사이로 햇살이 비쳤다. 부드럽게 잘 익은 배는 햇볕에 미지근해지며 향기를 주위로 퍼뜨렸다.

마리아가 다시 대화를 시작해보려 했지만 소용이 없었다. 두 사람은 입을 꾹 다물고 있었다. 다시 창백해진 사비나는 얼굴도 들지 못한 채 떨리는 손을 배나무 잎들 사이에 숨겼다. 다리를 벌려 나뭇가지 두 개를 밟고 서 있는 피에트로는 오후의 따뜻한 햇살이 얼굴에 닿는 것을 느꼈다. 비탈길에서 반짝이며 물결치는 올리브 이파리들이 그의 눈에 반사되는 듯했다.

배 수확이 끝나자 피에트로는 배가 가득 담긴 자루들을 말에 실었다. 두 친척은 신발을 다시 신었다. 마리아는 한 번도 두 사람 곁을 떠나지 않았다. 일부러 그러는 것 같았다. 출발

할 때가 되자 마리아가 말했다.

"농원 한 바퀴 둘러보면 어때, 사비나?"

"좋아." 사비나가 대답했다.

"당신도 함께 갈래요, 피에트로 베누?" 마리아는 발굽으로
땅을 긁어대며 뛰쳐나가려는 말을 잡고 있느라 진땀을 흘리
는 하인을 놀리며 물었다.

"악마가 어슬렁거릴지도 몰라요." 그가 화를 내며 대답했다.

두 여자가 까르르 웃더니 서로의 어깨를 밀치며 햇살이 비
치는 좁은 오솔길을 달려 내려갔다.

피에트로는 이유 없이 슬퍼졌다. 두 여자를 눈으로 좇았다.
웃으며 오솔길을 달려 내려가는 모습을 바라보았다. 곧이어
두 여자는 수풀 사이로 사라졌다가 개울 근처에서 다시 나타
났다. 그녀들이 입은 보디스는 색깔이 고운 꽃 같았다. 마리
아의 낭랑한 웃음소리가 졸졸 흐르는 개울물 소리와 뒤섞였
다. 사비나는 호두나무 아래의 작은 폭포 같은 곳에서 몸을
숙여 세수를 하고 치마 가장자리로 얼굴을 닦았다.

갑자기 그녀가 멀리 피에트로가 있는 곳을 올려다보더니
한 손을 들었다. 그리고 마리아에게 뭐라고 말했다. 두 여자가
웃음을 터뜨렸다. '그래, 내 이야기를 하는 게 틀림없어!' 피에
트로는 생각했다. 어쩌면 하인에게 사랑 고백에 가까운 말을
들었다고 부유한 친척에게 털어놓았는지도 몰랐다. 그래서
둘이 함께 그걸 비웃는 중일 수도 있었다.

그렇다. 사비나는 그를 사랑하지 않았다. 그가 바보같이 속

아 넘어간 것이다. 그녀도 부유한 친척처럼 큰 꿈이 있는 게 틀림없었다. 그런데 그는 가난했고 집은 물론이고 짐마차도, 황소 두 마리도, 심지어 쟁기 하나도 없었다.

그리고 이제 그의 비밀스러운 마음을 알게 된 마리아가 계속 그를 비웃을 것이다.

두 여자가 자신을 놀리고 있는 게 거의 확실해서 피에트로는 화가 나 등을 돌려 멀어져갔다.

"잘 있어요." 사비나가 짐을 실은 말을 비탈길로 끌며 그에게 말했다.

피에트로는 그녀를 보았지만 아무 말도 하지 않았다. 사비나는 몇 번인가 뒤돌아보았다. 큰길에 도착하자 길 가장자리에 박힌 경계석들 쪽에서 얼굴을 보였다. 그런 뒤 산의 바위들을 불타오르게 하는 노을 속으로 두 친척은 배를 실은 말들과 함께 알록달록한 점이 되어 굽잇길로 사라졌다. 피에트로는 그늘진 계곡에 홀로 남았다. 그의 마음에도 그늘 한 자락이 내려앉았다.

'내가 괜히 화를 냈어.' 피에트로는 생각했다. '아니야, 사비나는 나를 비웃은 게 아니었어. 사비나는 나를 사랑해. 하지만 난 가난하지. 가난한 사람은 아픈 사람하고 똑같아. 뭔가에 조금만 부딪쳐도 고통스럽거든. 괜찮아. 상처를 치료할 거야. 사비나는 포도 수확 때 올 거야. 내가 포도를 따게 될 나무들 쪽에서 같이 포도를 따자고 부탁해야지. 포도를 따면서 앞으로, 앞으로 나가다보면 다른 사람들에게서 멀어질 거야.

내가 작은 낫으로 포도송이를 따면 사비나가 그것을 받을 거야. 우리는 많은 이야기를 하겠지. 그러고 나서 사비나가 바구니를 머리에 이게 도와줘야지. 우리는 서로를 바라볼 거야. 사비나에게 키스할 수 있을지도 몰라……. 그래, 예쁘기는 마리아가 더 예쁘지만 사비나가 훨씬 착해.'

'아, **그 여자.**' 잠시 후 이런 생각과 함께 관능적인 외모를 지닌 젊은 여주인의 모습이 다시 떠오르며 충동적인 욕망이 일었다. '그렇게 심술궂다니! 한시도 우리 둘만 놔두지 않잖아! 지금 그 여자가 여기 있으면 좋겠어. 바닥에 쓰러뜨리고 키스하며 입술을 깨물어버릴 텐데. 그래, 독사처럼. 넌 다른 사람들이 사랑하는 걸 원치 않지. 내가 네 친척에게 키스하는 걸 원치 않았어. 자, 너에겐 독이 담긴 키스를, 사비나에게는 달콤한 입맞춤을…… 넌 사악하고 사비나는 착하니까.'

'자, 여기야. 아마 여기일 거야. 여기가 괜찮겠어.' 포도밭 가장자리의 바위 뒤에 있는 일종의 퍼걸러 아래에서 걸음을 멈추며 그는 속으로 크게 말했다. '여기서 키스를 하면 돼…….'

심술궂은 마리아의 모습은 사라지고 포도 넝쿨에 뒤덮인 바위 뒤로 포도 바구니를 머리에 인 금발의 사랑스러운 사비나의 모습만 남았다.

하지만 그사이 밤을 보내기 위해 나뭇잎 속의 둥지로 날아가려던 참새 떼가 포도밭에 내려앉아 꽁지를 떨며 포도를 쪼아 먹었다. 피에트로는 달콤한 사랑의 꿈에서 깨어나 포도밭 쪽으로 달려가며 참새를 쫓기 위해 손뼉을 치고 휘파람을 불었다. 유쾌하게 지저귀며 하늘로 날아오른 참새들은 어스름한 공기 중으로 사라져갔다. 가벼운 바람이 배나무에서 떨어진 이파리들을 포도밭 아래쪽으로, 피에트로의 발밑까지 실어 왔다.

3

정작 사비나는 포도 수확 날 포도밭에 오지 않았다.

"친척은 왜 안 오는 겁니까?" 피에트로가 마리아에게 물었다.

젊은 여주인이 눈을 가느스름하게 뜨고 짓궂게 그를 보더니 고개를 저었다.

"주인이 허락을 안 해줬대요."

마리아는 마카로니를 요리하러 초막으로 올라가다가 오르막길 중간쯤에서 **가시 돋친** 로사●라고 불리는 장밋빛 얼굴의 처녀와 함께 걸음을 멈추었다. 피에트로는 두 사람이 자기 쪽을 가리키며 웃는 것을 보았다.

분노가 뒤섞인 슬픔이 갑작스레 찾아온 열병처럼 그를 덮쳤다. 피에트로는 하루 종일 입을 꾹 다물었고 가끔 몇 마디 던질 때에도 퉁명스럽기 그지없었다. 사비나와 키스하기를 꿈꿨던 바위 옆을 지날 때에는 주먹을 불끈 쥐고 침을 뱉었다.

● '장미'라는 뜻의 이탈리아어.

그래, 여자들은 다 그를 비웃었다. 왜지? 그가 가난하기 때문이다. 좋다. 그는 여자들을 비웃을 테다. 이렇게!

"일을 해요. 빈둥거리면 당신하고 바구니를 발로 차버릴 테니까." 피에트로는 장난스럽게 자신의 뒤를 쫓아다니기만 하고 자신이 따놓은 포도를 바구니에 담는 일은 뒷전인 **가시 돋친** 로사에게 거칠게 말했다.

그녀는 화가 나서 그 자리를 떴고 포도밭이 끝나는 곳에서 소리를 지르기 시작했다.

"발길질하는 망아지는 저쪽에 있는데. 오늘 기분이 안 좋으면 유다처럼 저 무화과나무에 목을 매지 그래요. 어디 말해봐요. 사납기는. 내 신발 끈 필요해요?"

피에트로는 대답하지 않고 작은 낫으로 포도송이 따는 일에만 열중했다.

다른 사람들은 모두 유쾌하게 포도를 수확했다. 젊은 남자들은 아가씨들을 꼬집었고 아가씨들은 웃거나 비명을 질렀다. 매력적인 아랍 여인처럼 예쁜 머리에 똬리를 얹은 아가씨들은 보라색 포도가 가득 든 바구니를 인 채 몸을 꼿꼿하게 세우고 날렵하게 움직였다. 포도밭의 소박한 축제에는 뭔가 이교도적인 분위기가 담겨 있었다. 느끼는 대로 말하는 젊고 건강한 농부들은 뜨거운 열기가 넘치는 흥겨운 분위기에 푹 빠져 있었다. 화창한 날씨와 잘 익은 포도의 달콤함과 욕망을 드러내는 남자들과의 접촉에만 관심이 있는 아가씨들도 마찬가지였다. 피에트로만이 불만스러운 표정으로 멀리 떨어져 있었다. 그리고 아무도 그에게 신경을 쓰지 않았다.

두 청년이 일손을 멈추지 않은 채 즉석에서 경쟁하듯 그 자리에 있는 처녀들의 아름다움을 노래로 표현하기 시작했다. 하지만 차츰 개인적인 말다툼으로 변했다. 노래는 욕설이 되어버렸고 해가 저물 무렵이 되자 경쟁을 벌이던 두 청년은 주먹다짐을 했다. 그제야 피에트로도 빙긋 웃었지만 그 웃음은 거의 잔인해 보일 정도였다. 그는 소들에 멍에를 메워 포도가 가득 실린 수레에 묶고는 개를 풀고 끝이 뾰족한 소몰이용 막대기를 쥐었다.

하얀 안개 기둥이 산 뒤쪽으로, **몬테 비데**의 숲 위로 솟아올랐다. 씁쓸한 포도나무 잎사귀 냄새가 고인 공기 입자에서 피에트로는 습한 기운을 어렴풋이 느꼈다. 한층 깊어진 가을이 지평선을 안개로 뒤덮었고 우울한 석양을 보랏빛으로 물들였다.

큰길 쪽으로 난 조잡한 구리 철문을 지나며 피에트로는 헐벗은 포도밭 쪽을 돌아보지도 않았다. 평온하게 여러 날을 보내며 보잘것없지만 뜨거운 꿈을 수없이 꾸었던 초막에도 눈길조차 주지 않았다.

그는 슬프고 화가 났다. 그날처럼 자신의 가난과 외로운 처지 때문에 비탄에 빠져본 적이 없었다. 사비나가 자신을 사랑하지 않는다는 확신이 들었다. 그게 아니라면 이곳에 왔을 것이다. 지금 이 순간 다른 여자들은 증오스럽기만 했다. 다른 여자들은 모두 경박하거나 어리석거나 남자에게 헤프거나 사악해 보였다. 아무도 그를 좋아하지 않았다. 아무도 그를 좋아해준 적이 없었다. 그는 누나도 누이도 없고 서로 좋아하며 위로를 주고받을 젊은 친척도 없었다. 아무도 없었다. 보잘것없는 삶의 무게에 짓눌려 고부라진 가난한 늙은 숙모 둘밖에는. 말 없는 조그만 유령 같은 숙모들밖에는.

그는 이 세상에서 혼자인 것 같았다. 그의 마음속에 다시 들어와 쌓인 사랑의 감정들은 아무도 따고 싶어 하지 않는 썩은 과일처럼 느껴졌다.

그날 밤 큰 도로는 평상시보다 활기에 넘쳤다. 짐을 가득 실은 수레들이 육중하게 굴러가며 천천히 길을 가로질렀다. 먼지 날리는 길바닥에 소몰이용 막대기를 끌며 노래를 부르는 수레꾼이 수레를 뒤따르거나 앞장섰다.

로사, 당신은 사르데냐의 순례자……

농부들과 마을 여자들이 무리를 지어 수다를 떨며 포도 수확을 마치고 돌아가는 길이었다. 뒤쪽으로 회색 산이 펼쳐져 있었다. 해 질 녘의 흐릿한 안개 속에서 말을 탄 몇몇 노인의 윤곽이 드러났다.

포도나무 이파리, 짓이겨진 포도, 축축한 풀 냄새가 공기 중에 배어 있었다. 수레에 실린 포도들은 희미한 보랏빛을 반사했다. 수레바퀴는 하얀 흙먼지가 덮인 길에 깊은 고랑을 남겼다. 골짜기에서는 벌써 불빛이 몇 개 반짝였고 바위들 위에서, 카파레다 다리 위에 우뚝 솟은 절벽들 사이에서 딸랑이는 방울 소리도 몇 번 들렸다. 길을 잃은 염소의 목에서 울리는 소리였다. 짐을 잔뜩 실은 수레의 바퀴가 단조로우면서도 귀가 먹먹할 정도로 요란하게 움직이는 가운데 수레꾼들의 목소리는 점점 더 커졌다.

쓸쓸하고 차분히 가라앉은 가을 황혼에 본능적으로 깊이 빠져 있던 피에트로만 노래를 부르지 않았다. 그는 앞서가는 수레들이 남긴 고랑을 보았고 눅눅한 공기를 들이마셨으며 골짜기에 퍼지는 감상에 젖은 목소리들을 들었다. 그의 마음은 주변의 하늘과 사물들처럼 더욱 어두워졌다.

보통 때처럼 아무도 그에게 신경을 쓰지 않았다. 이마에 하얀 점이 있는 검은 개 말라페데만이 꼬리와 귀를 축 늘어뜨린 채 몸을 떨었고, 걱정스러운 듯 그와 함께했다. 말라페데는 피에트로가 질질 끌고 가는 소몰이용 막대기가 흙먼지 위에 남긴 자국을 따라갔다. 하지만 이따금 작고 빨간 눈으로 젊은 하인을 쳐다보거나 꼬리를 흔들기도 하고 하품을 하며 조그맣게 짖어댔다.

"왜 그래?" 길의 중간 정도에 이르렀을 때 피에트로가 물었다. "배고파서? 나도 그래. 도착하자마자 저녁을 먹을 거야. 그리고 내일 다시 이곳으로 오는 거야! 어쨌든 지금은 가자. 착하지."

개는 더 크게 짖었다. 기분이 약간 좋아졌는지 귀를 쫑긋 세웠다. 하인과 개가 각자의 방식으로 대화를 나누고 서로를 이해한 게 이번이 처음은 아니었다. 피에트로는 종종 개에게 말했다.

"너하고 나 사이에 무슨 차이가 있겠니? 아무 차이도 없어. 그저 나는 말을 할 줄 아는 개일 뿐이야."

그날 저녁, 피에트로는 생각했다.

'집에 도착해서 밥을 먹고 다시 떠난 뒤 다른 이들의 물건을 지키지. 나와 말라페데는 이를 위해 태어났어. 그 누구도 우리에게 그 이상을 원하지 않아. 누가 우리를 좋아해주겠어? 말라페데는 암캐와 붙었다가도 잠시 후면 다 잊어버리고 말아. 나 역시 토스카나인 선술집 마누라에게 가도 다음 날 그 여자를 만나면 얼굴도 똑바로 못 쳐다봐. 그 여자도 마찬가지고. 개와 하인, 하인과 개. 둘 다 똑같아.'

큰길 아래 샘 근처에서 갑자기 **가시 돋친** 로사가 돌멩이를 집어 말라페데의 등에 던졌다. 개는 아파서 큰 소리로 짖어대며 앞으로 달려 나갔고 잠시 멈추더니 상처를 핥아보려 했다.

걸음을 멈춘 피에트로는 분노로 눈을 번득이며 돌아보았다. "누구야?" 그가 소리를 질렀다.

"나예요." 로사가 대담하게 대답했다.

"아하, 당신이군. 바보 같으니! 어디 가까이 와봐요. 내가 정신을 차리게 해줄 테니. 당신 머리에서 피가 흐르게 해줄 테니까."

그녀가 도발적으로 피에트로에게 다가왔다. "어디 해봐요!"

피에트로는 주먹을 불끈 쥐었다. 그러더니 경멸적으로 고개를 저었다.

"아무것도 아니었어요!" 로사가 말했다. "우리 화해해요. 무슨 일 있어요, 피에트로 베누? 오늘 대체 뭘 먹은 거예요? 당신하고 말라페데, 당신하고 말라페데 말이에요!"

개가 제자리로 달려왔다. 그러자 로사가 개를 쓰다듬으려 했다.

"맙소사, 주인이나 개나 둘 다 꽤 거만하네요! 이거 봐요, 말라페데가 내 얼굴에 대고 짖잖아요. 그래요. 알아요. 당신에게 무슨 일이 있는지, 피에트로 베누. 지금 무슨 생각을 하는지 알아요. 마리아가 말해줬거든요."

"당신이 뭘 아는데? **저 여자가** 당신한테 무슨 말을 해줄 수 있는데?" 그가 경멸하는 말투로 대답했다.

흥분한 로사가 심술궂게 말했다.

"사비나가 오지 않아서 당신 기분이 좋지 않다고 마리아가 그랬어요. 하지만 사비나는 당신을 조롱하고 있어요. 당신만큼 가난하지 않고 거칠지도 않은 청년과 사랑에 빠졌으니까요……. 당신에게 가서 이 말을 전하라고 일러줬어요. 당신을 괴롭히고 화나게 하라고……."

"누가? 사비나가?"

"아니요, 마리아가요."

"누가 그런 여자를 태어나게 했는지 지옥에나 가라!"

"아니, 저주하지 말아요, 피에트로 베누. 마리아는 사비나를 질투해요."

"무엇 때문에?"

"당신 때문이죠, 멍청이!"

로사가 즉석에서 노래를 부르던 두 청년이 주먹질을 하는 것을 보며 포도밭을 떠날 때처럼 웃었다. 피에트로는 같은 마을 처녀의 심술궂은 말이 믿기지 않았다.

이것이 씨앗이었다.

저녁이 되며 점점 안개가 자욱해졌고 분위기도 우울해졌다. 풀이 무성한 밭들 위로 누오로 초입의 집들이 나타났다. 높은 담이 두 개 솟아 있었고 그 사이로 가파르고 지저분한 좁은 길이 이어졌다. 피에트로는 거길 지나가야만 했다.

피곤에 지친 소들은 울지도 않고 무거운 발걸음을 신중하게 내디뎠다. 헐벗은 개구쟁이들이 흔들리는 수레로 달려들었다.

"포도 한 송이만 주세요. 작은 거 한 송이만요!"

"저기 비켜. 저리 비켜." 피에트로가 몽상에서 깨어나 소리쳤다. 개구쟁이들이 바퀴벌레처럼 수레로 기어올랐다.

"빨리 꺼져. 맞기 싫으면." 피에트로가 소몰이용 막대기를 사납게 흔들었고 말라페데도 짖어댔다. 개구쟁이들은 비명을 지르기도 하고 웃기도 하며 담벼락 쪽으로 물러섰다.

저녁 안개에 뒤덮인 가난한 집들 위쪽으로 이어지는 좁은 길 꼭대기에서 별이 하나 반짝였다. 피에트로는 상념에 잠겼다. 그는 사악한 사람들을, 특히 수다를 떠는 여자들을 믿지 않았다. 하지만…… 터무니없게 마리아가…… 됐다, 생각할 필요도 없었다! ……고통스러운 상상을 하면 할수록 그의 마음은 계속 사비나에게로 향했다. 그녀에게만 마음속 비밀을 털어놓을 수 있었다. 자기 자신에게도 내놓기 힘든 그 비밀을.

바보 같으니, 세상천지에 바보 같으니라고! 하, 그래, 다른 애인이 있다고? 좋아. 둘 다 벼락이나 맞아라! 그렇지만…… 블라우스를 입은 날씬하고 가려린 여자가 좁은 길 꼭대기로 지나가고 있었다. 그녀일까? 아, 그녀를 만나 모욕적인 말을 퍼붓는 건 수치스러운 일이었다. 보리타작 마당에서 싹터 포도밭에서 사라진 짧은 꿈은 완전히 끝내야 했다! 하지만 그녀가 아니었다. 우연히 그쪽으로 지나가던 선술집 주인의 아내였다.

"아, 피에트로 베누, 당신이에요? 포도 한 송이 줄래요?"

"당연한 소리를. 열 송이 가져가요, 내 사랑. 가져가요. 더 받아요. 빨리. 저 뒤에 젊은 여주인이 있으니까. 어디서 만날 수 있어요, 프란치스카?"

"난 남편 있는 여자예요." 여자가 말했다. 그리고 앞치마에 포도를 잔뜩 담으며 눈 밑에 검은 그늘이 진 큰 눈으로 피에트로를 보았다. 두 눈은 기운이 없어 보이면서도 뜨겁게 타올랐다.

"오늘 밤에 갈게요." 그가 뜨거운 목소리로 다시 말했다. "더 가져가요. 더. 당신에게 다 줄게. 수레도 포도도 내 마음도……"

"조용히 해요. 저쪽 로사리오 광장에서 니콜라 삼촌이 당신을 기다리고 있어요." 피에트로는 다시 소들을 몰았고 여자는 모습을 감추었다.

실제로 큰 모자를 쓴 니콜라 삼촌이 지팡이를 짚으며 걸어오고 있었다. 길들인 맹수 같은 불그스름한 푸들과 함께였다.

"어서 오게, 피에트로 베누. 오늘 밤엔 즉흥적으로 노래가 저절로 나오겠는걸." 그가 포도 수레를 보며 말했다.

"왜 안 오셨습니까?"

"내 다리가 허락을 하지 않아서라네, 피에트로."

"아하, 삼촌은 삼촌 다리의 하인이군요." 피에트로가 빈정거리듯 말했다. 니콜라 삼촌은 붉은 푸들을 피에트로 쪽으로 몰며 지팡이를 들었다.

"아, 날 비웃는 건가, 젊은이? 보잘것없다고 나를 비웃는 거야? 내가 부자 주인이었다면……."

"아니, 주인님, 주인님은 부자잖아요!"

"주인님, 주인님! 자네와 나 둘 중 진짜 주인이 누군지 따져봐야 한다니까……."

그사이 집에 도착했다. 신이 난 말라페데가 앞으로 달려 나가 발톱으로 대문을 긁으며 짖어댔다.

루이사 이모가 문을 열었다.

"드디어 왔군." 그녀가 쓰개의 끝자락을 어깨 뒤로 넘기며 말했다. "마리아는 어디 있나?"

"포도 수확하던 여자들과 뒤처져서 오고 있어요."

"얼마 되지도 않네." 피에트로가 소의 고삐를 푸는 사이 루이사 이모가 시큰둥한 눈으로 포도 수레를 보며 말했다. "얼마 되지도 않아. 코딱지만큼밖에 안 되는 이런 포도로 먹고 살지 않아도 되니 그나마 다행이지."

노이나 집 안 부엌의 깔개 위에서 짧지만 깊게 잠이 들었다가 깬 피에트로는 돌덩이가 가슴을 짓누르듯 고통스러웠다. 그는 금발의 앞머리에 살짝 가려진 사랑스러운 두 눈을 생각하며 잠에서 깨곤 했었다. 이제는 밝은 희망이 하나도 없었고 어쩌면 영영 없을지도 몰랐다. 계곡의 새벽빛 대신 부엌의 조용한 어둠이 그를 에워쌌다. 날이 희미하게 밝아오면서 창문으로 쓰려고 지붕에 고정시킨 유리기와가 희끄무레하게 빛났다.

조용한 뜰에서 발소리가 들렸다. 누구지? 부잣집 마나님은 일찍 일어나는 법이니까 루이사 이모가 새벽같이 일어난 걸까?

누군가가 문을 살짝 밀었다. 열린 문 사이로 잿빛 안뜰이 얼핏 드러났다.

마리아가 맨발로 조용하게 재빨리 들어왔다.

피에트로는 자는 척했지만 호기심이 생겨 이따금 한쪽 눈을 살며시 뜨고는 젊은 여주인의 움직임을 좇았다. 그녀가 문에 난 작은 창문을 열자 차츰 선명해지는 새벽빛이 부엌 안으로 스며들었다. 마리아는 스카프를 풀고 얼굴을 씻었다. 그리고 스카프를 다시 쓰지 않은 채 블라우스 소매를 팔꿈치까지 걷어 올리고 커피를 준비했다. 시뻘건 숯 위에서 커피포트가 달그락달그락 흔들리는 사이 그녀는 원두를 갈았다. 그리고 그제야 피에트로가 있다는 것을 알아차린 듯했다. 피에트로는 아직 잠에 취해 반쯤 감긴 그녀의 아름다운 눈이 자신을 뚫어지게 바라보는 것을 직감했다. 형언할 수 없이 행복했다. 막연한 기쁨이 서서히 강렬해지더니 뜨거워졌으며 매혹적인 힘을 지니게 되었고 욕망으로 변했다. 피에트로는 혈관의 피가 뜨겁게 끓어오르는 것을 느꼈다. 하지만 자신의 욕망을 알아차리자마자 부끄러워져서 얼굴을 붉히며 눈을 꽉 감아버렸다.

잠시 동안 단조롭게 원두 가는 소리밖에는 들리지 않았다. 그 소리가 그의 머릿속에서 천둥소리처럼 크게 울렸다.

마리아가 가난한 친척을 질투한다고? 좋아. 왜 그러면 안 되는 거지? 전날 황혼 무렵에는, 피곤하고 분노에 차 있을 때는 터무니없어 보였던 그 비밀이 지금은 쓰디쓴 술처럼 그를 취하게 했다. 그의 욕망 속에는 아직 약간의 증오가 담겨 있었다. 공격적인 반항심과 복수에 대한 비밀스러운 갈망도 여전했다. 배를 수확하던 날 처음 느꼈던 욕망보다는 덜 잔인했지만 아직 그런 면이 남아 있었다.

'저 여자는 부자고 야심이 많아.' 그는 눈을 감은 채 생각했다. '당연히 나와 결혼하고 싶어 하지는 않겠지만 사랑하는 건 안 될 거 없잖아? 나는 잘생겼고 튼튼해. 그래, 기억나. 어느 날엔가 저 위 포도밭에서 내 입술을 바라봐서 깜짝 놀랐지. 저 여자는 한 번도 남자와 키스해본 적이 없는 게 틀림없어. 봐, 지금도 나를 보고 있잖아. 내가 일어나서 입을 맞춘다면?'

마리아는 계속 느릿느릿 원두를 갈았다. 커피포트가 덜덜거리고 빨간 숯에서 나는 타닥타닥 소리가 익살스럽게 들려왔다. 그녀가 갑자기 일어나더니 작은 창문으로 다가갔다. 피에트로는 눈을 뜨고 그녀를 보았지만 벌떡 일어나서 그녀에게 달려가 입을 맞출 용기는 나지 않았다.

차츰 장밋빛을 띠는 작은 창문의 햇살 속에서 마리아의 머리는 평상시보다 훨씬 검고 윤이 났다. 느슨하게 풀어놓은 보디스 안의 유연하고 풍만한 상체는 도발적으로 윤곽을 드러냈다. 피에트로는 그녀를 애무하듯 바라보았으나 자신이 품은 욕망과 생각들이 다시 부끄러워졌다. 아, 안 될 일이었다. 피에트로와 그녀 사이의 거리는 뛰어넘을 수 없었다. 그는 가난뱅이에 더러운 하인인 데다 한밤이면 담에 붙어 남의 눈을 피해 선술집 주인의 행실 나쁜 마누라를 만나러 가는 남자였다. 마리아는 아름답고 순결했으며 착하기까지 할 게 틀림없었다. 돈 많고 점잖은 남자에게 딱 맞는 여인이었다.

"일어났어요? 막 깨우려던 참이에요. 일어나요, 피에트로. 할 일이 많아요."

목소리는 차분했지만 명령조였다. 피에트로는 정신 나간 꿈에서 완전히 깼다. 그뿐만 아니라 창피해서 귀가 새빨개졌다.

그는 벌떡 일어나서 깔개를 둘둘 말아 벽에 기대놓았고 세수를 하러 안뜰에 있는 우물로 갔다. 그사이 마리아는 원두 분쇄기를 손으로 쳐서 갈아놓은 커피 가루를 흔든 뒤 물이 끓고 있는 커피포트에 넣었다.

해는 막 떠올랐는데 벌써 안뜰과 지하의 포도주 저장실에 서는 일이 한창이었다. 포도 밟기가 시작되었다. 제일 힘든 일은 젊은 하인 차지였다.

처마 아래, 검은색의 넓고 큰 나무통에 압착기가 놓여 있었 고 그 안에서 팔과 다리를 그대로 드러낸 피에트로가 한 손 으로 벽을 짚고 힘차게 포도를 밟았다. 머리가 천장 대들보에 닿을락 말락 했다. 여자 둘이 잘 고른 포도가 담긴 바구니를 머리에 이고 통 앞에 고정해둔 작은 사다리에 올라가서 압착 기 안에 포도들을 쏟아부었다. 피에트로의 옷과 다소 창백해 보이는 얼굴에도 보라색 얼룩이 생겼다. 눈 주위도 포도즙으 로 둥글게 원을 그린 듯했다. 하지만 그는 유쾌해 보였다. 웃 고 소리쳤으며 이따금 허리를 숙여 안뜰을 유심히 살피기도 했다.

포도가 가득 실린 수레 옆에서 처녀 둘과 어린 청년 하나가 니콜라 삼촌의 도움을 조금씩 받아가며 포도송이를 씻어 버들 고리 바구니에 던졌다. 그러면 여자들이 바구니를 머리에 이 고 압착기에서 포도를 밟는 피에트로의 발에 포도를 쏟았다.

전날 포도밭에서처럼 남자와 여자들이 이야기를 나누며 즐 겁게 웃었다. 그중에도 니콜라 삼촌이 제일 기분 좋아 보였다.

태양이 서서히 뜰을 차지했다. 포도즙 냄새에 모여든 파리 떼와 벌 떼 소리가 요란했다.

가끔씩 니콜라 삼촌이 옆에 있는 아가씨를 꼬집고는 그녀에게 달려드는 벌 떼를 쫓으려던 것이라고 핑계를 댔다. 아가씨는 난리를 치며 루이사 이모를 부르겠다고 위협하다가 깔깔 웃었다.

"손버릇 나쁜 노인네, 그러다 불에 델 수 있어요. 나 좀 가만히 놔둬요……."

"아, 내가 이런 늙은이가 아니라 젊은이였다면 아무리 손버릇이 나빠도 아무 말 안 했을 텐데. 이거 봐. 여기 벌 한 마리가 네 목을 찌르잖아."

"찌르게 내버려두세요, 음흉한 노인네야……. 벌이 꿀을 찾는 거잖아요."

"뭐라고, 벌은 찌르게 내버려두면서 난 꼬집지도 못하게 하는 건가……. 내가 절름발이라? 그건 그렇고……. 봐, 네 친구가 훨씬 더 예쁘다니까!"

"아, 엉큼한 노인네 같으니라고. 이모를 부를 거예요……." 니콜라 삼촌이 다른 아가씨 쪽으로 손을 뻗자 아가씨가 비명을 질렀다.

"여기, 포도요!" 피에트로가 압착기 위에서 몸을 구부리며 소리쳤다. "주인님, 그게 열심히 일하는 겁니까? 주인마님은 뭘 하는 거죠?"

"무슨 말이야? 마누라도 나한테 어쩌지 못한다니까!" 주인이 한숨을 쉬었다.

루이사 이모 대신 마리아가 머리에 노란 스카프를 두르고 가끔씩 밖으로 나왔다. 블라우스와 초록색 보디스가 햇빛에 눈부시게 빛나서 피에트로의 시선을 끌었다.

그는 아름다운 마리아의 얼굴과 환히 웃는 반짝이는 입을 바라보았다. 그러자 순간적으로 얼굴이 확 달아올랐다. 하지만 안뜰이 시끌벅적하기만 하고 일이 느려서, 또 부엌에까지 들어오는 파리 때문에 화가 난 그녀가 이따금 포도 통과 수레 근처로 와서 일을 빨리 하라고 독촉하면 그녀의 말에 빈정거렸다.

"빨리, 서둘러요. 벌써 10시예요. 정오까지 전부 다 끝내지 못하면 내가 매달려서……."

"매달려보지 그래요. 그런데 너무 높은 데 매달리지는 말아요. 다리가 안 보일 테니……."

한번은 그녀가 사다리를 올라가서 통 안을 들여다보았다. 마리아는 눈을 들어 근육질에 하얀 피에트로의 다리를 조용히 바라보았다. 피에트로 역시 위쪽에서 그녀를 내려다보면서 수상한 목소리로 말했다.

"맞아요. 내 다리가 무쇠는 아니에요. 일이 끝나면 난 끝장이에요." 이런 말을 하면서 그는 마음속으로 이상한 기쁨을 느꼈다.

왜지? 그날 젊은 여주인을 보기만 해도 올리에나 포도주를 한잔 마신 것처럼 기분이 좋아졌던 건 그가 그녀를 마음에 품었기 때문일까?

부엌에 있던 루이사 이모는 보디스 끈을 느슨하게 하고 쓰개를 쓴 무표정한 얼굴로 일꾼들의 점심을 준비했다. 감자를 곁들인 양고기 요리였다.

한쪽의 작은 냄비에서는 니콜라 삼촌을 위한 소고기 수프가 끓고 있었다.

'불쌍한 니콜라.' 항상 질투심에 불탔던 루이사 이모가 생각했다. '지금 저렇게 불행하니 니콜라에게 잘해줘야 해. 여자들을 좋아하고, 그 사고가 일어난 뒤로 술을 너무 많이 마시긴 하지만 사실 좋은 남자니까. 측은하게 생각해줘야지. 나도 거만해 보이지만 사실 나쁜 여자는 아니야. 다만…… 나는 세상을 발아래 두는 게 좋다고 생각해. 그러지 않으면 세상이 우리를 짓밟아버릴 테니까.'

'그래.' 그녀는 큰 냄비의 감자를 뒤섞으면서 계속 생각했다. '당당해질 필요가 있어. 당당해질! 우리가 모두 평등하게 태어났을까? 천만에, 모두에게는 각자의 자리가 있어. 부자와 가난한 사람이 있지. 그래, 착하게 살아야 한다는 건 나도 인정해. 하지만 그렇다고 비굴하거나 너무 몸을 낮춰서는 안 돼. 그런데 불쌍한 니콜라는 너무 비굴하다니까. 하긴 니콜라도 부유하게 태어난 건 아니니까. 그래, 부자로, 힘 있는 사람으로 태어나지 못한 건 슬픈 일이야. 항상 비굴하게 살아야 하니까. 우리 마리아도 아버지의 피를 조금 물려받았지. 제

지위에 맞게 당당하게 행동해야 할 필요를 못 느낀다니까. 하지만 아직 젊고 영리하잖아. 아, 마리아는 분명히 결혼을 잘할 거야. 게다가 교육도 받았잖아! 공증인처럼 계산하고 기록할 줄 아는걸. 변호사만큼 아는 게 많아. 그 애가 없으면 읽을 줄도 쓸 줄도 모르는 나와 남편이 뭘 어떻게 하겠어? 그래.' 루이사 노이나는 항상 같은 결론에 도달했다. '마리아는 부자와, 어쩌면 대학을 졸업한 남자와, 아니 대학을 졸업한 부자와 결혼하게 될 거야. 신부 집에 기댈 생각을 하는 남자가 아니라.'

점심이 되자 포도 밟기가 끝났다. 마리아가 부엌 한가운데에 빵이 수북이 담긴 바구니를 내려놓았다. 그리고 바구니 옆에 붉은색 진흙으로 구운 우묵한 그릇들을 늘어놓았고 루이사 이모가 그릇에 감자와 양고기를 담았다. 젊은 주인은 우물가에서 손을 씻는 아가씨들을 불렀다. 니콜라 삼촌도 다리를 절며 베요네●를 둔 곳에 가서 그 안의 더러운 물을 비우고 양동이에 있던 깨끗한 물을 부어 세수를 했다. 그리고 수염에서 물을 뚝뚝 흘리며 부엌으로 들어와 닦고는 식탁 옆에 별도로 마련된 자기 자리에 앉았다. 다른 사람들은 벌써 바구니 주위의 바닥에 둘러앉아 허겁지겁 식사를 하는 중이었는데 음식에서 올라오는 김 때문에 발그레하게 상기된 행복한 얼굴들

● 돌로 만든 물통 위에 올려놓는 우묵한 코르크 그릇. 분수나 샘에서 흐르는 물을 받는 데 사용한다(원주).

이었다.

"맛있게들 들게." 주인장이 다리를 뻗으며 말했다. "여보, 이 수프는 뭐지? 고된 일을 했는데 오늘 같은 날만이라도 다른 사람들과 똑같은 걸 먹어야지. 그 양고기 좀 줘봐요. 맞아, 맞아. 양고기 요리일세, 자네들. 설마 소고기라고 생각하지는 않겠지?"

마리아가 그가 원하던 요리가 담긴 접시를 내밀었다.

"자네들은 튼튼한 이를 가졌으니 여기 이 고기를 씹을 수 있지. 빌어먹을 이 고기는 왜 이렇게 질긴 거야……. 됐네. 그 사람 집에서 일했으면." 그가 어떤 부잣집 남자의 이름을 댔다. "자네들이 훨씬 더 잘 먹을 수 있었을 텐데."

"더 못 먹었을걸요." 루이사 이모가 보디스의 끈을 완전히 풀지도 않은 채 식사를 하며 대답했다. "그만해요. 말도 많지."

젊은이들은 어느 정도 배가 부르자마자 농담을 시작했다. "루이사 이모, 우리에게 100스쿠도⁕만 빌려주시겠어요?" 한 청년이 말했다.

"담보물만 좋다면야." 늙은 여주인이 대답을 하며 농담을 이어갔지만 자세는 흐트러뜨리지 않았다.

"여기 있어요!" 청년이 아가씨 중 몹시 가난한 한 아가씨의 등을 치며 말했다. 모두 웃었다.

"그리고 이 담보만으로 부족하면 우리 집에 있는 보석하고

● 19세기에 유통된 5리라짜리 은화.

은수저 세트를 전부 가져올게요." 그가 대답하며 가난한 아가
씨를 놀렸다.

"건강이 최고의 보석이야. 건강을 담보로 하면 100스쿠도
가 아니라 1000스쿠도도 구할 수 있어." 니콜라 삼촌이 자기
의자에 앉아 젊은이들을 내려다보며 말했다. 사제같이 길게
수염을 기른 모습이 위풍당당하기까지 해서 부엌 안을 압도
했다.

하지만 마리아는 신경질적이었다.

"당연하죠." 그녀가 빈정거렸다. "건강하고 부자인 게 가난
하고 병든 것보다 훨씬 좋잖아요."

"포도주 좀 따라줘라." 그녀의 어머니가 명령했다.

마리아가 일어나서 피에트로에게 포도주를 따랐다.

"무슨 일이죠. 왜 그렇게 기분이 안 좋아요?" 피에트로가 마
리아의 눈을 보며 물었다. 그녀도 그를 보며 예의 그 빈정거
리는 말투로 대답했다.

"배가 부르면 급격하게 기분이 나빠져요……."

"그럼 배고플 때는 두말할 필요도 없겠군요. 아, 그렇지만
당신은 배고픈 게 뭔지 몰라요." 피에트로가 다시 말하더니
포도주를 마셨다. 그리고 포도주 잔 밑바닥에 남아 있는 포도
주 몇 방울을 멀찌감치 털어냈다. 그는 가난해서 배를 곯아야
했던 어린 시절을 떠올렸다.

그날은 포도주를 아끼지 않았다. 마리아가 포도주 병을 들
고 몇 번인가 옆으로 지나가다가 허리를 숙여 하인의 잔에

포도주를 따라주었다. 피에트로는 술을 마셔서 기분이 좋아졌지만 씁쓸하기도 했다. 일을 하고 잡담을 나누는 시간 내내 그가 멀리했던 사비나의 모습이, 금발의 배신자가 조롱하듯 눈앞에 다시 나타났다.

맞다, 그 여자가 피에트로를 조롱했다. 그 역시 그녀를, 마리아를, 다른 여자를 죄다 조롱하고 싶었다. 그렇기는 한데 그가 바보같이 마리아를 사랑하고 있다는 것을 그녀에게 알릴 수만 있다면?

그렇다, 마리아는 그를 쫓아내지 않을 것이다. 그녀는 아주 영리해서 그런 실수를 할 사람이 아니었다. 연민의 눈길만을 원하는 사랑에 빠진 하인을 내쫓지 않을 것이다. 최악의 경우 젊은 여주인은 그를, 그의 바보 같은 열정을 이용해서 더 많은 일을 시킬 수도 있었다. 피에트로는 그녀의 호의와 영리함을 역으로 이용할 수 있을지도 몰랐다.

그리고 그녀를 비웃을 것이다. 여자들은 그를 조롱했다. 그는 여자들을 비웃고 싶었다.

하지만 갑자기 입을 다물었고 얼굴이 어두워졌다. 고개를 잠시 숙였다가 다시 힘차게 들고 술잔을 높이 들었다.

마리아가 포도주 병을 잔에 가까이 댔다.

"난 배고픔이 뭔지 알아요." 이미 반쯤 취한 피에트로가 그녀의 눈을 찾으며 무의식적으로 말했다. 하지만 그녀는 더 이상 그를 보지 않았다.

그 순간부터 그는 무슨 일이 일어났는지 기억나지 않았다.

그저 마리아의 동작 하나하나를 눈으로 좇았다는 생각만 날 뿐이었다. 피에트로는 자신의 혈관 속에서 뜨겁게 타오르는 불 같은 열정을 주인들이 알아차릴까봐 두려웠다. 그러면서도 그녀에게서 눈을 뗄 수가 없었다.

그래서 재빨리 무리를 떠나 부엌문에서 그리 멀지 않은, 안뜰의 한 귀퉁이에 가서 누웠다. 포도주와 오후의 햇살 때문에 온몸이 화끈 달아올랐다. 불같이 뜨거운 머릿속에서 윙윙 소리가 났고 그 소리가 시끄럽게 날아다니는 파리 떼와 벌 떼 소리와 뒤섞였다.

그는 거기서 청년과 아가씨들이 집으로 돌아가고 주인들은 낮잠을 즐기러 자기들 방으로 돌아가는 것을 보았다. 마리아는 부엌에 있었다. 술에 취해 선잠이 들었던 피에트로는 젊은 여주인이 왔다 갔다 하며 부엌을 정리하고 원두를 가는 소리를 들었다. 그 소리를 듣자 키가 크고 매력적인 마리아를 아직도 눈으로 따라다니는 기분이 들었다.

그는 한 여자를 사랑해야 했다. 상처받은 진실한 사랑이 가난한 하녀 사비나의 온화한 모습을 밀어내는 지금, 그의 욕망은 부유하고 젊은 여주인에게로 그를 떠밀었다. 하지만 그런 욕망 속에는 씁쓸하고 복수심에 불타는 뭔가가 담겨 있었다.

'비웃어줄 테다……. 비웃어줄 테다.' 잠이 들며 그가 생각했다.

4

피에트로는 이 주 동안 마을에 머물면서 포도주를 통에 담는 니콜라 삼촌을 돕거나 근처의 밭에서 일했다. 이후 산에 올라갔을 때는 겨울에 사용할 장작들을 준비했다.

사람 없는 밭이나 오르토베네의 숲에서 홀로 외로이 보내는 길고 긴 시간 동안 젊은 여주인 생각이 머리를 떠나지 않았다. 그녀를 사랑하는 것 같지는 않았다. 아무리 마리아가 자신을 좋아한다고 해도 그녀를 생각하면 어리석은 욕망을 감히 마음에 품을 수 없었다. 이따금 그를 사로잡는 계획들, 바보 같은 사랑의 복수 역시 마찬가지였다.

마리아는 남자들이 추근댈 수 있는 여자가 아니었다. 피에트로는 잠시였지만 자신을 향한 그녀의 마음을 착각하고 그녀가 자신을 좋아한다는 생각에 들떠 있던 것을 떠올리며 얼굴을 붉혔다.

이제 마리아는 부유하고 품위 있으며 신분이 높은 여주인으로만 여겨졌다. 환하게 빛나는 날카로운 그녀의 시선은 칼날 같았다.

마리아는 아주 하찮은 일에서조차 웃음을 터뜨리거나 이상하게 심각한 모습을 보였다. 어쨌거나 늘 오만하고 거만한 족속일 뿐이었다. 하지만 피에트로는 바로 그래서 그녀가 좋았다. 가끔은 다른 여자, 가난한 사비나가 다시 생각나기도 했다. 그녀를 다시 만나 설명을 듣고 싶었다. 하지만 이런 양심이 담긴 바람도 사그라졌다. 이 주 동안 피에트로의 마음은 조용했지만 겨울의 대지처럼 휴식을 취하며 충만해졌다.

저녁이면 이따금 니콜라 삼촌이 일찌감치 불을 피운 부엌에 오래 머물며 피에트로에게 술을 권하고 노래를 부르게 했다. 여자들이 지켜보지 않으면 주인과 하인은 실컷 술을 마셨다. 니콜라 삼촌은 즉석에서 자신의 인생에서 기억에 남는 일화들을 이야기했다. 그 역시 가난했고 행운을 찾아 떠돌았으며 사랑을 했고 꿈을 꾸었다.

"가난하든 부자든 항상 웃어야 해. 웃으면 **복이 온다고 하잖나.**" 그가 사르데냐 사투리를 쓰지 않고 말했다. "한번은 신고 있던 신발이 다 떨어져버린 거야. 그래서 생각했지. 주인을 만나기만 하면 신발 한 짝을 벗어서 그 얼굴에 던져버려야겠다고. 그 주인이 누구였는지 알아맞혀봐!"

"루이사 이모의 부친이죠!" 피에트로가 장난스럽게 말했다.

주인이 눈을 반짝이며 그를 보았다.

"자네 귀신 아닌가? 그걸 어떻게 알았나?" 니콜라 삼촌이 하인의 어깨를 지팡이로 가볍게 치며 외쳤다.

"정말인가요?" 피에트로가 깜짝 놀라서 물었다.

"그럼, 정말이지. 하늘에 맹세코 사실이라네."

"그러니까 정말 주인 얼굴에 신발을 던지셨어요?"

"하, 하, 하, 자네 참 영리하군."

피에트로는 니콜라 삼촌이 누구의 얼굴에 신발을 던졌는지 결코 알 수 없었다. 게다가 삼촌은 젊은 시절 이런저런 영웅적인 일들을 했다고 자랑하기 일쑤였고 연애 사건들을 과장하기도 했다. 한번은 성공적인 결혼 생활을 하려고 사랑 없이 루이사 이모와 결혼했다는 암시를 하기도 했다.

"하지만 아내는 날 사랑했지. 아, 그렇다네. 틀림없는 사실이야. 그래, 난 가난했지. 하지만 난 잘생긴 젊은이였어. 내 자랑을 하는 게 아니야."

"아, 지금도 그러세요!" 피에트로가 그를 추켜세웠다.

"이보게, 외모는 결혼 지참금의 반몫을 한다네……." 피에트로는 이러한 대화에서 힘을 얻었다.

'탐욕스러운 솔개 같은 루이사 이모가 없다면…….' 그가 생각했다.

포도주, 따뜻한 불, 반짝이는 구리 냄비와 프라이팬들이 벽마다 셀 수 없이 걸려 있어 주인집의 부를 상기시키는 아늑한 부엌, 이런 것들이 하인을 사랑과 야망에 취하게 했다.

'아, 그래, 매력적인 젊은 아내와 부유하게 살면 얼마나 멋지겠어. 사랑 없는 결혼이 아니라 행복한 결혼을 해야지. 사랑과 재산을 갖는 건 정말 행복한 일이야.'

그는 자주 이런 생각을 했다. '마리아는 누구와 결혼할까? 어떤 남자일까? 아마 신사나 대학을 졸업한 사람이겠지. 어쩌면 누오로의 부자일 수도 있고. 당연히 가난한 남자는 아니겠지. 하인은 말할 것도 없고! 그래도 지금은 마리아가 사랑하는 남자는 없어.'

이런 생각을 하면 피에트로는 더없이 신이 났다. 그리고 무엇보다 자신이 하인이기는 하지만 타지에서 왔거나 니콜라 삼촌처럼 떠돌이가 아니라는 생각을 했다.

'내가 가진 게 조금만 있었더라면!' 그는 갈망했다. '나는 읽고 쓸 줄은 모르지만 현실감각이 있어. 한 재산을 일군 사람들을 수없이 봤지! 하지만 보이는 게 다가 아니야.' 다시 생각을 했다. '돈을 많이 번 사람들은 남의 것을 훔쳤거나 니콜라 삼촌처럼 부유한 여자와 결혼했지. 나도 마리아와 결혼할 수 있으면……'

하지만 이 '부유한 여자'가 마리아 노이나가 될 수는 없을 거라고 스스로에게 말했다. 또한 피에트로는 다른 여자들에겐 별 관심이 없었다. 그래서 습관이 되어버린 경멸적인 몸짓으로 고개를 저었다. 깔개 위에 몸을 펴고 누우며 모자를 접어 귀에 댔다.

그렇게 땅을 갈고 밀을 파종할 시기가 되었다.

피에트로가 경작하고 씨를 뿌려야 할 땅은 마을에서 아주 멀었는데 마레리 계곡 너머 롤로비 근처였다. 롤로비는 누오로에서 가장 황량하고 우울한 고원과 산들 사이의 외딴곳에 자리 잡은 초라한 마을이었다.

젊은 하인은 파종 기간 내내 황소들과 말라페데만 데리고 고원에서 홀로 지내야 했다. 하지만 고독한 생활이 그리 싫지는 않았다. 그는 거기에 길들여져 있었으니까. 게다가 그 무렵 알 수 없는 본능에 떠밀려 그 따뜻한 집에서는 멀어지고

만 싶었다. 그 집에서 그는 온몸의 긴장이 다 풀어졌고 마음은 위험한 꿈을 뒤따르다 길을 잃었다.

출발하기 전 토스카나인의 아내인 프란치스카를 만날지도 모른다는 희망을 품고 선술집에 들렀다. 하지만 천하태평이고 호기심이 많은 데다 남의 말하기를 즐기는 토스카나인밖에 없었다.

"어떻게 지냈나, 피에트로?"

"잘 지냈지요. 마실 것 좀 줘요."

"이런, 갈증이 많이 나는군그래. 그런데 자네 주인들에게도 포도주가 있을 텐데."

"내 주인들은 끌어들이지 마쇼."

"아, 아, 그렇게 편들 거 없네. 그 사람들은 자네 험담을 하지 않으리라 생각하나?"

"하라고 해요. 당신 마누라는 어딨소?"

"빨래하러 갔네. 흠, 자네가 아내를 왜 찾는지 알지." 토스카나인이 어린아이 같은 눈으로 윙크를 하며 말했다. "사비나에게 코르코피카•를 받고 나서 자네가 배필을 찾아달라고 아내에게 부탁한 거지."

"젠장, 지옥에나 떨어지라지." 피에트로는 진심으로 웃으면서 말했다. 이 토스카나인이 정직한 젊은이에게 배우자를 찾아줄 수 있다고 생각할 정도로 자기 아내를 대단하게 여긴다

• 호리병. 청혼에 대한 거절을 뜻한다(원주).

는 게 우스웠다.

"그래, 알지. 자네가 부자 여자와 결혼하고 싶어 한다는 거 말이야. 그저께 밤 니콜라 삼촌이 술에 잔뜩 취해서 그러더군."

"아 그래요. 그런 말을 했다고요?" 피에트로가 고개를 들며 외쳤다. "다른 말은요?"

"그 말 말고는…… 아무 말도 안 했어! 마리아하고 결혼하는 건 어떤가?"

"하, 지금 나 놀려요? 앞으로 다시는 여기에 술 마시러 오지 않을 거요, 굴러 들어오신 양반." 피에트로가 경멸하는 표정으로 벌떡 일어나며 말했다.

그러나 피에트로는 선술집 주인의 농담에 갑자기 기분이 좋아졌다. 그 이유는 알 수 없지만.

집으로 돌아가서 소에 멍에를 메었다. 루이사 이모가 씨앗 이외에도 보리빵과 치즈, 올리브, 감자 등을 넉넉하게 수레에 실었다. 마리아는 적포도주가 가득 든 큰 호리병과 바람 많은 고원의 추운 밤에 사용할 수 있는 침낭을 실어주었다.

"십자고상은 안 줬고? 묵주는?" 니콜라 삼촌이 요란하게 웃으면서 물었다.

"말린 무화과는?"

성물에 대한 농담을 좋아하지 않는 루이사 이모는 입을 꾹 다물었고 마리아는 대문을 활짝 열었다.

"잘 듣게. 롤로비에 도착하면 미사를 드리러 가게. 하지만 예쁜 롤로비 아가씨에게 빠지면 안 되네……."

롤로비의 여자들이 주변 마을에서 가장 가난했기 때문에 다른 때 같으면 피에트로는 이런 농담에 기분이 약간 상했을 텐데 지금은 거의 감동했고 마리아를 제대로 쳐다볼 수도 없었다.

주인이 길까지 그를 배웅 나왔는데 보통 때보다 다리를 더 절었다. 습한 날이었고 니콜라 삼촌의 다리는 용하게도 그 사실을 아는 모양이었다.

"이봐, 피에트로, 피에트로, 건강하다는 건 얼마나 좋은 일인지. 젊다는 건 또 얼마나 좋고! 건강과 젊음을 낭비하지 말게. 알겠지. 주머니 속의 동전처럼 잘 간수하게. 조심히 가고. 뭔가 필요하면 지나가는 나그네에게 말을 전하게. 건조한 곳에 씨앗들을 보관하고 가능한 한 빨리 씨를 뿌리게. 잘 가게나."

'어쩜 저리 사람이 좋지!' 피에트로가 생각했다.

그는 니콜라 삼촌이 아버지처럼 좋아서 거만한 여주인까지도 좋아지려 했다.

깊은 생각에 잠긴 그는 등이 하얀 얼룩으로 뒤덮인 붉은 소를 소몰이용 막대로 이따금 힘껏 찔렀다. 그 얼룩은 아주 특이하고 귀하다는 표시였다. 그러면 붉은 소는 무겁게 걸음을 떼며 속도를 냈다. 말라페데는 다른 소를 재촉하기 위해 짖어 댔다. 그렇게 피에트로는 금세 마레리 계곡으로 내려가는 가파른 오솔길에 도착했다.

날씨가 습하긴 했으나 따뜻했고 하늘은 우윳빛이었다. 수레에 뒤집힌 채 실려 있는 쟁기의 날이 독특한 은빛으로 희미하게 반짝였다.

멀리 안개에 싸인 절벽 가장자리에 자리 잡은 발베르데의 작은 성당이 스라소니 같은 피에트로의 두 눈에 들어왔다. 거기서 조금 더 가자 거친 산들을 배경으로 서 있는 희끄무레한 성 프란체스코 성당도 보였다. 그러니까 성당은 파란 벨벳 깃발 같은 몬테 알보산과, 푸르스름한 물결 같은 안개 속에 회색 바위처럼 우뚝 솟은 몬테 피친누산 사이에 서 있었다.

피에트로는 자신의 어머니가 누오로의 다른 여인네들과 마찬가지로 어린 **성 프란체스코**에 대한 신앙심이 아주 깊었던 것을 떠올렸다. 그에게 남은 믿음은 거의 없지만 성호를 그었다.

그는 하느님과 성인들을 믿었고 미사에 참석했다. 부활절에는 고해성사를 하고 성찬도 받았지만 신앙심이 깊지 않았다. 그는 기도하지 않았고 죽음과 영원에 대해 생각한 적도 없었다. 하지만 근래에 다소 감상적이거나 약간 영적인 상태가 되어서 평소보다 믿음이 더 생겼다.

실제로 어느 날 밤 산 위의 아론추*에서 피에트로는 여자처럼 기도를 하고 싶어졌다.

그의 주변은 은빛 황혼에 물들어가며 정적에 잠겼다. 황량하고 쓸쓸한 곳이었다. 우울한 분위기를 풍기는 풀밭들 아래에 펼쳐진 경사지에는 유향수, 노간주나무, 야생 시스투스 같은 관목이 무성하게 자랐다. 그 나무들의 초록 물결 사이사이

● 경작을 하는 장소(원주).

로 어스름한 저녁 빛에 돌로 만든 괴물 같은 회색과 검은색 바위들이 모습을 드러냈다.

게다가 모든 풍경은 인간이 살지 않는 자연의 신이나 까마득한 옛날에 살았던 은자의 영혼이 지키는 사막 같았다.

피에트로는 바닥에 무릎을 꿇고 성호를 그으며 기도했다. 그는 벽이 없는 성당에 있는 듯한 기분이었다. 지평선과 머나먼 곳에서 보이지 않는 영혼들이 밝힌 촛불 같은 별들이 반짝였다. 노간주나무가 향내를 풍겼다.

피에트로는 자신이 죽어가고 있다는 생각이 들어 두려웠다. 치명적인 병이 그의 몸속에서 자라났고 그는 그 병이 얼마나 위험한지를 전부 알고 있는 듯했다.

'하느님이시여, 프란체스코 성인이시여, 그녀를 제 마음속에서 지워주십시오. 저를 불쌍히 여기시어 그녀를 제 마음속에서 지워주십시오. 그녀는 제게 어울리지 않습니다. 그녀에 대한 욕망으로 저는 미쳐버릴지도 모릅니다……. 하늘에 계신 어머니, 저를 도와주세요. 이 사악한 생각들에서 벗어나게 해주세요.'

기도를 하면서 **그녀**를 생각하자 꿈에서 본 것처럼 실제로 보고 싶다는, 가까이에서 보고 싶다는 열망에 불탔다. 그리고 그의 마음을 알아주듯 반짝이는 별들이 그를 내려다봤다. 그는 어둠의 베일이 드리워진 산들이 안개 속의 계곡을 감싸는 것처럼 두 팔로 그녀를 감싸 안고 싶었다.

그렇다. 그가 떠나오고 난 뒤, 누오로 여자들과 연인들, 그리고 범죄자들이 원하듯 그도 '어린 성 프란체스코'와 친구이자 공범이 되기 위해 성 프란체스코에게 성호를 긋고 인사를 하고 난 뒤, 피에트로의 뇌리에서 젊은 여주인의 모습은 한시도 떠나지 않았다.

마리아에게서 멀어지기만 하면 본능적으로 그녀를 잊을 수 있기를 바랐다. 하지만 오히려 멀어져서, 특히 외로움 탓에 그녀가 다시 그의 마음속에 들어왔고 그 어느 때보다 더 매혹적이고 아름다운 모습을 고스란히 그에게 드러냈다. 피에트로는 자신의 열정과 더 이상 싸울 수 없는 지경에 이르렀다. 야생에서 자라는 어린나무 몸통에 접목을 시킨 것처럼 마리아는 그의 마음속에서 점점 자라고 더욱 커졌다.

하루하루가 지나갔다. 피에트로는 아침부터 밤까지 일했다. 땅을 갈고 관목들을 불태웠다. 유향수의 뿌리를 뽑아내고 쟁기질을 한 뒤 잘 갈아놓은 땅 가장자리에 씨를 뿌렸다.

안개가 자욱한 황혼 녘까지 우울한 풍경을 배경으로 일하는 그의 모습을 볼 수 있었다. 그는 옛날부터 사르데냐의 쟁기를 묵묵히 끌어온 붉은 소의 뒤를 따라 천천히 몇 시간이고 땅을 갈았다. 긴 고랑 끝에 이르면 흰 얼룩이 있는 소의 옆구리를 막대기로 때려 방향을 바꿔 돌아서게 했다. 갈아엎은 축축하고 검은색에 가까운 흙을 밟으며 비탈을 따라 다시 내려갈 때면 피에트로는 소가 달리지 않도록 고삐를 잡아당겼다. 흙에서는 김이 올라오며 풀이 썩는 냄새가 났다.

소들은 힘이 들었는지 숨을 헐떡였다. 커다랗고 슬픈 눈의 붉은 눈꺼풀을 껌뻑이기도 고통스러워 보였고 검은 콧구멍에서는 갈아엎은 땅에서처럼 김이 뿜어져 나왔다.

저녁 무렵의 보랏빛 안개 속에서 키가 큰 하인의 윤곽이 선명하게 드러났다. 어딘지 모를 먼 곳으로 그 경계가 사라지는 거대하고 쓸쓸한 풍경이 주는 외로움 덕분에 젊은 하인은 그 어느 때보다 더 정신을 집중할 수 있었다.

열정은 쟁기로 땅을 갈아엎듯이 그의 마음을 뒤흔들어놓았지만 땅이 그 이유를 묻지 않듯 그 역시 마찬가지였다.

이따금 다시 절망에 사로잡혔지만 더 이상 성 프란체스코나 저세상의 어머니에게 그를 완전히 압도하는 열망에서 자유롭게 해달라고 도움을 청하지 않았다.

아주 드물었지만 목동들이나 말을 탄 동네 사람들, 치즈가 잔뜩 든 바구니를 머리에 이고 손에 닭을 든 여자들이 피에트로가 일하는 밭 옆쪽의 오솔길을 지나가기도 했다.

퉁명스레 주고받는 인사가 잠시나마 외로움을 달래주었지만, 이내 말은 노간주나무 사이에서 사라졌고 여자는 비탈길에 드문드문 서 있는 올리브나무 사이로 멀어져갔다. 그러면 다시 침묵이 내려앉았다.

피에트로는 언제나 형언할 수 없는 쓸쓸한 가을 하늘 아래에서 일하고 꿈을 꾸었다. 하늘은 때로는 분홍빛이 감도는 잿빛 안개에, 느지막이 밝아오는 새벽빛에, 저녁 무렵의 보랏빛 안개에 젖었으며 날씨가 나쁜 날에는 무거운 구름이 낮게 떠다니기도 했다. 그렇게 흐린 날이면 초록색으로 보이기도 하고 불그스름하기도 한 관목들이 습기를 머금고 부풀어 오르는 듯했으며 축축한 바위들은 짙은 회색으로 변하며 한층 서글퍼 보였다.

거의 한 달 동안 그는 땅을 파헤치며 땅에서 승리를 거두었다. 그리고 사랑은 그를 파헤치며 그에게서 승리를 거두었다.

저녁이면 초막으로 돌아가 나뭇잎으로 만든 잠자리에서 마리아가 준 침낭 속으로 들어갔다. 식사를 할 때도 초막으로 올라갔다. 어떤 날은 감자 요리를 해 먹기도 하고 어떤 날은 빵을 구워 올리브유 몇 방울을 떨어뜨려 먹는 것으로 만족하기도 했다. 소들은 비탈에서 풀을 뜯었다. 할 일이 전혀 없는 말라페데는 이따금 재채기를 하다가 바람에 날아가는 나뭇잎만 보아도 짖어댔다.

밤이 되면 이상하게 외로움이 그럭저럭 견딜 만하였고 적어도 낮처럼 그렇게 크고 완전하게 그를 지배하지는 않았다.

다른 농부들이 켜놓은 불빛들이 골짜기에서 반짝였다. 가축들의 목에 맨 방울들이 딸랑거리는 소리도 들렸다. 사람들의 목소리와 개 짖는 소리가 고요한 어둠 속에서 울려 퍼지다가 바람에 실려 갔다.

향기로운 노간주나무로 피운 모닥불이 썰렁한 초막을 환히 비추고 활력을 불어넣듯 한 여인의 모습, 아름다움과 기쁨의 환영이 피에트로의 꿈을 환히 비추고 활력을 불어넣어 주었다.

피에트로는 땅을 다 갈았고 파종도 거의 끝마쳤다. 맑고 투명하며 차가운 겨울이 가을 안개를 흩어놓았다.

며칠 동안 비가 내렸지만 대개는 춥고 건조했다.

오루네산에서 불어오는 북풍이 자신의 커다란 얼음 날개를 퍼덕였다. 피에트로가 주변에 씨를 뿌리면 씨는 바람을 타고 멀리 날아갔고 땅은 언제고 그 씨를 받아주었다.

그의 생각들도 그렇게 사방으로 흩어졌지만 언제고 같은 땅에 떨어지곤 했다.

며칠 전부터 피에트로는 기분이 좋았다. 말라페데에게 다시 말을 걸었고 지난번 무릎을 꿇었던 바위 앞을 지날 때는 미소를 짓기도 했다.

"힘내." 소들에게 말했다. "조금만 있으면 다 끝날 테니. 크리스마스가 다가오고 있어. 그때가 되면 우린 니콜라 삼촌이랑 노래도 부르고 정식으로 술에 취할 거야."

다른 말은 감히 크게 하지 못했다. 하지만 조용히 있기가 힘들어서 큰 소리로 노래를 불렀다. 이따금 누오로 전통 노래들의 합창 부분도 반복해서 불렀다. 고음에서 저음으로, 그리고 중간 음으로 바꿔가며 노래했고 같은 소절을 다시 부르기도 했다. 사비나를 위해 불렀던 바로 그 사랑의 노래들이었는데 지금은 마리아를 향해 날아갔다.

어린아이와도 같은 기쁨에 들떠 있던 그 시간 동안 피에트로는 아직 희망을 품고 있었다. 잘생기고 대담한 하인은 젊은 여주인과 색다르면서도 뜨거운 사랑을 하게 되리라는 희망을 버렸다. 대신 불순한 모든 욕망 그 너머에 있는 미지의 기쁨을 꿈꾸었고 마침내 진실하고 순수한 사랑을 기대하게 되었다.

앞날을 누가 알겠는가? 그는 다시 환상에 빠졌다. 부자가 되는 꿈, 어느 날엔가 그녀의 눈을 올려다보며 그 한 번의 눈길만으로 자신의 마음을 알리는 꿈을 꾸었다.

그러면 또 노래를 불렀고 그의 목소리는 멀리 계곡 너머까지 울려 퍼졌다. 희망을 품은 바로 그 순간 그는 다시 어린아이처럼 순수해지고 마리아를 생각하면 얼굴이 붉어졌는데 그럴 때면 보통 그를 따라다니던 그녀의 뜨거운 이미지도 그 노래를 따라 멀리 자리를 옮겨 아버지의 집으로 돌아갔다.

그렇지만 돌아갈 날이 서서히 다가오자 사랑에 빠진 젊은 이는 다시 현실을 지각했다.

지나가던 농부들이 주인집 소식과 함께 루이사 이모가 보낸 씨앗과 먹을거리들을 전해주었다.

"니콜라 삼촌은 다리 통증이 너무 심해져서 보름이나 자리에 누워 있었어. 그래서 자네를 보러 오지 못했지."

"의사는 뭐라던가요? 의사가 혹시 제대로 치료할 방법을 못 찾을 수도 있습니까?"

"뭐, 당연히 찾고 싶겠지. 게다가 소문대로라면 의사가 마리아와 결혼하고 싶어 한다는군."

"누가요. 의사라고요? 하하하!"

"왜 웃나?"

"우리 젊은 여주인은 의사 따위하고 결혼하지 않을 게 틀림없으니까요."

"그럼 왕자하고나 결혼하겠군그래!"

"아, 그럴 수도 있죠. 아마 부자 목동하고 결혼할 거요. 그게 전부요!"

의사든 목동이든, 아무튼 하인하고는 절대 결혼하지 않을 터였다. 피에트로는 기분이 울적해져서 노래에 실어 보냈던 꿈을 떠올리며 스스로를 비웃었다.

그리고 자신이 품은 열정이 굴욕스러워서 스스로에게 주먹을 날리고 싶었다. 하지만 본인이 마음에 뿌려놓은 사랑의 씨앗을 날아가게 할 수 없었다. 쟁기질한 땅에 뿌린 씨앗을 하나씩 골라내는 게 오히려 더 쉬울 지경이었다.

날씨는 여전히 추웠고 맑거나 구름 낀 날들이 반복되었다. 피에트로가 주인집으로 돌아가 잠을 자려면 아직 하루나 이틀 밤을 더 보내야 했다. 니콜라 삼촌은 또 자신의 이야기를 들려주겠지. 그…… 그는 무엇을 할 수 있을까? 피에트로는 그것을 알지 못했고 생각조차 하지 않았다.

그는 앞으로도 계속 다른 사람들을 위해 일하며 살아갈 것이다.

그렇게 마지막 밤이 찾아왔다.

피에트로는 초막 안으로 들어가기 전 쟁기질해놓은 밭 한가운데의 돌 위에 앉았다. 무릎을 꿇고 가슴이 무릎에 닿을 정도로 몸을 구부린 채 꼼짝하지 않았다. 지금까지의 길고 긴 노동의 피로를 그제야 느끼는 듯했다.

그의 주변 대지도 잠이 든 채 말없이 넉넉한 휴식을 취했다.

해가 졌다. 푸르스름한 큰 구름들이 창백한 하늘에 얼룩처럼 떠 있었다. 피에트로는 무릎을 꿇고 눈을 감은 채 오랫동안 꼼짝하지 않고 앉아 하나의 얼룩이 되어갔다. 피에트로는 그가 앉은 돌과 파도처럼 그를 에워싼 갈색 흙과 하나가 되었다. 그는 잠이 들었다.

피에트로는 갈아놓은 흙 속의 씨앗처럼 오래 잠을 잤다. 그역시 신비하고 거친 땅에 아무렇게나 뿌려졌다가 우연히 싹을 틔우고 변덕스러운 날씨와 운명에 몸을 맡긴 씨앗이었다.

그는 한밤중에 일어나 초막으로 들어갔다. 잿빛 안개가 낀 어둠이 고원과 계곡을 덮치고 해변의 산들까지 내려앉아 있었다. 해변에서는 바다의 포효 같은 거센 바람이 불어왔다. 말라페데는 흘러가는 구름 사이로 한 조각 노란 달이 나타나기만 해도 짖어댔다. 도둑의 사악한 눈이라고 생각해서인지도 몰랐다.

5

마리아는 그 시각 건강한 아가씨답게 깊고 편안하게 잠들어 있었다. 깨어 있었다 해도 피에트로 베누가 뿌린 씨앗만큼도 그를 생각하지 않았을 게 분명했다.

그녀는 피에트로를 유능한 하인이라 생각했지만 그 이상은 아니었다. 건강하고 민첩한 그가 일에 도움을 주었기 때문에 마음에 들었다.

식구들끼리 새 하인 이야기를 자주 했는데 모두 그에게 만족했다. 그러나 젊은 여주인이 피에트로의 마음에서 무슨 일이 일어나고 있는지 조금이라도 눈치챘더라면 수치심에 머리를 쥐어뜯었을지도 모른다.

피에트로가 떠나고 며칠 뒤, 모든 성인의 날 전날에 마리아는 사비나도 있는 자리에서 그의 이야기를 했다.

사비나는 하녀 일을 그만두고 부유한 친척들 집을 다니며 빵과 후식으로 먹을 과자와 케이크, 사파,• 건포도 만드는 일을 도왔다. 살림하는 누오로의 주부라면 누구나 모든 성인의 날에 음식을 준비했다.

마리아는 새벽부터 화덕에 불을 피우고 베이킹파우더, 아몬드, 사과, 꿀을 준비했다. 얼마 지나지 않아 사비나가 왔고 마리아와 루이사 이모가 바닥의 낮은 탁자 주위에 함께 무릎을 꿇고 앉아 밀가루를 반죽했다.

루이사 이모는 힘주어 반죽하느라 땀을 흘렸고 마리아와 사비나는 수다를 떨며 깔깔 웃었다. 그러면서도 머리에 쓴 스카프의 가장자리를 머리 위로 올린 채 손을 쉴 새 없이 앞뒤

• 포도 원액으로 만드는 시럽으로, 사르데냐에서 디저트를 만들 때 사용한다.

로 움직였다.

따스한 온기가 부엌에 퍼졌다. 작은 창문과 지붕에 난 틈들에서 햇살이 스며들었다. 부엌을 가로지르는 빛살을 따라 푸르스름한 먼지가 모습을 드러냈고 벽과 바닥에는 금빛 얼룩이 졌다.

밤새 비가 내리더니 다시 맑은 가을날이 되었다. 노이나네 집 주변은 산뜻하고 말끔해졌으며 그 사이로 서늘한 바람이 불어 기분 좋은 시골 냄새가 퍼져나갔다.

바람에 부러진 가지들이 여기저기 흩어져 있었다. 누런 이끼에 덮인 지붕에서는 연기가 흘러나왔다. 분홍빛을 띤 작은 회색 구름들이 산 쪽으로 몰려가다가 햇살이 물결치는 하늘에서 흩어졌다. 수탉들은 울어댔고 암탉들은 젖은 날개를 퍼덕이며 골목길을 돌아다니다가 흙이나 비에 젖어 반짝이는 돌멩이들을 쪼아댔다. 그러다 부리를 웅덩이에 담그더니 아침 공기를 한껏 들이쉬려는 듯 얼른 고개를 들었다.

귀밑머리를 땋은 올리에나의 여자들이 벌써 건포도와 사과를 팔고 다녔다. 바로크풍의 옷을 입고 신발을 손에 든 채 맨발로 걸어 다니는 모습이 골목을 떠도는 암탉과 흡사했다. 여자들은 가느다란 목소리로 물었다. "건포도 사시겠어요? 무화과는요? 사과 사시겠어요?" 포도 수확이 끝나고 겨울이 가까워졌음을 알리는 소리였다.

마리아와 사비나는 수다를 떨며 웃었다. 특히 마리아가 유쾌하고 밝아 보였다. 금빛이 도는 아름다운 목에서 새의 노래

같은 낭랑한 웃음이 흘러나왔다.

사비나도 농담을 하며 웃었다. 전 주인이 그녀에게 치근덕거리며 그녀를 유혹하기 위해 신발을 한 켤레 주기로 약속했다는 이야기를 들려주었다.

"굉장한데, 정말!"

"기다려봐. 더 이야기해줄 테니. 내가 주인에게 말했어. '그럼 신발을 한번 보여주세요.' 그랬더니, 글쎄, 자기 여편네 신발을 보여주더라니까!" 사비나가 이따금 밀가루로 하얗게 된 손을 들어서 이마로 내려오는 머리카락을 스카프 밑으로 밀어 넣으며 말했다.

두 여자가 너무 웃어서 일이 늦어지면 루이사 이모가 거만해 보이는 작은 입을 열고 엄하게 말했다.

"정숙한 아가씨들은 그런 일을 자랑하지 않는다. 그게 아무리 사실이라도."

"제가 정숙하지 못한 게 뭐 있어요?"

"난 아무것도 모른다. 다만 너처럼 좋은 집안 아가씨는 입을 열기 전에 무슨 말을 할지 먼저 생각해봐야 한다는 건 알아."

"루이사 이모, 제 입은 저도 모르게 열려서 큰일이에요." 엄한 **부잣집 안주인**은 밀방망이로 두 여자를 위협했다. "당장 그만두지 않으면 때려줄 테다!"

하지만 그녀들은 웃음을 멈추지 않았다. 이따금 마리아가 재빨리 일어나서 냄비의 물이 끓는지 살펴보고 긴 막대기로 화덕의 불길을 돋우었다.

세 여자가 조그만 과자와 케이크를 만들려고 사파를 넣은 밀가루를 반죽하는 동안 니콜라 삼촌이 들어왔다. 평소처럼 브랜디 한잔을 마시러 선술집에 갔던 삼촌이 흥미로운 소식을 가져왔다.

　"저 아래 큰길에서 병자성사를 하러 가는 신부님을 보았어. 사람들에게 성사 받을 이가 누군지 물었더니 토니아 베누 이모라고 하더라고."

　"피에트로의 숙모신데!" 사파에 물든 노란 손을 들며 사비나가 크게 말했다. "그런데 피에트로는 아무것도 모르나요?"

　"안다고 해도 뭐 그리 대수로운 일이라고 생각하겠니?" 니콜라 삼촌이 사비나를 보며 말하다가 다시 화덕 앞으로 돌아섰다.

　"아, 그 숙모가 돈이 좀 있다고 하던데요!"

　"정말이야?" 마리아가 물었다.

　"바보 같은 소리 마라." 니콜라 삼촌이 소리를 질렀다. "남 말 하기 좋아하는 여자들이 지어낸 이야기야."

　"토니아 이모 남편은 모르는 사람이 없는 도둑이었지. 감옥에서 죽었어." 루이사 이모가 주장했다. "금화가 한가득 담긴 통을 아내에게 남겼다고 하던데."

　"여자들은!" 니콜라 삼촌이 지팡이로 화덕을 두드리며 말했다. "다 근거 없는 이야기야! 그 가여운 노파에게는 쓰러져 가는 집 한 채하고 유향수 두 그루가 심어진 손바닥만 한 땅뙈기밖에 없어."

"어쨌든 상속자는 피에트로가 되겠는데요!" 사비나가 밝은 얼굴로 말했다.

"그러니까 좋은 일이네!" 마리아가 의미심장하게 웃으며 사비나에게 소곤거렸다.

사비나는 약간 당황해서 팔꿈치로 마리아를 쳤다.

"조용히 해!"

"피에트로! 피에트로라고! 천만에! 어쩌면 쓰레기 같을지도 모를 다른 조카들은 어쩌고?" 니콜라 삼촌이 큰 소리로 말하며 화덕의 불을 쑤시려 몸을 숙였다. "게다가 피에트로가 상속을 거부할지도 모르고. 도둑의 유산이잖아! 피에트로는 정직해!"

"그렇지만 남의 집 일을 하지 않을 때는 숙모와 사는걸요." 마리아가 말했다. "화덕 불 좀 그냥 두세요, 아버지. 연기가 전부 밖으로 나오잖아요."

사비나는 니콜라 삼촌이 당황하는 자신의 모습을 알아차릴까 겁이 나서 입도 뻥긋하지 못했다. 그렇다. 포도밭에서 잠깐 대화를 나눈 뒤 그는 그녀에게 눈길도 주지 않고 거의 무시하다시피 했지만 사비나는 여전히 피에트로를 사랑했다.

그러나 앞날을 누가 알겠나? 피에트로가 작은 집과 약간의 땅이라도 상속받으면 결혼을 생각할지도 모른다. 사비나는 희망을 품었다.

니콜라 삼촌은 의자를 가져다 화덕 앞에 놓고 앉아서 마리아가 하지 말라고 해도 이따금 불을 쑤셨다. 특히 그는 남자들이 뜨개질이나 하는 슬픈 '그곳에서' 20년 전에 죽은 늙은 도둑인 토니아 베누 이모의 남편 이야기를 들려주었다.

"맞아, 유명한 도둑이었지. 그자의 영혼은 지옥에서도 받아주지를 않아서 지금 다른 사악한 일곱 사제의 영혼들과 함께 세상을 떠돌고 있지. 그러다가 때때로 순진무구한 사람들의 몸속으로 스며들기도 해. 한번은 귀신 들린 아이의 입을 통해 자신의 영혼을 구원하려면 백 번의 미사를 거행하고 백 번의 종교 행렬을 해야 한다고 말했단다. 그건 그렇고, 땅 주인이나 목동들에게는 정말 교활하고 무시무시한 도둑이었지. 일단 그자의 눈에 들어오면 다 그자 거였으니까.

그 도둑놈이 양 떼 옆을 지날 때면 어떤 양이 제일 큰지를 먼저 살폈지. 다음 날 보면 꼭 그 양이 사라지고 없었지 뭐냐. 꼭 눈으로 도둑질을 하는 것 같았어. 한번은 양 우리 옆으로 지나가다가 에스파냐 품종의 몸집이 큰 검은 양을 발견한 거야. 목동도 그자를 보았고 도둑의 마수에서 구하려고 검은 양을 잡아 배를 가르고 초막 안에 매달아두었지. 그런데도 도둑은 그걸 훔쳐 갈 방법을 찾아냈단다."

"그런 포악한 도둑놈의 친척이라서 피에트로의 평판이 좋지 않은 거예요." 반죽과 건포도로 과자와 케이크를 만드느라 여념이 없는 루이사 이모가 말했다. 이모는 반죽을 치대며 반지, 체스 말, 피라미드, 십자가, 심지어 사제의 모자에 이르기까지 이상한 모양들을 만들어냈다.

니콜라 삼촌이 화를 내며 지팡이로 화덕을 쳤다.

"감히 피에트로 베누를 험담할 사람이 있으면 내 앞으로 나와보라고 해. 할 수 있으면 앞으로 나오라고. 배짱이 있으면 나와보라고 해! 나와보라니까. 이 자리에서 내가 이 지팡이로 대답을 해줄 테니."

그러더니 자기 하인을 험담하는 사람들을 한 대 칠 모양새로 지팡이를 꽉 쥐었다.

해가 질 무렵 여자들은 아스포델 바구니 안에 빵과 과자와 케이크들을 담아놓은 뒤 일을 마쳤다. 따뜻한 부엌에서 사과와 익은 건포도 냄새가 났다.

"이제 샘에 갔다 와야 해요." 마리아가 목이 좁고 손잡이가 달린 빈 항아리를 흔들며 말했다. "사비나, 같이 가고 싶으면 너희 집에 들렀다 가자. 너도 항아리를 들고 나와서 샘으로 같이 가는 거야."

투니카●를 입은 마리아가 항아리를 거꾸로 머리에 인 채 친척과 함께 나섰다. 루이사 이모가 사비나의 앞치마에 빵과 과자를 한가득 담아주었다.

사비나의 집에서는 늙은 할머니가 실을 자으며 회색 천으로 눈을 가린 당나귀가 조용히 끌고 있는 작은 **맷돌**을 지켜보았다.

연기에 그을린 카데리나 할머니의 얼굴은 맷돌과 당나귀와 똑같은 잿빛이었다. 실제로 그들은 똑같은 결과물 하나를 만

● 사르데냐산(産) 모직으로 만든 치마. 주홍색 띠로 밑단이 장식되어 있다(원주).

들어냈다. 할머니는 계속 당나귀를 생각했고 당나귀는 맷돌을 끌었다. 맷돌은 매일 삐거덕거리며 밀 **250그램**을 빻았다. 반 리라를 벌 수 있었다. 카데리나 할머니에게 그 정도면 충분했다. 사비나는 일을 해서 제 밥벌이를 했다.

"어떻게 지내세요?" 마리아가 노파에게 인사하는 동안 사비나는 헝겊으로 뙈리를 만들었다.

"걸어야지. 걸어야지……." 할머니는 보이지 않는 길을 가리키며 말했다.

"가자." 사비나는 낮은 문으로 나가려고 허리를 숙였다.

마치 그 말을 들으려는 듯 당나귀가 걸음을 멈추었다. "빨리 걸어라, 걸어!" 카데리나 할머니가 소리쳤지만 소용없었다.

마리아와 사비나가 밖으로 나오고 나서야 당나귀는 끈기 있게 맷돌을 다시 끌었다. "그럼 푼타네다●에 가자." 마리아가 말했다.

둘은 샘으로 갔다. 똑같은 식으로 옷을 입고 항아리를 거꾸로 인 채 나란히 걸어가는 날씬하고 우아한 두 처녀는 성경에 나오는 두 자매, 라헬과 레아, 마르타와 마리아 같았다.

두 처녀는 수다를 떨며 오로세이 길까지 걸어 내려갔다. 피에트로가 포도밭에서 돌아올 때 지났던 바로 그 길이었다.

계곡의 향기로운 공기를 음미하며 조용하고 느린 산책을 하는 어떤 부르주아들이 있었고, 샘으로 내려가는 여자들과

● 작은 샘.

말이나 소를 여물통으로 모는 마을 사람들도 보였다. 황무지를 일구는 사람들이 피운 불길이 짙푸른 올리에나의 산들을 배경으로 붉게 타오르기 시작했다.

샘에 도착한 사비나와 마리아는 바위에 앉아 먼저 온 다른 여자들이 항아리를 채우길 기다렸다. 부드럽고 찬란하게 해가 저물어갔다. 잿빛 하늘 뒤로 오르토베네산은 회색과 분홍빛이 감도는 큰길 위에 우뚝 서 있었다. 계곡 안쪽은 어둠이 짙어져갔고 누오로의 끝 쪽 집들과 아름다운 대성당의 윤곽은 금빛 하늘을 배경으로 선명해졌다.

"저 하늘색 같은 벨벳 팔라•를 입고 싶어." 마리아가 하늘을 올려다보며 말했다.

사비나는 어둑어둑한 비탈길 끝을 바라보고 있었다. 그리고 기억을 떠올렸다……. 지금 저 계곡 너머, 다른 쪽 계곡에서 피에트로는 뭘 하고 있을까? 가난한 하녀에게 '할 말이 조금 있다'고 한 약속을 기억할까? 아니면 그런 말을 한 걸 후회하고 자신보다는 형편이 좀 나은 다른 여자를 생각하고 있을까?

한편 샘에서 먼저 물을 긷던 여자들이 수다를 떨었다. 한쪽 눈에 안대를 한 검은 머리의 자그마한 여자가 흘러 내려가는 샘물에 발을 씻으며 멀리 있는 여주인을 저주했다. 높은 담벼락 위쪽 길가의 경계석에 올라앉은 건달이 여자들에게 침을

● 보디스(원주).

뱉었다. 여자들이 고개를 쳐들고 그에게 큰 소리로 욕을 퍼부었다. 한 남자가 새끼 돼지 세 마리에게 물을 먹이려고 샘으로 내려왔다. 멧돼지처럼 검은색과 노란색 줄무늬를 이룬 부드러운 털을 가진 사랑스러운 새끼 돼지들은 분홍 주둥이에 흙을 묻힌 채 서로를 쫓아 달리고 꿀꿀거리며 뒹굴었다. 샘물에 도착하자 발을 씻던 하녀의 발 냄새를 맡더니 물을 마시는 대신 계속 수풀 속에서 숨바꼭질을 했다. 돼지를 몰고 온 남자는 돼지들을 부르려고 휘파람을 불었다. 이제 그 건달은 침을 뱉지 않았다. 그렇게 마리아와 사비나의 차례가 되었다. 두 처녀도 물을 가득 담은 항아리를 이고 떠났다. 그러자 안개 낀 어스름한 저녁의 고요 속에서 졸졸 샘물 흐르는 소리만 들렸다.

사비나는 계속 감상적인 꿈에 빠져 있었다. 피에트로는 언제 돌아올까? 다시 만날 기회가 있을까? 날개를 가진 새처럼 그에게 날아가서 그의 생각을 살필 수만 있다면!

"숙모가 돌아가시면 그 사람이 돌아오겠지. 안 그래?"

"누구?"

"누구긴, 피에트로 베누 말이지!"

"아, 너 그 사람 생각하는구나! 돌아올지 누가 알겠어! 어쨌든 사람을 보내 소식을 전할게. 하지만 그 숙모가 늘 아파서 고백성사와 병자성사를 자주 받았던 것 같아."

"너희 식구 모두 피에트로와는 잘 지내지?"

"물론이지." 마리아가 약간 거만하게 웃으며 말했다. "그 사람은 훌륭한 하인이고 난 좋은 주인이거든!"

"정말 훌륭해?"

"물론이지. 아주 훌륭한 청년이야."

사비나는 누군가가 피에트로 베누를 칭찬하면 행복했는데 그런 일은 정말 드물었다.

"어쨌든 곧 돌아올까?" 사비나가 포기하지 않고 다시 물었다.

"나야 모르지. 그 사람이 일을 마쳐야만 돌아오겠다고 말했어. 그것보다 그 사람에 대해서는 네가 더 잘 알잖아."

"맹세코 아니야!" 사비나가 수줍어하며 단언했다. "난 아무것도 몰라. 그 사람은 그날 이후 내게 아무 말도 하지 않았어. 그날 기억나지? 그 사람은 너희 집에 얽매여 있는 것 같아."

"그 사람은 누군가에게 얽매일 남자가 아니야."

"그러면 왜 날 찾지 않는지 모르겠어. 날 좋아하는 게 틀림없는데."

"그럼 너는? 너는 어때?" 호기심이 생긴 마리아가 친척 쪽으로 몸을 돌리며 물었다.

"글쎄…… 나도……." 호의를 보이는 마리아의 태도와 조용한 주변과 지는 해에 용기를 얻은 사비나가 조그맣게 말했다. "그날 이후로…… 쭉 기다려왔어. 그 사람 이름을 들으면, 있지, 심장이 쿵쿵 뛴다니까. 그 사람이 자기 마음이 어떤지라도 좀 말해줬으면!"

"그다음에는?" 마리아가 또다시 물었다.

"그다음에? 그 사람이 진심으로 나를 좋아하면 결혼해야지······."

마리아는 입을 다물었다. 그리고 그렇게 작고 별것 아니라고 할 만한 일에 만족하는 사비나를, 이렇게 쉽게 행복해하는 가난하고 소박한 친척을 처음으로 질투했다. 하지만 동정심이 담긴 것은 아니었다.

"왜 아무 말이 없어?" 사비나가 물었다. "내가 바라는 그런 일이 일어나면····· 너하고 이모나 삼촌이 실망할까? 난 가난하잖아. 기대할 게 뭐 있겠어?"

"아니야, 무슨 소리야!" 마리아가 생각에 잠겨 외쳤다. "피에트로는 훌륭한 청년이야. 게다가 잘생기기까지 했잖아! 그리고 숙모가 만일 유산을 남기면······."

"그게 나하고 무슨 상관이야? 나는 그 사람을 사랑하는 거지 숙모의 유산을 사랑하는 게 아니야!"

"좋아, 그를 사랑하면 그를 손에 넣어! 그런데 좀 조그맣게 말해, 사비나!"

잠시 침묵하던 마리아가 다시 입을 열었다.

"그런데 정말 그 사람이 널 사랑한다고 확신하는 거야?"

"그럼." 사비나가 모욕을 당하기라도 한 듯 대답했다.

그사이 사비나의 집에 도착했다. 불빛이 비치는 낮은 문의 틈새로 아직도 실을 잣는 할머니와 여전히 맷돌을 돌리는 늙은 당나귀가 보였다.

마리아는 그 우울한 광경을 다시 보자 갑자기 연민이 느껴졌다.

'둘 다 불쌍하기도 해라!' 노파와 당나귀를 보며 생각했다. '무덤에 갈 날이 눈앞인데 아직도 일을 하고 있어. 가난하다는 건 정말 슬픈 일이야! 그렇지만 사실 사비나처럼 작은 것에도 만족한다면……'

"잘 가." 사비나가 낮은 문 밑에서 허리를 숙이며 말했다. "오늘 밤에는 곯아떨어지겠어. 내일 봐."

"안녕히 계세요, 안녕히 계세요, 카데리나 할머니."

"잘 가렴." 할머니가 대답하자 당나귀는 그 소리를 듣더니 아까처럼 걸음을 멈추었다.

'사비나를 돕고 싶어. 진심으로 저 애를 사랑하는지 피에트로와 이야기를 나눠봐야겠어.' 마리아는 점점 짙어지는 저녁의 어둠 속에서 조용히 걸음을 옮기며 생각했다.

그녀는 자신이 여왕같이 친절하고 자비로운 마음으로 친척과 하인을 보호하는 듯한 기분이 들었다. 그런데 같은 시각 거칠고 쓸쓸한 고원에서 피에트로 베누는 사비나가 아닌 자신을 생각하고 있다는 사실을 알았다면 얼굴이 빨개졌을 게 분명하다. 아니, 그런 일은 그녀가 보기에 아예 불가능한 일이었다. 카데리나 할머니의 당나귀가 끝없이 맷돌을 끌며 맴도는 그 길에서, 누더기 천에 가려진 그 눈으로, 까마득히 멀리서 가물거리는 꿈같은 행복을 알아보는 게 과연 가능한 일일까?

6

피에트로 베누는 약 오 주 동안 누오로를 떠났다가 정확히 성탄 전야에 돌아왔다.

어서, 어서. 골짜기 밑으로 내려가서 누오로까지 다시 올라가는 가파른 길을 따라 피에트로는 소들을 막대기로 찔러대며 난폭하게 재촉했다. 쟁기는 닳았고 수레에는 유향수 뿌리가 가득 실려 있었다.

서둘러 가고 싶은 갈망이 있었지만 젊은 하인은 한밤중에 도착하고 싶었다. 마리아를 다시 마주하는 게 막연히 불안했다. 그녀의 얼굴에서 그를 불안하게 할 감정들을 발견할까봐 두려웠다. 그러자 힘이 빠진 두 팔이 축 늘어지고 막대기는 잔인한 동작을 멈추었다. 소들은 걸음을 늦추었고 말라페데는 반쯤 타다 만 석탄 더미처럼 검붉고 축축한 관목들을 마구 들쳤다.

살을 에는 듯한 차가운 북풍이 불어왔다. 납색의 낮은 하늘에서는 금방이라도 눈이 쏟아질 기세였다. 그러나 피에트로는 가슴이 탈 정도로 온몸이 뜨거워지는 것을 느꼈다. 시커먼 두 손은 불에 덴 듯 화끈거렸고 왼쪽 관자놀이의 핏줄이 솟아서 불끈불끈 뛰었다.

열이 나는 성싶었다. 노래를 부르고 싶었지만 꽉 다문 메마른 입술이 벌어지지 않았다. 활활 타는 둥근 원이 머리를 조여왔다. 왼쪽 관자놀이는 보이지 않는 둥근 원의 움직임을 멈추려고 망치로 두드리듯 계속 욱신거렸다.

그는 대화 나눌 사람을 만나길 바랐지만 거친 길은 그 어느 때보다 황량했다. 짙은 갈색의 관목들과 푸르스름한 잿빛 바위들이 띄엄띄엄 드러났다. 사방이 회색인 골짜기는 광대하고 어둡고 무거운 하늘 아래 죽은 듯이 보였다.

두 골짜기를 내려다보는 길에 자리한 작은 성당 솔리투디네 앞에 도착하자 피에트로는 열병 같은 꿈에서 깨어났다. 이제 누오로가 가까이에, 음산한 저녁과 휘몰아치는 바람 가운데 있었다. 벌써 마을 초입의 집들이 보였다. 투니카를 입고 머리에 항아리를 인 여자 몇몇과 졸고 있는 소들과 말을 모는 농부들이 바람에 밀려 걸어갔다. 피에트로는 안개가 자욱한 산과 어둑한 골짜기에서 등을 돌리고 마을로 들어갔다. 누군가와 이야기를 나누고 싶은 마음이 간절했지만 주인집으로 가는 도중 가끔씩 부딪히는 마을 사람들에게 인사도 건네지 않았다. 수레바퀴 소리가 개울물 소리와 함께 좁은 길을 꽉 채웠다. 말라페데가 꼬리를 세운 채 앞으로 달려 나가며 짖어댔다.

불이 켜진 선술집 앞을 지나다가 피에트로는 계산대 뒤에 있는 아름다운 프란치스카의 부드럽고 활기 넘치는 얼굴을 얼핏 보았다. 눈에서 욕정의 불꽃이 일었으나 곧 마리아를 생각했고 생전 처음으로 행실이 좋지 않은 여자를 원했던 자신이 부끄러웠다.

오, 그렇다. 프란치스카가 자신을 부른다 해도 다시는 그녀

에게 가지 않을 것이다. 그녀에게 가는 건 마리아를 배신하는
짓 같았다.

대문은 닫혀 있었다. 그는 소몰이용 막대기로 문을 두드렸
다. 갑자기 주위가 조용해지더니 담 너머에서 젊은 여주인의
상쾌한 목소리가 들렸다.

"피에트로가 틀림없어요!"

'피에트로가 틀림없어요!' 그녀가 그렇게 말하다니! 마치
그를 기다리기라도 한 듯이! 부질없다고 느끼긴 했지만 이런
상상만으로도 마음은 기쁘기 한량없었다.

말라페데가 코를 쿵쿵거리며 발로 대문을 긁었다. 빨리 문
을 열라고 재촉하듯 짖어대면서 한 발을 들어 문틈 사이로
넣어보려 애썼다. 조바심 내며 좋아하는 개의 감정과 비슷한
뭔가가 피에트로의 마음을 흔들었다.

드디어 루이사 이모가 문을 열었다. 피에트로는 첫 번째 계
단에 서 있는 마리아를 슬쩍 보았지만 그 자리에서 그녀를
쳐다볼 용기가 나지 않았다.

"안녕하세요." 그가 소를 뜰 안으로 몰며 말했다.

루이사 이모가 대문을 닫으려고 돌아섰을 때에야 비로소
그는 젊은 여주인을 바라보며 물었다.

"그래, 별다른 일 없었나요?"

"하느님께 감사하게도 잘 지냈어요. 춥네요. 그래도 우리
피부는 귀부인이나 신사들처럼 연약하지 않으니까……."

"당신만 한 귀부인이 어디 있겠어요!" 그가 한숨을 쉬며 말

했다.

"피에트로, 자네 어디 아팠나? 얼굴이 수척하고 핏기가 없는걸." 피에트로가 소를 풀어 수레를 제자리에 갖다두고 부엌에 들어서자 루이사 이모가 말했다. 말라페데는 부엌 구석구석의 냄새를 맡았다.

"천만에요! 천만에요! 최근 며칠 동안 밤에 열이 좀 나긴 했어요. 그렇지만 마리아 말대로 제 피부는 그 정도에 영향을 받을 만큼 연약하지 않은걸요. 그런데 주인어른은 어디 계시죠?"

"열! 열요! 마음에 열이 났을 거예요. 아마도!" 마리아가 걱정 반 농담 반으로 크게 말했다. "사랑하는 이를 다섯 주나 못 봤으니…… 그래서 열이 난 거죠!"

피에트로는 마리아를 쳐다보았지만 그녀의 미소가 마음 아파 곧 시선을 떨구었다. 아, 그녀는 얼마나, 얼마나 멀리 있던지! 그녀와 그의 거리는 지혜로운 여인과 미치광이 사이만큼이나 멀었고 지금 그 지혜로운 여인이 미치광이에게 동정의 말을 던졌을 뿐이다!

다시 슬픔에 잠긴 피에트로는 불 앞에, 루이사 이모 옆에 앉아 그간에 자신이 한 일을 소상하게 들려주었다.

마리아는 이리저리 움직이며 성탄 전야의 간소한 저녁 식사를 준비했다. 밖에서는 **아베마리아**의 종소리●가 기쁘게 울려 퍼졌다.

● 저녁을 알리는 종소리.

오래되지 않아 니콜라 삼촌이 돌아왔다. 그 역시 얼굴이 홀쭉하고 핏기가 없었으며 보통 때와 달리 우울해 보였다. 하지만 자리에서 일어나 정중하게 미소를 짓는 피에트로를 보자마자 활짝 웃으며 지팡이로 바닥을 쳤다.

"야, 이게 누구야." 그는 루이사 이모 자리에 앉아 피에트로의 무릎을 손바닥으로 치며 말했다. "자넬 기다렸다네! 오늘 밤새 디스푸타● 하며 노래하세나. 여자들이 미사에 가고 싶다면 가라고 해. 나는 기꺼이 사양하겠네. 난 자정 미사가 항상 끔찍이 싫더라고. 다들 재미를 보거나 충격적인 이야깃거리나 만들려고 미사에 가니까 말이야. 자네는 안 가고 싶어 하길 바라네만……."

"저는 안 가고 싶습니다." 피에트로가 주인의 비위를 맞추며 말했다. "원하시니 제가 함께 있겠습니다. 오늘 밤 친구분들과 보내실 수도 있을 테지만 말입니다."

"무슨 소리인가!" 주인이 두 팔을 벌리며 외쳤다. "오늘 내 포도주를 마시러 온 친구가 내일 나를 비방한다네. 제일 좋은 친구는 충직한 하인이지. 물론 개도 그렇고. 이리 와, 말라페데! 젠장, 너 참 못생겼구나!"

말라페데가 주인의 다리 사이에 숨어 그의 손을 핥았다. "여기, 마실 것 좀 줘. 이봐." 잠시 후 니콜라 삼촌이 말했다.

마리아가 포도주 병과 잔을 가지고 다가왔다.

● 대화체로 즉석에서 시를 짓는 일.

"미사에 안 갈 거예요?" 피에트로가 마리아에게 물었다.

"나요? 난 정말 안 가요! 저녁 먹고 나서 곧 자러 갈 거예요. 난 미사에서 만날 사람이 아무도 없어요. 그리고 아버지도 잠자리에 드시는 게 좋을 것 같아요……."

피에트로는 주인이 뭐라 대답하는지 잘 들리지 않았다. 마리아는 그러니까 '미사에서 만날 사람'이 없었다. 그러니까 숨겨놓은 애인이나 약혼자가 없었다. 그녀는 얼마나 올곧은가! 그는 감사하는 마음으로 마리아를 바라보았고 일종의 희열을 느끼며 그녀가 주는 포도주를 마셨다.

"여자들은 자러 가는 게 더 나아." 주인이 다시 말했다. "밤에 여자들이 할 일이라고는 자는 것밖에 없어. 이게 내 생각이야. 그러니까 피에트로 베누, 우리는 대문을 꽉 닫고 악마가 와도 열어주지 말자고. 불을 활활 피우고 포도주 한 병을 옆에 갖다놓고 노래하는 거야……."

"전 노래 부를 줄 몰라요." 피에트로가 말했다. "다른 분을 초대하시는 게……."

"자네 귀먹었나? 내가 한 말 못 들었어?" 니콜라 삼촌이 화를 내며 고함쳤다. "내 친구는 하인과 개, 지팡이밖에 없다고 하지 않았나! 그래, 지팡이도 내 친구야. 그렇지만 여기 있는 이 친구는 작년에는 없었지!" 그가 말을 마치더니 슬픈 얼굴로 고개를 숙였다. 그러나 금방 고개를 들고 지팡이를 휘둘렀다. "좋아, 자네도 여기 있기 싫다면 가버려! 나 혼자 노래할 테니!"

"있을게요. 있을게요!" 피에트로가 웃으며 말했다.

실제로 여자들은 저녁 식사를 마치자 방으로 돌아갔다. 피에트로는 마리아가 남아 있길 바랐다. 그는 그녀를 바라볼 용기가 나지 않았지만 그녀가 있다는 사실만으로도 달콤한 기쁨을 느꼈다. 그녀에게서 멀리 떨어져 있었을 때 그녀가 눈앞에 생생하게 살아 숨 쉰다고 믿으며 느꼈던 기쁨과는 달랐다. 그녀는 너무나 아름다웠고 목소리도 듣기 좋았다. 그녀 자체가 젊음과 기쁨을 유연하게 발산했다. 피에트로는 그녀의 존재가 그 추운 밤에 따뜻하고 기분 좋은 불길의 온기 같다고 생각했다.

하인은 난로에 굵은 통나무 세 개를 집어넣고 따뜻한 바닥에 골풀 깔개 두 개를 폈다. 주인은 적포도주 두 병을 준비했는데 그중 한 병은 다른 것보다 더 진했고 난로 불빛이 반사되어 환하게 빛났다. 이제 호메로스 시대에 펼쳐졌을 법한 장면이 시작되었다.

니콜라 삼촌과 하인은 깔개에 앉았다. 주인이 포도주 한 병을 높이 들어 불빛에 비춰보았다. 그러더니 포도주 잔도 똑같이 들어 올렸는데 잔 속의 포도주가 불빛을 받아 루비처럼 반짝였다. 곧이어 노래를 시작했다.

"이것은 술병에 든 뜨거운 피. 함께 마시며 우리 심장을 따뜻하게 만드세. 자, 마시고 몸을 덥히세. 밖에는 눈이 내리고, 우리에게도 세월의 눈이 내리니. 자네, 피에트로, 자신을 믿지 말게. 자네에게도 세월은 흐르고 심장은 차가워지고, 그것을 덥히려면 많은 포도주가 필요하게 될 테니. 어떻게 생각하나?"

피에트로가 답했다.

"제 마음은 이미 차디차답니다. 저는 가난한 하인이고 어느여인도 저를 쳐다보지 않아요. 그 어떤 즐거움에도 저는 웃을 수 없답니다. 포도주를 마시지만 이 술도 제 마음을 따뜻하게 해주지 못하지요."

"자넨 거짓말쟁이에 허풍선이로군." 니콜라 삼촌이 다소 엉터리인 두 번째 8행시로 응수했다. "어느 여인도 자네를 쳐다보지 않는다고, 그 어떤 즐거움에도 웃을 수 없다고 거짓말을 하는군. 이제 정반대라는 것을 보여줄 테니……."

밖에는 북풍이 거세게 불었다. 거대한 눈덩이처럼 크고 선명한 짙은 구름들이 오루네산에서 서서히 몰려왔다. 눈이 펑펑 내리기 시작했다. 노래를 부르는 두 사람의 귀에 성난 바람 소리 말고는 어떤 소리도 들리지 않았다.

흥이 난 니콜라 삼촌이 이따금 자리에서 일어나 피에트로에게 끼어들지 말라고 손짓했다. 하나에서 끝나는 게 아니라두 개, 심지어 세 개의 연을 노래로 만들었는데 전부 다 형편없었다.

피에트로는 주의 깊게 노래를 들었고 그도 자신의 8행시를 노래했다. 그리고 마시고 또 마셨다.

11시 무렵, 미친 듯이 부는 바람에 흔들리듯 요란하게 기쁨의 종소리가 울려 퍼지는 동안에도 하인과 주인은 계속 노래를 불렀다. 포도주 병들이 차례로 비워졌고 병들의 반짝임이 두 가수의 눈으로 옮겨간 듯 취기가 감도는 두 눈이 반짝였다.

피에트로가 설득력 있는 생생한 내용으로 8행시를 지어 니콜라 삼촌이 패배를 인정할 수밖에 없는 일도 종종 일어났다. 하지만 니콜라 삼촌은 기분 나빠 하지 않고 감탄의 눈으로 피에트로를 보며 말했다.

"훌륭하네! 이래서 내가 자네를 좋아하는 걸세."

두 사람은 계속 술을 마셨지만 노래는 그만두었다.

자정 무렵이 되자 주인은 불빛에 반사되어 수정처럼 보이는 눈을 자기도 모르게 껌뻑였다. 나른한 하인의 눈에는 길을 찾기 어려운 실현 불가능한 꿈과 미래의 희망이 어른거렸다.

"피에트로, 이 친구야. 자네는 노래를 잘하는군. 그래서 난 자네를 좋아해. 무슨 생각을 하는 거지? 말해보게. 어서. 무슨 생각을 하는지 내 생각에는……."

니콜라 삼촌의 말이 사실일까? 그렇다면 피에트로는 자신의 진심을 말해야만 하는 걸까?

'아, 주인 어르신, 제 생각을 아신다면! 제 마음속에서 어떤 뱀이 꿈틀대는지 아신다면! 어르신은 절 좋아한다고 하시지요. 하지만 제가 당신 딸을 마음에 두고 있다는 걸 알면 성난 개처럼 달려드실걸요.'

"아, 나도……." 갑자기 니콜라 삼촌이 고개를 들며 말했다.

그러더니 이미 8행시로 노래했던 모험들을 이야기로 들려주기 시작했다. 이제 피에트로는 그 이야기들을 다 외울 지경이었다. 그래서 주의를 집중하지 않게 되었고 금방 분간하기 어려워진 주인의 말은 벌들이 윙윙거리는 소리처럼 느껴졌다.

그는 취한 것 같지 않았다. 니콜라 삼촌도 마찬가지였다. 니콜라 삼촌이 자신에게 보여준 친밀감이 그를 행복하고 대담하게 했다. 왜 그렇지 않겠나? 좋아, 이제 그는 입을 열고 말을 해야 했다. 모든 게 쉬웠고 모든 게 가능했다. 그래, 그래, 말을 해야 해. 하지만 먼저 적절한 단어를 찾아야 했다.

그는 두 손으로 얼굴을 가리고 오래 생각했다. 달아오른 얼굴에서 갑자기 손을 떼어 손가락을 쫙 펴더니 미친 사람처럼 그 사이로 빨갛게 타오르는 환한 불빛을 뚫어지게 보았다⋯⋯. 하고 싶은 말이 술술 나왔다.

"니콜라 삼촌, 저는 부자가 아닙니다. 그렇지만 어르신이 도와주시면 부자가 될 겁니다. 저희 숙모님이 세상을 뜨려 하는데 저를 위해 유언장을 작성했다고 알고 있습니다⋯⋯. 물론 보잘것없지요. 저도 잘 압니다. 쓰러져가는 집 한 채와 얼마 안 되는 땅이 전부입니다. 그렇지만 저는 곧 그것들을 다 팔 생각입니다. 그리고 작은 돈이지만 그 돈으로 소를 사고파는 점포를 열 생각입니다. 아시다시피 저는 소에 대해 잘 압니다. 누가 알겠습니까? 제가 큰 재산을 일굴지. 어르신께서도 무일푼으로 시작하셨잖습니까. 니콜라 삼촌, 마리아를 제게 주십시오. 제 아내로 주십시오. 두고 보세요. 부자가 될 테니. 주인님, 니콜라 삼촌?" 피에트로는 손을 내리며 부드럽게 니콜라 삼촌을 불렀다.

하지만 니콜라 삼촌은 한 손으로 머리를 받친 채 대답이 없었다. 피에트로는 주인을 쳐다보았고 그가 잠들었음을 알아차렸다.

그러자 마음이 사나워졌다. 자주 그렇듯이 귀까지 빨개졌고 심한 굴욕감을 느꼈다.

'그래, 난 정말 취했어.' 경멸적으로 고개를 저으며 생각했다. '이제 자야지, 자야지……'

그는 깔개에 누웠다가 다시 일어나 주인을 보았다.

'침대에 가서 자라고 하는 게 좋지 않을까? ……아니야, 본인이 알아서 하겠지……'

다시 한번 고개를 살짝 저으며 자리에 누웠다. 귓불이 뜨거웠고 눈꺼풀이 무거웠지만 완전히 눈을 감고 싶지는 않았다.

붉은 빛줄기들이 벽과 지붕과 바닥을 가로질렀다. 환한 그 길 위로 연초록의 달팽이들이 껍질 밖으로 떨리는 분홍색 작은 더듬이들을 내놓은 채 줄지어 지나갔다. 그러다 일순간 전부 다 폭발했고 수천 개의 노란 불꽃으로 흩어져버렸다.

장작불이 탁탁 소리를 내며 탔다.

"지난밤 아버지하고 노래를 엄청 잘하던데요, 피에트로." 다음 날 마리아가 역겹다는 듯 얼굴을 찌푸리며 말했다.

"굉장했죠. 뭐 잘못된 거 있어요?" 피에트로가 그녀의 눈을 똑바로 보며 말했다.

"아, 그래요. 두 사람은 술 취한 짐승들 같더군요! 난 무절

제한 남자들을 참을 수 없어요. 아버지야 그러려니 해요. 가여운 양반이니까. 어려운 일을 많이 겪었으니 좀 즐기려 하시는 게 당연하죠……. 그런데 피에트로, 당신은! 부끄러운 줄 아세요! 오늘 아침 부엌에 들어왔을 때 당신은 개 같았어요. 재에 발을 뻗은 채 깔개에 비스듬히 쓰러져 자는 진짜 개 말이에요."

피에트로는 그녀가 과장해서 말한다는 걸 알아차렸다. 그러나 술 마신 것을 후회하는 동시에 그녀가 보여준 관심 때문에 행복했다.

"내가 술을 마시든 말든 당신이 무슨 상관인데요?" 그가 경멸적으로 고개를 들며 말했다. "차라리 당신 일이나 신경 써요. 그렇게 건방지게 굴다가는 나보다 더 술을 좋아하는 술주정뱅이 남편을 얻을지도 모르니 조심하라고."

"세상에나!" 그녀가 분해서 이를 갈며 소리쳤다. "가만 안 놔둘 거예요! 술주정뱅이보다 도둑하고 결혼하는 게 낫겠어요."

"그러면." 하인이 그녀를 보며 슬픈 얼굴로 말했다. "앞으로 다시는 술에 취하지 않을게요. 약속해요."

그런 약속에 마리아는 감동받지 않았지만 피에트로는 그 약속을 지켰다. 실제로 그날 선술집에 갔지만 술을 마시지도 프란치스카를 쳐다보지도 않았다. 그곳에 앉아 잡담을 하며 토스카나인이 자신의 주인들에 대해 험담을 하면 그들을 변호했다.

며칠 동안 피에트로는 노이나 집안이 소유한 마을 옆 밭에서 일했다. 해 질 무렵이면 집으로 돌아와 주인들과 같이 식사를 했다. 그가 집에 있을 때면 루이사 이모는 여러 가지 잡다한 집안일을 시켰는데 어느 날 저녁에는 심지어 어깨에 항아리를 메고 샘에 가서 물을 길어 오게까지 했다.

농사짓는 하인은 밭에서만 일하기 때문에 다른 때 같았으면 반발했겠지만 마리아를 기쁘게 하려고 자존심을 내세우지 않고 기분 좋게 그 말을 따랐다.

피에트로는 얼마 전부터 기분이 좋았는데 그 이유를 알 수 없었다. 가끔 슬플 때도 달콤함이 묻어 있었고 어린아이처럼 즐거울 때가 더 많았다. 어떨 때는 성탄 전야처럼 완전히 꿈속에서 살기도 했다. 그러니까 어느 날 저녁, 피에트로가 늦게 집에 돌아와보니 마리아가 난로 옆에 혼자 앉아 있는 것이다. 그도 난로 옆에 앉아 집요하게 젊은 여주인을 바라본다. '날 왜 그렇게 보는 거죠, 피에트로?' '당신을 좋아하니까요, 마리아.' 그녀가 웃고 그는 벌떡 일어나 그녀에게 몸을 숙이고 그녀의 고개를 뒤로 젖혀 키스를 한다.

이런 꿈은 그를 행복하게 해주어 하늘을 날 듯했다. 그리고 그 꿈은 나날이 하나의 계획으로 변해갔고 그 생각이 머릿속을 떠나지 않았다.

피에트로는 빗과 손거울을 마련해서 혼자 있게 될 때면 즉시 머리와 콧수염을 정성스레 다듬고 한참 동안 눈과 입술, 이마를 바라보았다.

그는 자신이 잘생겼다고 생각했고 그러자 기분이 좋아졌다.

7

주인들은 보통 일찍 잠자리에 들었다. 하지만 이따금 난로의 불꽃이 활활 타오를 때면 루이사 이모와 마리아가 부엌에 잠시 더 머물며 피에트로와 이야기를 나누곤 했다. 루이사 이모는 등받이가 높은 의자에 앉아 실을 자았다. 기름 램프에서 흘러나오는, 푸른빛이 감도는 노르스름한 불빛 때문에 흰색 염료에 가까울 정도로 하얀 루이사 이모의 큰 얼굴이 더욱 도드라졌다. 한편 하루 종일 일을 한 뒤라 다소 지친 마리아는 별말 없이 벽난로 모퉁이에 웅크리고 앉아 따뜻한 온기에 몸을 맡기고 휴식을 취했다. 그녀는 맨발일 때가 많았는데 그렇게 바닥에 앉아 있으면 하녀 같아 보였다. 그래도 변함없이 아름다웠다. 피에트로는 그녀를 재빨리 쳐다보았고 그녀와 눈이 마주칠 때마다 일어나는 욕망에 당황스러웠다.

늙은 여주인과 젊은 하인 사이에 오가는 대화는 대부분 유치했다. 루이사 이모는 자기의 물건들을 자랑했고 피에트로는 다른 사람들의 것을 추켜세웠다.

"오늘 프란치스칸토니 카레두 하인을 봤습니다. 주인의 황소를 끌고 물을 먹이러 가더라고요. 그 소들 굉장하던데요! 등이 거울처럼 매끈하고 사자처럼 힘세 보였죠."

"무슨 소리야? 그러면 그 집에서 그 소들을 왜 나한테 팔고 싶어 하겠어? 너무 늙어서 난 살 생각이 없었다고. 저기 있는 우리 조고•하고 비교나 되겠어?"

"이모네 소보다 훨씬 근사해 보이던걸요!"

"자네 미쳤군. 튼튼하고 잘생긴 소와 그렇지 못한 소를 구별 못 하는 게 틀림없어. 잘 알아두게. 우리 조고값은 현찰로 100스쿠도라니까……."

바로 그때쯤이면 니콜라 삼촌이 아픈 다리를 끌고 지팡이로 땅을 두드리며 집으로 돌아왔다. 대개 얼큰하게 취해 있어서 피에트로와 즉석에서 노래 시합을 하고 싶어 했다. 피에트로는 삼촌을 기쁘게 해주려고 노래를 불렀지만 여자들이 듣기 싫어한다는 것을 알아차리고는 흥미를 잃고 말았다.

"두 사람 제발 그 노래 좀 그만해주세요." 어느 날 저녁 마리아가 화가 나서 고개를 들며 말했다. "피에트로, 당신만이라도 좀 그만해요!"

"이런 잔소리쟁이 같으니라고!" 니콜라 삼촌이 지팡이를 들며 소리쳤다.

마리아가 아버지의 손에서 지팡이를 뺏더니 웃음을 터뜨렸다. 그러다가 아무 말 없이 미치광이 같은 눈으로 자신의 목을 바라보고 있는 피에트로를 발견했다. 마리아는 가슴으로 손을 가져갔다가 블라우스의 단추가 풀려 있는 것을 알아차렸다. 피에트로가 쇄골 조금 아래쪽에 있는, 금빛 솜털 세 가닥이 난 렌틸콩만 한 검은 점을 보았을 게 틀림없었다. 그녀는 블라우스의 노란 단추를 채웠다. 피에트로는 주인이 애원

● 황소 두 마리(원주).

하고 협박도 했지만 더는 노래를 부르지 않았다.

　며칠이 지난 어느 날 저녁 니콜라 삼촌은 피에트로를 토스카나인의 선술집으로 데려갔다. 약간 타락한 귀부인 같은 마리아 프란치스카만이 썰렁한 선술집에 생기를 주었다. 프란치스카는 두 남자를 보자마자 재빨리 다가와서 피에트로를 보며 웃었다.

　"아, 이 젊은이가 마음에 드나보지?" 니콜라 삼촌이 지팡이 끝으로 피에트로의 어깨를 치며 물었다.

　"그럼요, 잘생겼잖아요!"

　"그럼 난 안 잘생겼단 말이야? 남편 어디 있나?"

　"올리에나에 포도주 사러 갔어요."

　니콜라 삼촌은 더 이상 농담을 하지 않았다. 도수가 높은 포도주를 달라고 하더니 연달아 두 잔을 마셨다. 마리아 프란치스카가 다시 계산대로 돌아갔지만 피에트로는 주인이 자신은 아랑곳하지 않은 채 눈을 반짝이며 프란치스카를 바라보고 있다는 것을 알아차렸다.

　"피에트로 베누." 마침내 니콜라 삼촌이 입을 열었다. "깜빡 잊고 있었는데 자네 살바토레 브린디스 집에 가서 내 말 좀 전하게. 내일 내가 염소 거래 문제로 집에서 기다리고 있겠다고 말이야. 가보게. 그 집에 들른 뒤에는 자네 하고 싶은 대로 해."

　피에트로는 즉시 일어나서 선술집에서 나왔지만 살바토레 브린디스에게 가는 대신 집으로 향했다. 취기가 몰려들었다. 마리아에게 처음 열정을 품었던 때와 같은 감정으로 그녀를 생각했다. 그 무렵 그는 무의식적인 본능에 떠밀려 거의 잔인하다 할 정도의 강렬한 욕망으로 그녀를 원했었다.

부엌에는 젊은 여주인 혼자 루이사 이모의 자리인 기름 램프 옆의 높은 의자에 앉아 있었다. 그의 욕망이 만들어낸 환영이었을까? 그녀는 말없이 바느질하는 중이었고 일어서서 나갈 기미도 보이지 않았다.

"루이사 이모는?" 피에트로가 평상시와 똑같은 못에 외투를 걸며 물었다.

"피곤하다고 주무시러 갔어요. 아버지는 어디 계시죠?" 마리아가 고개도 들지 않은 채 조용히 물었다.

"곧 돌아오실 거요. 살바토레 브린디스와 같이 계셨어요." 하인은 거짓말을 하며 못에 걸어둔 외투를 문 모서리로 옮겨 걸었다.

그는 당혹스러움을 숨기기 위해 어떻게 해야 할지 몰랐다. 범죄를 저지른 사람처럼 얼굴에 핏기가 사라지고 몸이 떨리는 기분이었다. 가운뎃손가락에 은색 고무를 낀 손을 천천히 올렸다가 내리는 마리아의 차분한 동작에 감정이 고조되었다.

그는 뜰로 나가 조심스럽게 대문을 닫았다. 그가 마리아와 나누고 싶은 위험한 대화를 혹시라도 집에 돌아오던 니콜라 삼촌이 듣지 못하게 하려는 것이었다.

맑고 추운 겨울밤이었다. 달빛이 비치는 뜰의 괭이와 쟁기가 은빛으로 빛났다. 산타 마리아 성당의 시계는 길게 진동하며 시간을 알렸다. 조용하고 추운 기운이 감돌았다. 피에트로의 가슴만이 뜨겁게 타오르며 요동쳤다.

그는 이끼가 얼어붙은 시커멓고 굵은 통나무를 가슴 높이로 들어 올려 부엌 벽난로에 집어넣었다. 힘을 쓰니 다소 진정이 되었다. 보통 때처럼 바닥에 앉아 통나무에서 묻어 온 이끼들을 털어내려고 두 손바닥을 쳤다. 그러고는 편안히 모자를 벗었다. 하지만 무슨 말부터 해야 할지 알 수 없었다.

피에트로는 젊은 여주인에게 달려들어 열이 있는 사람이 신선한 과일을 원하듯이 그녀의 입술에 키스하는 게 어렵지 않을 거라고 막연히 생각했다. 하지만 손가락 하나도 움직일 수 없었다.

두 사람은 잠시 말이 없었다. 그러다가 마리아가 자기 발밑에 앉은 피에트로를 보고 입을 열었는데 그 말에 그는 크게 놀랐고 몹시 당황했다.

"피에트로, 기다리고 있었어요. 할 말이 있어요."

그가 얼굴을 들어 마리아를 바라보았다. 하지만 그녀는 눈을 내리깔고 바늘에 시선을 집중한 채 바느질을 계속했다. 그래서 번개처럼 번득이는 그의 눈을 보지 못했다.

"저기요, 피에트로. 파종하러 떠나기 전에 말하고 싶었지만 기회가 없었어요. 그런데 당신 생각이 어떻든 내게 약속을 해야 해요. 내가 한 말을 절대 아무에게도 하지 않겠다고 말이에요. 약속해주겠어요?"

그가 경멸적으로 고개를 저었다. 그는 이미 그녀가 무슨 말을 할지 직감했다. 그렇지만 대답을 했다.

"내 양심을 걸고 맹세하지요."

"저기요, 피에트로. 사비나에 대해 어떻게 생각해요? 사비나에게 당신 마음을 이야기했나요? 그 애에 대해 뭔가 이야기를 들었을 텐데 그렇게 모른 척하는 건가요? 그 애는 당신을 사랑해요⋯⋯. 당신은 어때요?"

마리아는 바느질을 멈추지 않았다. 그녀는 침착하게 말했고 자신이 한 말 이외에는 어떤 것에도 관심을 보이지 않았다. 심지어 피에트로의 침묵이 길어지는데도 전혀 흔들림이 없었다.

그는 깜짝 놀라 무슨 말을 해야 할지 몰랐다. 벌써 이끼 긴 통나무 껍질에 옮겨붙은 불꽃을 당혹스러운 눈으로 바라보고 있었다.

무슨 말을 하는 거지? 사비나가 누구를 사랑한다고? 이제 누가 사비나와의 일을 기억이나 하겠는가? 그 사랑이 마른 이끼에 불붙었다가 금방 사라지는 불길 같다면 지금 그의 마음을 불태우는 열정은 나무 몸통을 재로 만들고 꺼질 불길 같았다.

마침내 마리아가 고개를 들었지만 호기심이 담긴 얼굴은 아니었다. 실패를 집어 실을 손가락에 감더니 이로 끊었다. 바늘에 실을 꿰려고 램프의 불빛 쪽으로 얼굴을 쳐들며 물었다.

"왜 아무 말도 하지 않는 거예요, 피에트로? 대답을 해보세요."

피에트로도 눈을 들었다. 그리고 절망적인 눈으로 그녀를 머리에서 발끝까지 뚫어지게 바라보았다. 그날 밤 마리아는 어느 때보다 아름다웠다. 적어도 그의 눈에는 그래 보였다. 그녀가 바느질하고 있던 천이 그녀의 무릎을 다 덮고 바닥에까지 닿았다. 그녀의 새하얀 블라우스에 하얀 눈빛이 반사되었다. 연한 장밋빛 목덜미는 순백에 둘러싸여 더욱 선명해졌고 램프의 불꽃과 벽난로의 희미한 장작불이 황홀한 빛으로 그녀를 감싸 얼굴은 한층 더 매혹적이었다. .

부엌의 네 귀퉁이는 어둠 속으로 사라졌다. 밖에는 어둠이 내렸고 고요했다. 그런 신비한 배경 속에서 마리아는 피에트로의 꿈속에서처럼 가까이 있었고 그의, 오로지 그만의 여자 같았다.

그녀를 포옹하기 위해 두 팔을 뻗기만 하면 되었다.

"그런데 왜 아무 말도 하지 않는 거죠? 왜 그런 눈으로 날 봐요, 피에트로?"

그녀가 당황한 기색을 보이며 물었다.

"내게 무슨 대답을 원하는 겁니까? 당신의 친척은 내게 뭘 원하는 거죠?"

그가 진지한 어조로 대답했다. "난 한 번도 그녀에게 사랑한다고 말한 적 없어요. 사랑하지 않습니다. 그녀는 내게 뭘 바라는 겁니까?"

"피에트로 베누!" 가난한 친척 때문에 모욕을 당한 부자 친척이 거만하게 소리쳤다. "그런 식으로 말하면 안 돼요! 그렇게 반듯한 아가씨를 그런 식으로 대하면 안 되지요! 거짓말하지 말아요. 그때 포도밭에서 내 눈으로 똑똑히 봤는걸요. 당신이 사비나에게 치근대고 남몰래 그 애에게 말했잖아요."

하지만 사랑에 빠진 피에트로는 교활하게 말했다.

"내가 남몰래 말했다고요? 아, 그래요. 맞아요." 그는 눈을 내리깔더니 불을 지피고 살릴 때 사용하는 구멍이 뚫린 쇠막대를 쥐며 말했다.

"맞죠, 그렇죠? 그러니까 봐요, 피에트로……."

그는 막대기 끝으로 재 위에 십자가를 그렸다.

"그래요. 사비나에게 한 가지 사실을 털어놔야 한다고 말했어요……. 아, 그래요. 내가 사랑하는 사람은…… 그녀가 아니라 다른 여자라는 걸요. 사비나 생각을 묻고 싶었어요."

"누구한테요? 사비나한테? 왜 하필 그 애죠?" 마리아가 깜짝 놀라 물었다.

피에트로가 재 위에 또 다른 십자가를 하나 더 그렸다. 그 순간 그는 자신이 교활하다고 느꼈지만 어린아이처럼 수줍기도 했다.

"왜냐고요? 사비나가 **그 다른 여자**의 친척이니까요."

"그 다른 여자?"

두 사람은 아무 말도 하지 않았다. 마리아의 눈빛이 어두워졌고 두 손이 떨렸다.

"친척이라고요……. 사비나의 친척?" 마리아는 생각에 잠겨 고개를 숙이고 팔꿈치를 무릎에 댄 채 입술에 골무 낀 손을 갖다 댔다. 마치 자신에게 묻듯 물었다.

피에트로는 공포와 고통을 동시에 느꼈다. 하지만 그 순간 니콜라 삼촌이나 루이사 이모 생각은 전혀 나지 않았다. 자신이 이 여자의 하인이며 사랑을 고백하는 게 아무 의미도 없으리라는 것도 마찬가지였다. 마리아가 골무로 이를 서너 번 두드렸다.

"친척? 친척? 친척이라니?"

"그러니까 당신이라는 말이오!" 그가 거의 화를 내듯 말했다.

그녀는 놀라지도, 화를 내지도 않고 그를 보았다. 하지만 얼굴을 붉히며 웃었다. "농담이지요, 피에트로 베누?"

그는 즉시 현실을 자각했다. 주인, 여주인, 웃고 있는 아름다운 여자, 그가 드디어 마음을 털어놓은 그 여자와 자신을 갈라놓는 사회적 거리를 떠올렸다. 하지만 이제 두렵지 않았다.

지금 두 사람은 마주 보고 있었다. 두 사람 사이에는 이제 비밀이 없었다.

"맞아요. 그래요. 당신이에요! 왜 웃는 거죠? 내가 가난한 하인이라서? 그렇다고 당신을 사랑할 수 없는 것은 아니잖아요? 아니, 다른 남자들보다 당신을 더 사랑할 수 있어요, 마리아. 다른 남자들은 당신을 다른 목적으로 바라볼 수 있어요. 결혼하기 위해, 당신의 재산을 차지하기 위해서 말입니다. 하지만 난 만질 수 없는 뭔가를 바라보듯 당신을 바라보고 있어요. 나는 당신이 나를 사랑할지도 모른다는 희망 말고는 다른 바람 없이 그저 당신만을 사랑할 뿐이에요. 게다가 앞으로 나도 주인이 될지 누가 알겠습니까. 나도 부자가 될지 누가 알겠어요…….”

“내 말 좀 들어봐요.” 마리아가 진지하게, 아주 진지하게 말했다. “이건 다 미친 짓이에요! 그래서 내가 웃었던 거예요. 당신 기분을 상하게 하려는 건 아니었어요. 그렇지만 당신이 자신을 이상하게…… 이야기했기 때문이에요! 당신이 가난한 게 당신 잘못이에요? 우리는 하느님 앞에서 모두 평등해요.”

그는 자신이 화를 낼까 두려워서 마리아가 그렇게 말한다는 것을 알았다. 그러나 더욱 대담해졌다. “자, 그러니까? 왜냐하면…….”

“저기, 잘 생각해봐요, 피에트로. 설령 내가 좋아한다 해도 다른 사람들이 싫어할 거라는 생각을 해봐요…….”

“그러면 당신은…… 그러면 당신은?”

“난 당신을 사랑할 수 없어요.”

“다른 사람을 사랑하나요?”

“아니요, 난 아무도 사랑하지 않아요. 누구도 사랑하고 싶은 생각이 없어요.”

“봐요, 사랑이 무슨 의미인지 모르기 때문에 그렇게 말하는 겁니다.” 그가 필사적으로 용기를 내서 고집스레 말했다. “봐요, 그래도 당신은 나를 사랑할 수 있어요. 이제 내가 당신을 사랑하는 것을 알았으니 앞으로 나를 다른 눈으로 볼 수 있을 테고…….”

그러자 마리아는 막연한 공포에 사로잡혀 눈꼬리를 살짝 올려 피에트로를 보았다. 그는 너무 흥분해 있었다.

혹시 그가 미친걸까? 그녀에게 무엇을 바랐단 말인가? 그녀는 겁도 나고 약간은 흥미도 느껴서 고분고분 그의 말을 들어주었지만 이제 그것으로 충분했다. 피에트로의 말은 분명 감동적이었다. 그녀에게 그렇게 열정적이고 생생하게 사랑을 고백한 남자는 지금까지 한 명도 없었다. 하지만 마리아는 자신의 의무를 너무나 잘 알고 있어서 그 이야기를 흥미롭게 듣는 것 이상으로 나아갈 수는 없었다.

그녀는 보란 듯이 느릿느릿 바느질 천을 접고 바늘을 실패에 꽂고 골무를 벗은 뒤 자리를 떠날 준비를 했다.

피에트로는 눈앞이 아득해졌다. 그녀가 뒤로 물러났다. 다시는 지금처럼 한밤의 고요와 어둠 속에서 그녀와 단둘이 있을 기회가 없을 수도 있었다.

그는 벌떡 일어나서 마리아 옆에 앉아 그녀의 손을 잡았다. "가지 말아요. 아직 할 말이 있어요…….."

"놔요!" 마리아는 분개해서 온몸을 떨며 소리를 질렀다. "놔요. 안 그러면 엄마를 부를 거예요. 제자리로 가요!"

그녀가 피에트로의 따귀를 세게 쳤다.

그는 마리아의 손을 놓았다. 눈물이 나올 만큼 뺨이 욱신거렸다. 그래서 그녀가 갑자기 일어나서 달아나려고 하지만 않았다면 아마 자신의 행동을 부끄러워하며 마리아에게 사과했을지도 몰랐다.

그 역시 벌떡 일어나서 그녀를 뒤쫓아 달렸고 난폭하게 붙잡았다.

"소리 지르지 말아요." 행동과는 달리 거의 애원하듯 말했다. "당신에게 해를 입히고 싶지 않아요. 그냥 내 말을 들어주기만 바랄 뿐이에요. 나를 두려워해서는 안 된다는 걸 말하기 위해 당신을 잡은 거예요……. 자, 봐요, 난 당신에게 해를 입힐 수 있지만 그건 원하지 않아요. 생각조차 하기 싫어요."

"그럼 놔줘요. 놔요, 피에트로." 마리아는 위협적으로 말하며 그의 손을 벗어나려고 발버둥 쳤다.

그가 한 팔을 마리아의 허리에 두르고 그녀의 얼굴에 자신의 얼굴을 가져가 키스했다. 그러고는 그녀를 놔주었다.

그는 온몸을 떨었다. 그리고 마치 꿈속인 듯 그녀가 심하게 흐느끼는 소리와 말소리를 들었다. "비열한 놈, 비열한 놈…… 아버지에게 전부 다 말할 거야……. 쫓겨나게 만들 테니 두고 봐……."

조용한 부엌에서 살아 있는 것처럼 타닥타닥 소리를 내며 타오르는 통나무 불길 앞에 혼자 남게 되자 그는 마리아가 한 말을 크게 되뇌었다.

"비열한 놈, 비열한 놈…… 아버지에게 전부 다 말할 거야……. 쫓겨나게 만들 테니 두고 봐……."

모두 다 잃었다. 어쩌면 개처럼 쫓겨나기 전에 제 발로 떠나는 게 나을지도 몰랐다. **그다음에**는 어떻게 한다? 어디로 간단 말인가? 그의 인생에는 이제 아무 목표도 없었다.

마리아가 급히 달아나느라 바닥에 흩어놓은 바느질거리들을 정리하고 등받이가 높은 의자에 앉아 주인이 오길 기다렸다.

'니콜라 삼촌이 돌아오면 다 털어놓은 뒤 떠나야겠어. 그래, 삼촌은 날 용서해줄지도 몰라. 이렇게 말해야지. 나도 남자입니다. 뜨거운 열정에 이성을 잃었습니다. 주인 어르신, 당신은 세상 경험이 많으시니, 죄송하지만 어르신도 오늘 밤 죄를 지으셨으니 저를 용서해주십시오. 제가 따님에게 입을 맞추었습니다……. 입을 맞추었어요! 따님에게 입을 맞추었다고요!' 이렇게 생각하자 다시 기운이 났다.

그리고 입맞춤할 때는 느끼지 못했던 관능적인 떨림이 온몸을 휘감았다. 온갖 두려움과 불안감이 그를 떠나지 않았지만 고개를 숙여 두 손으로 얼굴을 감싸고 사랑의 꿈에 깊이 빠졌다. 그에게는 기억할 만한 뭔가가 생겼다. 그래서 기억과 욕망 사이에서, 둘 다 절망적이기는 하지만, 그의 사랑은 어느 때보다 강하고 잔인해졌다.

8

마리아는 분노와 굴욕감에 눈물을 흘렸지만 젊은 만큼 잠을 이기지 못했고 깊은 잠을 자는 동안 마음이 부드럽게 가라앉았다.

새벽녘에 잠에서 깨자마자 마리아는 전날 밤의 일을 떠올렸다. 모든 게 꿈속에서 벌어진 일 같았다.

아, 실제로 꿈을 꾸기도 했다.

그녀는 피에트로가 지키는 포도밭으로 내려갔다. 날씨는 더웠지만 비탈진 땅은 봄에 피어나는 식물들에 뒤덮여 있었다. 잡초와 꽃 핀 좀사위질빵들이 포도밭을 침범해서 이미 검은 포도송이들이 주렁주렁 달린 포도나무들이 보이지 않았다. 그녀가 피에트로에게 소리를 질렀다.

'뭐하는 거예요? 풀이 저렇게 무성한데 왜 뽑지 않는 거죠? 봐요, 잃어버린 물건을 찾듯 허리를 숙이고 포도를 찾아야 하잖아요…….'

자신의 말처럼 그녀가 허리를 숙이자 튼튼한 두 팔이 그녀를 감싸 안으며 일으켜 세우고 꽉 껴안았다. 피에트로였다. 그는 한 손으로 그녀의 머리를 가만히 받치고 지난밤처럼 자신의 얼굴을 그녀의 얼굴에 갖다 대며 키스했다…….

한 번, 두 번, 끝없이 입을 맞추었다. 그녀는 비명을 지르고 싶었지만 아무 소리도 나오지 않았다. 설령 소리를 질렀다 해도 한적한 골짜기에서 그 비명을 들을 사람이 있을 리 없었다. 그는 키스를 한 뒤 말없이 눈을 감았다. 그녀는 두려웠지만 다리에 서서히 힘이 빠졌고 피에트로의 입술에 담긴 불같은 열기가 피에 전해졌다. 그녀는 죽을 것만 같았다…….

잠에서 깨면서 피에트로가 진짜 키스를 했었다는 사실을 떠올리자 현실과 꿈속의 느낌을 구별하기 어려웠다. 처음에는 한 번도 느껴보지 못한 달콤함이 그녀의 마음을 사로잡았다. 하지만 얼마 지나지 않아 전혀 다른 감정이 밀려들었다.

피에트로 베누, 하인이 그녀에게 키스를 했다! 하인에게 키스를 당하다니! 이보다 더 수치스러운 일은 없었다! 뻔뻔하고 비열한 하인에게 그날 아침 그녀가 속으로 퍼부어줄 마땅한 저주와 욕설을 찾을 길이 없었다. 어떻게 그자의 얼굴을 다시 본다지?

이제 그는 그녀를 주인으로 바라보지도 않을 것이며 어려워하는 마음이 하나도 없을지 몰랐다. 비루● 오른 개처럼 쫓아버려야 해……. 하지만 그가 복수할 수도 있었다. 주인집을 중상모략하고 그들을 괴롭히고 해를 입힐 수도 있었다. 포도나무를 베어내고 소를 죽이고 곡식에 불을 지를지도 몰랐다. 모욕당한 남자는 폭풍과 불길보다 무서웠다. 게다가 사람 일을 누가 알겠는가. 남자들은 얼마나 경솔하고 불같은지! 니콜라 삼촌이 이 일을 알면 어떻게 나올지……. 그런 일이 없어야 하겠지만, 물의를 일으킬 수도 있고 어쩌면 피를 불러올 수도 있었다…….

입을 다물고 신중하게 행동해서 문제를 피하는 게 나았다. 부드러움은 폭력으로 얻을 수 없는 결과를 가져온다.

게다가…… 피에트로가 한 말이 자꾸 생각났다. "당신에게 해를 입히고 싶지 않아요. 그냥……."

● 개나 말의 피부가 헐고 털이 빠지는 병.

사실 마음만 먹으면 충분히 그럴 수 있었다. 하지만 그는 겨우 단 한 번의 키스로 만족했다. 그렇다. 그의 말대로라면 저쪽 포도밭에서부터 그녀를 사랑했다고 하니 거기서 그녀를 강제로 어떻게 할 기회가 얼마나 많았던가? 아무도 보는 사람이 없는 한적한 골짜기의 후미진 포도밭에서 단둘이 있었던 적이 얼마나 많았던가?

피에트로는 항상 그녀를 존중했다……. 이제 그와 만날 기회를 피해야 했다. 그사이 그녀는 물의를 일으키지 않고 그를 해고할 방법을 찾을 수 있을 터였다.

마리아는 창문을 열고 한참 동안 조용한 뜰을 바라보며 앉아 있었다. 지평선에서 짙은 구름이 몰려들어 차갑고 맑은 하늘을 뒤덮었다. 수탉이 울어댔고 말라페테가 뜰에서 짖었다.

그녀는 슬프고 화났다. 하지만 빨래를 했어야 한다는 생각이 들자 불쾌했던 그 일을 조금이나마 잊을 수 있었다! 저쪽에 먹구름이 끼어 있으니! 날씨가 좋아지면 안뜰은 다시 거실처럼 깨끗하고 활기에 넘칠 것이며 들녘에도 꽃이 만발하겠지. 그러면 피에트로는 다시 마을을 떠나 밭에서 밀을 베고 수확하며 지낼 터였다. 물론 그녀는 그에게 다시는 가지 않을 작정이었다!

그녀는 다시 전날 밤의 장면이 떠올라 한숨을 쉬었다. 그러자 분한 마음을 떨쳐버리려는 듯 침대를 정리하고 신경질적으로 발을 쿵쿵거리며 주위를 정돈했다.

"오늘 아침에는 왜 그리 힘이 넘치는 거냐?" 니콜라 삼촌이 옆방에서 소리쳤다.

마리아는 좁은 계단으로 내려가 뜰로 나갔다. 부엌문에 달린 작은 창문이 열려 있었지만 아무 소리도 들리지 않았다. 피에트로는 나가버린 걸까?

피에트로가 그녀에게 위협을 받아 쫓겨나지 않고 제 발로 걸어 나갔으리라고 생각하자 마음이 놓였다. 하지만 부엌에 들어서자 보통 때와 다른 자세로, 바닥에 앉아 머리를 작은 의자에 기댄 채 잠들어 있는 피에트로가 눈에 들어왔다.

그는 고통스러워하며 밤새 눈을 붙이지 못한 게 틀림없었다. 깔개조차 둘둘 말린 채 그대로였다. 푸르스름한 빛이 작은 창문으로 희미하게 비쳤고 그의 얼굴은 병자처럼 창백해 보였다.

'잠을 못 잔 거야.' 마리아가 생각했다. 그러자 자신도 모르게 그가 안쓰러워졌다.

피에트로의 말이 다시 떠올랐다. '내가 다른 남자들과 달라서인가요? 내가 가난해서?'

'여기였어. 저 사람이 여기서, 바로 여기서 입을 맞췄지.' 그녀가 생각했다. '내가 달아나려고 해서 입을 맞춘 거였어…….. 지금 잠에서 깨 나를 보면 어떻게 할까? 벌떡 일어나서 나를 붙잡고 꿈에서처럼 다시 입을 맞출까?'

분노, 굴욕감, 연민, 복수심, 하인을 자극하고 싶지 않은 마음, 그가 자신을 사랑한다는 데 대한 약간의 만족감까지 그녀의 마음속에서 요동쳤다. 경멸의 눈으로 잠든 하인의 창백한 얼굴을 바라보았다. 그러자 원하지 않았는데도 저절로 그의 입술에 눈길이 머물렀고 그가 꿈속에서 그녀에게 키스할 때의 뜨거운 느낌이 되살아났다.

마리아는 조용히 매일 하던 일을 했다. 그녀는 피에트로를 깨우고 싶지 않았는데 그에게 자신의 모습을 보이는 게 부끄러워서인지 그의 잠을 방해하고 싶지 않아서인지 분명치 않았다.

하지만 피에트로는 그녀의 기척을 느꼈다. 마리아가 불씨를 찾으려 재를 뒤척이는 사이 그가 화들짝 놀라 잠이 깨서 당황한 얼굴로 그녀를 보았다.

"왜 불을 꺼뜨렸어요?" 마리아가 그를 보지 않은 채 말했다. 피에트로는 일어섰다가 불 앞에 무릎을 꿇고 몸을 숙여 불을 다시 살리려 했다.

"조금 전까지 타고 있었는데…… 왜 꺼졌는지 모르겠군요. 내가 다시 불을 붙일 테니, 잠깐만 기다려요. 걱정하지 말아요." 그가 아직 잠이 덜 깬 채 그녀에게 겁이라도 먹은 듯 소심하게 중얼거렸다.

'조금 전까지 불이 타고 있었다고…… 그러니까 이 사람은 새벽까지 잠들지 못했구나.' 마리아는 벽난로 옆에 가만히 선 채 생각했다.

피에트로가 부싯돌에 부시를 쳐서 불을 다시 피웠다. 그러고는 다시 일어났는데 몹시 당혹스러워하는 얼굴이었다.

"마리아." 그가 말했다. "제발 용서해줘요……. 내가 미쳤었나봐요. 아버님께 아무 말도 하지 말아주세요. 내가 나갈 핑곗거리를 찾으면 곧 떠날게요. 당신은 너그러우니 나를 용서해주리라 생각해요. 앞으로는 당신을 향해 눈도 돌리지 않을게요."

마리아는 그에게서 등을 돌렸다. 피에트로는 더 이상 아무 말도 하지 않았다.

하지만 그는 약속을 지키지 않았다. 떠날 생각도 사라졌다. 몇 주 동안은 정말 마리아 앞에서 눈을 들 엄두도 내지 못했고 그녀가 뭔가를 물을 때에만 말을 하곤 했다. 피에트로는 포도밭에서 일했고 저녁에도 마을에 돌아오지 않을 때가 많았다.

그러나 사순절의 마지막 일요일, 그는 따뜻하고 활기 넘치는 안뜰에서 마리아와 단둘이 마주치게 되었다.

두 사람 모두 외출 준비 중이었는데 마리아는 설교를 들으러 가기 위해 잘 차려입었고 그 역시 새 옷을 입어 잘생긴 외모가 한층 돋보였다.

"어디 가요?" 마리아가 보디스 끈을 묶으며 물었다.

"가면 구경 갑니다."

"설교를 들으러 가는 게 더 좋을걸요."

피에트로가 그녀를 바라보았다. 두 눈이 불타올랐고 집요하고 강렬한 그 눈으로 그녀를 뚫어지게 바라보았다. 그녀가 얼굴을 붉혔다.

"당신이 원한다면, 갈게요……. 사순절 같은 건 나한테 하나도 중요하지 않아요, 마리아. 당신이 없는 곳에서 난 살 수 없어요……."

"당장 그만둬요, 피에트로……."

그는 매혹적인 눈으로 계속 그녀를 바라보았다. 마리아는 급히 그에게서 멀어져 밖으로 나갔다. 피에트로는 그녀가 도망치는 듯한 인상을 받았다.

다시 여러 날이 지났다. 연인들을 편드는 따뜻한 봄이 설렘을 가득 담고 성큼 다가왔다. 그날 이후 피에트로는 젊은 여주인과 단둘이 있게 될 때면 계속 열정적인 말을 건네곤 했다. 그녀는 이제 격노하지 않았고 달아나지도 않았다. 피에트로를 자신에게 열렬히 구애하는 남자로 생각하는 데 익숙해진 듯했고 더 이상 그를 두려워하지도 않는 것 같았다.

더욱이 그녀에게는 다른 구애자들이 없었다. 적어도 직접 접촉할 수 있는 위험한 구애자는 없었다. 빼어난 미모를 지닌 마리아 노이나의 콧대가 높다는 건 누오로의 부유한 신랑감들에게 유명했다. 모두 입을 모아 말했다.

"마리아는 남편감으로 잘사는 남자나 변호사를 원해. 빈털터리는 어림없지."

가난한 청년들은 그녀를 감히 올려다보지도 못했으며 부자나 변호사들에게 그녀는 짝으로 삼을 정도의 부자가 아니었다.

집안이 좋고 마을의 부자에다 똑똑하지만 인물이 떨어지는 프란체스코 로사나만이 끈질기게 니콜라 노이나의 아름다운 딸을 바라보았다.

마리아는 그것을 알고 있었고 1년 넘게 프란체스코가 사랑을 고백하길 기다렸으나 아무 기미도 보이지 않았다. 그래서 이제는 아예 기대를 하지 않았다. 게다가 그녀는 지주인 프란체스코가 마음에 썩 들지도 않았다. 그녀는 키가 크고 날렵하며 부자인 목동을 더 좋아했다. 하지만 그 목동은 마리아보다 못생겼지만 훨씬 부자인 고아 아가씨와 결혼을 약속했다.

어느 날 그 젊은 목동이 니콜라 삼촌을 만나러 왔다. 마리아는 그를 자세히 보다가 이상한 기분이 들었다. 그가 피에트로와 닮아 보였다. 이유는 알 수 없지만 그녀는 한숨을 쉬었다. 그리고 하루 종일 막연한 슬픔을 느꼈다.

밤마다 꾸는 사랑의 꿈들이 그녀를 혼란스럽게 했다. 꿈에서 그녀를 껴안고 말로 표현할 수 없을 정도로 다정하게 애무해주는 사람은 언제나 피에트로였는데 때로는 고아 아가씨와 약혼한 목동일 때도 있었다.

꿈의 배경은 대부분 조용한 초록의 포도밭이었다. 포도밭은 편견으로 가득 찬 세상에서 멀리 떨어져 사랑만이 지배하는 오아시스 같았다. 부와 다른 쓸모없는 재산이 아니라 아름다움과 힘과 부드러움과 쾌락을 요구하는 사랑 말이다.

어느 날 밤, 마리아가 니콜라 삼촌이 평상시처럼 근처 선술집 순례를 마치고 돌아오길 기다리고 있는데 대문 두드리는 소리가 들렸다. 그녀가 나가서 누군지 물었다.

"접니다." 피에트로가 대답했다.

그가 토요일에 돌아온다고 생각하고 있던 마리아는 갑자기 그의 목소리를 듣자 당황했다. 곧 대문을 열고 그가 들어왔다.

칠흑 같은 밤이었지만 따뜻했고 하늘에는 별이 떠 있었다. 빛도 소음도 조용한 뜰에까지 닿지 않았다.

"왜 돌아왔어요?" 마리아는 벌써 대답을 짐작하고 있는 듯이 조심스러운 목소리로 물었다.

"당신을 못 본 지 사흘이 돼서……." 피에트로가 그녀 옆에서 꼼짝하지 않은 채 말했다. "그저 당신을 보러 왔어요. 원한다면 당장 떠날게요."

마리아는 어떻게 대답해야 좋을지 몰랐지만 본능적으로 좁은 계단 쪽으로 갔다. 수줍어하면서도 공손한 태도의 피에트로가 그녀의 뒤를 따랐다.

"아니, 얼굴이라도 한번 보여줘요, 마리아. 잠깐만 부엌으로 와줘요. 그러면 떠날게요." 그녀는 대답하지 않았다. 그러자 다시 한번 열정에 압도당한 피에트로는 그녀의 허리를 잡고, 약간 머뭇거렸으나 문이 반쯤 열려 있는 부엌까지 그녀를 조용히 끌어당겼다.

"부엌에 아무도 없나요?" 그가 소곤거렸다.

"없어요." 그녀가 조그맣게 대답했다.

두 사람은 부엌으로 들어갔다. 불빛 아래에서 피에트로는 거의 미친 사람처럼 마리아를 보았다. 그녀는 몸을 떨며 당황스러운 듯 그의 옆에 서 있었다. 하지만 그는 감히 키스를 하지는 못했다. 그리고 그녀를 떠나며 말했다.

"이제 됐어요. 원한다면 갈게요."

"아니요, 당신이 여기 있는 게 좋겠어요. 사람들이 당신을 봤을지도 몰라요. 아버지가 돌아오시면 당신이 문을 열어주세요……. 잘 자요."

그녀는 부엌에서 나갔다. 자신의 방에 들어서자마자 동요하는 이유도 알지 못한 채 몸을 떨었다.

마리아는 불안 속에서 그날 밤을 보냈다. 꿈을 꾸다 한밤중에 깼는데 다시 잠을 이룰 수 없었다. 조금 있으면 피에트로를 다시 만날 수 있다고 생각하자 그때까지 알지 못했던 기쁨으로 마음이 부풀어 올랐다.

그녀는 이렇게 기쁜 이유를 잘 알지 못했고 앞으로 무슨 일이 일어날지 궁금하지도 않았지만, 그렇다고 자신도 하인과 똑같은 열정을 느낀다는 생각은 해본 적이 없었다. 다만…… 하인이 자신을 사랑하게 내버려둘 뿐이었다. 아, 그렇다. 뭐 나쁠 게 있겠는가? 피에트로는 매우 선량하고 예의가 발랐다. 그의 존재는 이제 두렵지 않을 뿐만 아니라 그녀에게 강렬한 기쁨을 안겨주었다.

그를 양처럼 온순하게, 기쁨에 떨게 하려면 친절을 베푸는 것만으로 충분했다. 그를 행복하게 하는 데 안 될 이유가 있을까? 그로 인해 그녀도 이렇게 기쁜데 말이다.

날이 밝아올 무렵에 옷을 입고 정성스레 머리를 빗은 뒤 부억으로 내려갔다. 불안감과 자신에게도 고백하고 싶지 않은 욕망에 가슴이 두근거렸다.

피에트로는 이미 일어나서 떠날 준비를 하고 있었지만 그녀를 기다린 모양이었다.

"가려고요." 그가 말했다. "오늘은 정말 날이 좋겠어요. 요새 포도밭에는 왜 안 오죠, 마리아?"

"내가 지금 거기 가서 뭐 하게요?" 그녀가 일부러 딱딱하게 대답했다. "갈 때가 되면 갈 거예요."

"그럼 오긴 오나요?"

"당연하죠. 내가 가지 말아야 할 이유라도 있어요?"

그러면서 평상시대로 집안일에 전념했다.

"알았어요. 좋은 아침이에요." 그가 떠나면서 말했다.

그녀는 대답하지 않았지만 순간 자기도 모르게 돌아보았다. 욕망으로 달아오른 피에트로가 그녀에게 다가갔다.

"마리아, 손이라도 한번 잡아보게 해줘요."

"가세요. 당신 정말 미쳤군요! 날 좀 가만히 놔둬요!"

"화내지 말아요, 마리아! 맞아요. 난 당신을 불안하게 하고 싶지 않아요. 그래요. 당신이 싫으면 내 손을 잡지 않아도 돼요. 그렇지만 내 손이 더럽지는 않아요. 그렇지 않아요, 마리아! 가난한 남자의 손일 뿐이에요. 그러니 당신이……."

"아무 말 말아요. 아무 말 말아요. 가요." 그녀가 애원하며 문을 가리켰고 그에게서 멀어졌다.

"나를 쳐다보기라도 해요! 왜 눈을 들지 않는 거죠? 한번 보기라도 해요, 마리아! 왜죠. 내가 가난해서인가요?" 피에트로가 마리아에게 다가가며 집요하게 말했다. "그렇죠. 그 때문이죠. 하지만 분명하게 말할 수 있어요, 마리아. 나도 부자가 될지 누가 알겠어요! 게다가…… 내가 당신에게 요구하는 게 있나요? 아무것도 없어요. 그러니 내게 심하게 굴지 말고 눈길이라도 한번 줘요. 고개를 들어요……."

피에트로의 말들이 마리아의 마음을 사로잡았다. 그렇다. 바로 이것이었다. 이게 바로 그녀가 간절히 바라던 기쁨이었다. 겸허한 사랑을 받고 있다고 느끼며 그 남자가 한 번만 봐달라고 간절히 애원하는 것 말이다.

피에트로가 그녀의 한쪽 손을 잡으며 힘을 주었다. 두 사람의 손이 닿기만 했는데도 둘 다 손이 떨렸다.

"잘 있어요. 포도밭에 올 거죠?"

"누가 알겠어요!"

그는 포도밭으로 떠났지만 그의 기다림은 헛되었다. 피에트로는 토요일 저녁 빵 한 덩어리를 훔치려는 배고픈 사람과 같은 불안과 기대를 안고 주인집으로 돌아왔다. 하지만 주인들은 잠을 자지 않고 있다가 모두 함께 방으로 돌아갔다.

그는 잠이 들었다가도 흠칫 놀라 깰 정도로 불안해하며 날이 새기를 기다렸다. 이제 더 이상 싸울 힘이 없었다. 이대로는 더 살아가기가 힘들었다. 마리아가 그의 사랑을 받아들이든지, 아니면 그가…… 그가 뭘 어떻게 할 수 있을까? 그는 알지 못했지만 무슨 일이든 할 각오가 되어 있었다.

마리아는 보통 때보다 늦게 부엌으로 내려왔다.

그녀는 평온하고 태연해 보였다. 부엌에 들어서자마자 화로에 몸을 숙이고는 커피포트를 불 위에 올려놓았다.

"왜 포도밭에 오지 않았죠? 당신을 기다렸는데. 계속 기다리기만 했는데. 날씨도 좋았어요……. 오는 게 두려웠나요?"

"시간이 없었어요." 그녀가 차가운 목소리로 대답했다.

그러다가 갑자기 생기가 돌더니 피에트로를 바라보았다. 마치 그를 자극하고, 자신이 그를 두려워하지 않는다는 것을 알게 해주려는 사악한 재미에 들린 듯했다.

"다음 주에 갈게요. 회향도 틀림없이 있을 테니 회향 열매를 따러 갈게요. 포도밭 일은 벌써 다 됐죠? 가지치기 시작했어요?"

"그래요. 지금 가지를 치고 있어요. 아니, 당신은 오지 않을 거예요. 난 알고 있어요……."

"내가 왜 그곳에 가길 바라는 거예요?"

"그러니까 당신을 보려고, 우리가…… 서로 만나기 위해…… 당신도 나를 사랑하니까. 알아요. 맞아요. 지금 당신은 나를 사랑해요. 말해봐요……."

그녀는 경멸과 슬픔이 반반 섞인 얼굴로 고개를 저었다.

"내가 당신을 사랑한다 하더라도……."

"하더라도?"

"아무것도 아니에요."

그가 일어섰다. 그녀는 문 쪽으로 가서 밖을 내다보았다.

햇살이 어느새 안뜰의 담벼락 위에 내려앉았다. 루이사 이모가 언제 내려올지 몰랐다.

피에트로가 조심스레 마리아에게 다가가서 그녀를 껴안았다.

"당신이 나를 사랑한다면…… 그러면, 그러면?" 그가 집요하게 말했다. "당신에게는 다른 사람들이 중요한가요? 그렇지만 당신은…… 당신은 나를 사랑하지 않나요?"

"놔줘요, 피에트로. 놔줘요……. 사람들이 보겠어요……."

"좋아요, 당장 놔주지요. 하지만 먼저 나를 사랑한다고 말해요."

"가게 해줘요, 피에트로."

그렇게 말했지만 그녀는 이제 몸부림치지 않았다. 그녀는 지금까지의 마리아 노이나 같지 않았다. 그래서 피에트로는 자신이 꿈을 꾸고 있다고 생각했다.

"좋아요, 놔줄게요……. 약속해요. 하지만 먼저 말해요……."

"그래요. 당신을 사랑해요."

하지만 그는 약속을 지키지 않았다.

9

피에트로 베누는 몇 달 동안 꿈속에서 사는 듯했다. 특히 처음에는 얼이 나가 있었고 온몸이 뜨겁게 달아올랐으며 공중에 붕 뜬 채로 살았지만 곧 익숙해졌다. 그는 언제나 변함없이 기쁜 마음으로 일어났고 잠에 들었다. 지금까지 그렇게 행복한 적이 없었다. 이런 행운은 꿈에서조차 생각지 못했다.

마리아의 사랑을 처음 확인한 뒤로 두 사람은 짧게 만나곤 했는데 그녀는 부드러우면서도 뜨거운 모습을 보였다. 그녀는 피에트로에게 완전히 빠져들었고 그녀의 사랑은 자연스러우면서도 신뢰가 담겨 있었다.

오, 그녀는 그를 의심하지 않았다. 피에트로 역시 질투에 사로잡히거나 그녀를 불신하지 않았다. 하지만 그는 그녀 앞에 서면 늘 다소 소심해지거나 자신이 하인이라는 사실을 조금씩 의식하곤 했다.

게다가 서로 만나지 못한 채 몇 주씩 흘렀던 때도 있었고, 다른 사람들 앞에서는 적의가 느껴질 정도로 서로를 차갑게 대하는 척했다. 그뿐만 아니라 마리아는 기회가 있을 때마다 그에게 불평했고 아무것도 아닌 일로 소리를 질렀다. 피에트로는 그녀의 말을 되받았고 니콜라 삼촌이 끼어들 정도로 진짜처럼 심하게 말다툼하는 경우도 허다했다. 그럴 때면 니콜라 삼촌은 대부분 하인의 편을 들었다.

그 모든 게 피에트로의 기쁨에 적지 않은 그늘을 드리웠다. 사랑을 확인할 때 마리아는 너무나 부드럽고 매혹적이지만 어떤 식으로든 자신의 신분을 상기시킬 때는 거리를 두고 싶어한다는 생각이 들었다.

아, 그는 자신이 하인이라는 사실을 너무나 잘 알았지만 그래도 기대하고 있었다! 사랑은 기적을 만들 수 있었다.

"숙모가 드디어 내게 유리한 유언장을 작성했어요." 그가 어느 날 밤 조심스레 몸을 떨며 부엌으로 내려온 마리아에게 말했다. "두고 봐요. 숙모는 연로하세요. 제발 당신이 날 기다려준다면! 난 유산을 받으면 당장 집과 땅을 전부 팔아 가게를 차릴 거예요. 두고 봐요……. 두고 봐요……."

마리아는 피에트로가 키스를 하게 내버려두었지만 그의 희망을 부추기지는 않았다. 둘은 결혼에 대해 솔직하게 이야기를 나누지 않았지만, 어쨌든 마리아는 사랑하는 사람을 배신하지 않겠다고 약속했다. 가끔씩 어두운 그림자가 둘만의 달콤한 시간을 방해했다. 피에트로는 슬픔에 잠겼고 마리아는 몸이 굳었다

"왜 그래요, 마리아?"

"아무것도 아니에요. 오늘 밤에는 그냥 기분이 안 좋아요. 신경 쓰지 말아요."

"나도 그래요."

두 사람은 자신들의 생각을 입 밖에 낼 엄두가 나지 않았지만 눈물에 젖은 키스를 하곤 했다. 그러다가 자신들의 슬픔을 잊고 다시 돌아오지 않을 지금의 순간을 본능적으로 즐겼다.

그들은 언제나 밤에 만났다. 누군가에게 들킬까봐 몸을 더 떠는 사람은 피에트로였다. 이따금 그는 문 쪽으로 가서 바깥을 살폈다. 그 짧은 순간 마리아는 현실감각을 되찾은 듯했다. 인상을 찌푸리거나 어두운 표정이 되었으며 어떨 때는 눈

물을 흘리기도 했으니 말이다.

'아니, 난 절대 저이의 아내가 될 수 없어.' 그녀는 생각했다. '내가 여기서 뭐 하는 거지? 왜 저 사람을 속이는 거지?'

하지만 그는 다시 마리아를 향해 돌아왔고 매력적인 눈길과 말로 그녀를 사로잡았다.

그녀는 눈치가 빠르고 똑똑했기 때문에 피에트로가 상습적으로 여자를 유혹하는 남자가 아니라는 것쯤은 금방 알아차렸다. 그가 자신의 열정에 압도당해서 자신뿐만 아니라 그녀를 위험한 소용돌이 속으로 끌고 가고 있으며 두 사람이 운명의 힘에 의해 그곳으로 떠밀려가는 게 너무나 분명하게 보였다. 그렇지만 이따금 그녀는 그런 신비한 힘에 저항했고 자신을 사랑에 빠지게 한 하인을 원망했다.

'나한테 원하는 게 뭘까?' 마리아는 속으로 생각했다. '난 하인과 결혼할 수 없어……. 본인도 그 사실을 알고 있지만 내게 그 말을 할 용기가 없을 뿐이야. 맞아, 저 사람은 정직한 사람이 아니야. 좋은 집안 아가씨는 이런 유혹에 넘어가지 않아. 저 사람은 내게 남편이 있었어도 날 유혹했을 거야……'

반면 피에트로는 마리아를 아내로 삼을 수 있으리라는 희망이 날이 갈수록 커져 그녀를 더욱 소중하게 대했다. 그는 순결한 그녀와, 아니 적어도 그와 나눴던 키스가 전부인 그녀와 결혼하고 싶었다. 하지만 그녀가 자신의 사랑을 타산적이라고 생각할까봐 결혼 이야기를 꺼낼 용기를 내지 못했다.

피에트로의 열정은 나날이 가라앉고 깊어졌으며 그의 영혼은 행복한 미래의 빛 앞에서 맑아졌다. 반면 마리아의 변덕은 더욱 심해졌고 그녀의 열정은 점점 더 흐려졌다.

사랑이 뭔지 알고 싶은 호기심이 그녀를 젊고 잘생긴 남자에게로 이끌었다. 사랑은 그 모습을 드러냈고 그녀에게 다가왔지만 마음 깊은 곳에 닿지는 않았다.

마리아는 자신이 품은 사랑의 목적을 알지 못했다. 아니, 알고 싶어 하지 않았다. 뿌연 안개가 마음속을 지배했다. 한편 피에트로를 비난하는 사악한 감정들이 그녀를 뒤흔들었다.

하루는 마리아가 골짜기의 포도밭으로 갔다. 피에트로가 일을 다 마친 뒤였다. 두 사람은 배나무들 밑에서 다시 만났다. 마리아의 아름다운 모습이 피에트로의 눈에 처음 들어온 곳이었다.

하늘은 파랗고 골짜기는 온통 초록빛에 벨벳으로 만든 거대한 요람처럼 부드러웠다. 피에트로는 잠시 길을 잃은 기분이 들었다. 마리아가 그를 바위 뒤로 이끌었다. 예전에 그가 사비나와의 키스를 꿈꾼 곳이었다.

담쟁이덩굴에서 기분 좋은 냄새가 났고 참새 두 마리가 작은 나뭇가지에서 사랑을 나누었다. 마리아의 눈은 꿈을 꾸는 듯했다. 피에트로는 몸이 떨렸고 고통스러웠지만 자신의 약속을 떠올렸다.

"당신에게 해를 입히고 싶지 않아요.'"

그는 마리아가 자신을 사랑한 것을 후회하길 원치 않았다. 하지만 그녀에게 자신의 마음을 들킨 건 잘못이었다. 마리아는 포도밭을 떠났다. 길에 접어들자 그녀는 방금 벗어난 위험한 상황이 떠올라 오싹한 기분을 느꼈다.

'저이는 언젠가 나와 결혼할 수 있다는 생각을 한시도 버리지 못해. 우리 부모님 눈에 들고 싶어 하고. 그런데 나는……난 저 사람에게 미쳤다는 말도 제대로 하지 못해. 오, 맙소사, 맙소사, 미친 사람은 나야. 세상에 생각이 없기는. 내가 무슨 짓을 하는 거지? 왜 여기까지 왔지? 다 끝내야 할 때가 된 것이 아닐까? 그래, 끝내야 해. 오늘 밤에 말해야 돼. "피에트로, 아무 희망도 갖지 말아요. 더 이상 나를 고통스럽게 하지 말아요." 저 사람은 며칠 뒤면 멀리 떠나 석탄과 재를 숲에서 바닷가로 옮기는 일을 하러 갈 거야. 그러다가 수확기가 되겠지. 그렇게 되면 세 달에 한두 번밖에 보지 않을 테니 저 사람은 다 잊게 될 거야. 그래, 지금이 바로 끝낼 때야.'

저녁 내내 마리아는 불안하면서도 슬펐다. 침대에 몸을 던지고 아버지와 어머니가 잠들기를 기다렸다가 분노와 사랑의 감정에 휩싸여 흐느꼈다. 입술을 깨물자 아직도 불길 같던 피에트로의 입술이 느껴졌다. 손톱이 손바닥을 파고들었다. 고통스러운 맥박이 느껴질 정도로 주먹을 꽉 쥐었지만 피에트로의 다정한 손길만이 떠올랐다.

'안 돼요, 어서 가요, 마리아. 우리 서로에게 해를 입히지 말아요. 제발 가요……'

그녀는 거기서 떠났고 앞으로 절대 그를 보고 싶지 않았다. 하지만 다시 한번 그를 봐야 했다.

"서로에게 해를 입히지 말아요……."

그런데 그들은 이미 서로에게 해를 입히지 않았나? 과연 그렇게 아무 희망 없이 사랑한 게 잘한 일이었을까? 마침내 그녀는 자신이 죄를 지었다는 것을 깨달았다. 욕망의 죄, 거짓의 죄, 부모에게 불효한 죄, 하인을 속인 죄를 말이다.

하지만 하느님은 위대하고 자비로웠다. 진심 어리게 고백하면 영혼은 샘에서 빤 빨래처럼 깨끗해진다. 그러려면 먼저 정직하지 못하고 그녀에게 어울리지 않는 관계를 끊어야 했다. 지금, 당장. 그녀는 일어나서 계단 위의 발코니로 나갔다. 피에트로는 부엌에서 그녀를 기다리고 있었다. 초조해하면서도 확신에 차서, 친절하고 다정한 마음으로……. 불쌍한 피에트로!

마리아는 잠시 머뭇거리며 자애로운 달빛 아래에서 난간에 몸을 기댔다.

그러다가 방으로 돌아와 다시 울었다. 왜 그 사람은 한낱 하인에 불과한 걸까? 왜 그녀에게까지 감히 추파를 던진 걸까? 지금 두 사람 모두 고통스럽다면 그건 다 피에트로 때문이었다. 미치광이에다 가볍고 바보 같은 남자! 그러니 불행이 그의 몫이 되길. 끝낼 시간이었다.

마리아는 다시 극심한 분노에 사로잡혀 밖으로 나가 계단을 내려가 부엌으로 들어갔다. 피에트로는 그녀가 포도밭으로 찾아와준 것과 바위 뒤에서 나눈 키스의 감동을 여전히 잊지 못한 채 그녀를 기다렸다. 그녀를 보자마자 품에 안고 입을 맞추었다.

그러자 그녀는 자신의 불순한 결심을 잊어버렸다. 하지만 그날 밤 이후로 마리아의 감정과 이성 사이의 투쟁은 어느 때보다 가혹하고 교활해졌다.

어느 순간에 이르러 마리아는 자신이 원하는 게 무엇인지를 자문하지 않게 되었다. 더 이상 마음의 밑바닥을 탐험해보려는 시도도 하지 않았고 조만간 밝은 미래가 찾아오길 기대하며 일상적인 일들에 전념했다. 이제 피에트로가 두렵지 않았다. 그는 성인이 아니라 아이였다. 그뿐만 아니라 사랑에서도 보잘것없고 순종적인 하인이었다.

하지만 얼마 전부터 마리아는 살이 빠지고 쇠약해졌다. 예전같이 관심을 가지고 꼼꼼하게 집안일을 하지 않았다. 넋이 나가 손이 무뎌졌고 눈도 흐려졌다.

니콜라 삼촌은 마리아가 장부와 서류를 제대로 정리하지 않는다고 자주 나무랐다. 루이사 이모는 자신의 젊을 때를 떠올리며 생각했다.

'마리아는 결혼을 해야 해. 누군가가 청혼할 때가 됐어.'

그런데 변호사들이나 부유한 부르주아들은 마리아에게 청혼하지 않았기 때문에 루이사 이모는 그들을 험담하고 같은 지방의 부자들을 칭찬하기 시작했다.

"변호사들! 다 거지에 사기꾼이야. 돈 몇 푼에 영혼을 파는 불성실한 인간들이지. 그런 자들 중에 프란체스코 로사나의 신발 끈을 묶어줄 자격이 있는 자가 있겠어? 좋은 집안에서는 돈이 필요하지 번드르르한 언변이나 겉만 번쩍이고 밑창은 낡아빠진 신발은 필요 없다고. 프란체스코 로사나하고 다른 몇몇, 그래, 그런 사람들이 진짜 남자지. 지혜와 재산 모두를 갖춘 남자 말이야. 변호사나 보잘것없는 지주들은 다 굶어 죽는다니까."

루이사 이모의 수다는 로사나의 귀에까지 들어갔다. 그는 마리아를 성당이나 거리에서 만났을 때 그녀에게서 눈을 떼지 않곤 했었다.

그해 마리아는 부활절 고해성사도 보지 않았다. 고해를 할 힘이 없었고, 결혼할 생각이 없는 남자를 사랑하고 입을 맞춘 죄를 사제가 용서해주지 않을까봐 두려웠다.

'난 이중으로 죄를 지었어.' 그녀가 생각했다. '부모님을 속이고 피에트로를 속였으니.'

그사이 수확기가 되었다. 피에트로는 몇 주 동안 멀리 떨어져 지냈다. 하지만 그는 그 위, 대지가 씨앗을 위해 자신의 품을 열었듯이 그의 심장이 사랑을 향해 열렸던 그 고원으로 자신을 찾아오겠다는 약속을 마리아에게서 받아냈다. 마리아는 약속을 지켰다. 그래서 피에트로는 황금빛 이삭들 사이에서 붉은 양귀비처럼 나타난 아름다운 그녀의 모습을 볼 수 있었다.

거친 산들의 그림자 아래에 있는 골짜기는 수확의 기쁨으로 넘쳐났다. 하늘이 불타올랐다. 수확하는 사람들은 지쳐 있었지만 종교적이라 할 만한 기쁨을 누렸다. 그들은 허리를 숙이고 말없이 곡식을 베었다. 몇몇 처녀만 노래를 부르며 깔깔

웃었다. 맑은 웃음소리가 메추라기의 노랫소리, 매미 울음소
리와 뒤섞였다.

마리아는 그곳에, 자신의 땅에 며칠 머물렀다. 그녀는 살아
있는 꽃 같았다. 태양에 구릿빛으로 그을어 얼굴도 금빛을 띠
었다.

수확하는 사람 중에는, 그 무렵 피에트로와의 사랑에 대한
마지막 희망까지 다 버린 사비나도 있었다. 고요한 오후였다.
단으로 묶은 곡식들 위에 던져둔 낫이 은빛으로 빛나고, 멀리
있는 산들이 푸르스름한 수증기가 피어오르는 지평선과 하
나가 될 때 수확하던 사람들은 힘든 노동과 더위에 지친 피
곤한 몸을 이끌고 관목 그늘 여기저기에 흩어져 잠을 잤다.

어느 날 친구들과 함께 관목 그늘 아래에서 낮잠을 자던 사
비나는 갑자기 잠이 깨 주위를 둘러보았다. 마리아가 없었다.

처음에는 막연하고 형태가 없던 생각 하나가 사랑에 빠진
사비나의 머리를 스치고 지나갔다. 그녀는 그루터기들 사이
로 살금살금 걸어갔다. 이따금 관목들 사이에 몸을 숨기기도
하면서 도마뱀처럼 조심스레 비탈길을 올랐다. 그리고 모습
을 드러내지 않은 채, 초막 담장 뒤에서 신중하지 못하게 정
신없이 키스하고 있는 피에트로와 마리아를 보았다. 두 사람
은 그저 그늘을 피해 거기 있는 것 같았다.

그들은 자신들을 둥글게 에워싼 불타오르는 풍경 속에서,
마치 잘 익은 이삭을 거둬들이는 사람들처럼 하늘과 땅이 보
는 앞에서 서로의 입술을 빨아들였다.

10

9월 7일에서 8일로 넘어가는 밤에 누오로의 처녀들이 무리를 지어 비뚤비뚤한 오솔길들을 따라 걸었다. 누오로에서 고나레산으로 이어지는 그 길들은 탄카들과 탁 트인 목초지들, 그리고 떡갈나무 숲들을 가로질렀다.

아름다운 한밤의 순례자들은 고나레산의 정상에 우뚝 서 있는 성소 아래까지 갔다. 몇몇 순례자는 서원•을 이행하기 위해, 또 누구는 은총을 구하기 위해서였지만 대부분은 단순히 재미 삼아 갔다. 다음 날은 축제였다. 주변 마을 사람들이 구경하고 춤추고 즐기기 위해 전부 고나레산에 올라올 것이다. 순례자들은 아침과 저녁 식사가 담긴 작은 꾸러미를 가지고 갔다. 축제 장소에서만 입을 나들이용 투니카는 팔이나 어깨에 걸쳤다. 서원을 위해 맨발로 걷는 순례자들도 있었다. 한 처녀는 머리칼을 등에 닿게 풀어놓은 채 성화가 그려진 촛불을 들고 걸었다. 오래된 서원을 이행하는 마리아 노이나였다.

밤이슬에 촉촉하게 젖은 검은 머리카락이 등에서 넘실거렸다. 가끔 가벼운 바람에 흩날려 얼굴을 때리는 머리카락이 성가셨지만 길동무들의 찬사를 들을 때의 기쁨에 비교하면 아무 일도 아니었다.

• 가톨릭에서 보다 선하고 훌륭하게 살겠다고 하느님에게 약속하는 행위.

"마리아 노이나, 머리를 풀어놓으니 요정 같네."

"마리에다의 머리 같아, 마리아 노이나."

마리에다는 괴물에게 납치된 동화 속 주인공이었다. 머리가 어찌나 길던지 머리를 땋아 창밖으로 던지자 왕자가 그것을 밧줄 삼아 그녀가 있는 곳까지 올라왔다고 한다.

"하느님이 네 머리칼을 지켜주시길, 마리아 노이나. 내가 사악한 눈길을 피할 수 있게 해줄 테니 네 머리를 만질 수 있게 해줘."

"기도하자." 친구들이 마리아를 칭찬하자 샘이 난 **가시 돋친** 로사가 제안했다. 마리아는 고나레산 성당 위에서 떨리는 별 하나를 올려다보았다. 그리고 큰 소리로 묵주기도를 함께 했다.

하지만 로사가 바보같이 제일 먼저 웃음을 터뜨려서 순례자들은 기도를 계속할 수 없었다. 그러자 마리아가 각자 자신의 기도를 하자고 제안했고 곧 다시 조용해졌다.

달빛이 그 광활하고 황량한 주변을 비추었다. 넓은 탄카들의 풀은 여름에 바짝 말라붙었고 여기저기 거무스름하게 불탄 흔적이 남아 있었다. 그 우울하고 쓸쓸한 풍경 속에 흩어져 있는 몇몇 목동이 피운 모닥불들은 도깨비불 같기도 했고 낮은 담장 뒤나 그루터기들과 마른 아스포델 사이의 검은 땅에서 불쑥 나타난 붉은 혀 같기도 했다. 그리고 9월 들어 처음 내린 비가 만들어낸, 멀찌감치 떨어진 몇 개의 작은 늪에서 뜨거운 대지의 숨결인 양 푸르스름한 안개가 피어올랐다. 사방에 광대한 원을 그린 지평선 때문에 푸른 산들은 달 주위를 에워싼 수증기 속으로 사라졌다. 맑고 깊은 하늘 위에서 살아 있는 별들이 신비하게 침묵하는 그 모든 것을 지켜주었다.

처녀들은 하얀 달빛을 받으면서 소리 없이 하나의 생각에 집중한 채 걷고 또 걸었다. 마리아의 머리카락은 부드러운 바람에 춤을 추었고 그녀의 머리에서 떨어져 자신들을 부드럽게 쓰다듬는 바람을 따라가고 싶은 듯했다. 하지만 곧 변덕에 지치고 후회하듯 젊은 여인의 등으로 다시 돌아왔다. 갑자기 처녀들이 걸음을 멈추고 귀를 기울였다. 동이 트기 전의 깊은 침묵 속에서 말발굽 소리가 들려왔다. 사람의 목소리도 메아리가 되어 바람에 실려 왔다. 누구일까, 대체 누구일까? 바로 그때 마지막 탄카의 푸르스름한 경계선에 검은색의 긴 줄이 나타나더니 서서히 앞으로 다가왔고 이내 흩어졌다. 말과 사람들의 그림자가 달빛을 받아 환한 그루터기 위로 길게 드리웠다.

"축제에 가는 사람들이야." 마리아가 말했다.

축제 복장을 한 남자와 여자 들이었다. 모습을 드러낸 남자들은 화승총을 어깨에 멨고 여자들은 말 잔등이나 안장, 또는 아케타스*에 걸터앉아 있었다. 그들은 그루터기들 사이에 가만히 서 있는 처녀들을 에워쌌다.

일행 중 특히 한 남자가 두드러지게 눈에 띄었다. 키가 크고 머리가 멋진 데다 꼬리의 털이 풍성한 하얀 칼라브리나**

● 　암말들(원주).

●● 　암말(원주).

를 타고 있었다. 말은 불안한 듯 제자리에 가만히 서 있지 못했다. 잘생긴 젊은이는 아니었지만 눈에 띄게 자신만만한 분위기를 풍겼다. 모직과 벨벳으로 된 코트를 입었고 거기에 달린 모자는 등 뒤에 있었다. 수를 놓은 벨트를 차고 있었으며 엽총은 달빛을 받아 번득였다. 각반을 찬 근육질의 다리가 박차 위에서 윤곽을 드러냈다. 그의 모습은 떠돌이 기사나 에스파냐의 거만한 이달고●를 연상시켰다.

그는 실제로 프린치팔레, 그러니까 완전히 특별한 가문에 속하고 고상한 혈통과 약간의 교양도 자랑하는 부유한 사람 중 하나였다.

"안녕하세요, 누오로 아가씨들!" 가까이에서 말을 몰고 오던 사람들이 소리를 질렀다.

"안녕하세요, 누오로 여러분!"

"우리 말 타지 않겠소? 포도주 마시지 않겠소?" 나이 든 한 량이 안장에 달린 자루에서 포도주 병을 꺼내려고 몸을 옆으로 숙이며 물었다.

"고마워요." 마리아가 활기차게 말했다. "포도주는 당신들 마시세요. 아니면 말에 탄 여인들을 주든지요. 말에서 떨어지게 말이지요! 그러면 돌아오는 길에 우리를 태워줄 수 있을 거 아녜요."

"똑똑하군!" 노인이 소리쳤다. "아가씨 충고대로 하지!" 그

● 에스파냐의 하급 귀족.

러더니 술병을 입에 댔고 술을 더 많이 들이켜려고 뒤통수가 등에 닿을 정도로 고개를 젖혔다. 말에 탄 여자들은 재치 있는 말로 마리아의 말을 되받아넘겼다.

"안녕하세요, 마리아 노이나. 당신도 축제에 가는 건가요?" 하얀 말을 탄 젊은이가 물었다. 말안장에서 몸을 구부리며 조그맣게 말했다. "아름다운 망토가 어깨를 뒤덮었군요. 하느님이 당신의 머리칼을 지켜주시길. 만져볼 수 없어 유감입니다."

"안녕하세요, 프란체스코 로사나." 마리아가 그제야 그 젊은이를 본 체하면서 고개를 들고 허리까지 닿는 머리를 흔들며 말했다.

그는 이글거리는 눈으로 말 위에서 그녀를 내려다보았다. 그러나 약간 심술궂고 조롱하는 듯한 그녀의 눈길과 마주치자 수줍어하며 다시 안장에 꼿꼿하게 앉더니 말고삐를 늦추었다.

"프란체스코." 그러자 마리아가 도발적으로 말했다. "돌아올 때 당신 말에 태워줄 수 있어요?"

프란체스코가 즉시 돌아서서 힘차게 소리쳤다.

"당장이라도! 타겠어요?"

"지금은 말고요. 돌아올 때요."

"좋아요! 축제 즐겁게 보내요, 아가씨들." 그가 눈에 띄게 행복해하며 말했다.

암말이 발길질을 하고 꼬리로 옆구리를 치며 안달했다. 프란체스코는 그 자리를 떠나 친구들을 따라가야만 했다. 하지만 한참 동안 마리아 쪽을 돌아보며 환하게 웃었다.

"다 됐는걸!" 로사가 심술궂게 말했다.

"뭐가?"

"결혼 말이야. 저 사람 여자처럼 사랑에 빠졌잖아. 안 보여?"

"못생겼어." 마리아가 말했다.

"물건 트집 잡는 사람이 꼭 사더라."

"시의원이잖아."

"부자잖아."

"탄카가 네 곳이야. 곧 우리가 그중 하나를 지나가게 될 거고."

"못생겼잖아. 못생겼어. 눈은 괜찮지만, 그 사람은 자기 얼굴이 어떤지 몰라. 코가 독수리 부리 같아.

"물건 트집 잡는 사람이 꼭 사더라……."

마리아는 멀리 포도밭에 혼자 있는 피에트로를 생각했다. 이제 그를 희생시킬 때가 왔다고 직감했다. 그에게 연민을 느꼈지만 꼭 필요한 희생자에게 느끼는 감정과 같았다. 그녀의 잘못이 뭐 있겠는가? 어쩌면 그녀는 프란체스코 로사나가 그날 밤 운명적인 만남을 위해 탄카들 한가운데에 나타나리라는 것을 알고 있지 않았을까?

순례자들은 걷고 또 걸었다. 그러니까 사람들은 인생이라는 길에서 누구를 만날지 모른 채 그 길을 걷는다.

올리에나의 푸른 산 뒤쪽으로 멀리 보이는 오르토베네 산 꼭대기 뒤에서부터 새벽빛이 부옇게 밝아왔다. 사방이 서서히 장밋빛으로 물들었고 이슬에 젖은 그루터기들이 반짝였다. 바람이 소리 없이 불었고 종달새는 수풀에 숨어 노래했다.

처녀들은 침묵을 지켰다. 신비함이 감도는 오래된 스피리토 산토 성당을 둘러싼 쓸쓸한 마당에서 다시 한번 걸음을 멈추었다. 몇몇은 축축한 갈대 사이의 작은 웅덩이의 물로 얼굴을 씻은 뒤 이른 아침의 매혹적이고 찬란한 빛에 감싸여 다시 말없이 걷기 시작했다.

걷고 또 걸었다. 마리아는 여전히 피에트로와 프란체스코를 생각했다. 피에트로는 서서히 그녀의 뒤쪽으로, 말 없는 공간 속으로 사라졌다. 프란체스코는 독수리처럼 탐욕스럽고 매력적으로 다가와 그녀를 불렀고 저기 산 위에서 그녀를 기다렸다.

이런 생각에 빠진 마리아는 주위의 풍경에 눈도 돌리지 않은 채 친구들을 따라갔다. 그들은 딸기나무와 야생 자두나무가 빼곡한 들판을 가로질렀다. 딸기나무에는 검은 딸기가 자두나무에는 보라색 열매가 주렁주렁 매달려 있었다. 동틀 무렵의 환한 햇살이 내려앉은, 윗부분에 구멍이 숭숭 나 있는 거대한 바위들 사이를 지났다.

떠오르는 태양에 금빛으로 물든 채 물결치는 산등성이의 숲들이 보이자 마리아는 정신을 차렸다. 산 정상의 성당은 파란 하늘을 배경으로, 햇살에 분홍색으로 물든 바위들 사이에서 회색 윤곽을 드러냈다.

처녀들은 무릎을 꿇고 짧게 기도했다.

주머니에서 빗을 꺼낸 마리아는 친구들의 도움을 받아 헝클어지고 뒤얽힌 머리를 단정하게 빗었다. 그런 다음 모두 함께 다시 올라갔고 키 작은 떡갈나무들이 드문드문 서 있는 숲으로 들어갔다.

그제야 그들은 사람들과 마주치기 시작했다. 비티와 오루네 마을의 남자와 여자, 아이 들이 첫 번째 미사에 참석한 뒤 무리를 지어 걷거나 말을 타고 내려왔다. 누오로의 북쪽에 자리한 깊고 험한 산속의 외딴 마을로 돌아가는 중이었다. 거친 모직, 능직, 가죽 옷을 입은 남자들은 거무스름한 얼굴과 강렬한 검은 눈 때문에 키케로가 말한 **양가죽 옷을 입은 남자**와 **도적**•들을 연상시켰다. 여자들은 거친 모직과 노란 천으로 만든 세련되지 못한 전통 의상을 입었지만 소박하고 우아한 모습이었다.

"안녕하세요, 누오로 여러분!" 비티 사람들이 라틴어 억양으로 말했다.

"안녕하세요, 오루네 여러분. 안녕하세요, 비티 여러분." 처녀들이 대답했다.

조금 더 올라가자 올차이 마을 사람들이 보였다. 주민들이 종교에 특별한 마음을 품은 마을이었다. 빨간 모자를 쓴 핏기 없는 얼굴에 수녀처럼 근엄한 올차이의 여인이 가보이의 사

• 키케로가《집정관의 관구에 관한 연설》에서 말한 "사르디니아에서 양가죽 옷을 입은 이들, 도적들과……" 참조.

랑스러운 소녀에게 바르바라 성녀 이야기를 들려주었다.

"고나레산의 성모와 우리의 바르바라 성녀께서(성부와 성자
와 성령의 이름으로)" 올차이 여자가 성호를 그으며 말했다. "바
로 여기 이 지점에서 만나셨어. 서로를 보며 손을 잡았고, 이
어서 성모께서 말씀하셨단다.

> 올차이의 바르바라여
> 우리는 어디로 가게 될까
> 우리는 절대 다시 만나지 못하리라

실제로 고나레산의 성모 성당은 바르바라 성녀가 있는 올
차이의 성당 밖에서는 어디에서나 찾아볼 수 있었다.

차츰차츰 산에 사람들이 늘어났다. 다양한 사람들이 여러
갈래 길로 올라왔다. 여러 마을 남자들, 여자들, 가장 가까운
마을인 오라네의 양치기들이 행렬을 이루다시피 했다.

다소 메마르고 거친 숲속의 키 작은 떡갈나무들 밑에서 수
천 개의 목소리가 울려 퍼졌다. 산 위에서 아이들과 행상인들
과 즐거운 사람들의 함성이 들려왔다.

마리아는 어쩌다 사람들에게, 한 무리의 남자에게 둘러싸
이게 되었다. 남자들은 그녀를 보고 필요 이상으로 감탄하며
치근대기도 하고 풀어놓은 그녀의 머리를 보고 농담하기도
했다.

"내 검은 말 꼬리 같은데. 봐요, 마리아. 보라고."

"쿠스타 피친나●는 정말 네 암말 같은걸. 파리가 성가시게 할 때 딱 그 모양이야."

"고삐에 매이지 않은 게 안타까워."

"마리아, 말에 타봐요."

마리아는 얼굴이 빨개졌지만 기도를 하는 척하며 대꾸하지 않았다.

사람들이 많아졌다. 사방에서 말을 탄 사람, 걷는 사람, 소가 끄는 수레, 개, 거지 들이 몰려들었다. 바르바자 사람들, 거만한 누오로 사람들, 장밋빛 얼굴에 하얀 베일을 쓴 오라네의 아름다운 처녀들, 빨간 보디스를 입은 마모야다의 여인들, 미개했던 고대 사르데냐 사람들처럼 원시적인 전통 털옷을 입은 오르고솔로의 목동들이었다. 그뿐만 아니라 한껏 차려입은 곱슬머리가 긴 도르갈레시 여인들, 절대 걷지 않고 포도주가 실린 말을 탄 올리에나 여인들도 있었다. 가죽 신발을 신은 바로니에 남자들도 올라왔다. 그중에서도 창백한 얼굴에 아랍인처럼 눈이 큰 고체아노 여인 몇몇이 특히 눈에 띄었다. 비잔틴의 성모처럼 금빛이 도는 발그레한 얼굴에다 노란 스카프를 머리에 쓴 캄피다노의 여인들도 마찬가지였다.

이미 해가 높이 떠서 숲속으로 그 빛이 쏟아질 때 마리아와 친구들은 상인들의 야영지에 도착했다. 야영지는 누오로와 오라네의 몇몇 집안에서 구일기도를 했던 초막들 주위에 자

● 이 아가씨(원주).

리 잡고 있었다.

성당까지 이어지는 마지막 오르막길을 오르기 전 처녀들은 작은 꾸러미를 나무 밑에 내려놓고 바닥에 앉았다. 마리아는 프란체스코가 보이는지 살펴보았지만 나무들에 묶인 여러 말 중 하얀 칼라브리나는 보이지 않았다.

그러자 그녀는 약간 주의가 산만해져서 머리를 뒤로 넘기며 주변을 둘러보았다.

아름다운 장소는 아니었다. 나무들은 띄엄띄엄 서 있었고, 메마른 관목들과 잿빛의 덤불들은 여기저기 흩어진 비탈길에 드문드문 그림자를 드리웠다. 이런 그림자들과 관목들 사이에서 사람들은 들떠 있었다. 그 위에 모였다는 것만으로도 즐거운 일이라고 생각했다.

노점상들은 자신들의 양철 제품을 지켜보며 가격을 크게 외쳤고 지나가는 아가씨들에게 조잡한 농담을 던졌다. 몸에 꽉 달라붙는 촌스러운 복장을 한 토나라의 여인들은 햇빛이나 사람들의 떠들썩한 소리에 아랑곳하지 않고 개암나무 열매의 무게를 재거나 껍질을 까거나 더위에 녹아가는 하얀 누가를 팔았다.

나뭇가지들로 만든 초막들 밑에 상인들이 중고 천들을 전시해놓았다. 햇살 아래에서 진홍색은 핏빛이 되었고 브로케이드•들이 반짝였다. 스카프와 마을의 전통적인 숄 위에 민

● 색실이나 금실, 은실을 사용하여 꽃 같은 무늬를 놓아 짜거나 수놓은 직물.

기지 않을 정도로 화려한 온갖 꽃이 활짝 피어 있었다.

술통과 술병 주위는 남자들로 붐볐다. 그 위에서 우연히 만난 옛 친구들과 새 친구들이 무리를 지어 모여 있었다. 그들 중에 몇몇 부르주아의 모습이 특히 눈에 띄었는데 주위의 다른 사람들과 대조되었다. 포도주와 주류들이 자부심 강한 여러 마을 사람들의 마음을 즐겁게 해주었다. 브랜디에는 매혹적인 꽃향기가 담겨 있었다.

마리아와 친구들은 식사를 하고 투니카를 입은 뒤 다시 성당을 향해 걸었다.

오솔길은 넓어지면서 가파른 계단으로 변했다. 거대한 바위들과 관목들과 제멋대로 이리저리 비틀린 나무들 사이로 난 계단은 바위를 깎아 만든 듯했다. 반짝이는 계단을 오르는 여인들의 알록달록한 의상이 화사하게 두드러졌다. 사람들의 목소리는 푸른 하늘로 둘러싸인 산 정상의 고요한 침묵 속으로 사라졌다.

하지만 마리아 주변에서는 여전히 어리석고, 때로는 무례하기까지 한 말들이 들렸다. 젊은 청년들이 마리아를 보러 달려와서 걸음을 멈추고 그녀를 뚫어지게 바라보았다. 원초적인 감탄사가 폭발해서 머리를 푼 아름다운 마리아를 화나게 하거나 기분 좋게 했다.

어떤 남자가 물었다.

"저 아름다운 아가씨는 어느 마을에서 왔지?"

"누오로."

"아니야, 오라네야."

"아니, 오로텔리일걸."

"아름다운 아가씨, 어디에서 오셨나요?"

"악마의 집요." 질투심에 사로잡혀 짜증이 난 로사가 대답했다. 청년들이 웃음을 터뜨리며 외쳤다.

"누오로 만세!"

거지들이 길 양옆으로 드문드문 서 있는 십자가 옆에 서서 손을 내밀었다. 그들은 비탄에 젖은 처량한 말들을 노래하듯 읊조렸다. 아무도 그들의 말에 귀 기울이지 않았지만 대부분 그들이 땅에 놓아둔 모자에 동전을 던져 넣었다.

마리아도 거지들이 나타날 때마다 동전을 던졌다.

산 정상에 도착하자마자 누오로의 처녀들은 이미 신자들로 북적이는 오래된 성당으로 들어갔다. 마리아는 간신히 사람들을 뚫고 제단까지 갈 수 있었다.

찌는 듯한 날씨였다. 머리를 풀어놓은 아름다운 마리아의 얼굴이 뜨겁게 달아올랐다. 제단의 난간에 기대서 있던 프란체스코 로사나가 그녀를 보자 완전히 흥분했다. 살며시 그녀의 팔을 만지며 그녀를 멈춰 세웠다.

"지금 왔어요?" 그가 목소리를 낮춰 물었다.

"지금요." 그녀가 그를 보지 않은 채 앞으로 걸어 나가면서 대답했다.

초를 내려놓고 무릎을 꿇고 기도를 하고 싶었다.

"고나레산의 성모 마리아시여, 제 아버지가 말에서 추락했을 때 성모께 드렸던 서원을 이행했습니다. 성모께서 아버지를 구해주셨습니다. 저는 맨발로 머리를 풀어 헤치고 이곳에 왔습니다. 그리고 당신께 1.5킬로그램짜리 초를 바쳤습니다……. 고나레산의 성모시여…… 찬미받으소서…….”

그녀의 마음속에서 기도의 말들이 물결처럼 일렁이기는 했으나 어떤 말을 해야 할지 몰랐다. 그녀는 드러낼 수 없는 욕망들을 감히 말로 표현하지 못했다. 고나레산의 성모에게 피에트로를 당장 잊고, 불과 몇 발짝 떨어지지 않은 곳에서 뜨거운 눈으로 자신을 뚫어지게 바라보는 남자를 사랑할 수 있게 은총을 내려달라고 빌고 싶었다. 하지만 입을 뗄 용기가 나지 않았다.

하얀색과 금색 옷을 입은 사제 세 명이 미사를 시작했다. 빨간 상의를 입은 10대 소년이 향을 피운 향로를 들고 마리아 근처에 서 있었다. 향로가 흔들리며 연기가 피어올랐다.

그러자 사람들이 제대의 계단까지 몰려들었다. 마리아는 일어서야만 했다. 누군가가 그녀의 손을 살짝 건드렸다. 그녀가 돌아서자 그녀 등 뒤에 있던 프란체스코가 보였다. 그는 웃고 있었다. 그러면서 그녀를 자기 옆으로 데려오려고 온갖 애를 썼다. 그녀를 두 팔로 감싸다시피 하다가 포옹을 하기도 했다.

사람들이 자꾸만 늘어났다. 마리아는 몸을 돌리다가 물결을 이룬 각양각색의 머리들을 발견했다. 그리고 활짝 열린 문을 통해 빛이 쏟아지는 눈부신 광경 속에서 다른 군중, 또 다른 군중을 보았다. 수많은 사람이 성당 앞의 편평한 땅과 주변의 급경사지에 발 디딜 틈도 없이 빼곡하게 모여 있었다. 그녀는 이렇게 중요한 광경을, 이처럼 아름답고 황홀하고 다채로운 장면을 한 번도 본 적이 없었다. 성주간에 누오로 대성당에서조차 보지 못했다. 열다섯에서 스무 마을 정도 되는 곳에서 전통 복장을 하고 모인 사람들이었다. 성직자 같은 늙은 목동들의 머리, 진짜 공작처럼 고귀하고 귀족적인 인물들, 섬처럼 고립된 산에서 온 사람들의 구릿빛 얼굴, 선사시대 사람처럼 머리를 길게 기른 사람들, 카메오● 속의 얼굴같이 작은 얼굴들, 한밤처럼 검고 깊은 사라센인의 눈동자들, 빨간 입술과 창백한 뺨들, 노란색과 검은색과 흰색 천으로 감싼 머리, 모자를 쓴 머리, 동양풍으로 손질한 머리, 술이 달린 넓은 스카프 속에 숨겨진 머리, 레이스 베일에 가려진 머리, 빳빳하게 풀을 먹인 천을 두른 머리 등등 각양각색이었다.

군중 속에서 머리를 풀어 헤친 다른 여자들도 눈에 띄었지만 마리아처럼 아름답고 탐스러운 머리칼을 가진 여자는 찾아보기 힘들었다. 거양성체●●가 시작되어 그녀가 무릎을 꿇은 채 붉은 옷을 입은 사제 쪽으로 향할 때 머리칼이 바닥을 스쳤다.

프란체스코는 한시도 그녀에게서 눈을 떼지 않았다. 그래서

● 마노, 호박, 조개껍데기에 돋을새김으로 조각한 장신구.

●● 미사 때 사제가 축성한 성체와 성혈을 높이 드는 일.

종종 두 사람의 눈길이 마주쳤다. 주의가 산만해지거나 꿈에 잠길 때면, 어떤 남자도 흉내 낼 수 없는 눈길로 자신을 바라보던 부드럽고 맑은 눈이 그녀의 눈앞에 나타났다. 하지만 고개를 돌리면 프란체스코의 검고 활기찬 눈과 마주쳤다. 그녀는 체념하며 슬픈 마음으로 그 눈을 뚫어지게 바라보았다.

그렇다. 꿈은 끝나고 현실이 시작되었다. 하지만 그녀는 그다지 많이 슬프지도 않았다. 프란체스코의 인물은 변변찮았지만 신뢰를 주는 다정하고 선량한 인상이었다.

인생에서 모든 걸 다 가질 수는 없다. 만족할 줄 알아야 한다…….

신자들이 버려진 민중의 애통함이 담긴 듯한 우울한 선율의 고소스●를 불렀다.

바위에서 진주가 하나씩 떨어집니다
자비와 은혜의 표식도
수천 가지 목소리와 억양으로
아름다운 새들이 당신을 환호합니다
반짝이는 별들이
당신에게 왕관을 씌워주려 내려옵니다

● 고나레산의 성모를 기리는 찬미가(원주).

11

마리아는 성당에서 나가자마자 머리를 양 갈래로 굵게 땋았
고 목 주변에서 여러 번 돌려 감은 뒤 검은 스카프로 감쌌다.

뒤따라온 프란체스코가 그녀의 친구들이 군중 속으로 사라
지는 것을 보자 말했다.

"나하고 같이 저 아래 바위들 사이로 갑시다. 누오로 사람
들이 다 저 밑에 있어요. 경마 구경을 합시다."

마리아는 초대를 받아들였다. 자신의 마음에 들려고 애쓰
는 그를 보자 미소를 지었다. 두 사람은 성당 앞마당에서 조
금 밑으로, 바위까지 함께 내려갔다. 누오로 사람들은 아래쪽
고원 위를 달리는 말들을 구경하는 데 푹 빠져 있었다.

위에서 보니 말들은 쥐 같았고 그 위에 탄 기수도 손톱만
했다. 구경꾼들은 마당과 경사지에 흩어져 있었다. 거친 고함
들이 주위에 울려 퍼졌다. 모두들 황소, 현금, 벨벳과 브로케
이드가 상금으로 걸렸다는 이야기를 주고받았다.

마리아는 아주 즐거웠다. 그녀 옆에 있던 오로텔리 여인 몇
이 작은 유리병을 내밀어 옆 사람들에게 전달했다. 그녀들은
새끼손가락을 유리병에 넣었다가 그 손가락으로 경건하게
눈까풀을 매만졌다.

"뭐죠?" 마리아가 물었다.

"램프에 사용하는 기적의 기름이랍니다. 눈의 통증을 없애
준다나요." 프란체스코가 빈정거리듯 말했다.

하지만 그녀는 웃지 않았다. 오히려 오로텔리의 여인에게 말을 걸었다.

"성스러운 그 기름병을 제게 주실 수 있을까요? 저희 어머니가 눈이 자주 아프셔서요."

"안 돼요, 아가씨. 그럴 수는 없어요. 원한다면 아가씨가 지금 사용할 수는 있어요……."

"이 아가씨 눈에는 약이 필요 없어요." 프란체스코가 말했다. "두 눈이 얼마나 아름다운지 안 보여요? 당신 눈이 먼 겁니까?"

"1리라 드릴게요." 마리아가 고집을 꺾지 않고 말했다.

"1000스쿠도를 줘도 받지 않을 거예요, 아가씨……."

"그럼 편안히 가세요……."

"마리아." 프란체스코가 말했다. "저 신사에게 쌍안경을 빌려달라고 할까요? 누오로가 보일 겁니다."

"좋아요, 프란체스코." 마리아가 그를 보고 웃으며 대답했다.

프란체스코가 쌍안경을 빌려서 그녀의 눈에 가까이 댔다. 그리고 그녀가 경치를 보는 사이 한 팔로 그녀의 어깨를 감싸며 말했다.

"봐요, 이 밑에 있는 저 마을이 사룰레예요. 거기서 조금 더 가서 저 숲 보이나요? 2년 전 우리 암소들이 풀을 뜯는 그 숲에서 세 달을 지냈지요. 이쪽으로 멀리 봐요. 저게 마코메르 평야지요. 오늘은 안개가 조금 껴서 아쉽네요. 날씨가 도와주지 않는군요. 그렇지만 언젠가는 함께 갈 수 있겠지요. 안 그래요?"

그녀는 대답하지 않았다.

여행 동무들이 가까이 다가와서 농담을 하고 넌지시 짓궂은 말을 건네기도 했다. 잠시 후 누오로 사람들이 모두 숲을 향해 내려갔다. 중간쯤 가다가 마리아는 석회암 바위 근처에서 걸음을 멈추었다. 알라의 여인 몇 명이 바위에 기대서 있었다. 또 다른 여인들은 바위에서 긁어낸 약간의 가루를 경건하게 종잇조각에 싸서 보관했다.

"이 바위에." 한쪽 눈이 먼 노파가 설명했다. "우리 성모님께서 산을 오르실 때 이 바위에 몸을 기대셨다우. 이 바위에 몸을 기대고 있으면 등이 아프지 않아요. 바위에서 긁은 가루는 열을 내리게 하는 데 쓰이지."

그러자 프란체스코가 표준어로 말했다. "내 생각이 맞는다면 여긴 기적들이 수없이 일어나는 산인가봐요."

"믿음 없는 말투네요!" 마리아가 바위에 기대며 소리쳤다.

하지만 그 역시 그녀 옆에 몸을 기대자 그녀가 웃었다. 그러고는 물었다. "그러니까 한마디로 기적을 믿어요, 믿지 않아요?"

"난 당신을 믿어요, 마리아. 당신이 가는 곳으로 나도 갈 겁니다."

그녀는 이런 정중하고 다정한 말이 아주 마음에 들었다. 그렇다. 프란체스코는 친절하고 예의 바른 남자였다. 그 순간부터 두 사람은 서로의 곁을 절대 떠나지 않았다.

숲으로 돌아가서 누오로 사람들은 사르데냐 춤을 추는 마을 사람들 주위에서 잠시 걸음을 멈추었다. 그러다가 몇몇이 함께 춤의 들러리를 섰다. 사람들은 다시 출발을 하면서 길의 중간쯤인 프란체스코 로사나의 탄카에서 잠시 쉬어 가자고 제안했다.

약속대로 마리아는 프란체스코의 말을 탔고 한 팔을 기사의 허리에 둘렀다. 그러자 일행이 걸음을 재촉했다.

젊은 지주는 마리아가 상체를 자신의 등에 살며시 기대는 것을 느끼고 사랑스러운 그녀의 한 손을 꽉 쥐었다. 이보다 더 행복할 수는 없다고 생각했다.

"술에 취한 기분이군요." 그가 조그맣게 말했다. "당신이 손을 잡아줘서 다행이에요……."

동네 노인의 늙은 말을 탄 **가시 돋친** 로사가 이따금 프란체스코의 하얀 말을 보며 심술이 나서 얼굴을 찡그렸다.

스피리토 산토 성당에 도착하기 전에 모두 말에서 내려 자그마한 떡갈나무 숲의 나무 그늘 아래서 점심을 먹었다.

"봐." 로사가 마리아와 프란체스코를 가리키며 친구에게 말했다. "놀라 넘어갈 만큼 서로 좋아하잖아."

"질투하는 거야?" 다른 친구가 물었다.

"누구를? 저런 호저 때문에?"

"누가 호저라는 거지?" 모여 있던 사람 중 한 남자가 물었다.

"당신요." 다른 처녀가 대답했다.

마리아는 누구를 가리키는지 짐작하고서는 화가 나서 얼굴이 빨개졌다. 물론 프란체스코는 정말 못생겼다. 그를 바라보고 있으면 있을수록 마음에 들지 않았다. 핏기가 없고 혈색이 좋지 않았으며 광대는 튀어나왔다. 검은 콧수염이 듬성듬성 난 데다 좁은 이마는 주름져 있었다. 게다가 매부리코 때문에 독수리나 매 같은 분위기를 풍겼다. 그러나 눈빛이 부드러웠고 미소가 보기 좋았다. 그뿐만 아니라 옷차림이 세련되었고 고급스러운 장화를 신었으며 시계와 이름의 머리글자가 새겨진 하얀 손수건을 지니고 있었다. 간단히 말해 부유하고 품위 있는 남자였다. 그래서 로사는 샘이 나서 죽을 지경이었다.

게다가 스피리토 산토 성당을 둘러싼 넓디넓은 탄카들이 모두 프란체스코의 것이었다. 일행이 머물러 쉬고 있는 숲도 그의 것이었으며 개울도, 풀을 뜯는 암소들도 그의 소유였다. 이 모든 게 잘생기지 못한 젊은 지주의 눈부신 후광이 되었다.

해가 지기 시작하자 일행은 다시 길을 떠났다. 식사와 포도주와 휴식에 기사와 처녀들은 즐거웠지만 약간은 감상적이 되었다. 다소 지친 말을 탄 처녀들은 젊은이들의 어깨에 살짝 몸을 기댔고 젊은이들은 부드럽게 그녀들의 한 손을 꼭 잡았다.

짙푸른 하늘에서 해가 지고 있었다. 뜨겁고 부드러운 황금빛이 한적한 풍경 속에서 넘실거렸고, 나무와 수풀의 그림자가 선명해졌다. 개울가의 가시나무와 갈대들이 개울물과 웅덩이의 고인 물에 반사되었고 말들이 그곳을 지나갈 때면 초록으로 반짝이는 물방울들이 사방으로 튀었다.

프란체스코는 자신의 멋진 칼라브리나에 박차를 가했다.

항상 일행보다 앞서 달렸다. 그러다가 일행을 기다린다는 핑계로 말을 세우고 뒤를 돌아 마리아를 보았다. 뜨겁고 강렬한 눈길이 언제나 마리아의 얼굴에 머물렀다.

그녀는 눈을 내리깔았지만 자주 웃었다. 사랑에 빠진 기사는 양 볼의 보조개를 보자 기뻐서 어쩔 줄 몰랐다.

마침내 프란체스코는 누오로에 도착하기 전 마지막 구간을 달리며 마리아에게 사랑을 고백했다.

"마리아." 그가 말했다. "한 가지 물어볼 게 있습니다. 오늘 제게 정말 친절하게 대해줘서 드디어 제 마음을 고백할 용기가 났습니다."

"말씀하세요." 그녀가 짧게 대답했다.

그러나 목소리는 약간 떨렸고 두 눈에 슬픔이 어렸다.

"마리아, 지나치다면 용서해줘요. 사귀는 사람이 있나요? 사랑을 약속한 사람이 있습니까?"

그녀는 마음에서 쫓아냈지만 변함없이 그녀의 영혼 속으로 돌아오는 그 남자를 생각했다. 그러자 그를 향한 연민과 하인을 사랑할 정도로 자신을 낮춘 데 대한 굴욕감이 밀려들었다. 사실대로 고백하면 프란체스코 로사나는 뭐라고 말할까?

하지만 그녀는 아무 말도 하지 않았다. 프란체스코가 그녀의 손을 잡고 대답을 재촉했다. 그녀는 아랫입술을 깨물고 먼 곳을 바라보았다. 그 순간 자신의 불행한 사랑을 솔직히 고백해야겠다는 생각이 들었다. 하지만 곧 그런 위험한 생각에 얼굴이 빨개졌다.

"그런 사람 없어요." 그녀가 대답했다.

"그러면 내 아내가 되어주겠습니까? 당신 아버지에게 당장 말씀드리지요."

"프란체스코." 그녀가 진지하게 말했다. "저를 그렇게 생각해줘서 고마워요. 하지만 당장 대답을 할 수 없답니다. 조금만 생각할 시간을 주세요. 이 주 뒤에 알려드릴게요."

"보름이나!" 그가 소리쳤다. "너무 길군요! 하지만 괜찮습니다."

그는 다른 말은 하지 않았다. 대신 자신의 허리띠 위에 계속 놓여 있던 그녀의 한 손을 꽉 쥐고 여러 차례 한숨을 쉬었다.

그렇다. 그녀는 그가 좋았다. 어쩌면 그 불행한 하인을 향한 사랑만큼이나 그가 좋은지도 몰랐다……. 그녀는 고개를 숙였다. 고통의 눈물이 감동에 젖은 그녀의 가슴 위로 떨어졌다. 하지만 그것도 잠시였다. 저물어가는 9월의 햇살 속에 누오로 어귀의 집들이 벌써 보였다.

큰길을 건너던 사람들은 멈춰 서서 프란체스코에게 정중하고 공손하게 인사를 했다. 여행을 함께한 일행이 말에 박차를 가해 달려와서 모두 모여 시내로 들어갔다.

마리아는 슬픈 생각들을 쫓아버리기라도 하듯 고개를 흔들었다. 그리고 당당하게 얼굴을 들었다. 일행은 개선장군들처럼 시내로 들어갔다. 프란체스코는 영광스럽게 여행을 함께해준 여인들을 각자의 집까지 데려다주자고 기사들에게 제안했다. 그렇게 해서 그는 온 시내를 두루 다니며 자신의 집

앞도 지나갈 수 있었다.

"보십시오." 그가 창문 네 개가 활짝 열린 하얀 집을 마리아에게 가리키며 말했다. "저기가 내 집인 거 알고 있지요. 뒤쪽으로 정원이 있는데 보기 좋은 아몬드나무, 석류나무가 있고 퍼걸러도 있답니다. 마음에 드십니까?"

"당신 집에는 한 번도 가본 적이 없어요." 그녀가 창문들을 보며 대답했다.

"여름에 정원에 있으면 아주 시원해요." 그가 다시 말했다. 그러더니 조그맣게 덧붙였다. "퍼걸러에 앉아 시원한 걸 마시게 될 겁니다. 안 그래요, 마리아?"

"아직 잘 모르겠어요……" 그녀가 수줍게 대답했다.

"그래도 집은 마음에 들지요. 안 그래요? 거리도 아름답습니다. 카니발 때에는 가면을 쓴 사람과 유쾌한 사람으로 북적여요……"

"축제에는 잘 다녀왔나." 프란체스코의 이웃들이 문밖으로 나와 인사를 했다. "재미있었나? 누가 케이크는 잘 가져갔겠지."

"친구, 생쥐들이 우리 자루에 구멍을 내놔서 가는 길에 잃어버렸지 뭔가." 젊은 지주가 농담을 하는 사이 마리아는 미래의 이웃들에게 웃으면서 묵례를 했다.

그사이 루이사 이모는 대문 근처에서 꼿꼿이 앉아 물레로 실을 뽑았다.

지나가던 사람이 마리아가 프란체스코 로사나의 말을 타고 돌아오는 중이라고 알려주었다. 루이사 이모의 창백한 얼굴에 살짝 붉은 기가 돌았다. 그러더니 그녀는 보디스 끈이 제대로 묶여 있는지 확인하고 머리에 두른 쓰개를 잘 매만진 뒤 입술을 꽉 다문 채 근엄하고 당당하게 딸을 기다렸다.

마리아와 프란체스코가 나타나고 프란체스코의 손이 마리아의 손에 포개져 있는 것을 보자마자 결혼 문제는 잘 매듭지어졌다고 속으로 생각했다. 그 순간 당연하게도 주체할 수 없는 기쁨이 밀려들었다.

"축제에는 잘 다녀왔나요." 그녀가 물렛가락을 흔들며 인사했다. "프란체스코 로사나, 잠시 말에서 내리겠어요?"

"아닙니다, 너무 늦어서요." 그가 말에서 내리는 마리아를 도와주며 대답했다. "다른 날 찾아뵙겠습니다."

"그래요. 잠시 기다려줄 수는 있겠죠? 포도주 한잔 마실래요?"

"그럼 주십시오."

루이사 이모가 포도주를 가지러 간 사이 마리아는 다시 잠깐이나마 프란체스코와 단둘이 있게 되었다.

"이 주 뒤, 맞지요?"

"이 주 뒤에……."

12

이 주가 지났다.

프란체스코 로사나는 마리아의 집을 자주 찾았다. 니콜라 삼촌과 산책도 종종 다녔고 지나가는 길에 잠깐 들르기도 했다. 그는 정말 사랑에 빠졌고 모두 다 그걸 알아차렸다. 그도 그 사실을 숨기지 않았다.

그러나 보름이 지나자 마리아는 결정을 내릴 때까지 다시 일주일만 더 시간을 달라고 부탁했다.

"또 말입니까!" 프란체스코는 화를 내다시피 했다. "이건 고문입니다."

그렇지만 그는 마리아가 자신의 사랑을 시험하기 위해 그렇게 자신을 고통스럽게 한다고 믿었다. 갈수록 초조해졌지만 그저 기다리는 수밖에 없었다. 하얀 냅킨에 덮인 바구니를 머리에 이고 마리아 집으로 오는 프란체스코의 하녀가 이웃집 여자들과 호기심 많은 선술집 주인의 눈에 띄었다.

"과일 바구니일 거요." 선술집 주인이 가게에서 파리를 쫓으며 말했다.

"무슨 소리를. 카파● 비스킷일걸요." 선술집 앞집 문에 있던 이웃집 여자가 말했다.

"누가 맞나 내기할까요?"

"피에트로 베누가 마을에 없는 게 유감이에요. 그 사람이 있었으면 뭐라도 우리에게 알려주었을 텐데. 지금은 어쨌든 알려진 게 아무것도 없으니까요. 결혼을 하는 건지 안 하는

● 설탕으로 뒤덮인(원주).

건지도 모르잖아요."

"마리아가 결정할 때까지 한 달의 시간을 달라고 했어요." 선술집 주인이 속사정을 아주 잘 아는 듯 말했다. "마리아가 결정을 못 내리는 이유가 대체 뭔지 내가 가서 물어보고 싶네그려."

실제로 그는 밀가루를 사러 노이나 집에 갔다가 마리아에게 물었다.

"이모, 결혼은 언제 하는 거요?"

"하느님만 아시겠죠."

"하느님은 무슨? 이모가 알아야 할 게 있어. 프란체스코 로사나는 이모 대답을 기다리며 지쳐가는 중이라오."

"그걸 어떻게 알아요?" 마리아가 놀라서 물었다.

"새가 말해줬지! 새들도 다 아니까! 그 비밀을 모르는 사람이 어디 있나요? 저울질 잘해줘요, 이모!"

마리아는 그 무렵 포도밭에 있는 피에트로를 생각했다. 피에트로도 알까? 자기도 모르게 일순간 약간의 두려움을 느꼈다.

"아니요, 아니요." 그녀가 선술집 주인의 자루에 밀가루를 부으면서 말했다. "난 결혼 안 해요. 절대 안 할 거예요. 사람들이 이러쿵저러쿵하지만 난 아무것도 몰라요."

"프란체스코 로사나가 마음에 안 들면 어떤 남자를 원하는 건가? 그렇게 부자에다가 성격도 좋고 친절한데요? 전통 복장을 입은 기사 같고. 이모하고 잘 어울려요! 아름다운 한 쌍이지! 어서 결정을 해요, 결정을 해……."

다른 이웃들, 특히 젊은 여자들은 계속 프란체스코를 칭찬하며 결혼을 승낙하라고 조언했다.

한편 피에트로는 1년간 일하기로 한 계약이 끝나서 다시 1년을 더 일하기로 했다. 마리아는 재계약을 하지 말라고 진심으로 아버지를 설득해보았지만 니콜라 삼촌은 그 말을 무시하며 놀란 얼굴로 딸을 머리부터 발끝까지 훑어보았다.

"여자들은 이렇게 어리석다니까! 모두 다 바보야! 왜 그 하인을 해고하고 싶어 하는 거냐? 더 나은 하인을 어디서 찾을 건데? 피에트로 베누가 진주 같은 하인이라면? 봐라, 넌 통밀빵보다 더 맛있는 빵을 찾는 사람 같구나."

피에트로는 포도밭에서 일하며 꿈을 꾸었다. 마리아가 약혼할지도 모른다는 불확실한 소문이 그에게까지 들렸다. 하지만 이미 프란체스코와 젊은 여주인이 결혼했다는 거짓 소문을 여러 차례 들었기 때문에 아무것도 믿지 않았다. 그는 눈이 멀고 귀가 먹었다. 현실에서 멀리 떨어져 꿈의 섬에 유배된 사람처럼 자신의 사랑만을 생각하며 살았다.

날씨는 온화하고 맑았다. 포도는 회색의 산그늘 아래 무르익었다. 불에 탄 유향수가 녹슨 자국처럼 곳곳에 자리한 산기슭은 쓸쓸해 보였다.

피에트로는 마리아가 나타날지도 모른다는 희망으로 큰 도로 쪽에서 늘 눈을 떼지 못했다. 하지만 마리아는 그를 생각하면 거의 증오에 가까운 감정을 느꼈다. 그 하인은 왜 사랑에 빠졌던 걸까? 위험스레 건너뛰어야 하는 돌처럼 무엇 때문에 그녀가 가는 길에 놓여 있었던 걸까?

여기서 말해두어야 할 게 있는데, 가난한 하인의 눈과 입맞춤을 떠올리기만 해도 마리아는 프란체스코에 대한 분노의 감정을 자주 갖곤 했다는 점이다. 그런 기억은 그녀가 품었던 열정과 이를 후회하는 감정을 불러일으켜 마음을 뒤흔들어놓았고 과거에서 벗어나지 못하게 했다. 그녀는 고통과 그리움의 눈물을 흘렸다. 하지만 이웃집 여인이 보리나 밀 혹은 아몬드를 사러 와 젊은 여주인에게 아부하듯 웃으며 말을 전했다.

"프란체스코 지나가는 거 봤어? 정말 불쌍하다니까! 살이 쪽 빠졌어……. 어쩜, 그래, 넌 아몬드보다 더 단단하구나. 잔인해, 넌! 솔직히 말해 그 사람은 부자에다가 친절하고 예의 바르잖아! 누오로에서 제일 멋진 청년이고 옷도 제일 잘 입고! 후회하는 일 없도록 해, 마리아!"

그러자 그녀는 다시 야심 찬 꿈에 빠져들었다.

포도 수확을 하는 날이 되었다. 피에트로는 다시 마을로 돌아왔다. 마리아로부터 한밤에 잠깐 이야기를 나눌 시간을 겨우 얻어냈다.

"몸이 안 좋아요." 그녀가 말했다. "열이 나요. 불덩이 같아요. 죽을까봐 무서워요."

그녀의 몸은 정말 뜨거웠고 얼굴은 창백했으며 계속 떨었다. 피에트로는 잠시 그녀를 멈춰 세웠다가 방으로 돌아가서 침대에 누워 몸조리를 잘하라고 부탁했다.

　그녀는 비틀거렸다. 문 가까이 갔을 때 돌아서서 말했다.

　"피에트로, 신중해야 해요. 요 근래 내가 중요한 사람과의 결혼을 거부하고 있어요. 아버지와 어머니는 혹시 내가 마음에 둔 딴 사람이 있는지 의심하세요. 신중하게 행동할 수 있죠? 내가 원하는 대로 다 해줄 거죠?"

　"전부, 전부 다 할 수 있어요, 마리아! 불에 뛰어들라고 해도, 내 손목을 자르라고 해도……."

　"그런 게 아니에요! 날 자주 만나고 말을 걸려고만 하지 않으면 돼요……."

　"당신이 원하는 대로 할게요." 그가 흥분해서 외쳤다.

　그는 '중요한 사람'이 누군지 물어보고 싶었지만 그저 프란체스코 로사나일 거라고 짐작했다. 그래서 그녀를 더 오래 붙잡고 있을 용기가 나지 않았다. 게다가 가엾게도 그녀는 고열에 시달리고 있었다.

　피에트로는 달빛이 비치는 뜰을 걸어가는 마리아를 눈으로 좇았다. 그녀가 우는 듯했다.

　루이사 이모는 마리아가 은밀히 제안한 대로 포도 수확이 끝나자마자 파종을 하기 위해 작년처럼 피에트로를 고원으로 보냈다.

　그의 수레에는 씨앗과 먹을거리들이 실렸다. 한 번도 쓰지 않은 쟁기 날이 쟁기 끝에서 번득였다.

따뜻하고 바람이 부드러운 10월의 달밤이었다. 피에트로는 마리아와 다정한 포옹도 해보지 못한 채 다시 떠났다. 그는 사랑을 그리워했고 슬픔에 잠겼다. 마리아는 예전과 달랐다. 그녀는 변했고 힘들고 불행해 보였다. 전부 다 그를 위해서였다. 그렇다, 그를 위해서. 그는 금방 알아차렸다. 그러니까 루이사 이모와 니콜라 삼촌은 마리아가 프란체스코 로사나의 청혼을 받아들이려 하지 않자 화가 나서 그녀를 차갑게 대하는 것이었다.

'부모가 두려워서 밤에 만나는 것조차 허락하지 않았던 거야.' 피에트로는 생각했다. '그러니 이제 시간이 많이 흐르면……'

아니, 그는 고원에 갈 수 없었다. 그는 어떤 농지에 이르러 걸음을 멈추고 농부에게 수레와 소들을 부탁했다. 말라페데는 따라오지 못하게 묶어놓고 오던 길을 되돌아갔다……

그는 알 수 없는 힘에 떠밀려 몽유병자처럼 걸었다. 불안한 마음과 사랑의 감정이 뒤섞여 가슴이 두근거렸다. 그는 조심스레 주인집 주위를 둘러보았고 니콜라 삼촌이 선술집에 있는 걸 확인하고 대문을 두드렸다. 마리아가 나와서 문을 열었다.

"피에트로!" 그녀가 깜짝 놀라 소리쳤다. "왜 돌아왔어요?"

"갈 수가…… 계속 갈 수가 없었어요……." 그가 숨을 헐떡이고, 몸을 떨며 대답했다. "용서해줘요. 갈 수가 없었어요. 당신을 보러 돌아왔어요……. 무슨 일인지 말해요, 마리아, 당장 말해요. 무슨 일이 있는지. 왜 우리가 예전처럼 만날 수 없는지……."

그는 애원하며 비틀거렸다. 그녀 발밑에 쓰러져 죽어야만
할 것 같았다.

마리아는 두려움과 연민으로 몸을 떨며 그를 바라보았다.
아, 그렇다. 이 가여운 하인은 그녀를 사랑했다. 부유한 지주
보다 훨씬 더 그녀를 사랑했다. 하지만 그녀가 어찌한단 말인
가? 잠깐이지만 피에트로에게 연민을 느껴 사실대로 털어놓
아야 한다는 생각이 들었다. 하지만 용기가 나지 않았다. 그
녀는 다시 거짓말을 했다. 변함없이 거짓말을 했다.

"그러니까 아직도 모르는군요." 그녀가 부드러운 목소리로
말했다. "우리 부모님이 감시한다는 거 몰라요? 내가 벌써 말
하지 않았어요? 내가 청혼을 거절했어요……. 그래서 **부모님
은** 내가 혹시 다른 남자를 좋아하는지 의심하세요……. 난 당
신을 사랑해요……. 가요, 피에트로. 신중하게 행동해요. 날
고통스럽게 하지 말아요……."

"절대 그런 일 없을 거요. 당신을 고통스럽게 하느니 차라
리 죽는 게 나으니까." 그가 뜨겁게 말했다. "난 가끔씩이라도
당신을 만나야 해요, 마리아. 빵과 물처럼 당신이 꼭 필요해
요. 가끔씩 돌아올게요. 가끔, 마리아!"

"안 돼요, 안 돼요. 비밀리에도 절대 안 돼요! 내 말 잘 들
어요, 피에트로. 날 고통스럽게 하지 말아요. 이제 가요. 가세
요……."

그녀는 부모님에게 들킬까봐 정말 겁이 나서 피에트로를

밀었다. 그러나 그는 그녀에게서 멀어질 수도 움직일 수도 없었다. 그냥 죽고 싶었다. 커다란 불행이 머리를 짓누르는 기분이었다.

"가만히만 있어줘요, 마리아! 오랫동안……."

그가 미친 듯이 격정적으로 그녀를 끌어안았다. 굶주린 사람처럼 탐욕스럽게 그녀의 입술에 입을 맞추었다. 그녀는 저항할 길이 없었다. 그와 키스하며 절망적으로 눈물을 흘렸다.

이 주 전쯤부터 피에트로는 우울한 고원을 다시 일터로 삼아 열심히 일했다.

11월 초의 어느 날 저녁, 그쪽으로 지나가던 누오로의 젊은 농부가 그에게 먹을거리가 담긴 바구니를 가져다주었다.

피에트로는 그에게 초막으로 들어와 불 옆에서 잠시 쉬었다 가라고 권했다. 말라페데도 손님 주위를 맴돌며 옷 냄새를 맡고 손을 핥기도 했다. 하지만 젊은 농부는 서둘러 길을 가려 했다. 초막 입구에서 몸을 숙여 바구니를 내밀더니 작별인사를 건넸다.

"우리 주인집 소식이라도 좀 전해주지 그래." 피에트로가 말했다.

"마리아가 드디어 프란체스코 로사나와 약혼하기로 결정했다네. 토스카나인 말로는 자기가 마리아를 설득했다고 하더군." 농부가 웃으면서 대답했다.

"지금 뭐라고 했나?" 피에트로가 농부에게 거칠게 달려들며 소리를 질렀다.

"아, 왜 이래. 자네는 몰랐나?" 그러다 갑자기 어떤 목소리가 현기증처럼 머릿속에 울렸다.

오, 방금은 무슨 소리지? 인간의 목소리인가 아니면 바람 소리, 그도 아니면 개 짖는 소리였나? 피에트로는 알 수 없었다. 절규하는 소리를 들었다. 곧이어 두개골을 갈라놓고 목까지, 가슴까지, 내장까지 파고드는 톱 소리처럼 소름 끼치게 날카로운 소리를 들었다……. 차갑고 대리석처럼 무거운 입술이 벌어졌다. 그는 눈앞에서 자신의 목을 조르기 위해 달려드는 괴물의 그림자를 보았다.

순식간의 일이었다. 농부가 "왜 이래. 자네는 몰랐나"라는 말을 채 끝내기도 전에 현기증은 가라앉았다.

"아니, 그럴 리 없어." 피에트로가 혼잣말하듯 중얼거렸다. "자네가 잘못 안 거야. 마리아는 프란체스코의 청혼을 거절했어. 나한테 그렇게 말했다고."

농부는 서둘러 떠나려 했다. 주변이 어둑해서 당혹스러워하는 피에트로의 얼굴이 잘 보이지 않았다. 그래서 그는 태평하게 말했다.

"난 몰랐네. 확실한 건 매일 밤 프란체스코 로사나가 마리아를 만나러 간다는 거야. 거의 매일 선물도 보내고. 다들 프란체스코가 노이나네 엔트라타●를 받았다고 해. 그건 그렇

● 약혼자의 집을 방문할 수 있는 허락(원주).

고, 그게 우리와 뭔 상관이야? 잘 있게. 목욕 잘하게.●”

농부가 멀어져갔다. 하지만 피에트로는 휘파람으로 그를 불러 세웠다.

“자네, 내 말 좀 들어봐! 내가 잊고 있었어. 오늘 밤 볼일이 있어서 누오로로 돌아가야겠네. 혹시 루이사 이모가 물어보면 자네가 들렀을 때 나는 벌써 누오로로 떠나고 없었다고 해주게. 무슨 말인지 알겠나? 그러면 내가 먹을거리를 가지러 돌아왔다고 할 테니까.”

“알았네. 잘 있게.”

피에트로는 밤보다 더 깜깜하고 슬픈 마음으로 길을 떠났다. 왜 가는 거지? 어디로 가는 거지? 무슨 일을 할 수 있을까? 그는 아무것도 알지 못했지만 길을 걸었다. 벌레에게 머리를 물린 숫양이 가려워서 어쩔 줄 모르며 바위에, 나무 몸통에, 걸리는 거라면 무엇에든 머리를 처박는 것처럼 아무렇게나 걸었다.

그는 걸었고 닥치는 대로 보았다. 거기서 최소한의 위안을 찾아야 했다.

그렇게 한참을 맹목적인 충동에 이끌렸고, 관자놀이가 펄떡펄떡 뛰었다. 마치 자갈길을 달리는 말발굽 소리가 들리는 듯했다. 차가운 밤공기를 빙빙 도는 커다란 보랏빛 얼룩들도 보았다.

● 농담 섞인 인사(원주).

하지만 서서히 정신을 차렸다. 별의 위치로 시간을 가늠하기 위해 하늘을 올려다보았다. 수정 같은 지평선 위에 목성이 초록빛을 띠고 있었다.

'7시쯤 되었을 거야. 한 시간 반 뒤에는 거기 가 있겠지. 오늘은 토요일이야. 소문대로라면 아직 그 집에 있는 프란체스코 로사나를 만나게 되겠지. 그자를 만나면 덤벼들어 목을 졸라버릴 거야……. 그래, 마리아는 그자를 사랑하지 않아. 원하지 않아! 유다가 예수님을 배신하듯 마리아가 나를 배신할 수는 없어. 틀림없이 부모가 약혼을 강요했을 거야. 마리아는 자기 생각을 분명히 말하지 못하고 두려워서 어쩔 수 없이 받아들였을 테고……. 마리아가 얼마나 고통스러웠을까! 혹시 모르지. 내게 소식을 전하라고 농부를 보낸 게 마리아였는지도. 지금 날 기다릴지도 몰라…….'

걸으면 걸을수록 혼란스러운 영혼에서 배신에 대한 의혹은 옅어졌다. 추억들이 줄지어 머릿속에서 나타났다가 사라졌다. 마리아의 눈길, 그녀가 한 약속, 그녀의 말들이 기억 속에 되살아나며 그는 마음이 한없이 부드러워졌다.

피에트로는 두 시간도 채 안 돼서 골짜기를 가로질러 다시 올라갔다. 숨을 헐떡이며 불안감에 시달린 채 달렸다. 불길에서 마리아를 구하기 위해, 혐오스러운 운명에서 그녀가 벗어나도록 하기 위해 위험한 장소를 향해 달려가는 기분이었다. 그는 두 팔을 앞으로 뻗고 두 주먹을 꽉 쥐었다. 미지의 적과 결투하려고 자신의 힘을 가늠하고 미리 연습하는 것만 같았다. 원시적인 모든 본능이 그에게서 되살아났다.

'그놈을 죽여버릴 테다……. 목을 졸라버리고 폭풍에 부러지는 나무처럼 바닥에 내동댕이쳐야지. 죽여버려야지. 죽여버려야지!'

먼 길을 가는 동안 그는 이 말만 되풀이했다. 거의 울부짖었다. 발소리에서도, 욱신거리는 관자놀이에서도, 요란하게 고동치는 심장과 목에서도 그 소리만이 반복적으로 들렸다.

누오로에 다가가면 다가갈수록 프란체스코에 대한 증오가 커져만 갔고 마리아는 희생자처럼 느껴졌다.

솔리투디네 성당 앞에 도착한 그는 갑자기 걸음을 멈추고 불현듯 현실감각을 되찾았다. 거기, 그의 눈앞에 조용한 누오로의 작은 집들이 나타났다. 빨간 불 몇 개가 어둠 속에서 깜빡였다. 성당의 종소리가 통금 시간을, 휴식과 꿈과 범죄의 시간을 알렸다…….

'어디로, 어디로 가는 거지?' 피에트로가 자문했다.

시커먼 오르토베네에서 바람이 불어왔다. 바람은 그의 어깨를 때렸고 땀을 식혔으며 수의처럼 그의 온몸을 감쌌다.

그래, 어디로 간단 말인가? 잠시 후면 주인집에 도착해 집 안으로 들어갈 것이다. 프란체스코 로사나는 이미 떠났을지도 모른다. 그러나 아직 그곳에 있을 수도 있었다. 그러면 보잘것없는 하인인 그는 어떻게 해야 할까? 인사를 해야겠지. 인사 말고 달리 어떻게…….

'좋아.' 그가 걸음을 옮기며 생각했다. '일단 집 안으로 들어

가지 말자. 숨어서 지켜보다가 그 쓰레기가 나가는 모습이 보이면 들어가서 마리아를 만나봐야 해. 먼저 마리아와 이야기하는 게 중요해. 그다음에 어떻게 하는 게 좋을지 두고 봐야지.'

그런데 느닷없이 인간의 소리에 가깝게 숨을 헐떡이는 개 소리가 들렸다. 그가 채 몸을 돌리기도 전에 말라페데가 그에게 다가오더니 그를 지나쳐서 앞으로 달려갔다.

"말라페데잖아." 피에트로가 큰 소리로 말했다. "이제 어떻게 한다?"

피에트로는 욕을 하고 휘파람을 불었지만 개는 좋아서 지친 몸을 흔들며 마을을 향해 곧장 달렸다. 그는 즉시 집으로 들어가야만 한다고 생각했다. 그러나 차츰 집이 가까워질수록 가슴이 다시 쿵쾅거렸고 머릿속이 뒤죽박죽되었다.

'그 자식을 만나면 그 자리에서 죽여버려야지. 성난 개처럼 그놈에게 달려들 거야. 어떻게 하지? 밖에서 기다리는 게 나아. 이성을 잃어선 안 돼……. 안 돼……. 분명 마리아는 아직도 나를 사랑할 테니까……. 자제해야 해, 반드시. 이 분노를 이겨내야 해……. 마리아의 사랑을 위해서.'

피에트로는 주인집 문 앞에서 걸음을 멈췄다. 말라페데가 대문을 긁으며 짖었다. 그가 개의 목줄을 잡아 벽 모퉁이로 끌고 갔다.

개는 온몸을 흔들며 짖어댔다. 피에트로는 숨을 헐떡이며 몸을 숙였다. 그는 개를 쓰다듬으며 애원했다. "조용히 해, 제기랄. 착하지. 조용히 해……."

달려 나가려 발버둥 치는 개를 붙잡느라 계속 실랑이하며 담 뒤에서 얼마나 시간을 보냈을까? 계산할 수는 없었지만 아주 긴 시간이 흐른 듯했다.

생각지도 못한 순간에 대문이 열리더니 붉은 사각형 불빛이 길 쪽을 환히 비추었다. 한 남자가 대문에서 나오며 잠시 멈추었다가 뭐라고 말을 마치더니 인사를 했다.

"잘 자요, 마리아."

"잘 가요, 프란체스코."

피에트로는 그 자리에서 죽을 것 같았다. 개가 그의 손에서 빠져나갔다. 그는 일어서서 그들 쪽으로 다가갔다. 그 역시 사각형 불빛 안에서 걸음을 멈추었다. 그리고 꿈속에서 그리던 마리아를 보았다.

그녀는 손에 촛불을 들고 있었다. 피에트로가 나타나자 창백해졌고 겁에 질린 얼굴로 그를 보았다. 하지만 개는 벌써 부엌으로 달려갔고 니콜라 삼촌이 문 앞에 나와 소리쳤다.

"말라페데가 왔네! 오, 혼자 오지는 않았을 텐데? 아하, 그래. 자네도 왔지, 피에트로?"

피에트로는 그 말을 듣고 있지 않았다. 그는 마리아를 보았다. 마리아는 대문에서 멀어졌다.

둘은 한마디도 나누지 않았다. 하지만 그는 모든 게 끝났다고 생각했다. 집 안으로 들어가 대문을 닫았다. "안녕하세요." 그가 안뜰을 가로질러 가며 말했다. "이런, 분명 제가 올 거라고 짐작도 못 하셨죠?"

마리아는 그가 자기를 보고 하는 말 같았다. 그녀는 겁이 나서 본능적으로 촛불을 끄고 부엌으로 가서 니콜라 삼촌의 등 뒤로 몸을 숨겼다.

하지만 피에트로는 그녀에게 눈길조차 돌리지 않았다.

그는 부엌으로 들어가서 불 옆에, 수없이 행복한 시간을 보냈던 한쪽 귀퉁이에, 어쩌면 그의 적수가 앉았을지도 모를 의자에 앉았다……. 그는 고함을 치며 다 부숴버리고 싶은 욕망을 느꼈다. 난로에서 불타는 장작을 하나 집어 들고 주위에 휘두르다가 모든 것에, 모두에게 불을 질러버리고 증오와 절망 속에서 죽고 싶었다. 그러나 손을 움직일 수도 눈을 들 수도 없었다. 고통으로 몸이 굳어버렸다.

"자네, 시체 같군그래." 루이사 이모가 평소와 달리 관심 어린 눈으로 피에트로를 보며 말했다. "어디 아픈가?"

"예, 몸이 안 좋습니다. 그래서 돌아왔어요. 열이 나네요. 키니네*를 주세요. 그러면 곧 돌아가겠습니다."

"잘 왔네. 그런데 이왕 왔으니 쉬었다가 내일 아침에 떠나게. 그래, 키니네 줄게. 그러지 않아도 한 병 사놨지. 마리아도 열이 났었거든."

"마리아도요!" 피에트로가 혼잣말하듯 말했다.

그는 주위를 둘러보았다. 변한 건 하나도 없었다. 사람들도 똑같았다. 루이사 이모는 실을 자았고 니콜라 삼촌은 두 다리

● 기나나무 껍질에서 얻는 말라리아 치료제. 해열제로도 사용한다.

사이에 지팡이를 끼고 있었으며 마리아는 등을 돌리고 화덕 위 쟁반에 놓인 잔 몇 개를 정리하는 중이었다.

하지만 그는 새로운 세상에, 슬프고 서글프기까지 한 장소에 있는 기분이었다. 그는 자신이 죽은 듯했다. 그렇다. 누군가 돌로 머리를 내려쳐서 그를 죽였다. 지금 그의 몸 안에서 숨을 쉬는 피에트로는 다른 사람이었다. 그는 죽음과 고통의 장소에서 살고 있었다.

"그래, 시체 같아." 루이사 이모가 다시 말했다. "당장 키니네 좀 마시게. 배도 고플 텐데."

"열이 난다고 말씀드렸죠. 배는 안 고픕니다."

"사랑의 열병이야." 니콜라 삼촌이 지팡이 손잡이 위에 코담뱃갑을 탁탁 치며 말했다. 뿔로 만든 코담뱃갑은 모양이 새겨진 코르크 마개로 닫혀 있었다.

"열이 난다고 말씀드렸죠." 피에트로가 화를 내며 같은 말을 또 했다.

"이런, 젠장. 정신도 오락가락해 보이는데, 피에트로! 그렇게 소리 지르지 말게! 열이 있으면 자리에 누워." 주인이 말했다. "그래도 술 한잔 정도는 마셔야지. 안 그래? 마리아, 여기 마실 것 한 잔 줘라. 이쪽 좀 봐봐. 아, 그 술잔에서 아직도 프란체스코 로사나의 얼굴이 보이냐?"

마리아는 화덕에서 멀어졌지만 돌아보지는 않았다. 피에트로는 잔들을 바라보았다. 프란체스코가 그 잔 중 하나에 술을 따라 마셨던 게 틀림없었다. 그래서 마리아가 천천히 자신에게 내미는 술잔을 불쾌한 듯 밀어냈다.

오, 그의 가슴이 무너졌다. 마리아와 단둘이 있을 수만 있다면, 가증스럽고 이해하기 힘들어 보이는 일을 설명하라고 그녀에게 요구할 수만 있다면 남은 생을 다 바칠 수도 있었다.

그러나 그녀는 니콜라 삼촌에게 잔을 내밀고는 다시 두 사람에게서 멀어져 천천히 부엌을 살피더니 밖으로 나가 돌아오지 않았다.

'나를 두려워하고 있어.' 하인이 생각했다. '왜, 왜 나를 겁내지? 내가 뭘 어떻게 할 수 있다고? 절대 해를 입히지 않겠다고 맹세하지 않았나? 저 여자는 비겁해. 비겁해. 비겁하다고. 그래도 난 나 자신보다 저 여자를 더 사랑해. 만약 저 여자가 용서를 구한다면…….'

피에트로는 그녀를 생각하면 왜 어린아이처럼 약해지는지 그 이유를 알지 못했다. 하지만 갑자기 멀리서 질주하는 말발굽 소리 같은 게 또다시 들려왔다. 불길이 얼굴을 태웠고 시뻘건 구름이 눈앞으로 지나갔다.

죽여야 해. 죽여야 해! 피에트로는 누군가를 죽여야 했고, 목이 타는 끔찍한 갈증을 풀기 위해 인간의 피를 마셔야 했다.

'오늘 밤 니콜라 삼촌을 목 졸라 죽여버릴 거야. 이 멍청한 붉은 멧돼지를…….'

하지만 루이사 이모가 방으로 돌아간 뒤 주인은 지팡이를 들어 하인의 어깨를 가볍게 두드렸다.

피에트로는 흠칫 놀랐다. 꿈에서 깬 것 같았다.

"왜 그러세요?"

"좋은 소식이 있다네." 니콜라 삼촌이 빈정거리는 목소리로 말했다. "이제 말해주지."

그는 크고 파란 손수건을 펼쳐 불 위에서 흔들더니 요란하게 코를 풀었다.

"그래, 좋은 소식이지. 적어도 사람들이 그렇게 말하니까. 담배 피우겠나, 피에트로 베누? 싫어? 그럼, 잘 자게! 그래, 나도 담배를 피우기 시작했어. 다 늙어서 말이야. 그래, 계속 해보자고! 그러니까 내 딸 마리아가 프란체스코 로사나와 결혼하게 되었다네."

피에트로는 가만히 그 말을 들었다. 주인의 마지막 말을 듣자 몽둥이로 여러 대 맞은 기분이었다. 아, 그래. 그렇다. 그때까지 그는 자신이 잘못 알았기를 바랐다.

"어쩌겠나?" 니콜라 삼촌이 말을 이었다. "더 기다릴 수 있었어. 잘생긴 남자와 결혼할 수 있었다니까. 그런데 여자들은. 그래, 자네 믿겠나. 못생긴 남자들을 좋아해. 가령 자네는 잘생겼잖나. 그렇지만 여자들이 자네를 좋아할 것 같나? 시절이 바뀌었다네, 잘생긴 피에트로! 뻐꾸기는 이제 노래하지 않아……. 그래, 잘생긴 피에트로. 루이사 이모는 그 사람을 좋아해. 마리아도 좋아하고. 온 세상이 그를 좋아해……."

"그 사람이 누군데요?"

"누구냐고? 자네 귀먹었나? 내가 프란체스코 로사나라고 말하지 않았나? 부유하고 거만한 시의원이지. 사실 마리아는 부르주아나 의사, 변호사와 결혼할 수 있었어. 그런데 루이사 이모가 변호사들은 가난하다고 그래. 그런데 청혼을 한 사람이 누군지 아나? 알아맞혀보게, 어디."

피에트로가 고개를 들었고 예의 그 경멸하는 듯한 태도를 보였다.

"시의원이라네, 잘생긴 피에트로. 시의원이 직접 말이야." 주인이 알렸다. 그리고 빈정거리듯 말하려 했지만 꽤 만족스럽고 자랑스러워하는 걸 숨기지는 못했다. "아주 좋아." 그러더니 모자를 벗었다가 헝클어진 커다란 머리 위에 비스듬히 다시 쓰며 말을 계속했다. "우리야 뭐, 의원님이 원하는 대로 하는 거지. 로사나 집안에는 돈이 많잖나! 마리아는 그 돈을 만지려고 일부러 결혼하는 것 같다니까."

"그렇지만 사람들 말이……." 피에트로가 입을 열었다. 여전히 경멸하는 듯한 태도였고 말을 하다 말았다.

"사람들 말이? 사람들이 뭐라고 하는데? 대답해보게. 응! 뭐라고 해?"

"마리아가 프란체스코 로사나를 사랑하지 않는다고 하더군요……."

"사랑? 쳇, 그걸 누가 알아? 다시 말하지만 여자들은 이제 사랑에 빠지지 않아. 그렇다고 마리아에게 아무도 그걸 강요할 수는 없지. 마리아는 그 사람을 원하고 그 사람을 택했지. 나조차도 입도 뻥긋하지 못했는걸."

'다 끝났구나.' 피에트로는 생각했다.

주인의 솔직한 말투와 내비친 속내를 통해 그들의 추악한 현실 속에서 일이 어떻게 진행되었는지 보였다. 마리아는 자발적으로 그를 배신했다. 언제부터 배신할 생각을 하고 있었는지 누가 알겠는가!

그렇다. 그녀는 유다가 예수를 배신하듯 그와 키스하며 그를 배신했다.

모두 끝났다.

혼자 남게 된 피에트로는 분노와 절망감에 휩싸였다.

그는 뜰로 나가서 작은 계단으로 다가갔다. 이리저리 돌아다니며 마리아의 방에 갈 수 있는 방법을 찾았다. 불가능했다. 모든 문이 닫혀 있었고 사방은 고요했다. 담벼락 위에서 초록빛이 감도는 별 하나가 작은 달처럼 환히 빛났다. 어쩌면 피에트로가 마레리 계곡을 미친놈처럼 달릴 때 그의 길을 밝혀준 그 별일지도 몰랐다. 반짝이는 별은 그와 그의 갈망을 비웃는 듯했다.

그는 부엌으로 돌아가서 바닥에 털썩 주저앉았다. 지나간 기억에 사로잡혀 숨이 막혔다. 그곳에서, 바로 거기 성스러운 난로 옆에서, 살아 있듯 타오르는 불길 앞에서 마리아는 그에게 키스했고 약속했으며 괴로워했다……. 어떻게 그 모든 게 없던 일이 될 수 있단 말인가?

눈을 감으며 그는 여전히 그녀의 나지막한 목소리가 다시 들려오는 것 같았다. 그녀의 사랑하는 손이 다시 그의 손 위에 놓이고…… 그 외의 모든 게 잔인한 꿈이었다. 하지만 갑자기 그녀의 목소리가 바뀌었다. 남자의 목소리로, 고상하고 약간은 콧소리가 섞인 목소리로 변했다. 그렇다. 적수가 불 앞에 앉아 있었다. 그는 윗입술을 들어 올린 채 조롱하듯 비웃었고 매부리코의 옆모습이 맹금류의 그림자처럼 벽 위를 떠돌아다녔다.

사악한 환영들이 나타났다. 루이사 이모는 기뻐서 어쩔 줄 몰라 하며 웃었다. 평상시와 다른 그 웃음 속에는 음울하고 외설적이라고 할 법한 뭔가가 담겨 있었다. 그녀의 물레에서는 녹슨 경첩 위로 천천히 열리는 문처럼 불가사의하게 삐걱대는 소리가 났다. 니콜라 삼촌은 예전의 애정 행각들을 음란하고 자세히 묘사했고 피에트로는 욕망으로 몸이 달아오르는 것을 느꼈다. 갑자기 사방이 조용해졌다. 주인들의 모습이 사라졌다. 불이 서서히 꺼졌다. 불그레한 불빛이 겨우 비치는 어둑한 실내에 사람의 윤곽이 드러났다. 입술을 맞댄 채 껴안고 있는 남자와 여자였다.

마리아와 프란체스코, **그들**이었다.

피에트로는 주먹을 불끈 쥐고 벌떡 일어나서 참을 수 없는 환영들을 향해 난로를 가로질러 돌진했다.

그러나 바닥에서부터 반쯤 꺼져가는 불그레한 난로 불빛이 비치는 벽 위까지 일그러진 거대한 그림자만 홀로 움직일 뿐이었다. 그림자는 지붕에 머리를 박아 머리가 깨질 것 같았다.

피에트로는 다시 바닥에 앉아 두 손으로 머리를 움켜쥐었다. 그렇다. 정말 머리가 깨져버린 기분이었다. 다시 멀리서 수많은 말이 질주하는 소리와 수많은 돌이 돌 위에 떨어지는 소리가 들렸다. 피 구름이 여전히 그의 눈을 가렸다.

뜰에서 나는 희미한 소리가 그의 주의를 끌었다.

'마리아인가? 오, 그녀가 와서 말해준다면······. 모든 게 꿈이었어요, 피에트로. 나 여기 있어요. 여전히 난 당신 거예요.'

그녀는 오지 않았다. 하지만 희망을 품은 그 짧은 순간만으로도 불행한 청년의 마음은 충분히 누그러졌다. 왜 이리 빨리 절망한단 말인가? 무엇보다 아직 결혼식이 거행되지도 않았잖아! 게다가 마리아와 모든 게 끝났다 해도 세상에 여자가 마리아뿐이란 말인가?

'다 잊을 수 있을 거야. 나는 젊고 튼튼하잖아······.'

그는 사비나를 떠올렸고 그를 미친 듯이 사랑해줄 다른 수많은 가난한 여자를 다시 생각했다. 왜 자신을 배신한 여자 때문에 미쳐야 하는가?

그러나 마리아의 배신을 생각하자 배신당한 영혼은 다시 고통에 빠지고 말았다. 마리아는 그가 사랑한 유일한 여자였다. 그가 숨 쉬는 공기였고 그를 살아가게 하는 피였으며 그를 몰아붙이는 고통이었다. 그녀 없이는 그 무엇도 존재하지 않았다. 세상은 온통 어둠뿐이었다.

시간이 흘렀다. 그는 자신이 마리아의 배신을 정당화할 어떤 잘못이나 실수를 한 적이 없는지 자문하며 엄격하게 자신을 되돌아보았다. 없었다. 마리아를 사랑한 죄밖에 없었다.

하지만 분노하는 순간에도 그녀가 그렇게 갑자기 마음이 변한 이유는 짐작조차 되지 않았다. 그는 그녀를 별처럼 높게, 한없이 높게 생각했었다. 그러니까 그녀의 광휘만을 보았을 따름이었다.

'마리아는 나를 더 이상 사랑하지 않기 때문에 나를 떠난 거야.' 그가 생각했다. '마리아 앞에서 모두들 프란체스코 로사나를 칭찬하니 그자를 사랑하게 된 거야……. 프란체스코는 못생겼지.' 그러다가 생각했다. '그렇지만 교육을 받았고 영리해. 변호사처럼 능수능란하게 말할 줄 알지. 내게로 향한 마리아의 마음을 훔치려고 어떤 유혹의 기술을, 어떤 매혹적인 눈빛과 달콤한 말을 사용했을지 알 게 뭐야. 아, 마리아가 축제에 가지 않았더라면! 마리아는 연약한 여자야. 사람들이 내게서 마리아를 훔쳐 갔고 그녀의 마음을 뒤흔들었어. 그들이 나를 죽였다고. 전부 다 저주나 받으라지! 다들 벼락이나 맞아라! 빌어먹을 매부리, 살인자 새끼, 프란체스코 로사나, 지옥에나 떨어져라…….'

수천 가지 복수 계획이 그의 머리를 스쳐 지나갔다.

'여기서, 이 신성한 불 앞에서 그자를 죽여야겠어.' 불 쪽으로 한 손을 뻗으며 속으로 크게 말했다. '여기, 여기서, 결혼식 날, 마리아가 그자의 것이 되기 전에! 피와 눈물, 내게 필요한 건 바로 이거야.'

다시 파멸의 굉음이 귀 안에서 울려 퍼졌고 피 구름이 눈앞으로 지나갔다. 그러더니 아무 소리도 들리지 않았고 모두 사라졌다. 이제 영원히 사라진 날들의 기억이 마음을 부드럽게 어루만졌다. 그는 울음을 터뜨렸다.

어머니가 죽은 뒤로 한 번도 울어본 적이 없었다. 이번 눈물은 그의 인생에서 마지막 눈물이었다.

13

다음 날 아침 마리아를 기다렸으나 허사였다. 루이사 이모가 내려와서 키니네를 조금 주며 출발을 재촉했다.

"지난밤에 마리아도 열이 났어. 한숨도 못 잤다네."

"사랑의 열병이지요." 피에트로가 출발 준비를 하며 말했다. "결혼식에 돌아올 수 있게 해주셨으면 좋겠네요."

"가봐. 자네가 씨 뿌린 밀로 결혼식 빵을 만들 거야!"

"그러면 전 그 전에 죽어 있을걸요." 피에트로가 길을 나서며 말했다.

"몸조심해. 자네 정말 창백해 보여, 피에트로." 루이사 이모가 괴로워하는 하인에게 손톱만큼의 애정도 드러내지 않은 채 무표정한 얼굴로 대답했다. "몸조심해. 알았나? 일을 하려면 건강한 사람이 필요하니까."

길을 걸으며 피에트로는 다시 어쩔 줄 몰라 했다. 그러니까 마리아는 숨어버렸다. 더 이상 그와 이야기하지 않기로 작정한 것이다. 어떻게 한다?

'가끔씩 돌아올 거야. 그렇지만 마리아가 몸을 사리겠지. 아, 내가 글을 쓸 줄만 알았더라도! 피로 쓴 편지를 보냈을 텐데! 이제 어떻게 하지?' 그가 절망에 빠져 생각했다. '어떻게 하지. 어떻게 살아가지?'

근방의 아무 집에나 숨어서 사람을 시켜 마리아를 불러내야겠다는 생각이 퍼뜩 떠올랐다.

'그런데 이웃들에게는 뭐라고 변명하지? 게다가 마리아가 몸을 사릴 텐데. 안 올 거야. 내 행동에 화를 낼 거야.'

그런데 그때 늙은 여주인의 말이 떠올랐다. "자네가 씨 뿌린 밀로 결혼식 빵을 만들 거야." 희미한 희망의 빛이 그의 마음을 비춰주었다.

'아직 시간이 있어. 기다리자.'

그렇게 일터로 돌아와서 쓰라린 마음으로 '결혼식 빵을 만드는 데 쓰일' 밀알을 뿌렸다.

아, 그는 독을 씨앗에 뿌리거나 바람에 날려 보내고 싶었을 것이다!

똑같은 하루하루가 느릿느릿, 그리고 슬프게 흘러갔다. 해가 저물 무렵 보랏빛으로 물든 고원에서 배신당한 하인의 모습은 점점 더 경직되고 음울하고 어두워져만 갔다. 그가 어떤 바위에 서서 우울하고 야성적인 눈으로 지평선을 뚫어져라 바라볼 때면 증오의 화신 같았다.

그는 모두를 증오했다. 가난한 남자를 불완전한 존재로 여기며 돈만 좋아하는 뚱보 루이사 이모를 증오했다. 잘생긴 외모와 배짱으로 루이사 이모 같은 여자를 차지할 줄 알았던 니콜라 삼촌을 증오했다. '맹금류'인 프란체스코, 그 성질 사나운 새의 발톱에 자신을 맡긴 마리아를 증오했다.

그렇다. 그녀도 증오했다. 어떨 때는 그 누구보다 더 증오했다. 그의 사랑이 처음 시작될 무렵, 그러니까 약탈자같이 야성적이고 정열적으로 마리아를 갈망했던 때를 생각하면 격렬한 증오의 감정이 솟구쳤다. 하지만 그런 순간에도 잔인한 열정이 그를 지배했다.

그는 원시인으로 돌아갔다. 그에게 남아 있던 너그러운 모든 마음, 사랑을 나누던 행복한 시기에 그를 유순하게 만들었던 선한 본능은 봄이 끝나가며 나비의 날개가 떨어지듯 모두 떨어져 나갔다. 죽은 나비 뒤에는 지저분하고 파괴적인 애벌레만 남을 뿐이었다.

고통스러운 꿈이 그의 휴식을 방해했다. 낮에도 서글펐지만 밤에는 더 슬펐다.

결혼식 행렬이 고원을 가로질러 이제 막 싹을 틔운 밀을 밟고 지나는 꿈을 자주 꾸었다. 그러면 그는 분노해서 총을 집어 들어 신랑을 쏘곤 했다. 그러던 어느 날 밤, 그는 두 개의 울타리 사이로 길게 난 회색 길을 걸었다. 그 길은 온 세상을 가로질렀다. 어떤 식으로든 어머니를 도우려 했던 어린 시절, 땔나무로 쓸 참나무 가지를 주우러 산에 갔을 때처럼 나뭇짐을 지고 그 길을 걸었다.

그는 걷고 또 걸었다. 밤이 찾아왔다. 길은 아직도 끝나지 않았다. 그는 배가 고팠고 식은땀을 흘렸으며 피로로 온몸을 떨었다. 길은 여전히 끝나지 않았다. 게다가 피에트로는 자신이 어느 방향으로 가고 있는지도 몰랐다.

저 아래, 저 멀리 시커먼 하늘이 검은 울타리와 맞닿은 곳에 무시무시한 유령이 숨어 있었다. 어렸을 적 해 질 무렵 나뭇짐을 지고 오르토베네를 내려올 때면 어디선가 나타날까 봐 두려워한 그런 유령이었다.

이런 열에 달뜬 꿈을 꾸고 나면 그는 힘이 빠지고 나약해졌다. 하지만 오히려 더 영리해지는 기분이 들었다. 머리가 맑아져서 능수능란한 범죄자가 세울 법한 계획들이 머릿속에서 무르익었다.

바로 이렇게 꿈속에서 프란체스코 로사나를 죽이고 난 뒤 육체적으로 나약해지는 순간이면 그는 사건이 일어난 **이후**의 일을 예상해보았다.

'체포를 당해 형이 선고되겠지. 평생을 감옥에서 보내게 될 거야. 복수가 무슨 소용이 있어? 운이 나쁜 게 차라리 나아. 안 돼, 영리해져야 해. 여자들처럼 영리하게 행동해야 해. 봤잖아.' 그는 속으로 이렇게 말했다. '마리아가 얼마나 교활하고 영악한지 봤지? 그 여자는 나를 배신했고 내가 아무것도 눈치채지 못하게 자신의 계획을 실행에 옮겼잖아. 난 그 여자에게 "왜 그랬어요?"라고 물어보지도 못할 거야. 대신 그 여자가 주는 빵을 먹고 그 여자의 집에서 잠을 자겠지. 그 여자는 내가 눈치채지 못하게 나를 배신했어. 나도 영악하고 계산

적이고 교활해져야 해……'

그래서 영악하고 계산적이고 교활해졌다. 그의 사랑처럼 고통 역시 하루가 다르게 깊어지고 고독 속에서 자유롭게, 야생식물처럼 자꾸만 크게 자라났다.

어느 날 밤, 피에트로는 조용히 마을로 돌아왔다. 그러나 이번에는 맹목적인 충동에 떠밀린 게 아니라 마리아를 다시 만나 운명과 싸우고 싶은 불안한 열망에 이끌렸다.

그는 개를 묶어두고 떠났다. 9시 무렵에 마을에 도착했다. 노이나네 집 대문은 닫혀 있었다. 그는 마리아가 문을 열어주길 기대하며 문을 두드렸다. 안뜰을 에워싼 담 위로 보이는 집 정면이 희미한 불빛에 드러나더니 곧 불이 꺼져버렸다. 아무도 문을 열러 나오지 않았다.

마리아가 뜰로 나오다가 문을 두드리는 사람이 누구인지 짐작하고는 열지 않고 집 안으로 들어간 게 틀림없었다.

피에트로는 걷잡을 수 없는 분노에 휩싸였다. 돌로 대문을 부숴버리고 싶은 격정을 억누르기 힘들었다. 그러다가 생각했다.

'그래봤자 무슨 소용이 있어? 쓸데없이 사람들이 이러쿵저러쿵할 거리나 만들지. 교활해져야 해. 저 여자가 얼마나 교활한지 봤지? 아, 얼마나 교활한지!'

그는 사람들의 눈에 띄지 않으려고 가끔씩 지나가는 행인들을 피하며 숙모들의 집으로 향했다. 숙모들의 집도 다른 집들처럼 담이 없는 뜰 한가운데에 자리 잡고 있었다. 두 노파는 잔가지들로 피워놓은 불에서 희미한 빛이 비칠 뿐인 어둑한 부엌을 아직 떠나지 않고 앉아 있었다.

피에트로는 이 집을 너무나 잘 알았다. 바깥쪽으로 난 좁은 계단을 조심스레 올라가서 나무 발코니가 있는 조그만 침실로 들어갔다. 어둠 속에서 두 노파가 누더기 옷을 보관해두는 검은 궤를 발견했다. 그는 궤를 열어 도적의 권총을 찾았다.

토니아 숙모는 이 무기를 유품으로 간직했다. 피에트로는 망설임 없이 권총을 챙겼다. 첫걸음을 내디딘 것이다.

하지만 그는 유령들만 활개 치던 끝없는 회색 길이 막연하게 떠오른 이유를 알 수 없었다. 거대한 납색 구름들 사이로 환상적인 달이 이따금 나타나는 골짜기에서 흐릿한 달빛이 어렴풋이 비치는 거친 오솔길들을 따라 걸을 때였다.

'어디로 가야 할까, 어디에서 걸음을 멈출까?' 그는 본능적으로 물었다.

헐벗고 황량한 그 골짜기의 이상한 가을밤은 불가해한 암시가 담긴 꿈을 생생하게 되살려냈다. 피에트로는 권총을 만지작거렸다. 이따금 수풀 뒤에서 걸음을 멈추면 그의 적수가 달빛이 어슴푸레한 고요한 오솔길로 지나가는 기분이 들었다. 그는 권총을 쏘았다. 총소리가 골짜기의 불안한 침묵을 깨뜨렸다. 곧이어 사방이 다시 조용해졌다.

그는 격렬하게 뛰는 심장 소리를 들었다. 벌써 범죄를 저지른 것만 같았다. 불현듯 정신을 차렸고 사악한 꿈에서 깨어났다. 그리고 다시 길을 걸었다.

'나한테 무슨 일이 일어날까? 어디로 가야 할까, 어디에서 걸음을 멈출까?'

그는 구름이 여기저기 떠 있는 신비한 하늘 아래에서 걷고 또 걸었다. 때로는 어두웠다가 때로는 도망치는 달이 남긴 푸르스름하고 희미한 빛에 모습을 드러내는 거친 오솔길이었다. 그의 영혼도 희미한 빛의 지배를 받았는데 그 빛은 이따금 완전히 꺼져버리기도 했다. 그리고 그의 앞에는 꿈속에서처럼 끝이 없고 불가사의한 악의 길이 길게 펼쳐져 있었다.

다음 날 피에트로는 아직 사용할 수 있는지 권총을 다시 살펴본 뒤 아무도 모르는 무성한 수풀 속 오목한 돌 두 개 사이에 숨겼다. 그리고 다시 일을 시작했을 때 그는 딴사람이 된 듯했다. 길고 긴 꿈에서 깬 기분이었다.

'난 얼마나 어리석었던지!' 그는 생각했다. '난 행복할 수 있었지만 원하지 않았어. 오, 마리아가 포도밭에 왔던 그날! 난 그 여자의 애인이 되어 부모에게 억지로라도 결혼 허락을 받아낼 수 있었는데…… 그런데…… 그런데 난 어린애처럼 어리석었어……. 하지만 큰일 날 줄 알아! 큰일 날 줄 알아! 나는 잠자는 개처럼 얌전했지. 당신들이 돌을 던져 나를 깨웠어……. 아, 마리아 노이나, 당신은 내게 문을 열어주지 않았지. 맞아, 당신은 주인이고 나는 하인이니까. 그렇지만 조심해, 이 여자야. 넌 나를 가지고 놀고 즐겼어. 내 키스를 원하더니 이제는 내게 문을 닫았지. 넌 정말 교활했어. 하지만 이

제 나도 너한테 배웠어……. 나도 교활해질 테니 두고 보라고…….'

하지만 그런 생각을 하는 동안에도 여전히 희망을 버리지 못했다. 아, 글을 쓸 줄만 안다면!

'돌아가야지.' 그가 생각했다. '겨울이 올 거야. 난 다시 그 숙명적인 집의 지붕 아래에서 잠을 자게 될 거야. 마리아와 말할 기회가 있겠지. 내 마음을 괴롭히는 것이 뭔지 다 이야기해야지…….'

그런 생각을 하며 일했다. 쓸쓸하고 음울하고 추운 날이었다. 저녁 무렵 북풍이 불었다. 그는 불을 지피고 싶었다. 그러나 부싯돌이 사라지고 없었다. 누오로에 다녀오는 동안 잃어버린 모양이었다. 그는 인접한 곳에서 농사를 짓는 누오로 농부들의 초막으로 향했다.

부싯돌을 빌리거나 불붙은 장작 하나만 얻어 올 생각이었다.

춥고 어두운 밤이었다. 오루네산에서 차디찬 북풍이 미친 듯이 거세게 불어왔다. 농부들은 노간주나무로 피운 모닥불 주위에 둘러앉아 있었다. 노간주나무의 향내와 타고 난 재 냄새가 뒤섞여 풍겼다.

초막 안은 연기로 자욱했다. 거칠게 부는 성난 바람에 날아갈 정도로 초막이 흔들렸다. 불 옆에 앉은 농부들은 긴 나무 꼬챙이에 꿴 양 다리 두 개를 통째로 굽고 있었다.

농부들은 피에트로를 보자 조금 당황했다. 그러다가 곧 웃으며 저녁 식사에 초대했다.

"훔친 고기 냄새가 나는데." 그가 장작 하나를 집어 들며 말했다.

그대로 떠나려 하자 농부들이 말했다.

"우리 초대를 받아들이지 않으면 자네가 우릴 염탐하려 한다고 믿을 걸세. 여기 있어. 훔친 고기가 살로 가는 거라고. 아, 뭐, 우리도 가끔 잘 먹을 권리는 있지 않나? 주인들만 잘 먹으라는 법 있어?"

피에트로는 그 자리에 머물렀다. 농부들은 근처의 양 우리에서 양을 훔쳤다고 했다. 그러자 한 농부가 큰 소리로 말했다.

"아니지, 양이 제 발로 여기까지 왔잖나. 이렇게 말하는 것 같더군. '날 데려다 드세요.' 먹게나, 피에트로 베누. 배고픈 얼굴이야. 왜 이렇게 말랐나? 자네 주인이 먹을 것을 제대로 안 주나?"

그러더니 마리아 이야기를 했다.

"아, 그 여자가 여기 있다면." 한 농부가 늑대 이빨 같은 이로 손에 들고 있던 양고기 살을 길게 뜯어내며 말했다. "그 여자가 여기 있다면 이 고기 조각처럼 먹어치웠을 텐데. 난 그렇게 예쁜 여자는 여태 본 적이 없어! 하, 피에트로, 내가 자네였으면 좋겠네!"

피에트로는 분노로 몸을 떨었지만 아무 말도 하지 않았다. 아, 그보다 그는 너무나 어리석었다!

푸짐한 식사를 한 뒤에도 그는 초막에 머물렀다. 나뭇가지와 돌 들로 막아놓은 초막의 입구 근처에 누웠다가 결국 잠이 들고 말았다. 가끔씩 말라페데가 짖는 소리가 들리는 듯해 잠이 깨곤 했다. 그는 귀를 기울이며 생각했다.

'누군가 내 소들을 훔쳐 갈지도 몰라. 좋아, 훔쳐 가려면 훔쳐 가라지. 여긴 따뜻하니 움직이지 않을 거야. 무엇보다 소는 그 빌어먹을 주인들 거잖아. 전부 다 지옥에나 떨어져라.'

그러면서 다시 잠이 들었다.

하지만 새벽녘에 그는 화들짝 놀라서 잠이 깼다. 이번에는 바람을 타고 말라페데가 크게 짖어대는 소리가 진짜로 들려왔다. 사람인 것 같은 쉰 목소리에 구슬픈, 말라페데만이 낼 수 있는 소리였다. 게다가 농부들이 키우는 작은 여우 같은 암캐 **마리아네다**도 몸을 떨며 미친 듯이 짖어댔다.

"왜 이렇게 시끄러워?" 피에트로가 불안해서 소리쳤다.

그는 초막 입구의 나뭇가지들을 젖히다가 얼굴이 하얗게 질렸다. 잿빛으로 뿌옇게 동이 터오는 가운데 검은 머리의 경찰 네 명이 비탈길을 올라오고 있었다. 모두 심각한 표정이었다.

그는 밖으로 뛰쳐나갔지만 자신이 어떤 위험을 피하기 위해 달아나야 하는지를 채 알아차리기도 전에 경찰에게 붙잡히고 말았다.

다른 농부들도 체포되었다. 불운한 저녁 식사에서 먹고 남은 생고기와 구운 고기는 도둑질한 양가죽에 싸여 압수되었다. 그 양가죽은 죄인 중 한 명의 어깨에 놓였다.

피에트로는 울부짖으며 자신의 손을 물었다. 결백을 주장했고 농부들도 그 말에 동조했지만 소용없었다.

"시끄럽고, 걸어." 경찰 한 명이 총의 개머리판으로 그를 구타하며 말했다. "네가 결백한지는 두고 보면 알겠지."

그는 걸을 수밖에 없었다. 악몽을 꾸는 것만 같았다. 그렇게 수없이 고통스럽게 지나다녔던 길을 다시 걸으며 저주받은 사람처럼 욕을 퍼부었다.

'내가 정말 저주를 받은 걸까?' 그는 생각했다. '누가 내게 이런 형벌을 내린 걸까? 이 사실을 알면 내 주인들은 뭐라고 할까? 마리아는? 내가 정말 도둑이라고 생각할까?'

밑으로 내려가다가 일행은 경찰에 신고를 한 도둑맞은 양의 주인을 만났다.

"보보레." 피에트로가 고함을 치며 협박도 하고 애원도 하며 말했다. "나는 아무 죄가 없어! 날 풀어주지 않으면 후회할 거야! 맹세코 난 자네를 한 번도 화나게 한 적이 없어. 보보레, 제발. 날 풀어줘. 난 다 잃은 남자야."

"피에트로." 양치기가 말했다. "난 자네를 믿네. 그렇지만 자네가 체포된 게 내 잘못은 아니야. 난 정말 불쌍한 양치기야. 이 악마 같은 놈들이 벌써 내 양을 세 마리나 훔쳐 갔어. 더 이상 참을 수가 없었네."

농부들이 말했다.

"우리는 울타리 근처에서 죽어 있는 양을 발견했을 뿐이야……. 하느님의 저주로 죽은……."

"악마가 너희들을 다 교수대로 보내버릴 테니 두고 봐라."

"난 아무 죄가 없어." 피에트로가 고함쳤다.

"시끄럽고, 걸어." 경찰이 개머리판으로 그를 밀며 똑같이 말했다.

"보보레." 피에트로가 간청했다. "그럼 내 주인집에라도 가 주게. 가줘. 제발 부탁이네. 어떻게 된 일인지 사실대로 말해 주게."

다행히 그들은 이른 아침에 누오로에 도착해서 사람들의 눈에 거의 띄지 않았다.

농부들은 판사의 심문에도 피에트로가 결백하다고 말했다. 그는 하루 종일 석방될 시간만 기다렸지만 희망은 무너졌다.

소식을 들은 니콜라 삼촌이 움직였다. 먼저 판사에게 갔다가 변호사와 상담을 했다.

"뭘 원하십니까." 변호사가 물었다. "정의의 말(馬)들의 다리는 메두사의 머리카락처럼 복잡하게 뒤얽혀 있습니다."

'네가 쓰는 그따위 어려운 말들하고 지옥에나 떨어져라.' 니콜라 삼촌은 속으로 생각하며 경찰서 주위를 계속 떠나지 않았지만 피에트로는 저녁 무렵 구치소에서 감옥으로 이송되었다.

피에트로는 거기에서 세 달을 갇혀 있었다.

피에트로는 피의자의 범죄 증거가 불확실한데도 감옥 생활을 오래 하는 경우가 종종 있다는 사실을 너무나 잘 알았다. 하지만 그는 체념할 수 없었다. 이건 너무나 부당한 처사였다. 마음속에서는 하루하루가 지나수록 격렬한 반항심과 사악한 본능이 커져갔다. 미쳐버릴 것만 같았다. 마리아는 무엇을 하고 있을까? 자신이 감옥에서 썩어가는 동안 그녀가 결혼할지도 모른다는 생각을 하면 피에트로는 치미는 분노와 고통을 억누르기 힘들었다.

노이나네 집에서 이따금 먹을 것과 포도주를 보내오곤 했다. 니콜라 삼촌은 교도소에 면회를 올 정도로 친절하게 마음을 썼다. 피에트로를 위로했고 즐거운 이야기들을 들려주었다. 니콜라 삼촌은 다른 하인을 구해야 했지만 피에트로에게 말했다.

"내년에는 자네가 다시 우리 집 일을 하게 해주겠네."

피에트로는 우울하고 슬퍼서 대답을 하지 않았다. 그는 마리아를, 니콜라 삼촌이 코앞으로 다가왔다고 말한 결혼식을 생각했다. 노이나 집에 가서 다시 일을 하며 행복한 신혼부부를 봐야 한다는 생각만으로도 제정신을 잃을 지경이었다.

며칠 뒤 피에트로의 감방에 누오로 출신이 아닌 새로운 죄수가 들어왔다. 깨끗하게 면도한 호리호리한 젊은이로, 똑똑하고 짓궂은 소년 같은 인상이었다. 이름은 추안네 안티네였다. 그는 감방에 들어서자마자 불운한 동료들에게 인사를 했다. 한 사람 한 사람 악수하며 이름을 물었고 무슨 일로 교도소에 오게 된 건지 자세히 물었다.

그는 동료를, 친구를 고르고 싶어 하는 것 같았는데 피에트로가 바로 선택되었다. "어디 들어봅시다." 안티네가 물었다. "정말 훔쳤나요?"

"안 훔쳤소." 피에트로가 대답했다.

"당신이 잘못했군요! 진짜 훔쳤더라면 이렇게 괴로워하지 않을 텐데 말이지요. 차라리 그랬으면 당신에게 이익도 되고 마음도 편했을 텐데."

피에트로가 웃었다.

"도둑질하지 않는 사람은 사람도 아니지요!" 안티네가 말했다. "한 가지만 말해봐요. 하느님이 있나요, 아니면 없나요? 만약 있다면, 당연한 말인데, 하느님은 인간이 즐기라고 이 세상을 만든 게 틀림없어요. 그리고 세상에 있는 모든 물건은 전부 모든 인간의 소유지요. 그걸 자기 걸로 만드는 법을 잘 알기만 하면 되는 겁니다. 물건을……."

"하지만 보다시피 감옥에 갇히게 되잖소." 피에트로가 말했다.

"그러니 영리해져야지요." 안티네가 말했다. "물건을 자기 걸로 만드는 법을 알아야 해요."

"그러는 당신도 **잡히지** 않았소." 피에트로가 다시 말했다. 그는 농담 반 진담 반인 동료의 말이 귀에 거슬리면서도 재미있었다.

안티네가 영악해 보이는 눈을 가느스름하게 떴다.

"당신이 어떻게 알겠어요." 그가 말했다. "내가 일부러 잡혔겠어요? 난 흰 비둘기보다 더 깨끗하게 교도소에서 나갈 겁니다. 난 지금 누명을 뒤집어썼는데 그 범죄와는 무관해요. 내 결백을 증명해 보일 거예요. 이후에 정말 죄를 지을 수도 있겠지만 그때는 판사에게 이렇게 말할 겁니다. '전 미움을 받았고 핍박과 모함을 당했습니다. 저는 지난번처럼 결백합니다. 저는 공정한 정의를 믿습니다.' 그러면 판사가 내 말을 믿어주겠지요. 맹세컨대 날 믿을걸요."

"하지만 내가 당신과 반대로 증언할 수 있고 당신이 지금 한 말을 그대로 전할 수도 있는데." 피에트로가 크게 말했다.

안티네가 피에트로를 노려보며 웃었다. 가지런한 그의 이는 잠복해 있는 늑대의 이빨처럼 어둑한 **감방**에서 번득였다.

"당신은 내 친구가 될 테니 배신하지 않을 겁니다!" 안티네가 말했다. "인간들은 모두 형제니 서로 돕고 살아야지요. 배신하고 상처를 주는 게 아니라."

피에트로는 안티네의 그 투박한 논리에서 모순을 발견하지 못했다. 한편으로는 젊은 죄수가 농담을 하는 것처럼 보이기도 했다. 게다가 그는 얼굴이 짓궂은 아이 같고 눈이 영리해 보이는 매력 있는 남자였다. 또한 목소리는 울림이 좋아 모두를 편안하게 했다. 대부분이 그의 말에 움직였다.

감방에 들어오고 나서 얼마 지나지 않아 안티네는 도둑들이 저지른 끔찍한 사건들을 시적으로 포장해서 들려주었다. 다른 죄수들은 그의 주위에 모여 앉아 말없이 주의 깊게 그 이야기를 들었다.

피에트로는 잔인한 열정으로 달아오른 자신의 심장이 뛰는 소리를 들었다. 전쟁 이야기, 무훈담, 야성적인 선조들의 상상을 초월하는 이야기들을 들으면서 원시인들의 심장도 그렇게 불타올랐을 게 틀림없었다.

안티네는 (당시 도둑들이 우글거리던) 누오로에 숨어 지내는 도둑을 전부 다 안다고 자랑했다. 그러더니 신발 밑창에서 유명한 도둑 코르베두의 편지를 꺼내서 보여주었다. 올리에나의 산꼭대기에서 만나자는 약속이 담긴 편지였다.

다른 수감자들은 질투심을 느껴서 너도나도 도적들과의 관계를 자랑하기 시작했다.

코르베두의 편지가 손에서 손으로 전해졌다. 글을 읽지 못하는 사람도 도둑의 편지를 자세히 살펴보았고 조심스레 만져보았다. 피에트로도 한참 동안 편지를 보다가 한숨을 쉬었다.

"이게 진짜 사내지!" 그가 두 손가락으로 편지를 툭툭 치며 말했다.

뭔가 다른 말을 더 하고 싶은 듯했지만 갑자기 입을 다물었다. 그의 얼굴이 어두워졌다.

'아.' 피에트로가 생각했다. '이 남자, 이 코르베두라는 사람은 분명 나처럼 모욕을 당하지 않았겠지! 이 사람은 바람이 지푸라기를 쓸어 가버리듯이 걸리적거리는 것을 모두 없애버렸을 거야. 한데 나는…… 나는 비겁해!'

"그렇군." 그가 편지를 돌려주며 말했다. "나도 읽고 쓰는 법을 배워야겠어. 도적이 되려면 편지를 써야 하니까!"

피에트로가 농담을 했다. 하지만 안티네가 이상하게 다시 그를 유심히 보았다.

"원한다면." 안티네가 그에게 말했다. "여기서는 시간이 많으니 내가 읽고 쓰는 법을 가르쳐주겠네!"

피에트로는 그 제안을 기쁘게 받아들였다. 그는 열심히 새로운 공부에 전념했고 그로 인해 길고 긴 시간이 훨씬 덜 지루하게 느껴졌다. 완전히 공부에 몰두했고 그것이 위안이 되었다.

안티네에게 포도주 몇 잔을 얻어 마신 늙은 간수는 알파벳 교본과 신문 몇 장을 가져다주었다. 불과 며칠 만에 피에트로는 놀라운 진전을 보였다.

석방되기 전날 그는 신문 기사 하나를 다 읽고 이해할 수 있었고 자신의 이름과 마리아의 이름을 쓸 수 있게 되었다.

그는 악의적인 기쁨을 맛보았다. 그러니까 방어와 공격 모두에 유용한 무기를 손에 넣은 기분이었다.

그사이 하루하루가 단조롭고 불확실하게 흘러갔다. 피에트로는 시간 감각을 잃어버렸다. 어떨 때는 불과 며칠 전에 감옥에 들어온 것 같다가 어떨 때는 수년 전부터 갇혀 있는 듯한 기분이 들었다.

밤이면 바람 소리와 간수들의 날카로운 외침만이 침묵을 깨는 음침한 감방에서 피에트로는 주인집의 따뜻한 부엌에서, 불 옆에서 보냈던 밤들을 떠올렸다. 그리고 꿈속에서 마리아를 다시 만나 그녀에게 키스하고 뜨거운 사랑으로 전율을 느꼈다.

하느님! 그러니까 모든 게 지나가버린 겁니까. 정말 모두 다 끝났습니까? 잠에서 깨어 프란체스코 로사나를 생각하면 이성을 잃을 정도로 증오에 사로잡혔다. 이를 악물며 적수의 이름을 불렀다. 심지어 현재의 불행까지 프란체스코의 탓으로 돌렸다. 권총을 훔치러 누오로로 돌아가지 않았다면 부싯돌을 잃어버리지 않았을 테고, 그랬다면 자신과 함께 체포된 농부들에게 불을 구하러 가지도 않았으리라.

외곬으로 치닫는 어두운 분노, 깊은 원한, 세상과 운명에 대한 본능적인 반항심이 그의 영혼 밑바닥에서 요란하게 들끓었다. 이 혼란스럽고 누구도 경작한 적 없는 영혼에 감방 동료의 비뚤어진 논리가 독풀의 씨앗처럼 떨어져 싹을 틔웠다.

"인간은 다 평등한 거야!" 안티네가 어떨 때는 농담 삼아, 또 어떨 때는 진지하게 말했다. "인간은 한 아버지의 자식들처럼 다 평등해. 하느님은 우리 모두의 아버지고 세상을 만들 때 인간들에게 말했지. '자, 나의 자식들아, 내가 포카차●를 만들었다. 각자에게 각자의 몫이 있다. 너희들의 것을 가져라, 나의 자식들아.' 인간 중 일부는 영리하지만 일부는 어리석지. 어떤 사람들은 큰 몫을 차지하고 어떤 사람들은 아예 빈손이니 말이야. 아무것도 가지지 못한 사람들이 불평을 할 때 하느님은 말씀하셔. '**알아서 마련하라**, 나의 자식들아. 각자 자신의 몫을 마련하라. 하느님은 모두의 몫을 마련하니! **알아서 하지 않는** 사람이 더 나쁜 법!'"

"그렇긴 해도." 피에트로가 입을 열었다. "행복해지려면 물

● 밀가루 반죽에 올리브유, 소금, 허브를 넣어 얇고 둥글게 구운 이탈리아 빵.

질만으로는 안 돼."

"누가 그런 말을 해?" 안티네가 경멸하듯 소리쳤다. "자네가 생각한 거야, 멍청이? 내가 분명히 말하는데, 자네 생각과 달리 물질을 가진 사람은 모든 것을 다 갖게 돼 있어. 존경받고 사랑받고 두려움의 대상이 되지. 아무것도 이해하지 못하는 경우가 많은 여자들까지도 뭔가를 소유한 남자들을 사랑하고 좋아한다니까. 그 남자가 못생기고 사팔눈에 다리를 절어도 말이야……."

"맞아!" 피에트로가 대답하고는 곧이어 물었다. "대체 왜 그런 거지?"

"우리가 어리석어서지. 인간은 모두 평등하고 세상은 모두의 것이라는 사실을 이해하려 하지 않아서야. 가령 허공을 날아다니는 새들을 봐. 새들은 모두 똑같이 털에 덮여 있는 데다가 먹이가 있으면 먹이를 먹고 마음에 드는 곳에 둥지를 틀잖아. 인간은 왜 그러면 안 되나? 전부 다 인간이 새들보다도 어리석기 때문이야. 이게 전부라고!"

"그러니까 간단히 말해서 자네는 영리한 사람이 있고 어리석은 사람이 있다는 거잖아. 예를 들어 나는 어리석어. 나는 모욕을 당하고도 제대로 대응하지도 못하는 인간이야. 재산이 있어도 손에 넣을 줄 모른다고. 내 잘못이 뭐지? 아, 맞아!" 만일 그러길 원했다면 마리아를 소유하고 사랑과 부를 누릴 수 있었다고 생각하자 분노가 치밀어 말했다. "맞아, 난 늘 어리석었어."

"그런데 영리해질 수 있어."

"어떻게?"

"배우면 되지. 읽고 쓰기를 어떻게 배우는지 알잖아. 그렇게 하는 거지!"

이따금 피에트로는 자신의 절망적인 사랑을 안티네에게 고백해보려 했지만 입이 떨어지지 않았다. 어찌 되었든 그는 한 줄기 희망을 간직하고 있었다.

갑자기 일이 생겨 마리아의 결혼식이 치러지지 않을지도 모른다는 희망과 꿈을 키웠다. 말하자면 프란체스코가 병들어 죽을 수도 있다. 그러면 마리아가 후회하며 과거를 떠올리고 예전으로 돌아올지도 몰랐다. 하지만 지금으로서는 자신의 석방이 결정될 기미조차 보이지 않았다! 세상은 왜 이리 불의에 가득 차 있단 말인가?

마리아와 프란체스코가 곧 결혼할 것이라는 소식은 피에트로가 입에 댄 술잔에 독을 쏟아부은 격이었다. 피에트로는 그 잔에서 입술을 떼려고 발버둥 쳤지만 소용없었다. 그는 격노했다. 부숴버리기라도 할 듯 감옥의 창살을 미친 듯이 뒤흔들었다. 그는 숨이 막혀 죽을 것만 같았다.

적어도 풀어주기라도 했다면! 그는 뭔가를 할 수 있었고 시도할 터였다. 애원하든지 협박하든지 죽여버리든지……

감옥에서 보낸 마지막 일주일 동안 끊임없이 치솟는 분노를 삭이기 힘들었다. 밖에는 추적추적 비가 내렸다. 창살이 달린 작은 창문으로는 온통 납빛인 하늘 한 조각밖에 보이지 않았다. 그 하늘 위로 지나가는 것이라고는 귀에 거슬리게 깍깍 울어대는 까마귀 몇 마리뿐이었다.

'하느님은 없어! 하느님은 없어!' 피에트로가 생각했다. '하느님이 있다면 아무 죄 없는 사람을 이렇게 고통스럽게 할 리가 없어!'

어느 날, 다행히도 판사가 자신의 실수를 인정해서 그를 석방해주었다.

"내가 감옥에서 나가기만 하면 당장 자네를 찾아갈 걸세." 안티네가 그에게 말했다. "자네에게 제안할 사업이 하나 있어. 기뻐해. 자유를 즐기며 나를 잊지 말게."

피에트로는 너무나 익숙한 길들을 다시 보자 악몽에서 깨어나는 기분이었다. 죽음 가까이에 갔다가 건강을 되찾은 환자 같은 기쁨을 맛보았다.

감옥에 갇혀 고통스러운 시간을 보내느라 수척해진 얼굴로 긴장한 채 노이나 집에 가까이 갔다. 마리아는 집에 없었다. 루이사 이모가 다소 차갑게 그를 맞았다. 그리고 딸의 결혼식이 코앞으로 다가왔다고 알렸다.

"우리 집에 다시 돌아와서 일할 건가?" 그녀가 물었다. "프란체스코네도 하인이 필요하다고 들었는데."

피에트로는 몸을 떨었다. 프란체스코 로사나의 하인이 된다고? 그럴 일은 절대 없다!

"마리아는 어디 있습니까?" 그가 물었다.

"잘 모르겠네. 아마 구일기도에 갔을 거야…… 어쨌든 마시게, 피에트로. 자네 얼굴이 백지장처럼 하얗군. 마시게. 포도주를 마시면 생기가 좀 돌 거야. 결혼식에 올 건가?"

그는 포도주를 마셨지만 포도주가 독약 같았다.

그는 밖으로 나와 집 주위를 배회하면서 마리아를 기다렸지만 그녀는 돌아오지 않았다. 어스름한 저녁 빛이 주위에, 그의 영혼에 내려앉았다.

'마리아는 집에 있는 게 틀림없어. 날 만나는 것조차 원치 않는 거야!' 그는 씁쓸하게 생각했다. '모든 게, 모든 게 정말 완전히 끝났어.

그는 자신의 복수 계획, 그러니까 결혼식 전에 프란체스코를 죽이려던 계획을 떠올렸다. 그러자 바로 그날 밤 노이나 집의 대문 뒤에 숨어 있다가 계획을 실행에 옮길 수 있겠다고 생각했다…….

그때 행복에 들뜬 자신만만한 약혼자가 다가오는 게 보이는 듯했다. 그에게 달려들어 목을 조를 용기만 내면 됐다. 그리고 다시 감옥에 들어가 격리되는 것이다. 이 세상과 저세상에서도 영원히 지속될 어둠 속에 살며. 오, 안 돼!

감옥으로 돌아간다는 건 생각만 해도 끔찍해서 피에트로의 열정과 증오는 거기에 굴복하고 말았다.

'그래.' 그는 다시 생각했다. '기다려야 해!'

그의 마음은 복수에 대한 기대로 부풀었고 영혼은 어둠에 휩싸였다. 그는 숙명적인 그 집에서 멀어졌다.

14

마리아의 결혼식 전날이었다.

집의 정면과 방들은 하얗게 칠해서 새롭게 단장했다. 부엌의 조리 도구들은 정성스레 닦아서 반짝반짝 윤이 났다. 냄비들은 금으로, 뚜껑은 은으로 만든 듯했다. 적어도 루이사 이모는 그렇다고 주장했다.

재와 기름으로 닦은 계단과 발코니 난간도 2월의 따뜻한 햇살을 받아 반짝였다.

얼마 전 비가 내린 뒤 온화해진 날씨에 벌써 봄기운이 느껴졌다. 활기 넘치는 신혼부부의 집과 뜰의 공기는 달콤함과 미래에 대한 기대로 한껏 부풀어 한층 더 따뜻한 듯했다.

난로와 화로들 위의 커피포트에서 커피가 보글보글 끓었다. 위층 방에서는 향기로운 과자와 케이크, 리큐어● 냄새가 진하게 흘러나왔다. 테이블, 침대, 의자, 가구들마다 놓여 있는 큰 쟁반에는 화려한 색깔의 케이크와 아몬드, 그리고 꿀을 이용해 무어인들의 것처럼 만든 조그만 과자인 가토가 담겨져 있었다.

뜰과 1층 방에는 사람들이 끊임없이 드나들었다. 쉴 새 없이 대문이 열리며 전통 복장으로 정성 들여 치장한 여자들이 들어왔다. 그들은 케이크와 가토가 담긴 쟁반을, 특히 밀이

● 향을 더한 혼성주.

가득 든 아스포델 바구니를 머리에 이고 왔다. 꽃다발로 입구를 막은 빨간색과 노란색 포도주 병이 그 귀한 밀알들 속에서 튀어나와 있었다.

모두 친척들, 친구들, 노이나와 로사나 집안의 하인들이 신랑 신부에게 보낸 선물이었다.

사비나는 정중하게 쟁반과 바구니를 받았다. 노이나의 다른 친척이 술과 과자와 케이크가 차려진 방으로 여자들을 안내하는 동안 사비나는 식료품 저장실로 가서 밀 바구니를 비우고 케이크들을 잘 정리해놓은 뒤 선물을 가져온 사람들에게 돌려줄 쟁반과 바구니에다가 두툼한 소고기와 하트 모양의 파이와 아몬드, 그리고 새, 꽃, 삼각형 모양을 한 작은 케이크들을 담았다.

빨간 머리 소녀가 고기와 꽃다발이 수북한 책상에 앉아 긴 종이에 부조한 사람들의 이름을 적었다.

사비나가 들어와서 이름을 불러주며 밀과 포도주를 비웠다. "마리아 로사나 이모, 아몬드케이크 하나."

"안토니오 마리아 촌케두 씨, 밀."

"돈나 그라치아 카술라, 밀과 가토 하나…… 빨리 적어. 빨리 좀 해, 카데리네. 너 죽은 고양이 같아."

카데리네는 차분히 적기만 할 뿐 대답하지 않았다. 하지만 사비나가 보이지만 않으면 여기저기 뛰어다니며 할 수 있는 만큼 과자들을 훔쳐서 주머니에, 가슴에, 양말에 숨겨 넣었다……

그 며칠 동안 마리아는 아무 일도 해서는 안 되었는데 그녀에게는 여간 힘든 일이 아니었다. 눈처럼 새하얀 블라우스와 함께 완전히 새 옷으로 갈아입고 꽃무늬 스카프를 쓰고 목에는 검은 리본을 묶었다. 그녀는 그 모습으로 빨간 숯불이 가득 담긴 화로 옆에 앉아서 신랑 친척들과 잡담을 했다.

선물을 가져온 여자들은 마리아의 손을 잡고 그녀 쪽으로 몸을 숙이며 '자신들이 가져온 밀알의 개수만큼 행운'이 찾아오길 기원했다. 그리고 커피를 마시러 갔다.

마리아는 사람들의 축하가 다 진심은 아니라고 생각했지만 점잖게 감사 인사를 했다. 반면 루이사 이모는 당당하고 친근하게 여자들을 맞이하며 강요하다시피 과자와 커피와 술을 마음껏 즐기라고 권했다.

마리아는 어머니의 이런 '너그러운 행동'이 못마땅했다. 보다못해 갑자기 루이사 이모를 옆방으로 끌고 가서 말했다.

"저 사람들이 먹고 싶은 대로 먹게 내버려두세요. 쟁반에 있는 걸 몽땅 그 사람들 앞치마에 부어주지 마세요!"

"내버려둬라, 마리아." 루이사 이모가 머리에 두른 쓰개를 매만지며 말했다. "이런 좋은 날이 평생에 얼마나 있겠니. 이런 날은 축하를 해야지……."

이런 날에는 노이나 집안이 부자라는 걸 사람들에게 알리기 위해 '너그럽게 보여야' 한다는 말은 하지 않았다. 하지만 마리아는 어머니의 생각을 짐작했기에 더 이상 고집을 부리지 않았다.

"마리아." 프란체스코의 사촌인 사랑스러운 타타나가 그녀를 불렀다.

마리아는 그녀의 손을 잡고 계단까지 배웅을 했다. 그리고 그녀를 눈으로 좇다보니 걸음을 멈춘 타타나가 사비나와 수다를 떠는 게 보였다.

"행복하지, 사비나." 타타나가 말했다.

"당연히 행복하지." 사비나가 대답했다.

"아, 내일 피에트로 베누도 올 테니까."

"오라지 뭐." 사비나가 태연한 척 말했다.

"그 사람 오는 게 좋지 않아?"

"오든 안 오든 나한테는 똑같아!"

"사비나, 어쩜 이렇게 영리해! 어쩜 이렇게 시치미를 잘 떼지……."

사비나가 웃으며 다른 여자 쪽으로 가서 코르볼라•를 받아들고 식료품 저장실로 갔다. 사비나의 얼굴이 어두워졌다. 피에트로 베누가 올까? 무엇 때문에? 뭘 원해서?

'아.' 사비나가 생각했다. '정말 그 사람을 보고 싶어!'

그녀는 연민과 두려움, 분노와 희망으로 생기가 돌았다. 스스로에게도 차마 고백할 용기가 나지 않았지만 마리아가 약혼한 뒤 희망과 연민이 그녀의 사랑에 다시 불을 붙였다. 이미 용서하고 잊을 준비도 되어 있던 사랑에.

● 손잡이가 달린 크고 길쭉한 바구니.

암묵적인 동의하에 그녀와 마리아는 피에트로의 이름을 다시는 입에 올리지 않았다. 그리고 사비나는 부자 친척이 잠깐 저지른 실수를 용서했다. 기대가 있었기에 용서할 수 있었다.

이제 피에트로가 돌아왔다. 사비나는 몇 달 전부터 그를 보지 못했다. 마리아의 결혼을 앞둔 날 그가 주인집을 다녀갔다는 소식을 들었을 때는 불안했지만, 그래도 마음 깊은 곳에서는 막연한 희망이 되살아났다. 사비나는 이미 연민의 눈으로 그를 바라볼 준비가 되어 있는지도 몰랐다. 어쩌면 피에트로가 그녀에게로 돌아올 수도 있었다.

그녀는 이런 생각을 하며 늦은 밤까지 선물을 받았다. 배부르게 먹고 과자를 잔뜩 챙긴 소녀가 자기 자리를 내팽개쳐버렸기 때문에 선물을 **기록하는** 일까지 그녀 차지가 되었다.

어둑어둑해질 무렵 면도를 깨끗이 하고 멋지게 차려입은 신랑이 도착했다. 새하얀 바지를 입고 탁탁 소리가 나는 구두를 발에 잘 맞게 신은 모습은 잘생겨 보이기까지 했다. 그의 눈은 기쁨과 열망으로 반짝였다.

하지만 신부는 적잖이 혼란스러워서 그를 차갑게 맞이했다.

피에트로가 방문했었다는 소식에 그녀는 슬프고 당황스러웠다. 그 불행한 남자가 원하는 게 뭘까, 뭘 하러 왔을까?

석방된 날 저녁에 다녀간 뒤 피에트로는 다시 나타나지 않았다. 마리아는 놀랍게도 선술집 주인인 토스카나인을 통해 편지를 한 통 받았다. 피에트로가 자신을 만나달라고 애원하는 편지였다.

"매일 밤 11시에 당신네 집 앞을 지나겠소. 아직 마음이 있다면 문을 열어주오."

그녀는 답장하지 않았고 문도 열어주지 않았다. 그러자 그는 더 이상 자신을 드러내지 않았다. 이제 와서 뭘 어쩌자는 걸까? 원하는 게 뭘까? 그는 단념한 걸까, 아니면 복수를 계획하고 있을까?

'어쩌면.' 마리아가 생각했다. '어쩌면 그 사람을 만나는 게 나았을지도 몰라. 만나서 설득하고 용서를 구하는 게 좋았을 거야……. 생각해보면, 그 사람이 복수하려 했다면 벌써 할 수 있었잖아. 아마 내일도 나타나지 않을 거야. 타타나가 사비나에게 농담을 한 걸지도 몰라.'

하지만 마리아는 겁이 났고 자신도 모르게 다소 비인간적인 생각이 머리를 스쳤다.

'아, 그 사람을 조금만 더 **그 안에** 가둬둘 수는 없었던 걸까? 세 달을 있었으니 네 달도 있을 수 있었을 텐데. 그 사람에게 고통을 주고 싶어서가 아니라…… 모두의 평화를 위해서…… 내가 결혼식을 하고 난 뒤 나왔더라면 아마 더 쉽게 체념했을 텐데.'

그렇다. 4개월이라는 시간은 불행하게도 그녀의 마음에 타올랐던 부적절한 불꽃을 완전히 꺼버리기에 충분했다. 그녀는 프란체스코를 사랑하지 않았지만 피에트로도 잊은 듯했다. 사랑이라는 끔찍한 병에서 치유된 그녀의 심장은 회복기에 접어든 환자처럼 차분하게 잠들어 있었다.

"아니야." 그녀는 혼잣말했다. "겁낼 것 없어. 피에트로는 나를 해칠 수 없어. 내가 누구보다 잘 알아."

게다가 신경 써야 할 게 수천 가지여서 그녀는 한 곳에 정신을 집중할 수 없었다. 오래 상의한 끝에 그녀와 프란체스코는 그녀의 집에서 살기로 했다. 그렇게 하면 프란체스코의 집을 세놓아 100스쿠도를 더 벌 수 있었고 마리아는 부모 곁에서 훨씬 행복하게 지낼 수 있었다. 일석이조였다.

프란체스코는 결국 수락했다.

마리아의 방은 파란색과 분홍색으로 칠을 다시 했다. 사사리•에서 구입한 신혼 침대와 의자들, 그림들과 거울을 보고 이웃들은 감탄했다.

몇 달 동안 그 이야기밖에 하지 않았다.

마리아의 신혼 방과 가구들에 대한 소문은 가난한 이웃들을 넘어 멀리까지 퍼졌다. 심지어 부르주아들의 질투와 비난을 동시에 불러일으켰는데 많은 부분은 과장되기도 했다. 예를 들어 프란체스코 로사나의 신부가 그 지방 귀부인들처럼 차려입을 거라는 소문이 돌았다. 그러니까 금실로 수놓은 치마에 금 단추가 달린 보디스를 입고 장갑을 끼고 수 윤킬루••를 착용할 거라는 식이었다.

전부 다 거짓말이었지만 마리아는 뜬소문들에 마음이 흡

• 사르데냐에서 주도인 칼리아리 다음으로 큰 도시.

•• 금줄이 달린 주머니 시계(원주).

족했다. 그녀는 이런 소소한 것들을 과시하는 허영심으로 살았다.

결혼식 날 아침 마리아는 평상시보다 일찍 일어났다. 결혼식 때 성체성사가 있기 때문에 물을 한 모금도 마시지 않으려 입을 꽉 다문 채 몸을 씻었다. 옷을 입고 반짝이는 짧은 부츠를 신었다. 약간 발에 끼었지만 그 때문에 발이 훨씬 작고 예뻐 보였다.

마리아는 어린아이처럼 좋아하며 잠깐 앉아 부츠를 바라보았다. 그러다가 사비나를 불렀고 치마를 살짝 들어 올렸다.

"내 발 좀 봐. 얼마나 예쁜지." 마리아가 평상시처럼 약간 빈정대듯 말했다.

사비나는 생각에 잠긴 채 창문을 활짝 연 뒤 다시 몸을 돌려 마리아를 바라보았다. 화창한 날을 알리는 이른 아침의 햇살이 넓은 방 안을 비추었다. 근사한 침대 머리맡에 걸린 자개 그림 속 풍경들이 장밋빛으로 물들었다. 뜰에서는 제비들이 지저귀고 닭들은 아직도 울어댔다. 모든 게 평화롭고 행복한 미래를 예고했다.

니콜라 삼촌이 옆방에서 요란하게 하품을 했다. 벌써 누군가가 삼촌 방의 문을 두드렸다. "서두르세요. 방 청소를 해야해요." 아까부터 집 안 곳곳을 정리하고 있던 사비나가 말했다. "날이 아주 좋아요. 축하드려요."

"걸을 때 톡톡 소리가 얼마나 선명하게 나는지 들어봐." 부츠에 넋이 나간 신부가 다시 말했다. "프란체스코의 신발 같아. 그렇지만 너무 꽉 끼어! 반짝거리는 부츠를 신은 걸 보고 사람들이 수군거릴 거야!"

사비나는 약간 경멸하듯 웃었다. 마리아가 아무 걱정거리도 없는 듯 행동하는 게 가능한 일일까? 왜 그리 가벼운 걸까? 다 잊을 수 있고 사소한 것에서 만족을 느끼며 살 수 있으니 그녀는 얼마나 좋을까!

하지만 그렇지 않았다. 차분하게 웃고 있던 신부의 아름다운 얼굴이 돌연 어두워졌다. 그녀의 눈은 거의 슬퍼 보이기까지 했다. 사비나가 그녀를 보다가 빈정거리듯 물었다.

"발이 아파서 그러는 거니?"

"아니야, 생각을 좀 했어……."

"무슨 생각? 이 시트 좀 잡아당겨봐. 그렇지. 베개는 여기에 두고. 이렇게 아름다운 신혼 침대는 본 적이 없어."

"무슨 생각이냐고…… 프란체스코가 봄에 자신의 양 우리가 있는 곳으로 날 데려가고 싶어 해. 거기서 보름 정도 머물 거야. 우리 집에 와서 어머니 말동무가 되어줄 수 있어?"

"두고 보자. 좀 비켜봐. 바닥에 물을 뿌려야 해. 빨리, 빨리, 거기서 나와. 휘이, 휘이……."

사비나가 바닥을 쓸었고 마리아는 옆방으로 자리를 옮겼다. 니콜라 삼촌은 그사이 일어나서 예복을 입었다. 그리고

● 닭을 멀리 쫓아내기 위해 내는 소리(원주).

지팡이를 끌고 뜰과 부엌을 오가며 지시를 내리고 자기 뜻대로 되지 않은 곳은 다시 정리하게 했다. 부엌에서 루이사 이모는 평상시보다 더 무표정하고 근엄한 얼굴로 이웃 여자들과 수다를 떨었다.

"선물이 어마어마하던걸요, 루이사 이모." 이웃집 여자들이 그녀를 추켜세우며 말했다. "그런 건 생전 처음 봐요. 손님 '대접'은 또 어떻고요! 두 분은 정말 넉넉하신 분들이에요."

"아, 평생 이런 일이 몇 번이나 있겠어. 그리고 재산이 있는데 인색하게 굴 필요가 있나? 재산을 갖게 해준 하느님께 감사해야지."

"아, 물론이죠. 하느님께서 축복을 내리시길."

방들을 다 정리한 마리아와 사비나가 어린아이들처럼 웃으며 서로 앞서거니 뒤서거니 계단을 내려와서 부엌으로 들어왔다. 이웃들은 신부의 부츠를 보자마자 감탄했다.

"두 개의 펜 같네. 가늘고 작아." 여자들이 좀 더 자세히 보려고 허리를 숙이며 말했다. 사비나는 마리아에게 커피와 우유가 든 잔을 내밀며 농담을 했다.

"안 마실래? 그럼 내가 마실게."

마리아가 하품을 하자 이웃집 여자가 짓궂게 말했다. "무슨 걱정이야. 오늘 밤에는 실컷 먹을 텐데."

마리아가 얼굴을 붉히며 달아났다. 자기 방으로 돌아온 마리아는 웨딩드레스를 준비하기 시작했다. 그사이 니콜라 삼촌과 루이사 이모의 남동생은 신랑을 신부의 집으로 데려오려고 떠났다.

마리아에게 옷을 입혀줄 프란체스코의 여자 형제들이 제때 도착했다. 그녀들은 두껍고 화려한 투니카에 벨트로 허리를 조이고 몸에 딱 붙는 보디스를 입고 손가락마다 반지를 꼈다. 신부처럼 치장하기는 했지만 자신들의 의무를 다했다.

거울 앞에 선 마리아는 자신의 모습을 바라보고 또 바라보았다. 이리저리 몸을 돌려보고 고개를 한껏 돌려 등도 살펴보았다. 그러나 거울에 반사된 마리아는 원래 모습과 달리 더 작고 선이 고르지 않아 보였는데, 그래서 아름답고 우아한 모습에도 만족하지 못했다.

그녀의 아름다움을 확인해준 것은 거울이 아니라 갑자기 방 안으로 들어오다 걸음을 멈추고 반짝이는 눈으로 자신을 바라보는 신랑이었다.

"정말 아름다워요!" 그가 감탄했다.

웨딩드레스를 입은 그녀는 황홀하게 아름다웠다. 금색 벨트로 조인 잘록한 허리가 돋보였고 수를 놓은 하얀 새틴 보디스 때문에 그림 같은 상체의 윤곽이 드러났다. 달의 후광처럼 얼굴을 감싼 하얀 베일 사이로 장밋빛 모자와 긴 산호 펜던트 귀걸이가 모습을 드러냈다.

지금과는 다르게 아름다웠던 고나레산에서의 축제 이후 여태껏 프란체스코는 이렇게 아름다운 그녀의 모습을 본 적이 없었다.

프란체스코는 아름답다고 말하며 그녀에게 다가갔다. 그러고는 다정하게 그녀를 어루만지며 약간 떨리는 손으로 풍성한 앞치마의 끈을 다시 잘 매주었다.

"미쳤나봐요!" 마리아가 진주 묵주에 달린 금 십자가로 그의 손을 살짝 치며 말했다.

"가자." 프란체스코의 누나가 말했다. "장난은 나중에 하고."

하지만 그는 마리아의 허리에 손을 두르고 키스를 하려고 했다.

"아." 그녀가 몸을 빼내며 말했다. "당신은 속죄받지 못할 죄를 저지르고 영성체를 하려는 거군요?"

"키스가 죄라면 우린 앞으로 얼마나 많은 죄를 짓게 될까!"

그녀는 불현듯 피에트로와 나눴던 키스의 기억이 떠올라 얼굴에 다시 그늘이 졌다. 하지만 주의를 기울여야 할 일들 때문에 금방 현실로 돌아왔다. 두 눈이 다시 밝아지며 환하고 행복한 신부의 미소를 지었다. 결혼식 행렬의 순서는 루이사 이모가 정했다.

"너희들이 먼저 가는 거다." 루이사 이모가 결혼식에 어울리게 옷을 입은 사내아이와 여자아이에게 파란 리본으로 장식된 큰 초 두 개를 건네주며 말했다.

"신랑 신부처럼 앞으로 걸어가렴. 싸우지 말고, 응!"

그다음에 신부를 가운데에 두고 두 시누이가 걸어갔고 니콜로 삼촌과 루이사 이모의 남동생과 프란체스코가 걸었다. 그 뒤를 다른 친척과 친구들이 따랐다.

루이사 이모는 대문 앞에 서서 행렬이 멀어지는 것을 지켜보다가 부엌으로 돌아갔다. 그리고 쓰개 자락으로 눈물을 훔쳤다.

이웃 여자들이 결혼식을 위해 정성스레 비질한 좁은 거리에서 여자, 아이, 암탉, 개, 고양이 들이 행렬에게 길을 비켜주었다. 그러나 한적한 다른 거리에서는 뒤늦게 그 광경을 구경하려는 사람들이 모여들었다.

마리아는 자기도 모르게 점점 더 불안해졌다. 아무것도 보이지 않고 들리지도 않았다. 다리가 떨리고 심장이 터질 것만 같았다. 그러니까 울고 싶기도 하고 동시에 웃고 싶기도 했다. 한 시간 뒤면 자유로운 아가씨가 아니라 사랑하지 않는 남자에게 영원히 묶인 여인이 되어 이 길을 다시 지나게 될 거였다. 하지만 불행하다는 생각은 들지 않았다. 그래도 비밀스러운 공포의 감정 때문에 심장이 두근거렸다.

게다가 어느 순간에라도 슬픔에 잠긴 피에트로 베누가 위협적인 모습으로 불쑥 나타날까봐 두려웠다. 그러나 행렬은 행복하게 성당에 도착했고 그녀는 겨우 마음을 놓았다. 성당의 회색 아치들에 배어 있는 조용한 평화가 그녀의 영혼 속에 내려앉는 기분이었다. 그래, 이제 모든 게 끝났다. 더 이상 두려워할 게 없었다. 과거는 사라졌다.

한적한 성당의 큰 창문에서 먼지 쌓인 신도석 위로 햇살이 비처럼 쏟아져 내렸다. 따뜻하고 맑은 공기 속에서 새들이 지저귀는 소리가 들렸다.

마리아와 프란체스코는 둥근 천장화 속의 하느님이 근엄

한 눈으로 내려다보는 제단의 계단에 무릎을 꿇었다. 하느님은 초록의 구름에 에워싸인 사르데냐의 늙은 양치기 같았다. 마리아는 정신을 한데 모아 기도하며 좋은 아내가 되겠다고 하느님에게 약속했다. 단호하고 큰 목소리로 "예"라고 대답했다. 성당 밖으로 나와서야 겨우 신랑을 볼 용기가 났다.

그녀는 평생 그의 것이었다. 그녀의 이름은 이제 마리아 노이나가 아니라 마리아 로사나였다. **아멘.**

자신에게서 눈을 떼지 않는 신랑 옆에서 걸으며 마리아는 행복에 가까운 기분을 느꼈다.

"말을 해요, 마리아." 그가 부드럽게 말했다. "무슨 말이라도 내게 해줘요. 웃어요. 봐요, 모두 우리를 보고 있잖아요……."

그녀가 웃으며 대답했다.

"무슨 말을 해야 할지 모르겠어요. 그냥 너무 당황스러워요."

그사이 사람들은 결혼 행렬이 다시 지나갈 것을 알고 창가나 문 앞, 거리로 나왔다. 개구쟁이들이 떼를 지어 신랑 신부를 에워쌌다. 시청 입구를 나서자 신랑 신부와 그들을 따르던 사람들에게 이상한 고문이 시작되었다.

사방에서 던진 밀알과 사탕과 꽃이 앞이 안 보일 정도로 그들에게 쏟아졌다. 이것만으로는 부족했는지 여자들이 신부 앞에 접시를 몇 개 던져 요란한 소리를 내며 깨뜨렸다. 이는 재혼을 하는 신부나 처녀가 아닌 신부 앞에서는 하지 않는 의식이라 마리아는 얼굴을 붉혔고 프란체스코는 미소를 지었다.

노이나 집 근방의 작은 거리에서는 곡식이 비처럼 쏟아졌고 접시 깨지는 소리는 더욱 요란해졌다. 여자들과 청년들이 지르는 함성이 거리를 메웠다.

"행운을 빌어요! 행복하세요!"

루이사 이모는 대문 앞에서 기다렸다. 신랑 신부의 모습이 보이자마자 눈물을 흘렸다. 눈물을 흘리며 두 사람을 포옹하고 입을 맞추었다.

마리아의 뺨에도 눈물이 흘러내렸다. 베일의 가장자리에 눈물이 떨어졌다. 신부의 얼굴에 웃음기가 돌아왔을 때까지도 작은 눈물 자국은 마르지 않았다.

15

피에트로는 운명에 떠밀려 노이나 집에 발을 들여놓았다. 며칠 전부터 그는 새 신부가 된 마리아, 그를 영원히 떠난 마리아를 만나고 싶다는 집요한 생각과 싸웠다. 만나서 뭘 어쩌겠다는 걸까? 그조차 이유는 알지 못했다. 그래서 더 절망했다.

그는 지금 늙은 숙모들 집에 살며 숙모들의 자그마한 땅을 경작했다.

마리아의 결혼식 날 아침에는 새벽같이 일어나서 보통 때보다 훨씬 더 열심히 일을 했다. 하지만 그의 생각은 멀리 날아가 신랑 신부의 집으로 숨어 들어갔고 결혼식을 올리는 그들을 따라다녔다.

그는 웨딩드레스를 입은 마리아를 보았다. 그녀를 보고 웃는 프란체스코를 보았다. 떠들썩하고 즐거운 행렬을 따라갔다. 마리아는 아름다움으로, 프란체스코는 행복으로 빛났다. 그리고 그는…… 그는 부드러운 봄의 손길이 닿아 신부처럼 단장한 땅에 몸을 숙이고 있었다. 그는 배신당하고 잊힌 노예로 그곳에 홀로 있었다.

식은땀이 목덜미를 적셨다. 관자놀이가 욱신거렸다. 마을로 돌아가 신혼부부의 집에 가고 싶은 간절한 마음이 사악한 유혹처럼 그를 압도했다.

'열이 나서 일을 더 할 수가 없어.' 그는 몸 상태를 핑계 삼으며 생각했다. 그는 맥박을 짚어보고 땀을 닦았다. 그리고 출발했다. 누오로에 도착하자 자리에 눕는 대신 세수를 하고 축제용 옷으로 갈아입고 숙명적인 장소로 향했다. 맹목적인 분노가 그를 떠밀었다. 자신이 범죄를 저지른 곳에 되돌아가는 살인자처럼 노이나의 집으로 돌아갔다.

대문 앞에서 잠시 망설이다가 고개를 저으며 여느 때처럼 경멸적인 태도로 안으로 들어갔다. 하지만 차양 아래서 걸음을 멈추었다. 대략 1시쯤 되었다. 햇살이 안뜰에서 넘실거렸다. 부엌에서 흘러나오는 구운 고기 냄새와 구수한 커피 냄새가 코를 자극했다. 웃음소리, 잔을 부딪치는 소리, 결혼식 잔치의 온갖 소음이 들렸다.

피에트로는 이글이글 타는 눈으로 발코니를 바라보았다.

올라가야만 할까? 부엌으로 들어가 하인이 앉는 자기 자리에 앉아야만 하는 걸까? 추억들이 극심한 고뇌와 함께 마음으로 몰려들었다. 그는 잠시 과거를 회상하고 사랑하던 마리아와의 첫 만남을 떠올렸다. 그리고 분노와 고통의 울부짖음을 억누르기 위해 이를 악물었다.

한 여자가 커다란 흰 접시를 들고 부엌문 앞에 나타났다. 접시가 햇빛을 받아 반짝였다.

"아, 피에트로." 그녀가 유쾌하게 인사했다. "잘 지냈어? 어서 오게. 이리 와."

"사람 많아요?" 그가 안뜰을 가로질러 가며 물었다.

"그렇게 많지는 않아. 어서 와. 니콜라 삼촌이 자넬 보면 좋아할 거야!"

피에트로는 그녀를 따라 계단을 올라갔다.

"누가 왔는지 보세요." 여자가 연회장으로 들어가면서 말했다. 모두 피에트로를 쳐다봤다. 피에트로는 모자에 한 손을 얹은 다음 니콜라 삼촌에게 다가가서 그의 어깨에 다른 한 손을 얹었다.

벌써 반쯤 취한 주인은 옆으로 비켜 앉으며 자기 옆에 피에트로의 자리를 마련해주었다. 그리고 그의 앞에 접시를 옮겨 놓으며 뭐라고 말을 했다.

피에트로는 그 소리를 듣지 않았다. 아무것도 보이지 않았고 아무 소리도 들리지 않았다. 그는 낯선 장소와 낯선 사람들 속에 들어와 있는 기분이었다. 자신의 심장 소리만 들렸다. 하지만 차츰 진정이 되었다. 그는 앞에 놓인 접시를 밀어낸 다음 주위를 둘러보았다.

하객은 남녀 합쳐 대략 서른 명 정도 되었다. 그들은 몇몇 친지 집에서 빌려 온 게 분명한 다양한 색의 접시와 모양이 각기 다른 술잔이 놓인, 잘 차려진 식탁 앞에 앉아 있었다.

신랑 신부는 사르데냐의 결혼 풍습에 따라 한 접시에 담긴 음식을 같이 먹었는데 프란체스코는 과도할 정도로 친절하게 마리아의 시중을 들었다.

그녀는 웨딩드레스를 벗었지만 수를 놓은 눈부신 예쁜 블라우스 위에 브로케이드 보디스를 입고 있었다. 장미와 히아신스가 그려진 검은 스카프를 머리에 둘렀는데 이루 말할 수 없이 아름다웠다. 프란체스코는 마리아에 대한 사랑과 약간의 포도주에 취해 있었다. 그녀만 보이는 듯했고 하객들이 떠드는 소리나 고함도 들리지 않아 보였다. 피에트로가 온 것도 눈치채지 못한 것 같았다. 마리아도 눈썹 하나 까딱하지 않았고 미소를 거두지도 않았다.

'마리아는 나를 쳐다보지도 않는다. 나는 여기 왜 왔을까?' 피에트로가 자문했다.

"이봐, 자넨 여전히 여자들처럼 얼굴이 하얗군그래." 니콜라 삼촌이 그의 앞에 접시를 다시 갖다놓으며 말했다. "감옥에 있다 오더니 더 잘생겨졌는걸! 그런데 젠장, 왜 음식에 손도 대지 않나?"

"먹고 왔습니다. 아, 더 잘생겨졌다고요? 다행이네요. 그러면 여자들이 예전보다 더 줄을 서겠는걸요…….”

“이런, 바람둥이 같으니!” 니콜라 삼촌이 소리쳤다. “내 당장 일어나서 자네를 때려줘야겠군.”

마리아는 재빨리 주위를 둘러보다가 웃고 있는 피에트로의 얼굴을 잠시 보았다. 그러고는 눈을 내리깔고 자신의 접시 쪽으로 고개를 숙였다.

‘저 사람은 더 이상 내 생각을 하지 않나봐. 그걸 내게 보여주러 온 거야. 잘됐어.’ 그녀는 이렇게 생각했지만 자기도 모르게 미간을 찡그렸다.

프란체스코의 뜨거운 손이 그녀의 손 위에 놓였다. 그녀는 고개를 들고 환히 웃었다. 그가 한 팔로 그녀의 허리를 감싸 안았다.

피에트로는 이제 그들에게서 눈을 뗄 수가 없었다. 절망했던 순간에 얼핏 떠올랐던 모습이, 애써 거부했던 가혹한 광경이 현실이 되어버렸다. 한때는 꿈에서조차 불가능해 보였던 일이 눈앞에서 벌어지고 있었다.

그러니까 이게 현실이라는 말인가? 다 끝났다. 모두, 모두 지나가버렸다……. 이제 그는 아무 반항도 못 하는 걸까? 아직도 고삐 풀린 말들이 질주하는 듯한 굉음이 멀리서 그의 귀를 울렸고 피의 장막이 그의 눈을 가렸다.

사비나만이 그를 주의 깊게 보았다. 그가 거칠고 사나운 눈으로 신랑 신부를 바라보고 있는 것을 알아차렸다. 사비나의 얼굴이 창백해졌다. 그녀는 참기 어려울 만큼 괴로웠고 불안과 실망감을 감추기 힘들었다. 그녀는 피에트로를 기다렸고 그가 들어오는 소리를 **들었다**. 그러나 이제는 그가 절망감 때문에 이곳을 찾았다는 사실을 알게 되었다.

'다 끝났어.' 그녀는 생각했다. '아무 희망이 없어. 저 사람은 마리아를 영원히 사랑할 거야. 나는 안중에도 없어. 마리아를 보는 저 눈 좀 봐! 저 눈에는 독기가 서려 있어. 무서워.'

"무슨 일이야, 사비나?" 한 청년이 물었다. "왜 이렇게 창백한 거야? 뭘 봤는데 그래?"

사비나가 어깨를 으쓱했다. 청년은 주위를 둘러보았지만 웃고 있는 발그레한 얼굴들밖에 보이지 않았다.

피로연이 한창 무르익었다. 다들 웃고 떠들었다. 입술에는 기름이 반질거렸고 눈은 반짝였으며 손을 높이 쳐들기도 했다. 재미있는 농담과 애매모호한 말들이 식탁의 이쪽에서 저쪽 끝까지 쏜살같이 전달되었다. 누군가는 욕을 하기도 했다.

불그레한 머리에 수염이 덥수룩하게 난 키 큰 목동이 신부 옆에 서서 불에 잘 구워진 통통한 새끼 돼지를 작은 조각으로 잘랐다. 구릿빛에 가까운 얼굴이 햇빛을 받아 더욱 두드러졌다. 그가 주머니에서 꺼낸 주머니칼은 마디가 굵은 큰 손 안으로 금방 사라져 거의 보이지 않았다. 그는 뼈마디들을 찾아내서 힘줄을 다 잘랐다. 바싹하게 구워진 붉은 돼지 껍질 위로 주머니칼이 바스락 소리를 내며 지나갔다. 목동은 고기를 잘게 자른 뒤 자연스럽게 손가락을 핥고 냅킨으로 칼을 닦았다. 마침내 한숨을 쉬고 흡족한 듯 주위를 둘러보았다.

하객 몇몇이 그에게 박수를 쳤다. 신랑이 그를 돌아보며 표준어로 소리쳤다.

"훌륭해! 훌륭해, 친구. 여기 왕이 있다면 자네를 자기 고양이 조각가로 뽑았을 거야."

모두 웃었다. 다만 사비나는 마음이 아파서, 루이사 이모는 품위를 지키려고, 마리아는 화가 나서 웃지 않았다. 그렇다, 마리아는 너무 술을 많이 마시는 프란체스코를 보자 슬슬 화가 나기 시작했다. 물론 피에트로도 웃지 않았을 게 틀림없었다.

돼지고기가 담긴 넓은 접시가 식탁을 한 바퀴 돌았다. 프란체스코는 고기를 한참 뒤적이다가 잘게 자른 콩팥을 찾아내서 소금을 뿌려 마리아에게 내밀었다.

마리아는 그가 내민 포크를 우아하게 밀어냈다.

"먹고 싶지 않아요. 이제 됐어요."

그래도 그가 콩팥 한 조각을 마리아의 입에 넣어주어서 그녀는 어쩔 수 없이 먹어야 했지만 상당히 짜증이 났다.

"그만해요. 날 좀 그냥 내버려둬요!"

"마리아, 화난 거요?" 그가 매우 기분 나쁜 척하며 물었다. "마리아!"

"맞아요. 그렇다고 울지는 말아요! 그보다는……." 그녀는 프란체스코가 술잔 쪽으로 내미는 손을 잡으며 조그맣게 말했다. "이제 술은 그만 마시면 좋겠어요……."

"아, 당신은 내가 잠들까봐 겁나는 모양이네?" 그가 짓궂게 그녀를 보며 말했다. "좋아, 안 마시지. 이제 안 마시겠소. 오늘은 더 이상, 더 이상, 더 이상!"

그는 그녀의 손 위에 자기 손을 얹었다. 그리고 이제 먹지
도 마시지도 않으려 했다. 하지만 이미 충분히 마셔서 포도주
와 욕정으로 흐릿해진 눈이 벌써 반쯤 감겼다.

갑자기 그가 일어서서 표준어로 말했다.

"사랑 만세!" 그러더니 먼저 자기 옆에 앉은 나이 많은 여
자 친척에게, 그다음에는 마리아에게 입을 맞추었다.

다시 한번 웃음이 터졌고 사람들은 박수를 쳤다.

"프란체스코가 얼마나 쾌활한지 봐요. 익살꾸러기라니까."
루이사 이모가 자기 옆에 앉은 여자에게 말했다.

피에트로는 마리아를 보았고 사비나는 피에트로를 보았다.
둘 다 창백하고 어두운 표정이었다. 무표정한 루이사 이모의
얼굴까지 발그레하게 물들이는 포도주와 맛있는 음식들이
그득한 그 식탁에서 두 사람은 피로연에 불운을 가져다주러
온 유령 같았다. 그렇지만 하객들은 그들에게 전혀 관심을 기
울이지 않았다. 피에트로는 감옥에서 나온 지 얼마 되지 않
고 사비나는 가난하고 병약한 하녀였다. 누가 그들의 슬픔에
신경이나 쓰겠는가? 다른 사람들은 점점 더 흥에 겨워 마음
이 들떴다. 음식 접시들이 연이어 나와서 식탁을 돌았고 누군
가 더 먹어야겠다는 생각을 할 틈도 없이 금방 사라졌다. 코
스를 세던 프란체스코의 친척들이 열 손가락을 두 번 헤아렸
다. 그렇다. 스무 코스였다. 나쁘지 않았다.

드디어 커피와 리큐어가 나왔다. 식탁에서 시중을 들던 여

자들이 하객들의 의자 뒤에 서서 대화에 끼어들었다. 그때 갑자기 이웃 마을에서 온 **딴 동네** 청년이 잔을 들고 일어났다. 모두들 건배하려고 기다렸지만 청년은 잔을 높이 들고 왼손의 엄지와 중지 끝을 붙이고는 시 한 구절을 낭송하기 시작했다. 사르데냐 시인●의 시집 《엘레오노라 다르보레아의 승리에 관해》에 나오는 시였다.

큐피드의 황금 화살 세 개가
처음으로 내 가슴을 파고들었을 때……

"미쳤나봐요." 마리아가 웃는 모습을 들키지 않으려고 냅킨으로 얼굴을 가리며 말했다. "취했어요."

니콜라 삼촌이 일어나서 **딴 동네** 청년에게 고개를 끄덕이자 청년이 입을 다물었다. 그러자 신부의 아버지는 자기 의자에 걸터앉아 지팡이로 식탁을 치며 혼인 시 경연을 시작했다. 그 자리에 있던 시인들에게 자신의 시를 맞받으라고 권했다. 그러고는 신랑 신부를 향해 건배를 하고 '성스러운 결혼과 그 기쁨'이라고 칭송하며 시를 읊기 시작했다.

즉흥시를 잘 짓기로 유명한 젊은 시인이 즉석에서 대꾸했다. 그는 신부의 아름다움과 신랑의 장점을 칭찬하는 것으로

● 도레 디 포사다. 즉 사르데냐 포사다 출신의 시인 프란체스코 도레(1833~
1910)를 말한다.

시작했다. 니콜라 삼촌이 한 손을 귀에 대고 가만히 들으며 답할 시를 준비했다.

활짝 열린 문을 통해 기울어지는 햇빛이 스며들었다. 흰 구름들은 지평선에서부터 느릿느릿 올라왔다. 비탈길을 오르는 어린 양처럼 짙푸른 하늘에서 무리를 지어 떠다니는 듯했다. 구름이 오후를 한층 달콤하고 부드럽고 평온하게 만들었다.

즉흥시인들의 디스푸타가 서서히 지겨워지기 시작한 하객들이 일어나서 뜰로 내려갔다. 식탁에는 **노래하는 시인들**과 늙은 농부 두 사람, 청년 한 명, 피에트로와 어떤 젊은 지주뿐이었다.

피에트로와 젊은 지주는 시인들에게 관심을 두지 않고 조그맣게 이야기를 나누었다.

"맞소." 피에트로가 말했다. "내게 자본금이 조금 있소. 얼마 있다가 황소를 사서 되팔 생각이오. 동업자도 한 명 있는데 아주 부유한 지주라오. 당신도 팔 만한 황소가 몇 마리 있지 않소?"

지주는 하인살이를 하던 피에트로에게 '자본금이 조금' 있다는 말을 듣고도 별로 놀라지 않았다. 피에트로에게는 먹여 살릴 가족이 없었고 그의 늙은 숙모는 겉으로는 가난해 보이지만 다들 돈이 많을 거라고 생각했다.

"있소. 황소가 몇 마리 있고 어린 암소도 있소." 지주가 대답했다.

"어디 봅시다." 피에트로가 생각에 잠겨서 말했다. "아마 4월에는 필요한 돈을 마련하지 못할 수도 있는데. 그래도 일은 진행하도록 합시다. 암소들은 어디 있소?"

"**우리**에 있소. 동업자는 누구요?"

"조반니 안티네라고 영리한 청년이오."

"젠장, 그 사람 알아요! 그런데 지금 감옥에 있을 텐데."

"아, 별거 아닌 일로 그렇게 됐소. 세금 징수원을 때렸거든." 피에트로가 급히 말했다. "아무튼 곧 나올 거요."

"그렇다면 당신 숙모가 아스키소르유•을 발견했구려." 젊은 지주가 감탄했다. "당신 부자가 되겠어요, 피에트로. 잘되길 바라오. 당신은 그럴 만한 자격이 있으니까."

"고맙소." 피에트로가 말했다. "하지만 그래도 내 말을 믿어요. 내가 아스키소르유를 찾은 게 아니오. 남의 집에서 일한 지 15년이 됐지. 그래서 나도 약간 저축을 좀 했을 뿐이오. 이게 전부요."

그는 거짓말을 했다. 이유는 알 수 없었다. 갑자기 일어나서 웃었다. 기분이 좋아진 것 같았다.

"우리도 내려가도록 합시다." 그가 제안했다.

발코니로 나가보니 안뜰에서 사르데냐 춤을 추는 하객들이 보였다. 전통 의상을 입은 아름다운 아가씨가 계단에 앉아 아코디언을 연주하며, 손을 잡고 원을 그리며 춤추는 사람들을 바라보았다.

• 보물(원주).

하지만 피에트로와 젊은 지주가 뜰로 내려가자 아코디언의 음이 차츰 느려졌다. 연주자가 아코디언에 댔던 부드러운 턱을 들더니 소리쳤다.

"이봐요, 이제 누가 연주할 거예요? 나도 춤추고 싶어요."

"계속 연주해, 파스카. 춤은 조금 있다가 춰." 사람들이 간청했지만 그녀는 일어나서 아코디언을 계단에 내려놓았다. 그러고는 젊은 지주의 손을 잡았다. 곧이어 그와 함께 둥근 원으로 들어가서 스텝을 밟기 시작했다.

그제야 사비나가 슬픈 눈을 들어 피에트로를 바라보았다.

"예전엔 당신도 연주할 줄 알았잖아요." 사비나가 진지하게 말했다. "연주해요, 피에트로."

아주 슬픈 부탁처럼 들렸지만 그는 대답조차 하지 않았다.

"연주해요, 피에트로 베누. 배가 아파서 그렇게 기분이 안 좋은 거요?" 술에 취한 **딴 동네** 청년이 소리쳤다.

"연주할 줄 몰라요." 그가 짜증을 내며 대답했다.

"그럼, 아코디언은 집어치우고 노래를 합시다." 춤을 추던, 검은 수염을 길게 기른 혈색 좋고 잘생긴 노인이 제안했다.

"어쨌든 춤이라도 춰요." 사비나가 용기를 내서 조그맣게 말하며 피에트로의 손을 잡았다.

그는 춤을 추는 사람들 속으로 끌려 들어갔지만, 사비나는 힘없는 그의 손이 죽은 사람 손같이 느껴졌다.

뜰 한가운데 있던 사람들과 합류한 세 젊은이가 사르데냐 춤의 멜로디에 맞춰 노래를 부르기 시작했다. 야성의 울림이 있는 고음은 저 멀리서, 마치 동물들이 노래하며 잠에서 깨어나는 원시림에서 들려오는 것 같았다.

춤추던 사람들은 특색 있는 노래에 한껏 흥이 올라 살짝 뛰기도 하고 가볍게 스텝을 밟기도 하며 춤을 추었다. 그들의 동작에 따라 비뚤비뚤한 원이 때로는 좁혀졌다가 때로는 넓어지기도 했다. 젊은이 몇몇이 가끔 거친 함성을, 약간 우스꽝스럽게 기쁨의 함성을 지르면 노래하는 사람들은 그들의 이상한 소리를 따라 했다.

빔바람바라 므바이, 빔바람보이

그러나 해가 대문 뒤로 사라지고 그림자가 뜰에 길게 드리워지자 하객들은 생각에 잠겼다. 각자 자신의 일을 다시 생각하기 시작했다. 그 결혼식이 선사했던 무아지경에서 깨어나는 듯했다. 서서히 춤과 노래가 끝났고 소음이 잦아들었다. 대부분의 사람들이 돌아갔다.

프란체스코는 마리아를 한쪽 구석으로 끌었다. 두 사람은 구석에 앉았고 그가 그녀의 손을 잡았다. 술에 취해 있던 신랑은 춤을 추기도 했고 그사이 소화도 되어서 술기운이 거의 사라진 상태였다. 그는 이제 다시 친절하고 사랑에 빠진 남자로 돌아왔지만 환심을 사려 하고 약간 과시하는 평상시의 태도는 어느 때나 변함이 없었다.

사람들이 오고 갔다. 몇몇 소년 소녀들이 믿음과 우정을 서

약하며 즐거워했다. 손수건 끝을 일곱 번 묶었다가 풀었고, 악수를 나누고 서로에게 **존대**하며 서로를 신랑 신부의 들러리라고 불렀다. 위층에 있는 방들에서는 니콜라 삼촌의 친구들이 술잔을 부딪히며 쉰 목소리로 유쾌하게 떠들었지만 신혼부부가 앉아 있는 아치형 계단 아래 구석에는 너무나 부드러워 슬프다 할 정도의 평화만이 감돌았다.

해가 사라지고 뜰이 어둑해졌다. 맑았던 하늘 위로 어스름한 저녁의 불그스름한 베일들이 넓게 펼쳐졌다. 바람도, 새소리도, 구름도 우울하면서도 달콤한 그 무렵의 조화를 깨지 못했다. 신혼부부는 막연하게 불안해했다. 마리아는 약간 창백해졌다. 그녀의 두 눈은 평소보다 더 커 보였다.

"행복하오?" 프란체스코가 그녀의 손가락마다 끼워진 보석 반지를 한 손가락으로 만지며 물었다.

"오늘 같은 날 행복하지 않으면 언제 행복하겠어요?" 그녀가 살짝 빈정거리는 투로 말했다.

프란체스코는 한 팔로 그녀의 허리를 감싸고 뜨거운 욕망을 담아 그녀의 눈을 바라보았다. 불그스름한 하늘을 정처 없이 바라보는, 약간 지치고 기운이 없는 그녀는 얼마나 아름다운지! 그렇다. 이 지구상의 그 어떤 왕도 지금 이 순간 프란체스코 로사나만큼 행복할 수는 없었다. 그는 산들바람에 어루만져지는 나무처럼 가볍게 몸을 떨었다. 신부의 입술을 바라보았고 목마른 사람이 샘물에 입술을 댈 때와 같은 기쁨을 맛보았……

그러나 그녀는 먼 곳을 바라보았다. 그녀의 눈은 모호하게 빛났다. 하늘빛이 반사된 것 같기도 했지만 어쩌면 슬픈 꿈이 반사되었을지도 모를 일이었다.

그사이 피에트로는 니콜라 삼촌이 아직도 시 몇 구절을 지으려 고집을 부리고 있는 방으로 들어갔다.

"시절이 바뀌었어." 검은 수염을 기른 혈색 좋은 늙은 농부가 말했다. "예전에는 밤늦게까지 노래를 했지. 아니, 적어도 신랑 신부가 방에 들어갈 때까지는 말이야. 춤도 췄고. 요즘 젊은이들은 허약해. 사람들은 금세 피곤해하고 즐길 줄을 모른다니까. 결혼식이 장례식 같아."

"내가 한 가지 차이점을 발견했는데요." 구운 돼지를 잘랐던 목동이 말했다. "예전에는 신부의 뺨에 입을 맞추는 게 관습이었어요. 못된 장난꾼들은 입맞춤도 했죠. 지금은 아무것도 하지 않아요. 겁을 내는 것 같더군요. 아무도 마리아에게 키스하지 않더라고요."

"키스하고 싶은데." 농부가 박수를 치며 소리쳤다. "원래는 마리아에게 선물을 줄 때 키스해야 하는 거야. 난 선물을 벌써 줘버리기는 했지만, 그래도 키스하고 싶은데."

"좋아요, 당신이 키스하면 나도 할 텐데요." 젊은 지주가 말했다. "프란체스코 로사나가 당신 갈비뼈를 부러뜨릴걸요."

"빌어먹을! 그게 다 옛날 풍습이잖아? 마리아의 엄마가 결혼할 때는 하객들이 죄다 신부에게 키스했지."

"부탁 하나 해도 되겠소?" 그때 피에트로가 젊은 지주에게 말했다. "나도 신부에게 동전을 선물해야 하는데. 10리라짜리 지폐를 주고 싶지는 않소. 돈 좀 바꿔주겠소. 은화 2스쿠도만 바꿔줘요."

"선물을 해야지요. 당연히!" 젊은 지주가 말했다. "하지만 미안한데 가지고 있는 스쿠도가 없소."

하지만 피에트로는 좋은 생각을 해냈다. 그는 한쪽에 있던 루이사 이모를 불러서 10리라 지폐를 은화로 바꿔줄 수 있는지 물었다.

"피에트로, 자네가 원하기만 하면 금화라도 줄 수 있어." 루이사 이모가 말했다.

"좋아요, 10리라짜리 마렝고●로 바꿔주세요."

루이사 이모가 돈을 바꿔주자 피에트로는 금화를 주먹에 쥐었다.

"갑시다." 그가 젊은 지주에게 말했다. "안녕히 계세요, 니콜라 삼촌."

"뭐라고, 그냥 간다고, 피에트로? 술이라도 한잔해야지."

"그럼 여기 주세요."

피에트로는 독한 포도주 한 잔을 마신 뒤 새 친구를 데리고 자리를 떴다. 그는 뜰에서 잠시 걸음을 멈추고 웃었다. 기분 좋게 살짝 현기증이 났다. 주먹 속에 든 금화가 생명이 있는 것처럼 맥이 뛰는 기분이 들었다.

● 1800년대에 토리노에서 주조된 금화.

"안녕히 계세요, 루이사 이모." 그가 부엌문 안으로 고개를 들이밀며 소리쳤다. "잘 있어요, 아름다운 사비나……."

"잘 가요." 사비나가 미친 여자처럼 부엌문까지 달려가며 대답했다.

하지만 문 앞에 도착했을 때 그녀는 이상한 광경을 목격했다. 피에트로와 그 친구가 신랑 신부에게 다가갔다. 신부 쪽으로 약간 몸을 숙이고 있던 프란체스코가 몸을 세우고 웃었다. 젊은 지주가 뭐라고 말하고는 고개를 숙여 신부의 이마에 입을 맞추었다.

곧이어 피에트로가 그를 따라 했는데 마리아의 이마가 아니라 뺨에, 거의 입꼬리 부분에 입을 맞추었다. 그리고 그녀에게 금화를 주면서 손을 꽉 잡았다.

사비나는 기절할 것처럼 흠칫하며 놀랐다.

두 젊은이는 뜰을 가로질러 집을 떠났다. 마리아는 프란체스코에게 피에트로가 선물한 금화를 보여주었다. 그가 웃으면서 농담을 했다.

"이런, 두 사람이 내 앞에서 보란 듯이 해냈군그래! 그렇지만 다른 사람들이 흉내 내려고 하면 가만 안 있을 거요!"

'어리석은 사람.' 사비나가 신혼부부에게서 등을 돌리며 생각했다. '피에트로의 키스는 유다의 입맞춤이야. 그런데 당신은 웃고 있군.'

피에트로는 저녁 내내 새 친구와 함께 이리저리 돌아다니다가 '굴러 들어오신 양반'의 선술집에 갔다. 아름다운 프란치스카가 포도주와 도발적인 시선으로 그들을 취하게 했다.

잠시 후 토스카나인이 옆으로 와서 그들 곁에 앉았다.

"정말 멋진 결혼식이지 않았나. 맹세코 그렇게 호화로운 결혼식은 이 근방에서 다시 보기 어려울걸." 토스카나인이 감탄했다.

"우린 신부에게 키스했소." 젊은 지주가 말했다. "그렇지만 아무 느낌도 없던데……."

"그 느낌이야 신랑 차지죠." 남편에게 등을 돌리고 있던 선술집 주인의 아내가 말했다. 매혹적으로 반짝이는 검은 눈이 자석같이 피에트로의 눈을 끌어당겼다. 그는 말없이 그녀를 바라보았다.

피에트로는 약간 쉰 목소리가 귀에 거슬리기는 하지만, 젊은 여인이 마리아와 닮았다는 걸 처음으로 알아차렸다.

토스카나인과 젊은 지주가 잘난 체를 한다고 프란체스코를 비웃으며 험담하는 동안 피에트로가 일어나서 계산대로 다가갔다.

"뭐하는 거요?" 젊은 지주가 소리쳤다.

"그냥 있어요." 그가 대답했다. "5리라 바꿔줄 거 있소? 마리아 프란치스카."

그녀가 금고를 열고 의미심장하게 말했다.

"오늘 밤 남편이 올리에나에 가요. 잔돈은 다 저 사람 지갑에 넣어뒀어요."

피에트로가 계산대로 몸을 숙였다. 프란치스카가 일어났을 때 그녀에게 눈짓을 했다. 그녀가 잔돈을 세고 알았다고 고개를 살짝 끄덕였다.

밤늦게까지 피에트로와 그 친구는 선술집들을 돌아다녔다. 그러다가 피에트로가 아는 사람들을 만났고 모두 함께 자신들이 마음에 둔 아가씨들이 사는 집 문 앞에 가서 노래를 불렀다. 감미롭고 따뜻한 밤이었다.

피에트로는 술에 취해서도 신랑과 신부 생각을 떨치지 못했다. 모두 다 잊기 위해 노래를 불렀다. 이따금 누오로 사람들이 기쁨을 표현할 때 내지르는 그 특유의 함성으로 울분을 토하기도 했다.

그는 떠들썩하고 신나게 온밤을 즐겼다.

마리아 프란치스카는 한참 동안 그를 기다렸다. 그가 오자 그녀는 술 취한 그를 품에 안았다. 그가 병자처럼 끙끙거리며 신음하는 소리가 들렸다.

16

두 달이 지났다.

노이나의 집은 예전처럼 모든 질서가 잡히고 평화로워졌다. 수입은 세 배로 늘었다. 루이사 이모는 한층 비대해지고 거만해졌다. 마리아도 살이 쪘고 행복해 보였다. 이제는 맨발로 다니지도 않았고 집 안의 허드렛일에 신경 쓰지도 않았다.

거의 귀부인처럼 생활했다.

　그녀는 날렵하고 부지런한 하녀를 두었다. 프란체스코의 하인들이 먹을 보리빵을 준비해야 할 때는 다른 여자들이 일을 도우러 집에 왔다. 마리아는 서랍장에 지폐가 가득 든 상자와 작은 동전 바구니를 보관했다. 일요일 정오에 그녀가 화사하게 차려입고 미사에 갈 때면 누오로 프린치팔레의 아내들이 그녀를 부러운 눈초리로 바라보았다. 요컨대 마리아의 꿈이 다 이루어진 셈이었다.

　점점 더 아내를 사랑하게 된 프란체스코는 지겨울 정도로 배려와 숭배와 친절을 아끼지 않았다.

　화창한 봄날 신혼부부는 예전에 고나레산에서 누오로까지 그들을 태우고 왔던 멋진 흰 말을 타고 프란체스코의 올리브밭과 포도밭, 그리고 양 우리를 방문했다.

　5월 한 달을 그 우리에서 보낼 계획이었다. 결혼을 한 누오로의 목동들은 꼭 그렇게 하곤 했다.

　프란체스코는 사실 목동이 아니었다. 그는 지주였고 상당한 수입이 있었다. 하지만 가축과 탄카들이 그의 가장 큰 재산이었기에 그는 대부분의 시간을 양 우리에서 목동들과 개들, 그리고 그를 알아보고 특별한 방식으로 사랑하는 듯한 키가 크고 건강한 암소들과 보냈다

　그도 암소들을 사랑했다. 시적인 이름을 붙여주었고 자주 쓰다듬어주었다. 그러면서 암소들의 건강 상태를 체크했다.

　이 암소들은 프란체스코의 비옥한 탄카에서 1년 내내 자유

롭게 풀을 뜯었다. 흐르는 개울물을 마셨고 오래된 떡갈나무 숲의 그늘 아래서 낮잠을 즐겼으며 밤이면 울타리에 에워싸인 우리로 들어갔다. 겨울에는 가축들을 보호해줄 게 아무것도 없었다. 오랫동안 눈이 내릴 때면 목동들은 떡갈나무의 잔가지나 이파리들로 가축들의 배를 채웠다.

마리아는 부유한 신부의 한가한 일상이 권태로워지기 시작하던 참이어서 양 우리에서 5월을 보내자는 제안에 아이처럼 박수를 치며 좋아했다.

'너무 행복해서 겁이 날 정도야.' 그녀는 아라크네* 처럼 침착하고 능숙하게 프란체스코의 **셔츠 칼라**에 수를 놓으며 생각했다. '더 이상 바랄 게 없어. 아버지는 건강하시고 어머니도 마찬가지야. 두 분 사이도 좋고 프란체스코를 아들처럼 사랑하셔. 모든 게 다 잘되고 있어. 한 해 농사도 풍년을 약속하고 있어. 곡식과 돈도 충분해. 말다툼이나 적대감으로 괴로워하지도 않아. 모두 서로를 사랑하지. 그 **불행한 사람**도 이제 나타나지 않아. 나를 잊었을 거야. 더는 내 생각을 하지 않겠지. 하느님, 감사합니다.'

그녀는 대문 그늘에 앉아 수를 놓았다. 루이사 이모와 하녀는 부엌에서 일을 했다. 프란체스코는 시골에, 니콜라 삼촌은 선술집에 가 있었다.

어느 때보다 평화롭고 작은 요새처럼 안전한 노이나의 집

● 그리스 신화에 등장하는 여인으로 베 짜기의 명인이었다.

은 가난한 주변을 압도했다. 주변의 좁은 길에는 키 큰 잡초들이 무성했고 명아주, 사리풀, 등대풀로 뒤덮인 작은 뜰들의 퍼걸러와 울타리에는, 보잘것없이 버려진 것들을 노래하는 우울한 시처럼 꽃이 피어 있었다.

'한 가지 부족한 게 있구나.' 젊은 신부는 바늘에 실을 꿰기위해 고개를 들며 생각했다. '그것도 찾아오겠지! 아직 너무일러. 겨우 두 달밖에 안 됐는걸! 찾아올 거야. 올 거야……'

곧 엄마가 될 수 있다는 생각을 하자 가슴이 벅차올랐다.

'성모 마리아님, 자식이 없다면 이 목숨과 행복과 돈이 다무슨 소용이 있겠습니까?'

그렇다. 솔직하게 고백하지는 않았지만 마리아는 뭔가 부족한 게 있다고 스스로에게 말하고 말았다. 지폐가 가득 든서랍, 동전 바구니, 화려한 옷, 그녀와 같은 계층인 여자들의질투, 이런 것들만으로는 그녀의 삶이 완벽하게 채워지지 않았다.

그러면 남편의 사랑은?

"날 사랑해, 마리아?" 뜨겁게 사랑이 불타오르는 순간이면프란체스코가 물었다. "만족하는 거지, 나처럼 행복한 거지?"

"그럼요, 그럼요." 그녀가 대답했다.

"다른 남자를 사랑한 적 없지?"

"다른 남자는 절대 없었어요." 그녀가 확언했다. 그녀의 눈에 그늘이 졌다.

설사 조각상이라도 남편의 애무를 받으면 그녀보다는 더

반응했을 것이다. 어쨌든 남편은 그녀를 사랑했다. 수줍음이 두 눈에 배어나는, 바로 그렇게 순결하고 아무것도 모르는 그녀를 원했다.

5월의 어느 날 아침, 신혼부부는 말을 타고 양 우리로 가는 길로 들어섰다.

몇 달 전 그들이 고나레산으로 가면서 지났던 길이었다. 그러나 지금은 꽃이 활짝 핀 초록의 들판이 넓게 펼쳐졌고 그 위로 햇살이 쏟아졌다. 여름에는 메마르고 겨울에는 습지가 되는 평야에는 야생의 풀들이 산들바람에 물결쳤고 키 큰 잡초, 은빛이 도는 초록 카르둔,● 이슬이 맺혀 반짝이는 꽃이 달린 아스포델들이 바다를 이뤄 가벼운 바람에 흔들렸다. 그런가 하면 아위●●들이 자신들의 투명한 우산을 높이 들었다. 또 장밋빛 꽃들이 관목을 뒤덮었다. 그리고 박하와 들장미 향이 따뜻하고 맑은 공기에 강하게 배어 있었다.

멀리 보이는 산들은 마치 하늘보다 더 푸른 거대한 사파이어 왕관처럼 풍경을 에워쌌다.

암말인 마세다●●●는 탄카의 풀들 사이로 난 오솔길을 따라 조용히 달려갔다. 파리가 괴롭히기는 했어도 꼬리로 제 엉

● 국화목의 식물로 엉겅퀴와 비슷한 모양이다.
●● 미나리과의 식물로 뿌리의 진은 약용한다.
●●● 유순한(원주).

덩이를 번갈아 치며 달리다가, 프란체스코가 고삐를 늦출 때마다 풀 냄새를 맡았다. 말은 화창한 날이 주는 즐거움과 자유로운 공기를 마시는 기쁨을 느끼는 듯했다. 주변에서 수선화와 박하가 강렬한 향기를 내뿜는 작은 개울들을 건널 때면 코를 벌름거리며 몸을 떨었다. 그리고 암소들이 흰색과 검은색의 얼룩 주둥이를 탄카의 낮은 담 위로 내밀고 기분 좋게 음매 하고 울면 말 울음으로 답하곤 했다.

프란체스코의 등에 몸을 기댄 마리아는 리드미컬하게 차분히 걷는 말의 발걸음에 맞춰 몸이 이리저리 흔들리게 내버려두었다. 그러면서 거의 슬픔에 가까운 달콤함을 맛보았다. 따뜻한 태양, 향기로운 풀들, 한적함과 푸르름이 지닌 모든 매력이 그녀에게 꿈을 꾸듯 관능적인 나른함을 선사했다.

들장미로 뒤덮인 관목에서 그녀는 사랑을 노래하는 새들 소리, 암소들이 우는 소리, 태양과 꿀에 취한, 무지갯빛 날개를 지닌 파리의 윙윙거림을 들었다. 초록색과 빨간색, 검은색과 보라색의 투명한 날개를 가진 작은 나비들도 보았다. 꽃에서 태어난 것 같은 나비들은 허공에서 서로 엇갈리거나 마주치며 미친 듯이 사랑을 나누었다.

그러자 사랑이라는 묘약 때문에, 막연한 욕망 때문에 그녀는 맥이 풀리고 말았다. 프란체스코의 뜨거운 손길은 그녀가 마음속에 품은 욕망을 불타오르게 할 수는 없었다. 그가 돌아보며 키스를 했다면 그녀는 슬퍼서 눈물을 흘렸을 것이다.

어쨌든 양 우리에 도착했다. 마리아는 정신을 차리고 마세다의 등에서 재빨리 내렸다. 그리고 치마가 말의 땀에 얼룩지지 않았는지 살폈다.

"잠들었었나봐요." 그녀가 다리를 펴주기 위해 몇 발자국 걸으며 말했다.

프란체스코는 말안장 앞에 항상 가지고 다니는 소총을 매고 목동에게 자신들의 도착을 알리려고 휘파람을 불었다.

곧장 우리의 개들이 달려와서 껑충껑충 뛰며 짖어댔다. 조금 전까지 조용하던 탄카에 친근한 소리들이 울려 퍼졌다. 어린 암소들은 주인의 도착을 짐작하기라도 했는지 음매 울었고 이웃 양 우리의 개들도 프란체스코의 개들에게 화답했다. 목동들이 달려왔다.

마리아는 초막 쪽으로 갔다.

돌로 쌓은 낮은 담장이 넓은 탄카를 둘러치고 있었다. 북쪽에는 커다란 바위들이 우뚝 서 있고 그 바위들 뒤로는 우거진 덤불들과 떡갈나무에 뒤덮여 동굴 같은 오솔길이 길게 이어졌다.

돌과 굵은 나뭇가지와 잎이 많이 달린 잔가지로 벽을 만든 초막과 우리는 바위들을 등지고 탄카 중앙에 우뚝 서 있었다. 초막 앞으로는 자그마한 공터가 자리 잡았다.

마리아는 초막에 들어가기 위해 허리를 숙였는데 초막 내부는 익히 잘 알았다. 바닥에 박아놓은 돌이 난로 역할을 했고 목동들이 아위로 만든 소박한 의자 몇 개가 선사시대 초막 같은 실내에 있는 가구의 전부였다.

목동들은 잔나무 가지 지붕 밑에 마련된 나무판자에 식량을 보관했다. 튀어나온 나뭇가지들에는 접을 수 있는 나무 손잡이가 달린 코르크 병들과 치즈와 리코타 치즈를 만드는 데 필요한 다른 도구들이 걸려 있었다. 거기에다 나무 도마 몇 개, 꼬챙이들, 양의 발톱으로 만든 숟가락들이 신혼부부가 밀월을 보내고 싶어 하는 곳의 가재도구 전부였다.

마리아는 구석구석을 살피고 뒤적여보았다. 전부 정리를 하고 의자에 앉아 하인 목동이 올 때를 기다렸다. 그녀는 그 목동에게 본능적인 반감을 품었다.

그는 치추 크로카라는 딱딱한 이름의 청년이었다. 그런데다 투룰리아●라는 다소 불안한 별명으로 불렸다.

검고 햇빛에 그은 얼굴에 핏발이 선 크고 푸른 눈, 아랍인 같은 매부리코를 한 원시적인 인물이었다. 그가 입은 마스트루카●●로 인해 더욱 완벽한 야생의 남자 같았다.

외모와는 달리 치추 크로카는 예의 바르게 행동했고 목소리는 여자처럼 부드럽고 듣기 좋았다.

"제게 맡기세요." 마리아와 프란체스코가 잠자리 때문에 걱정하자 그가 말했다. "집에 있는 신혼 침대보다 더 멋진 침대를 만들어드리겠습니다. 저는 밖에 있는 울타리 밑에서 자거나 다른 초막을 지으면 되니까요. 여기 이쪽 구석에 양치식물

● 솔개(원주).
●● 양털 가죽 겉옷(원주).

들로 깔개를 만들고 그 위에 누오로에서 올 매트리스와 이불을 깔고 베개를 두면 다 끝납니다."

그는 실제로 양치식물들이 톱니 모양 이파리들을 부채처럼 펼치고 있는 개울가로 갔다. 낫으로 그것들을 한 더미 베어와서 햇빛에 이슬을 말린 뒤 초막으로 가지고 들어갔다.

정오쯤 매트리스, 베개, 이불, 먹을거리들을 잔뜩 실은 수레를 끌고 하인이 도착했다.

마리아는 물건들을 전부 정리했다. 그런 다음 신혼부부는 암소를 보고 탄카를 한 바퀴 둘러보러 갔다. 타오를 듯 뜨거운 햇살이 목초지를 적셨다. 커다란 떡갈나무들의 잎이 반짝였다. 노란 레세다●와 미나리아재비로 뒤덮인 초원은 금가루를 뿌려놓은 듯했다. 모든 게 투명하고 조용한 정오의 광채 속에서 빛났다. 메뚜기들은 꽃이 만발한 가시나무 위로 뛰어다녔고 꽃과 같은 색의 나비들, 풀빛 벌레들이 신성한 숲속의 고독에 활기를 불어넣었다. 바위와 초록 이끼가 낀 낮은 담장들 뒤로 배경처럼 연푸르게 펼쳐진 하늘은 머나먼 바다, 꿈속의 바다 같았다.

프란체스코 로사나는 자연에 대한 본능적인 감각을 지니고 있었다. 한 팔로 젊은 신부의 허리를 감싸 안고 사랑스러운 눈으로 그녀를 바라보며 늘 그렇듯이 약간 과시하는 듯한 말투로 말했다.

● 노란 꽃이 피는 향기로운 초본식물.

"예전에 컬러 그림의 성경을 본 적이 있어. 여기 이 목축장처럼 커다란 나무들과 꽃이 핀 지상낙원을 보았지. 아담과 이브가 풀밭을 걸었어. 자, 난 지금 우리도 지상낙원에 있는 기분이야. 내가 당신과 결혼하지 않았을 때 여기서 얼마나 당신을 갈망했는지 몰라. 자, 봐, 지금이 꿈같아……."

그러고는 그녀가 사라질까 두려워하는 사람처럼 그녀를 꼭 껴안았다. 그녀는 차분하게, 여신 같은 미소를 지으며 그에게 몸을 맡겼다. 그녀는 작은 꽃들과 벌레들을 살며시 밟으며, 손을 스치는 들장미를 꺾으며 걸었다.

검은 얼룩이 있는 흰 새끼 암소들, 크고 촉촉하며 몽환적인 눈을 가진 붉은 황소들, 분홍 주둥이에 이제 막 뿔이 나기 시작한 커피 우유 색깔의 어린 소들이 천천히 고개를 돌리며 젊은 주인들에게 인사라도 하는 양 꼬리를 흔들었다.

마리아 역시 목가적인 생활에 만족해서 그 5월이 영원히 지속되기를 바랐을 것이다.

그녀는 새벽에 일어났다. 그때쯤이면 미풍에 흔들리는 떡갈나무 꼭대기의 나뭇잎들이 희끄무레하게 밝아오는 하늘빛을 받아 은색으로 물들었다. 그녀는 프란체스코와 함께 소젖을 짜고 치즈 만드는 일을 지켜보다가 우유를 따르고 용기를 준비하는 목동들을 돕기도 했다.

차례로 우리에서 나온 암소들이 목동 옆에 서자 프란체스코가 한 마리씩 이름을 불렀다. 암소의 커다란 분홍색 젖에서

미지근한 우유가 김을 내며 구리 냄비나 코르크 용기로 흘러 내렸다.

호기심 어린 큰 눈을 울타리 사이에 갖다 댄 송아지들이 주변을 주의 깊게 지켜보았다. 그 광경은 단순하지만 성스럽고 엄숙하기까지 했다. 공터의 가장자리에서 자라는 줄기가 쑥 올라온 귀리, 우산을 펼친 아위, 이슬에 촉촉이 젖은 노란 눈의 미나리아재비들도 감동해 몸을 떠는 것만 같았다.

조금 뒤 마리아는 치즈를 약간 발효시킨 후 다시 불 위에 올려놓아 배 모양으로 작게 만들었다.

이런 일을 부지런히 하는 그녀는 매우 아름다웠다. 블라우스 소매를 팔꿈치까지 걷고 스카프 자락을 잘 접어 머리 위로 올리자 산호 펜던트 귀걸이가 눈에 띄었다. 그런 차림으로 화로에 몸을 구부리고 구리 냄비의 치즈를 능숙하게 휘저었다. 치즈가 완전히 탄력 있고 노르스름한 덩어리가 되면 오목한 접시에 옮겨 담았다. 젖은 손으로 덩어리를 잘 매만져서 큰 배 모양을 빚어 차가운 물에 담갔다. 그러고는 곧이어 다른 배를 만들기 시작했다.

프란체스코와 목동도 치즈 덩어리로 새, 조그만 암소, 멧돼지, 사슴 모양의 부드럽고 예쁜 치즈들을 만들었다. 또한 땋은 머리 모양으로 꼬기도 하고 원주민의 우상 같은 작은 상들, 안장과 고삐가 달린 아주 작은 말과 기사도 만들어냈다.

먹을 수 있는 이런 장난감들은 나중에 루이사 이모가 친구나 친척 아이들에게 선물로 주게 될 것이다.

마리아는 점심을 준비했고 투룰리아는 신혼부부의 식사에 자주 함께했다. 대부분은 떡갈나무 아래의 야외에서 점심을 먹었다. 점심을 먹고 나면 부부는 탄카를 거닐었으며 근처에 있는 양 우리들을 방문하기도 했다. 가끔 조용한 초록의 들판 사이에 검은 바위처럼 쓸쓸히 서 있는 스피리토 산토 성당까지 가기도 했다.

양 우리에서 멀리까지 가지 않을 때면 마리아와 프란체스코는 숲에서 오후를 보냈다. 때로는 산들바람에 나뭇잎이 흔들리고 태양에 금빛으로 물든 떡갈나무 밑에서, 건초와 데이지가 폭신하게 깔린 땅 위에서 잠들기도 했다. 그들의 뒤로는 너무나 파랗고 찬란해서 머나먼 바다 같은 착각을 불러일으키는 하늘이 펼쳐져 있었다.

잠에서 깨면 마리아는 커피를 준비하고 바위 그늘이 진 초막 앞에 앉아 셔츠에 수를 놓았다. 프란체스코는 오래된《라 누오바 사르데냐》●나 사르데냐의 시인 도레 디 포사다의 시집《엘레오노라 다르보레아의 승리에 관해》를 읽었다.

둘만의 한적한 생활은 달콤하고 강렬했다. 개들은 끄덕끄덕 졸았다. 공터 끝 쪽의 풀밭에서는 새끼 소들이 서로의 뒤를 따라 달리며 장난을 쳤다. 가끔 휘파람 소리가 들리기도 하고 멀리서 사람 소리도 들렸다. 떡갈나무들의 그림자가 풀밭에 길게 드리워졌고 태양은 끝없이 부드럽게 서쪽으로 기

● 1891년 발간되기 시작한 사르데냐의 일간지.

울어졌다.

해 질 무렵이면 마리아는 저녁을 준비했다. 그리고 저녁에 너무 쌀쌀하지 않으면 신혼부부는 다시 한가로이 걸었다. 반딧불이 몇 마리가 밤에 피는 신비한 꽃처럼 풀밭에서 꼼짝하지 않고 빛났고 아직 보라색 기운이 사라지지 않은 하늘에 이제 막 나타나 깜빡이는 별들이 발산하는 연초록의 광채를 반사하는 듯했다.

모든 것이 조용했고 향기로운 냄새를 풍겼다. 별들과 가까운 떡갈나무 끝의 나뭇잎들이 살랑거렸다. 원시인 차림의 목동이 우리 앞에 웅크리고 앉아 묵주기도를 했다. 그러고 나면 신혼부부는 양치식물 침대에 누웠다. 잠든 자연 위로 어둠이 베일 같은 날개를 살며시 활짝 펼쳤다.

그렇게 여러 날이 지났다.

목동 중 제일 나이가 어리며 병약하고 말수가 적은 청년이 매일 저녁 그날 암소가 생산해낸 것들을 가지고 누오로로 갔다가 다음 날 아침 루이사 이모가 신혼부부에게 보내는 먹을거리들을 가지고 돌아왔다. 니콜라 삼촌은 매일 곧 들르겠다고 했지만 한 번도 오지 않았다.

신혼부부가 만끽하는 봄날의 전원 생활을 방해하는 건 아무것도 없었다. 근처에 머무는 목동들이 찾아오거나 누오로의 나그네들이 양 우리에 잠시 머물다 가는 게 전부였다. 그러나 나이가 꽤 있는 목동 투룰리아는 사소한 일로 프란체스코와 자주 다투었다. 그는 마리아에게는 다정하고 친절하게 대했는데 주인이 지나치게 간섭하고 요구 사항이 많다고 종종 그녀에게 불평을 털어놓았다. 그는 초막에서 몇 발짝 떨어지지 않은 곳에 나뭇가지로 대충 몸만 피할 곳을 만들어 밤이면 그 아래 웅크리고 앉아 개처럼 주위를 감시했다.

어느 날 저녁 프란체스코는 암소들을 우리로 들여보내다가 한 마리가 없어진 걸 알아차렸다. 늘 그랬듯 주인과 하인 사이에 잠깐 말다툼이 벌어졌다. 그러다가 둘 다 소를 찾으러 갔다. 마리아는 처음으로 우리에 혼자 남았다. 어쨌든 프란체스코는 곧 돌아오겠다고 약속했다. 남편이 올 때까지 시간을 보내기 위해 그녀는 오솔길이 내려다보이는 바위까지 걸었다.

달빛이 벌써 탄카를 밝혔고 서쪽 하늘은 아직 불타오르듯 시뻘건 색으로 물들어 있었다.

바위에 몸을 기댄 마리아는 자신의 발밑으로 풀이 무성하게 나 있는 좁은 길과 거기서 조금 더 가서 이웃 탄카를 가로지르는 오솔길의 모퉁이를 바라보았다.

갑자기 좁은 길 끝에서 남자의 발소리가 들렸다. 그녀는 프란체스코일 거라고 생각하며 그쪽으로 몸을 약간 내밀어보았지만 아무도 보이지 않았다. 갑자기 발걸음이 멈췄다.

"프란체스코?" 그녀가 불렀다.

아무 대답이 없었다. 그래서 마리아는 눈을 들어 다시 이웃 탄카 쪽을 쳐다보다가 키가 크고 호리호리한 남자가, 바위 쪽에서 보면 보이는 오솔길을 재빨리 지나는 것을 발견했다. 그녀는 그 남자가 누구인지 알 것 같았다. 그 순간 눈앞에 유령이 나타났다 해도 그만큼 놀라지 않았을 것이다.

마리아는 본능적으로 바위 뒤에 숨었다. 그리고 잠시 꼼짝 않고 그대로 서 있었다. 식은땀이 나고 가슴이 두근거렸다. 두렵고 무서운 수천 가지 생각이 혼란스럽게 머릿속을 스치고 지나갔다. 피에트로가 무슨 일로 여기까지 왔을까? 분명 그였다. 그렇다. 키가 크고 호리호리하며 누르스름한 가죽옷을 입은 바로 그였다. 피에트로 베누처럼 그렇게 거만하게 걷는 남자는 누오로에 한 명도 없었다. 그래서 그녀는 달빛 아래에서도, 멀리서도 그를 금방 알아보았다.

잠시 후 마리아는 정신을 차리고 다시 그쪽을 보며 귀를 기울였다. 그러나 어떤 소리도 들리지 않았고 아무도 보이지 않았다. 달 밝은 밤의 평화가 한적한 탄카들을 감싸고 있을 뿐이었다. 수풀의 그늘에서는 연초록 반딧불이가 반짝였다. 풀속에서는 귀뚜라미들의 세레나데가 끝없이 이어졌다.

'아니야, 내가 착각한 거야.' 마리아는 이렇게 생각하며 초막 쪽으로 돌아왔다.

막연한 불안감이 엄습했다. 램프의 불을 켜고 저녁 식사를 준비했지만 작은 소리만 들려도 깜짝깜짝 놀랐다.

프란체스코는 그리 오래지 않아 돌아왔다.

"암소는 흔적도 없이 사라졌어." 그가 화가 나서 말했다. "아마 못 찾을 거야. 어, 투룰리아와는 끝이 안 좋을 것 같은데. 그자는 진짜 솔개야."

"그 사람이 무슨 잘못을 했나요?"

"무슨 잘못이냐고? 내가 그자에게 뭐가 잘못인지 말해줄 거야. 이쪽 지역에 수상한 인물들이 돌아다닌다고!"

마리아는 피에트로를 본 것 같다는 말은 감히 꺼내지도 못 했다.

프란체스코가 말했다.

"최근에 이웃 목동들이 황소와 암소를 도둑맞았어. 틀림없 이 도적들하고 불량배들, 그리고 몇몇 하인 목동이 한통속이 된 거야. 자기들끼리 서로 마음이 맞은 거지. 아, 물론 그 유 명하신 솔개도 가담했을 테고……."

"세상에, 어떻게 할 생각이에요?"

"여기서는 그냥 놔둬야지. 마을로 돌아가면 두고 봐."

그러나 한밤에 하인이 다리를 저는 암소를 데리고 돌아왔 다. 그리고 암소를 페르카● 아래서 찾았다고 말했다.

다시 며칠이 지났다. 신혼부부가 평화로운 탄카에서 생활 한 지도 삼 주가 되었다. 니콜라 삼촌이 하루 다녀갔고 또 다 른 날에는 프란체스코의 친척들이 방문했다.

맑은 날이 계속되었다. 하늘은 여전히 투명하고 눈부셨는 데 그런 하늘도 사르데냐에서는 가끔 무자비하고 치명적으 로 변하기도 했다. 어느새 풀들이 누렇게 변하기 시작했고 개 울물은 점점 줄어들었다.

● 벼랑(원주).

하루는 사비나가 젊은 하인의 말을 타고 신혼부부를 만나러 왔다.

"결혼하자는 사람이 생겨서 알려주려고." 사비나가 마리아에게 말했다. 젊은 신부의 눈이 어두워지는 걸 알아차리고는 얼른 덧붙였다. "그래, 너도 아는 사람이야. 주세페 페라라는 농부야. 잘생기지는 않았지만 착해. 자기 땅도 좀 있어. 그 사람 형의 양 우리가 이 근처에 있어."

"그럼 축하할 일이네."

"당장은 아니야. 아직 그 사람을 사랑하지 않거든." 사비나가 말을 마치고는 꽃을 찾아 수풀 속으로 들어갔다. 사비나는 꽃에서 꿀을 빨았다.

사비나는 오후에 풀밭에 누워 고요하고 향기로운 숲속의 나무 아래에서 신혼부부가 웃으며 키스하는 소리를 들었다.

그녀는 고요한 고원에서, 밀이 익어가던 드넓은 그곳에서 마리아와 피에트로가 나누던 키스들을 떠올렸다.

그녀는 귀리 줄기를 이로 끊어버리며 피에트로를 생각했다. 사비나는 여전히 그를 사랑했다. 아니, 어느 때보다 더 사랑했다. 이제 마리아가 다른 남자와 키스를 하는데 피에트로는 왜 자신에게 돌아오지 않는 걸까?

17

다음 날 암소 두 마리가 다시 탄카에서 사라졌다.

프란체스코는 화를 내지는 않았지만 얼굴이 창백해져서 매서운 눈으로 하인을 보았다.

"가보세." 그에게 말했다. "이번에도 암소들이 벼랑에서 떨어졌을지 모르니까! 자네는 저쪽으로 가게. 난 이쪽으로 갈테니. 마리아." 그가 아내를 돌아보며 말했다. "나는 페라네양 우리에 가서 혹시 암소를 못 봤는지 좀 물어봐야겠어. 곧 돌아오리다."

하인과 주인이 떠났다. 마리아는 저녁 식사를 준비한 뒤 초막 밖에서 기다렸다. 그녀는 사라진 암소들 때문에 약간 불안했지만 지난번처럼 모든 게 잘 해결되기를, 삼십 분 이상 홀로 남겨지지 않고 프란체스코가 곧 돌아오길 바랐다.

마리아는 초막 앞에 앉아 자기 앞을, 프란체스코가 걸어올 공터 너머를, 숲 쪽을 바라보았다.

그녀는 생각했다.

'이삼일 후면 누오로로 돌아갈 거야. 때가 됐어. 이제 날이 더워지기 시작했어. 수확이 시작될 거야. 일을 하고 좋은 가정주부가 되어야 해. 어머니도 피곤하실 거야. 안되셨어. 그래, 돌아가야 해.'

어렴풋한 기억들, 희미한 그림자들이 그녀의 머리를 스쳤다. 마지막 수확으로부터 1년이 지났다……. 그 1년 동안 얼마나 많은 일이 일어났던가! 이렇게 금방 늙어버리다니! 그렇다. 작년에 그녀는 열다섯 살 소녀처럼 경솔하고 변덕스러웠다. 지금은 자신의 어리석었던 행동들이 부끄러웠다. 하지만 후회되지는 않았다. 젊은 시절이 없는 사람이 있을까? 꿈이라는 신비한 책을 펼치려 하지 않은 사람이 있을까?

'죄 없는 자가 제일 먼저 돌을 던져라.' 이곳까지 《신심 생활 입문》●도 가져온 마리아가 생각했다. '무엇보다 난 지금 정숙한 아내고 현명한 노인처럼 지혜로워. 뭘 더 원할 수 있어?'

아무튼 그런 생각을 하며 앞을 바라보는 동안 잃어버린 암소도, 프란체스코에 대한 걱정도, 삼십 분이 넘었는데도 그가 오지 않는다는 사실도 잊어버렸다.

저녁이 서서히 모습을 드러냈다. 마치 여름날 같았다. 하늘은 벌써 봄날의 투명함을 잃어버렸다. 나뭇잎 하나 흔들리지 않는 떡갈나무들 위의 둥근 하늘은 잿빛을 띠어 약간 불투명해 보였으며 초저녁에 뜬 별들이 여기저기 수놓은 벨벳 같았다.

그 우울한 침묵과 초막 뒤로 우뚝 솟은 회색 바위 꼭대기를 비추는, 사라져가는 흐릿한 빛이 마리아를 더욱 불안하게 했다. 이미 먼 곳에서부터 어두워지기 시작해서 잿빛 하늘 아래의 숲은 더욱 컴컴해졌다. 프란체스코는 돌아오지 않았다. 차분하고 막연했던 생각들은 서서히 슬픔과 어린아이 같은 두려움으로 변했다.

● 성 프랑시스코 살레지오(1567~1622)의 책.

프란체스코는 왜 돌아오지 않는 걸까? 그는 약속했었다. 그런데 누가 그를 붙잡고 있는 걸까?

'난 여기 혼자야. 그 사람도 그걸 알아. 돌아오지 않는다면 뭔가가 그를 가로막고 있다는 뜻이야.'

마리아는 일어나 공터를 가로질러 가서 멀리까지 뚫어져라 바라보았다. 아무도 보이지 않았다. 우리의 덩치 큰 개가 컹컹 짖었다. 어미 개를 따라 강아지가 인간의 목소리처럼 선명하게 짖어대는 소리가 더운 저녁의 깊은 침묵을 잠시 깨뜨렸다. 마리아는 더욱 서글퍼졌다.

"프란체스코? 프란체스코?"

그녀의 작은 목소리는 드넓은 공터에서 사라져갔다. 그녀는 풀밭으로 들어갔다가 걸음을 멈추고 주위를 둘러보았다. 그날처럼 황혼과 밀려드는 어둠을 불가사의하게 느껴본 적이 없었다.

저 아래 이미 깜깜해진 숲 뒤에서 무슨 일이 벌어지고 있는 걸까? 바위들 위에 차곡차곡 쌓여 불가사의한 균형을 이룬 채 저문 해의 마지막 빛이 남아 아직도 희끄무레하게 형체를 드러낸 돌들은 무엇을 보았을까? 풀과 검은 꽃들과 아스포델은 왜 그녀가 지나갈 때 소곤거렸을까?

'산의 성모시여, 산의 성모시여, 무슨 일이 일어난 겁니까?'

마리아는 걷고 또 걸었다. 개울을 건너고 숲을 지났다. 떡갈나무들 아래의 어둠은 더욱 짙어져서 손으로 만져질 정도였다.

그녀는 이상한 느낌을 받았다. 그녀의 발걸음에 베일들이 찢어지는 기분이었다. 그뿐 아니라 갑자기 뚝 끊어지곤 하는 귀뚜라미 울음소리와 구별하기 어려운 밤새들의 신음 소리는 잠든 떡갈나무가 뱉어내는 힘없는 목소리 같기도 했다.

그렇게 탄카의 경계까지 가서 얕은 담을 넘어 또 다른 풀밭을 가로질렀다. 불안감은 커져만 갔고 가슴은 거세게 쿵쾅거렸다.

"프란체스코? 프란체스코?"

아무 소리도 들리지 않았다. 멀리서 빨간 점 하나가 반짝거렸다. 그녀는 그 점을 향해 걸었다. 가끔 사람 목소리와 발소리가 들리는 듯하여 걸음을 멈추었다. 개가 짖었고 멀리서 다른 개가 그 소리에 답을 했다.

'분명 프란체스코가 우리에 돌아와 있을 거야. 길이 어긋난 거야. 내가 가만히 있었어야 해.'

그렇지만 이미 길을 나섰으므로 안토니오 페라의 우리 쪽으로 계속 걸었다.

"안토니오, 안토니오." 그녀가 소리쳐 불렀다.

빨간 점이 잠시 사라졌다. 그러더니 시커먼 형체가 풀밭을 달려왔다.

"누구요?"

"저예요, 안토니오 페라." 마리아가 숨을 헐떡이며 소리쳤다.

"마리아! 대체 무슨 일인가요?"

"오, 안토니오, 무서워요! 프란체스코가 당신네 우리에 안

왔어요? 어디 갔을까요? 난 너무 무서워요."

"삼십 분 전쯤에 여기 왔었어요. 탄카를 둘러보고 빨리 당신에게 돌아가야 한다고 급히 떠났는데, 지금쯤 우리에 가 있을 겁니다. 갑시다. 내가 같이 가드리죠."

두 사람은 마리아가 온 길을 되짚어갔지만 목동의 말에도 마리아는 불안에 사로잡혀 몸을 떨었다.

"두려워하지 말아요. 아마 도둑들의 흔적을 발견했나봐요. 그래서 늦어지는 거고."

"이렇게 어두운데 흔적을 어떻게 본단 말이에요?"

초막에는 아무도 없었고 개만 미친 듯이 짖어댔다. 마리아는 그 소리가 왠지 구슬프게 들렸다.

"어떻게 하죠? 어떻게 하죠? 가요. 같이 찾아봐요." 그녀가 절망에 빠져서 말했다. "안 좋은 일이 일어난 게 틀림없어요."

"무슨 소리예요, 마리아. 대체 무슨 생각을 하는 거죠? 아마 프란체스코가 돌아왔다가 지금 당신을 찾고 있는 중일 겁니다."

그러자 마리아가 공터로 돌아가서 다시 소리치기 시작했다. "프란체스코? 프란체스코?"

개들만 대답을 했다.

목동이 초막에 불을 켜두고 나와서 말했다.

"잠깐만 혼자 있어도 무섭지 않다면 내가 가서 프란체스코를 찾아보고 오죠."

"가세요. 가세요. 제발 가주세요!"

목동이 성큼성큼 멀어져갔다. 마리아는 다시 초막 앞의 아위 의자에 앉아 기다렸다.

18

안토니오가 돌아올 때까지 약간의 시간이 흘렀다.

마리아는 탄카에서 들리는 아주 작은 소리에도 귀를 기울였다. 시간이 흐를수록 점점 더 슬프고 불안해졌다.

불빛이 초막 문 앞에 불그레한 반원을 그렸고 숲의 검은 윤곽 위로 별이 빛났다.

개들도 조용해졌다. 한 마리만이 여전히 멀리서 짖어댔다.

마침내 목동이 돌아왔다.

"내가 말한 대로일 겁니다. 도둑들의 흔적을 발견한 게 틀림없어요. 그래서 그 뒤를 쫓고 있고요." 그가 말했지만 자신 있는 목소리는 아니었다.

"아니요, 아니요, 안 좋은 일이 벌어진 게 분명해요. 느낌으로 알 수 있어요." 마리아가 벌떡 일어나 절망적으로 손을 비틀며 괴로워했다.

목동은 마리아를 진정시키려고 애썼지만 그녀는 말을 듣지 않았다. 그녀는 고통스러워 보였다. 눈이 멀어버린 듯했다. 그 밤이 영원히 끝나지 않을 것 같았다.

누구에게 도와달라고 간절히 애원을 해야 할까? 돌, 풀, 나무, 다 움직일 수 없을 것이다. 인간들은 프란체스코를 휘감은 끔찍한 운명에 맞서 아무 일도 할 수 없었다.

"프란체스코? 프란체스코?"

그는 대답이 없었다. 아무도 대답하지 않았다.

"내게 돌아오겠다고 약속을 하지 않았다면 혹시 모르겠어요! 하지만 그 사람은 약속을 했어요. 그리고 암소 한 마리가 나보다 더 중요할 수 있겠어요? 그 사람은 내가 이 한밤에 여기 혼자 있는 걸 알아요……."

목동은 그녀의 말이 맞는다고 생각했지만, 그녀를 위로할 수밖에 없었다.

"그렇긴 한데 아주 늦은 시간은 아니에요. 별을 봐요. 10시쯤 됐을 거예요. 왜 그렇게 절망하나요? 꼭 어린애 같아요."

"가요. 다시 찾아봐요. 나도 가고 싶어요."

두 사람은 안토니오의 우리 쪽으로 돌아갔다. 마리아가 비틀거려서 목동이 그녀를 부축해야만 했다. 늙은 목동이 초막에서 두 사람을 맞았다. 늙은 목동은 마리아에게 침착하라고, 좀 쉬라고 설득했다.

"두고 봐." 그가 말했다. "조금 있으면 프란체스코가 돌아올 테니. 왜 두려워하나? 물론 프란체스코가 너를 홀로 남겨두고 간 건 잘못이야. 하지만 누가 알겠나, 도둑을 잡겠다는 고집스러운 생각 때문에 자기 의무를 잊었는지도 몰라. 프란체스코에게 벌을 주려면 여기 있어. 그래야 프란체스코가 우리에 돌아갔는데 네가 없으면 어딘가 불안해할 거 아니겠어. 여기 이 침낭에 누워봐. 안토니오가 다시 돌아볼 거고 내가 여기서 지키고 있을 테니. 걱정하지 마라. 누가 감히 프란체스코 로사나를 해칠 생각을 하겠나?"

마리아는 침낭 위에 앉았다. 얼굴이 백지장 같았다.

누가 감히 프란체스코 로사나를 해칠 생각을 하겠나? 그녀만이 그것을 알았다.

"오늘." 안토니오가 다시 주위를 살펴보러 가는 동안 늙은 목동이 말했다. "오늘 프란체스코에게 하인과 말다툼을 했다는 이야기를 들었는데. 뭐, 두 사람 사이가 안 좋은가?"

"안 좋아요. 제가 두려워하는 게 바로 투룰리아예요. 프란체스코는 이 추악한 사내가 암소 도둑들과 관련이 있을 거라고 말했어요. 어쩌면 그들과 내통하고 있을지도 모른다고요. 안드리아 삼촌이니까 털어놓고 말하는 거예요……."

"안심해도 돼. 못 들은 걸로 할 테니. 그렇지만 다른 목동들도 프란체스코와 투룰리아가 다투는 소리를 들었는걸."

마리아는 아무 말 없이 눈을 감았다.

목동은 그녀가 잠든 줄 알고 밖으로 나갔다. 하지만 그녀는 깨어 있었다. 그녀는 커져만 가는 절망감에 잠식당했다. 절망감은 소리 없이 수위가 높아지는 물처럼, 어찌할 도리 없이 자꾸만 높아지는 물처럼 그녀를 집어삼켜버렸다.

'프란체스코는 죽었어. 피에트로가 그를 죽였을 거야……. 그러니 난 입을 다물어야 해…….'

마리아는 이런 생각을 떨칠 수 없었지만 자신의 생각이 틀렸기를 바라며 기다리고 또 기다렸다…….

이따금 초막으로 다가오는 프란체스코의 가벼운 발소리를 들은 듯도 했다. 그때마다 눈을 뜨고 바라보았지만 노르스름하게 타오르는 희미한 불빛에 초막 입구 옆에 앉아 주위를 살피는 늙은 목동의 시커먼 형체만 보일 뿐이었다.

"안드리아 삼촌, 아무도 안 보여요?"

"아직 아무도 안 보인다. 마음 놓고 자거라. 조금 있으면 올 거야."

마리아가 눈을 감았다. 그사이 뜨겁고 굵은 눈물이 뺨을 타고 흘러내려 떨리는 입술을 적셨다.

'마음 놓고 자거라.' 이 얼마나 아이러니한 말인가!

그렇다. 프란체스코는 죽은 게 틀림없었다. 혹시 상처만 입었을 수도 있고 도움을 청했을 수도 있었다. 그녀는 거기 꼼짝 않고 있었다. 이를 악물고 손가락에 힘을 주어 주먹을 꽉 쥔 채로……. 프란체스코는 왜 움직이지 않았을까? 왜 소리치지 않았을까? 아, 양심의 가책 때문에 그녀의 몸은 돌이 되어버린 것 같았다.

'프란체스코는 죽었어. 다 내 잘못이야…….' 그녀가 생각했다.

눈물 젖은 눈을 다시 떴다.

"안드리아 삼촌, 아무도 안 보이나요? 가봐야 해요. 같이 가세요. 여기 가만히 있다가는 죽을 것 같아요……. 마을로 가서 아버지에게 알리고 싶어요……."

"무슨 소리야. 미친 거 아니냐? 어디로 가겠다는 거냐? 이제 올 테니 두고 봐라. 진정해. 올 거야!"

아, 이 모든 게 악몽이라면! 그렇다면.

이제 사방이 조용했다. 동쪽은 희뿌옇게 보였다. 숲의 나무들이 달을 기다리며 몸을 가볍게 떨었고 별들은 더 크고 더 밝아 보였다. 밤은 고요한 땅에서 동요하는 피조물들의 아픔에 무심한 채 제 갈 길을 가고 있었다.

마리아는 울면서 생각했다.

'내가 두려워하는 대로 프란체스코가 죽으면 무슨 일이 벌어질까? 나를 위해, 프란체스코에 대한 기억을 더럽히지 않기 위해 입을 열어서는 안 돼. 이게 내게 내려진 가장 끔찍한 형벌이 될 거야. 대체 무슨 일이 벌어질까요, 하느님. 무슨 일이 벌어질까요? 아, 내가 두려움에 떨었던 데는 다 이유가 있었어. 나는 너무 행복했어.'

그녀는 젊은 하인과 나눴던 사랑을 빠짐없이 떠올렸다. 그의 키스와 '당신에게 절대 해를 입히지 않을 것'이라는 그의 약속을 기억했다.

'내가 아니라 그 사람을, 프란체스코를…… 오, 피에트로를 우리 집에 들이기로 결정한 그날처럼 불행한 날이 있을까……. 아니야, 혹시 내가 잘못 생각하는 게 아닐까? 어쩌면 안드리아 삼촌 말이 맞을지 몰라. 그러니까 아무 일도 일어나지 않은 거지. 새벽이면 프란체스코가 돌아올 거야. 내가 우리 우리에 있지 않은 걸 알면 뭐라고 할까?'

하지만 몰려드는 피로를 이겨내기 힘들었다. 잠이 부드럽고 따뜻한 벨벳 이불처럼 그녀를 감쌌다.

'가야 하는데.' 그녀는 생각했지만 움직일 수 없었다.

게다가 어디로 간단 말인가? 달은 아직 뜨지 않았고 안토니오도 돌아오지 않았다. 늙은 목동은 초막에서 탄카의 야트막한 담까지 왔다 갔다 했다.

"안드리아 삼촌, 안드리아 삼촌, 아무도 오지 않네요. 정말 고통스러운 밤이에요." 목동이 초막 입구에 나타나자 마리아가 중얼거렸다. "저도 찾아보고 싶어요. 누오로로 가고 싶어요……."

"무슨 소리야. 좀 자거라, 마리아! 아무도 오지 않는 건 좋은 신호야. 모두들 도적의 흔적을 쫓고 있다는 뜻이니까."

"저희 우리로 돌아가요." 마리아가 제안했다.

"달이 뜰 때까지만이라도 기다려라."

그녀는 다시 고개를 숙였다가 깜빡 잠이 들었다.

잠깐 눈을 붙인 것 같았는데 정신을 차리고 보니 하늘에 달이 높이 떠 있었다. 그녀는 몸을 떨며 벌떡 일어났다.

"안드리아 삼촌! 안드리아 삼촌……."

아무도 대답하지 않았다. 그녀는 혼자 남겨져 있었다! 길을 잃은 아이처럼 소리를 지르고 싶었지만 정신을 차리고 초막에서 나와 주위를 둘러보다가 길을 나섰다.

노르스름한 하현달의 희미한 달빛이 탄카들을 비추었다.

'안드리아 삼촌까지 멀리 갔다면 안 좋은 일이 벌어진 게 틀림없어.' 그녀가 생각했다.

마리아는 갑자기 용기가 솟아나 초인적인 힘이 생기는 기분이 들었다. 걸음을 서둘렀고 담을 넘어 숲으로 들어갔다. 떡 갈나무 가지들 사이로 달빛이 스며들었다. 노르스름한 무늬를 새기며 어렴풋하고 슬픈 빛을 던지는 좁은 오솔길로 마리아는 걸었다.

절망에서 비롯된 용기와 고통에서 힘을 얻은 마리아는 전설 속의 인물처럼 차츰 어둠이 옅어지는 숲속을 걸었다. 가장 비극적인 사건들, 사라져가는 어슴푸레한 달빛, 불가사의한 그림자들, 두려움, 예감, 후회, 불행한 일과 범죄가 그녀를 에워쌌다. 하지만 그녀가 알아차리지 못한 의지의 힘으로 그 모든 것 사이를 걸었다. 그 힘은 그녀의 성격을 형성하며 어두운 숲을 가로지르듯 인생을 관통해 그녀를 이끌어주었다.

마리아는 더 이상 울지 않았다. 알고 싶었고 확인하고 싶었다. 사태의 전말을 모른다는 게 그녀를 가장 고통스럽게 했다.

그녀는 초막 앞에 도착해서 잠시 걸음을 멈추고 귀를 기울였다.

공터는 조용했다. 초록빛이 감도는 회색의 풀밭들이 달빛 아래에서 숨을 죽였다. 숲과 탄카에서도 아무 소리가 나지 않았다. 달님이 하늘 위로 계속 올라왔고 동쪽 하늘이 밝아오며 유리처럼 맑아지기 시작했다.

마리아는 탄카의 철문이 있는 북쪽 끝으로 갔다. 멀리서 간헐적으로 사람의 목소리가 들리는 듯했다. 사그라지는 달빛을 받아 노란 물이 빠르게 흐르는 개울을 건넜다. 다시 걸음을 멈추고 귀를 기울이며 빨리 해가 뜨기를 간절히 바라듯 동쪽을 뚫어지게 바라보았다.

지평선 위에 연하게 퍼진 하얀빛이 차츰 더 밝아졌다. 은빛 눈물 같은 샛별이 먼 산 위에서 반짝였다. 그리고 마침내 가벼운 바람이 평온하면서도 우울한 자연을 흔들어 깨웠다. 풀잎과 나뭇잎들이 잠에서 깨어났다. 종달새가 멀리 바위 위에서 노래했다. 그 노랫소리가 깜빡이는 샛별과 하나가 되는 듯했다.

마리아는 슬픈 발걸음을 다시 떼어놓았다. 이슬에 젖어 온통 축축하고 고뇌와 피로 때문에 온몸이 얼어붙은 기분이었지만 의지의 힘이 그녀를 지탱해주었고 앞으로 나가게 해주었다.

다시 멀리서 어떤 목소리들이 들려왔다. 개들이 짖기 시작했고 탄카가 잠에서 깨어났다.

그녀가 철문에 도착했을 때 좀 더 선명한 목소리가 들렸지만 여전히 멀게 느껴졌다. 풀이 무성한 오솔길에서 나는 소리 같았다.

그래서 그녀는 달리기 시작했다. 오솔길로 들어서서 길이 구부러지는 곳까지, 얼마 전 피에트로 베누의 모습을 보았다고 생각했던 그 바위 아래까지 달려갔다.

세 남자가 돌과 풀 사이에 서 있었다. 그녀의 발소리를 듣자 셋이 동시에 돌아보았고 화들짝 놀라 비명을 지르다가 고통스레 신음했다. 곧바로 셋이 하나가 되어 그녀를 가로막으려 했다. 하지만 그녀는 보았다…….

마리아는 소리를 지르지도, 말을 하지도 않았다. 그녀의 팔을 붙잡는 남자를 밀치고 앞으로 나아가 무릎을 꿇었다.

프란체스코 로사나가 거기 짓밟힌 풀 위에 누워 있었다. 얼굴은 아스포델에 가려져 거의 보이지 않았다. 귀와 목과 뻣뻣한 머리와 새하얀 뺨만 겨우 알아볼 수 있었다.

그의 옷과 돌과 풀에 거무스름하고 커다란 핏자국이 나 있었다. 하늘을 향해 있는 오른손도 피투성이였다.

그가 죽었다는 것을 알아차린 목동들은 그들 중 한 명을 경찰에게 보내고 그에게 손을 대지 않은 채 경찰이 오기를 기다렸다.

은색의 새벽빛이 떡갈나무와 가시덤불 사이로 스며들었다. 거미줄이 쳐진 울타리에는 이미 이슬방울들이 맺혀 진주알처럼 빛났다. 종달새가 계속 노래했고 바위 위의 달님이 장례식의 촛불처럼 시체를 지켜주는 듯했다.

19

다음 날 오전 10시경, 스무 명 정도 되는 여인네들이 노이나의 집 안 부엌에 둘러앉아 눈물을 훔치며 낮은 목소리로 조용히 이야기를 나누었다. 프란체스코의 시신을 옮겨 갈 사제들을 기다리는 중이었다.

불행과 깊은 슬픔이 행복한 사람들의 집을 산산조각 냈다. 지금까지 그렇게 평온하고 질서 정연했던 그 집 안의 모든 것들이 다 같이 경악을 금치 못하는 듯이 보였다.

방마다 어수선하기 그지없었다. 커튼은 떼어졌고 거울은 천으로 가려졌으며 덧창이 닫혔다. 바닥에는 먼지가 뿌옇게 앉았다.

신혼부부의 방에는 검은 벨벳과 금색 레이스로 안을 장식한 관이 놓여 있었고 그 주위에서 여덟 개의 긴 초가 타올랐다. 그리고 결혼식 피로연이 열렸던 옆방에서 어두운 얼굴에 눈 밑이 시커멓게 푹 꺼진 니콜라 삼촌이 친척과 친지들의 조문을 받았다. 실내의 누르스름한 미광 때문에 고통을 숨기지 않는 자부심 강한 남자들의 갈색 얼굴이, 비통하게 생각에 잠긴 얼굴이 더욱 슬퍼 보였다.

모두가 프란체스코를 사랑했기에 그의 죽음은 모두에게 악몽 같았다. 용기 있는 남자라면 흘리지 않을 눈물을 숨기려 애쓰며 숨죽여 우는 사람들도 있었다. 크게 말하는 사람도 없었다. 부엌에 모인 여자들이 흐느껴 우는 소리는 먼 곳에서 들려오듯 희미했다. 그러나 밖에서는 5월의 태양이 눈부시게 빛나며 형벌의 장소에 모인 것처럼 모두가 고통스러워하는 비극적인 집을 화사하게 비추었다.

부엌에서는 오래된 장례 의식인 리아가 진행되었는데 그곳의 명암 때문에 더욱 독특하게 보였다. 난롯불은 꺼졌고 창문은 닫혔다. 문에서만 한 줄기 빛이 들어왔다. 그리고 가느다란 빗살 하나가 고집스레 작은 창문의 틈으로 들어와서 허공에 먼지 띠를 그려내며 반대편 벽에 노란 동그라미를 만들어냈다.

부엌 안쪽 가장 어두운 모퉁이에 남편을 잃은 마리아가 옆집 여자에게 빌린 검은 옷을 입고 앉아 있었다. 얼굴은 창백했고 눈은 퉁퉁 부어 있었다. 정신적인 충격 못지않게 육체적으로도 타격이 커서 망연자실한 채 서 있는 그녀는 스무 살은 더 나이 들어 보였다. 루이사 이모와 프란체스코의 가까운 친척들이 그녀를 둘러쌌다. 다른 여인들은 다리를 포개고 바닥에 앉아 있었는데 모두 두꺼운 투니카를 입었고 상을 당했을 때 쓰는 검은색과 노란색 쓰개 때문에 얼굴이 반쯤 가려져 있었다. 가끔 문이 열렸을 땐 생명력 넘치는 아침 햇살이 부엌에 스며들며 울고 있는 여자들을 환히 비추었다. 어두운 눈으로 밖을 내다보던 어떤 여자들은 태양이 여전히 눈부시게 빛나고 하늘이 구름 한 점 없이 맑은 데 깜짝 놀란 듯한 얼굴을 했다. 다른 친척 몇 명이 들어와 조심스레 문을 닫자 곧 다시 모든 게 이전보다 더 슬프고 어두워졌다.

새로 들어온 여자 하나가 조용히 부엌을 가로질러 마리아에게 몸을 숙이며 거의 명령조로 말했다.

"봐라! 견뎌야 해! 세상일이 다 그런 거야. 하느님만이 우리 인생의 주인이란다. 잘 견뎌야 해, 마리아!"

"하느님이 주인이시죠. 인간이 아니라! 오, 그 사람을 어린

양처럼 죽였어요." 마리아가 대답했다. 그녀는 울면서 이미 다른 여자들에게 말했던 불행한 사건의 내막을 새로 온 여자에게 다시 들려주었다.

그 자리에 있는 여자들은 이미 그 이야기를 다 알았다. 그래도 과부는 무시무시한 교훈인 양 그 이야기를 같은 말로 계속 들려주었다. 이미 다 듣기는 했지만 마리아가 이야기를 할 때마다 흐느낌과 중얼거리는 슬픈 목소리들이 뒤섞였다. 문 뒤쪽의 한쪽 모퉁이에서 두 여인이 소리 죽여 젊은 과부 이야기를 나누었다.

"얼마나 용감했는지! 내가 그런 상황이었다면 수백 번은 죽었을 거야."

"맞아, 그런데 마리아를 자세히 봐봐. 백 살 먹은 할머니 같잖아. 마리아는 폭풍 속의 떡갈나무처럼 잘 버텨냈어. 그래도 지금 얼마나 고통스러워하는지……."

"그런데 그 목동들이 마리아를 혼자 안토니오 페라의 초막에 놔뒀대! 어떻게 그럴 수 있어?"

"아니, 마리아가 자는 줄로 생각했다네. 안드리아 삼촌이 아무도 돌아오지 않자 잠깐 초막을 벗어나서 주위를 살펴봤나봐. 비명 소리를 들은 것 같다고 하더라고. 초막으로 돌아왔을 때는 마리아가 벌써 떠난 뒤였고……."

"알아, 알아." 다른 여자가 말했다. "그래도 안드리아 삼촌이 잠시라도 마리아를 혼자 놔두면 안 됐어. 그랬더라면 마리아가 시신을 보지 않았을지도 모르잖아……."

"아니, 그랬어도 시신을 보았을 거야. 마리아는 속아 넘어가는 여자가 아니야! 그 후에 얼마나 용기 있게 행동했는지! 경찰을 기다리겠다고 했고 자기가 아는 대로 경찰에게 다 말했대."

"오늘 아침에 투룰리아가 오르고솔로 숲으로 달아나다가 체포되었다는 소식을 들었어. 다른 도적들과 합류하려고 했다나봐."

"아니, 그렇지 않아. 안타깝게도 아직 잡히지 않았어……."

"저런, 살인자, 쓰레기 같은 놈……."

"그런데 좀 이상하지 않아?" 다른 여자가 넌지시 말했다. 그때 마리아는 프란체스코가 하인을 수상하게 여겼다는 이야기를 하는 중이었다.

"오, 아니야, 친구! 두 사람이 싸우는 걸 들은 목동들이 있어. 하인은 도적질이 들킨 걸 알자 프란체스코를 살해한 거야. 상처는 그자의 칼에 찔려서 생긴 거래. 칼은 오솔길 끝에서 발견되었고."

"제수스,• 제수스." 다른 여자가 한숨을 쉬며 블라우스 소매로 눈물을 닦았다.

그때 시신을 옮겨 갈 사제들의 장송곡이 들렸고 멀리서 느릿느릿 구슬프게 종이 울렸다.

부엌에 있던 여자들이 곡을 하기 시작했다. 고인의 두 친척

• 예수(원주).

이 소스 아티티도스●를 불렀다. 한 사람씩 차례로 노래를 했고 매 구절마다 그에 대한 대답으로 다른 여인들이 목소리를 맞춰 탄식하고 흐느끼고 절규했다.

마리아의 얼굴이 파랗게 질렸다. 입술을 꼭 깨물고 눈을 감았다. 사제들이 장송곡을 부르며 길에 서 있고 관은 아래로 운반되었다. 그녀는 몸을 숙여 루이사 이모의 무릎에 죽은 듯이 쓰러졌다.

흐느끼고 절규하는 소리가 몇 배로 커졌다. 많은 여인이 기절한 젊은 과부에게 다가갔고 다른 여인들은 뜰로 나갔다. 루이사 이모만이 평상시와 같이 근엄한 태도를 잃지 않았다. 시체 같은 딸의 얼굴에 입으로 물을 살짝 뿜었고 보디스의 끈을 느슨하게 풀어주었다.

마리아는 곧 정신을 차렸다. 꼿꼿하게 몸을 세웠지만 남편이 영원히 집을 떠나려 한다는 것을 알아차리자 처절하게 절규하기 시작했다.

뜰에서는 새하얀 얼굴에 검은 쓰개를 쓴 사비나가 장례 행렬을 따라가려는 사람에게 초들을 나눠주었다. 다른 여자들이 이 자비로운 일을 도왔다. 검은 사제복을 입은 사제들이 곧 성가를 부르며 멀어졌다. 사제복을 장식한 금빛 레이스가 햇빛에 반짝였다. 하얀 옷을 입은 남자 신도들이 운반하는 관도 길모퉁이로 사라졌다. 대문이 닫혔다.

● 즉석에서 부르는 장송곡(원주).

뜰과 꽃으로 장식된 계단에 울음소리가 번져 있는 비극적인 집 위로 유쾌한 햇살이 비쳤다. 햇살은 점점 더 뜨거워지며 환히 빛났고 제비들은 담장에 내려앉거나 서로의 뒤를 쫓아 날며 시끄럽게 울었다. 사비나는 부엌으로 다시 들어가 출입문 뒤에 웅크려 앉았다. 울지도 않았고 주위를 둘러보지도 않았다. 머리를 떠나지 않는 한 가지 어두운 생각 때문에 사랑스러운 두 눈에 그늘이 졌다. 의사들이 전문적인 의견을 내고 목격자들이 확실하게 증언을 해서 올바르고 마땅한 결론이 났지만 그녀만이 온화한 눈으로 비극의 미스터리를 면밀히 살피다가 슬픈 진실을 직감했다.

또다시 실신한 마리아는 그녀의 방 침대에 눕혀졌다. 부엌에 있던 여자들은 다시 리아를 거행하고 장송곡을 부르기 시작했다. 이제 과부가 그곳에 없었으므로 그녀들은 시적 영감으로 깊은 슬픔에 빠져들었다.

고인의 유모와 고모 두 사람이 장송곡을 불렀다. 유모는 하얗고 부드러운 얼굴에 눈이 크고 파란 자그마한 노인으로 검은 옷차림을 했다. 고모는 화려하게 갖추어 입었는데 초록 벨벳 보디스 위로 맨 벨트가 굵은 허리에 푹 들어가 있었다.

유모의 목소리는 아름답고 낭랑했으며 아티티도스를 잘하기로 유명했다. 마리아가 리아를 지켜보고 있을 때 두 여인은 고인의 고결한 성정과 최근에 있었던 결혼식, 오래전 어린 시절들을 추억하는 데 집중했다. 하지만 지금은 고인이 사망하던 끔찍한 장면과 과부의 절망을 묘사했고 복수를 희구했으며 살인자를 저주했다.

"산의 성모시여." 유모가 몹시 애통해하며 노래를 불렀다. 그러다가 이따금 블라우스 소매로 눈물을 닦았다. "선한 이에 게 자비를 베푸시는 성모시여, 악인을 벌하소서. 세상에서 가 장 따뜻한 사람, 나의 젖먹이, 나의 카네이션을 죽인 자를 이 생에서도 저 생에서도 벌하소서."

고모가 일어나서 노래했다. "프란체스코 로사나. 오, 누오 로 아가씨들의 가장 멋진 꿈이었던 너. 젊은이들의 꽃이었던 너. 하얀 암말을 타고 당당하고 자랑스레 탄카들을 가로지를 때, 미래를 위한 수천 가지 계획을 세울 때 너 자신이 이처럼 끔찍하게 죽음을 맞으리라 생각이나 했겠느냐? 칼로 찌른 자 그 칼로 죽게 되리라. 너를 찌른 악마 저주를 받으라. 저주를 받으라."

"저주가 내려지길. 이제 저세상 사람이 된 네게 얼마나 많 은 젖을 물렸는지, 네 가슴에 얼마나 많은 상처가 나 있던지! 오, 내 아가, 이제 넌 네 신부를 다시 볼 수 없구나. 네 어머니 가 아닌 내가 너를 얼러주었듯 너는 네 자식들을 어를 수 없 겠구나……."

"오, 끔찍한 운명이여. 조카들이 프란체스코 로사나의 죽음 을 기억하고 살인자를 저주하리라. 여러분도 보셨겠지요? 태 양은 어제 빛을 잃었고 구름은 산을 가렸지요. 사랑받는 너그 러운 이 젊은이의 죽음을 하늘도 슬퍼하기 때문이라오."

"올바르고 신의 있던 너. 집안의 자랑이자 네 친척들의 지원자이며 별이었던 너. 이제 고통의 성모처럼 검은 옷을 입은 네 신부의 눈에서 눈물 마를 날이 없으리니. 네 친척들은 앞으로 평생 고개를 숙이고 걸으리라."

"무슨 까닭에 신부를 우리에 데려 갔단 말이냐, 어찌하여 신부 혼자 황량한 집에 돌아오게 했단 말이냐?"

"네 땅과 가축과 목초지가 헛되이 너를 기다릴 테지. 곡식이 누렇게 익겠지만 주인은 풍성한 수확을 눈으로 축복하지 못하겠구나."

"정직하고 올바르고 갓 태어난 양처럼 순하던 너. 그래서 잔인하게 살해당했구나. 네 피가 스피리토 산토 성당의 가시덤불을 붉게 물들였구나."

"도적들마저도 네 앞에서 고개를 숙였지. 모든 사람의 존경을 받던 너. 오, 황금 보석이여, 아름다운 바이올렛이여, 모두의 심장을 갈가리 찢어놓다니……."

"우리는 머리카락을 움켜쥐며 하늘에 복수를 간청한단다. 너를 죽인 자를 키운 젖에 저주가 있으라. 그자가 가는 길마다 가시덤불에 뒤덮이길. 정의가 그자를 잡아 고문하기를."

"단검으로 네 심장을 코르크 조각처럼 일곱 번 찔렀지. 불시에 너를 살해한 자는 70년하고도 7년 동안 형벌을 받으리라."

"하느님은 선하시니. 이 슬프고 끔찍한 날이 오기 전에 네 아버지와 어머니를 하느님 곁에 부르셨구나. 그러나 네 신부는 누가 위로해줄까? 사랑하는 나의 조카야, 나의 꽃이여, 이제 영영 다시 보지 못할 나의 조카여."

사람들은 정오 무렵에 하나둘 떠나기 시작했다. 주인에게 반나절의 시간을 허락받은 사비나도 마리아를 떠나야만 했다. 고인의 친척 몇 명만 마리아 곁에 남았다.

그날 노이나의 집에서는 불을 지피지 않았고 아무도 점심을 준비할 생각을 하지 않았다. 그 무렵 세 여인이 큰 바구니 세 개를 가져왔다. 그 안에는 노이나의 친척들과 친구들이 보낸 잘 차려진 점심 식사가 담겨 있었다. 루이사 이모는 고통 속에서도 근엄하고 당당한 모습을 잃지 않은 채 감사 인사를 했다. 모두 음식에는 손도 대지 않는 척했으나 바구니는 텅비었다.

마리아는 열이 났다. 며칠 전 그녀를 지탱해주었던 용기와 침착함은 병적일 정도의 허탈감으로 이어졌다. 그녀는 아직도 탄카에서 친한 목동들의 초막 앞에 웅크리고 앉아 있는 것 같았다. 그녀는 프란체스코를 기다렸지만 그가 영영 돌아오지 않을 것을 알았다.

끔찍한 환상들이 그녀를 괴롭혔다. 그녀는 살인자에게 공격당하는 프란체스코를 보았다. 칼이 그 불행한 사람의 몸속으로 깊숙이 들어가고 그의 피가 멀리까지 튀고······.

살인자는 검은 베일처럼 짙은 어둠에 가려져 있었다. 누구였을까. 하인이었을까? 아니면 피에트로 베누였을까? 이런 미스터리가 과부에게는 가장 큰 고통이었다.

그러다가 그녀는 다시 정신을 차리고 주위를 돌아보며 현실로 돌아오려 애썼다. 이제야 그녀는 프란체스코를 진심으로 사랑했다는 생각이 들었다. 그의 눈과 키스와 애무가 떠올랐다.

그는 얼마나 선량한 사람이었던가!

그렇다. 애도자들의 말이 맞았다. 그는 양처럼 착했고 양처럼 도살당했다.

누구에게? 누구에게?

알 수 없는 살인자의 모습이 어둠 속에 떠돌았다. 그러나 이따금 마리아의 기억이 선명해질 때가 있었다. 그녀는 5월의 맑은 저녁, 탄카들을 가로지르는 오솔길을 배경으로 나타나는 피에트로 베누의 모습을 다시 보았다……. 그는 칼을 들고 있었고 도적처럼 조심스레 앞으로 나갔다…….

고통스러운 꿈을 꾸면서 그녀는 무시무시한 가정들을 세워보았다. 피에트로가 하인을 죽인 뒤, 하인의 단검으로 복수를 했다……. 그에게는 공범들이 있다. 아마 그 주위에 흔한 도적들일지 모른다. 어쩌면 친구인 척하는 목동들이 도적일 수도 있다…….

의혹, 의심, 잔인한 생각들, 자책감, 공포로 정신이 오락가락하며 며칠 동안 마리아는 몹시 괴로워했다. 하지만 입을 열지 않았다. 그녀는 누구도 탓하지 않았고 사라진 하인을 저주하지 않았다. 선하고 용기 있고 고통을 묵묵히 받아들이는 마리아에 대한 칭찬이 자자했고 그것은 그녀를 더욱 빛나게 했다.

사흘 동안 젊은 과부를 찾는 사람이 줄을 이었다. 다들 한결같이 말했다.

"잘 이겨내고 용기를 내라." 그래서 그녀는 결국 잘 이겨내고 용기를 내야 한다고 스스로를 설득하기에 이르렀다.

곧 그녀 주위의 모든 게 안정을 되찾았다. 난롯불이 다시 지펴졌다. 심각하고 슬픈 얼굴의 니콜라 삼촌은, 모든 게 싫증 난 늙은 파우누스●처럼 아픈 다리를 끌고 뿔로 만든 코담뱃갑의 냄새를 맡으며 다시 가까운 곳으로 유람을 다니고 선술집들을 순례하고 예전과 다름없이 투덜거렸다.

여자들은 자신들이 해야 할 일을 시작했다. 프란체스코를 애도하고 싶어 하는 가난한 친척들을 위해 검은 쓰개와 스카프를 샀다. 살해당한 영혼의 명복을 빌기 위해 넉넉하게 희사했다. 그리고 매염료와 오리나무 껍질로 마리아의 옷을 검게 물들이기 위해 새 달이 뜨기를 기다렸다. 달이 뜨지 않을 때에는 염색이 제대로 되지 않았다!

창문과 대문은 오랫동안 닫혀 있었다.

20

프란체스코의 장례식이 치러지고 여드레인지 아흐레가 지난 어느 날 밤, 루이사 이모와 마리아가 부엌에서 니콜라 삼촌

● 로마 신화에 등장하는 자연과 목축의 신으로 인간의 상체에 염소의 다리와 뿔을 가졌다.

이 집에 돌아오길 기다리고 있을 때 누군가 대문을 두드렸다.

루이사 이모가 안뜰로 나가 문을 열어주었다.

잠시 후 피에트로 베누가 루이사 이모의 뒤를 따라왔다.

"안녕하세요, 마리아." 그가 단호한 목소리로 인사하며 앞으로 나왔다.

창백하던 마리아의 얼굴이 빨개졌다. 피에트로가 의자를 가져다 앉으며 그녀를 바라보았다.

"미안해요." 그가 낮지만 차분한 목소리로 말했다. "너무 멀리 있어서 더 일찍 오지 못했어요. 여행 중이었거든요. 보름 이상 떠나 있었지요. 여행에서 돌아온 오늘에서야 안타까운 소식을 들었습니다. 깜짝 놀랐어요. 어쩌다, 어쩌다 그렇게 된 겁니까?"

마리아가 눈을 들어 피에트로의 눈을 뚫어지게 보았다. 어떤 화살도 그녀의 어둡고 예리한 눈길처럼 그렇게 깊은 상처를 낼 수는 없었으리라. 하지만 피에트로는 당황하지 않았다.

두 사람은 수없이 키스를 나누던 바로 그 장소에서, 그들의 뜨거운 사랑이 무르익었던 그곳에서 예전과 똑같은 원 속에 갇힌 채 함께 앉아 있었다. 과거의 뭔가가 공기 중에 무겁게 고여 있었다. 살아 있듯이 탁탁 소리를 내는 난롯불과 주위의 모든 물건이 마치 충실한 증인인 듯 그곳에서 오래전 두 연인에게 일어났던 일을 거듭 상기시켰다.

'어떻게 이렇게 거짓말을 할 수 있을까?' 마리아가 자문했다. '여기, 여기서, 그가 나를 해치지 않겠다고 맹세했던 여기서.'

"그래요." 그녀는 수없이 했던 슬픈 이야기를 다시 되풀이하기 시작했다. 이제는 단 한마디도 다른 말로 바꾸지 않았다. "그래요. 양처럼 목을 찔러 살해했어요! 5월 22일 밤 옆우리로 가려고 길을 나섰죠."

이야기를 하면서도 마리아는 피에트로에게서 시선을 거두지 않았다.

그 역시 마리아를 바라보았으나 그의 눈은 차갑고 냉담했다. 그래서 마리아는 마음속으로 크게 안도했다.

그녀는 생각했다.

'맞아, 이 사람은 이제 나를 사랑하지 않아. 오래전에 나를 잊었어. 내 의심은 망상이었어.'

피에트로는 외모도 달라졌다. 키가 좀 더 커진 듯했고 나이도 더 들어 보였다. 수척한 데다가 덥수룩한 머리에 두 눈은 차갑고 냉담했다. 구릿빛으로 그은 얼굴은 딱딱해 보일 정도였고 마리아가 지금까지 알지 못하던 표정을 짓고 있었다.

그러나 그녀가 너무 울어 아직도 약간 쉰 낮은 목소리로 천천히 이야기를 하며 프란체스코의 시신이 발견된 끔찍한 장면 하나하나를 에둘러 들려주자 차츰 피에트로의 얼굴이 부드러워지는 듯했다. 그의 입가에는 순수한 연민이 담겨 있었고 금방이라도 눈물을 흘릴 것처럼 보였으며 무표정한 눈은 불빛이 반사된 듯 뜨겁게 타올랐다.

마리아는 그를 보며 점점 더 그가 결백하다고 확신했다.

그는 외관상으로는 예전과 다름없이 자존심 강하고, 선하고, 한마디로 말해 친절한 청년이었다. 무심한 남자 같기도 하고 인정 많은 친구 같기도 한 얼굴은 분명 죄인의 얼굴이 아니었다. 그녀가 꿈을 꾸었던 것이다.

그날 밤 이후 그는 자주 예전 주인집을 찾았다.

게다가 어느 날은 프란체스코가 남긴 유산의 일부만을 상속받은 마리아에게서 황소 몇 마리와 수소 두 마리를 샀다. 추안네 안티네라는 **딴 지역** 젊은이와 함께 왔는데 그를 동업자라고 소개했다.

암소 사건과 관련해서 안티네는 하인 투룰리아를 기억했다. 그 무렵 사람들은 모두 프란체스코의 살해 용의자가 다른 도적들과 함께 코르시카산으로 피신했다고 믿었다.

"예전에 한번 투룰리아라는 사람에게 암소를 샀었습니다. 너무 싼값에 팔아서 혹시 훔친 소가 아닌지 의심을 했어요. 그러자 두 명의 증인을 제게 소개했습니다."

"그 사람들이 누구였나요?" 마리아가 물었다.

그는 누오로의 젊은이 두 사람의 이름을 댔다. 실제로 나중에 그의 말은 사실로 밝혀졌다. 그래서 황소와 암소를 도둑맞은 주인들은 모두 그게 다 프란체스코 로사나의 하인과 그와 같이 도망간 친구들의 소행이라고 생각했다.

이제 마리아는 프란체스코를 살해한 진짜 범인이 투룰리아라고 믿었다. 하지만 여전히 불안감과 이상한 의혹에 사로잡히곤 했다. 어떻게 해야 이런 생각에서 자유로워질 수 있을까? 피에트로는 계속 방문했고 니콜라 삼촌과 젊은 과부의 일을 친절히 도왔다. 루이사 이모와도 사이가 좋았다.

어느 날 마리아가 그에게 물었다. "그건 그렇고 당신 사업은 어떻게 되어가나요? 소문에는 아주 잘되고 있다던데요."

"그래서요?" 그가 평소처럼 경멸적으로 고개를 흔들며 대답했다. "필요가 노인도 달리게 만든다고들 하지요. 그렇다면 젊은이야 더 빨리 달릴 게 분명하죠! 나는 운 좋게 날 아주 좋아하는 사람을 만났습니다. 나를 하인이 아니라 동업자로 생각해주는 사람이지요. 나는 그를 위해서 일하고 나를 위해서도 조금 일합니다. 난 먹고살려고 여기저기, 주변 지역을 다 다녀요."

"숙모님들은 어떠세요?"

"점점 안 좋아지시죠. 너무 연로하세요. 토니아 숙모는 꺼져가는 촛불처럼 힘없이 타들어가세요." 그가 굉장히 슬픈 척하면서, 그리고 코에서 파리를 쫓듯 고개를 저으며 대답했다. "그런데 우리 모두 죽기 위해 태어났잖아요."

"맞아, 우린 모두 죽기 위해 태어났지." 루이사 이모가 끼어들었다.

그렇지만 다시 사업 이야기를 꺼냈다.

"들어보게, 피에트로. 지금 자네가 여기저기 돌아다닌다니, 몇천 리라를 어디에 투자하면 좋을지 말해줄 수 있겠나? 알맞은 담보도 있고 이자도 적당한 곳에 말일세."

"제 동업자에게 말해보겠습니다. 이모네 돈은 우리가 불려드릴 수도 있어요." 피에트로가 공손한 태도에 가깝게 말했다. "담보요? 원하시는 건 뭐든 다 드릴게요. 이미 우린 신용을 얻고 있으니까요."

"그래, 결혼은 언제 할 건가?" 루이사 이모가 물었다.

"아, 아직 시간이 있어요! 부자가 되면 해야죠!" 피에트로가 농담으로 응대했다. 그러면서 눈은 마리아에게로 향했다.

마리아는 무릎에 팔꿈치를 대고 두 손에 얼굴을 묻은 채 조용히 귀를 기울였다. 피에트로의 한마디 한마디가 그녀의 마음에 와닿았다

'누가 알겠어?' 그녀가 생각했다. '맞아, 저 사람은 부자가 될 수 있어. 아버지도 가난했다가 부자가 되었잖아. 아, 내가 저 사람을 기다리는 게 더 좋았을지도 몰라. 프란체스코가 죽지 않았다면 내가 이렇게 괴롭지 않을 텐데……. 이제 다 끝났어…….'

그때 사비나의 생기 있고 어린아이 같은 목소리가 뜰에서 들려왔다.

"루이사 이모? 계세요?"

"우리 여기 있다. 들어와라."

사비나는 피에트로를 보자 다소 당황했다. 하지만 억지로 명랑한 척하며 더욱 크고 경쾌한 목소리로 말했다. "여기 있었네요, 피에트로 베누? 잘 지냈어요? 루이사 이모, 이리 오셔서 올리브유 1리터만 주세요. 빨리요. 주인이 기다려서요. 그러고 나서 집에 가야 해요. 구혼자가 기다리고 있거든요."

"농담하는 거지?" 루이사 이모가 무거운 몸을 일으키며 물

었다.

"진짜예요. 며칠 후면 제가 농담했는지 아닌지 아실 거예요……. 어서요. 빨리 주세요." 사비나가 병으로 문을 살짝 치며 다시 말했다. "두 사람, 잘 있어요……."

피에트로와 마리아는 단둘이 남게 되자 본능적으로 서로를 바라보았다. 하지만 마리아가 곧 고개를 숙였다.

"피에트로." 그녀가 떨리는 목소리로 말했다. "당신에게 부탁하고 싶은 게 있어요. 얼마 전부터 단둘이 이야기하고 싶었어요. 나는 베아토●의 사건이 세상에서 가장 불행한 일이었다고 확신해요. 투룰리아의 잔인한 충동 때문에 난 과부가 됐어요. 그런데 있잖아요. 밤이면 난 악몽에 시달리며 잠을 제대로 자지 못해요. 망상이겠지만 거기서 벗어날 수 없어요. 끔찍한 생각이 나를 괴롭혀요. 들어줘요, 피에트로. 제발 부탁이니 여기, 이 성스러운 십자가에 대고 맹세해줘요. 프란체스코를 살해하라고 사주지도, 어떤 행동을 하지도, 죽음을 바라지도 않았다고 말이에요……."

그녀는 손바닥에 검은 묵주를 올려놓고 손을 들었다. 그러나 무서워서 피에트로를 쳐다보지는 못했다.

그렇지만 그가 아무 말도 하지 않았기 때문에 잠시 불안해하다 눈을 들어 그를 보았다. 그의 얼굴이 어찌나 창백한지 본능적으로 손을 내렸다.

● 고인(원주).

피에트로가 즉시 그녀의 손을 잡았다. 그러고는 난폭할 정도로 꽉 움켜쥐었다. 그녀는 자신과 피에트로의 손 사이에 끼인 묵주 알이 손바닥을 누르는 것을 느꼈다.

"마리아." 그가 헐떡이는 목소리로 이를 악물며 말했다. "난 당신이 이렇게까지 나쁜 사람이라고 생각하지는 않았어요……. 그래요. 이 정도까지는…… 그래요."

"바로 내가 나쁜 여자여서 두려워요……."

그가 재빨리 모자를 벗고 이글이글 타는 듯한 눈으로 그녀를 똑바로 바라보았다.

"맹세하지요……. 이 세상에 가장 신성한 것을 걸고 맹세해요……. 난 아무것도 몰라요. 나를 믿는다고 말해줘요. 말해줘요……."

"그래요. 당신을 믿어요." 그녀가 확신에 차서 대답했다.

그리고 한숨을 내쉬었다. 이제야 악몽에서 자유로워진 듯했다.

피에트로가 그녀의 손을 놓고 모자를 다시 쓴 뒤 말했다.

"왜 그런 생각을 한 겁니까? 내가 그를 해칠 생각이 있었다면 진작에 했겠지요. 다 지나고 나서 무슨 이유로? 당신은 영영 내 것이 될 수 없을 텐데. 나는 영원히 당신의 하인으로 살 겁니다……."

"그만해요, 그만해요." 그녀가 애원했다. "이제 더 이상 이야기하지 말아요."

그가 일어나서 다시 마리아를 바라보았다. 그 눈길이 너무나 뜨거워서 그녀는 다시 시선을 떨구었다.

"가는 게 좋겠어요. 안 그러면 당신 어머니가 내가 흥분해 있는 걸 눈치챌 테니…… 내가 얼마나 떨고 있는지 봐요……. 어린아이처럼…… 떨고 있어요. 당신이 지금 내게 준 고통이 그 어떤 고통과도 비교할 수 없어서……. 오, 아니에요, 난 당신이 그러리라 생각하지 않았어요……. 그리고 나는, 내가 여기 온 것은 그저 당신을 보기 위해서……. 아직도 당신은 내게 남은 마지막 위안이기 때문이에요."

"그만해요, 그만해요." 그녀가 반복해서 말했다. "날 괴롭히지 말아요. 당신을 믿는다고 말했잖아요. 이제 진정해요. 그래요. 가세요."

"좋아요, 가지요. 당신이 원한다면 다시는 돌아오지 않겠어요……. 말해봐요, 말해봐요……."

그녀는 처음과 같은 자세로 꼼짝도 하지 않은 채 대답하지 않았다.

그는 골목길을 지나던 사비나와 마주쳤지만 겨우 인사만 하고 지나쳐버렸다. 사비나는 그를 눈으로 좇으며 고개를 저었다.

다음 날 아침 사비나는 구혼자가 만나자고 했던 약속 장소로 향했다.

그녀는 생각했다.

'이제 내 일을 알아서 할 때가 됐어. 주세페는 좋은 청년이

고 나 같은 처지의 여자가 그와 결혼하면 행운이라고 할 만하지. 내게 무슨 다른 희망이 있겠어?'

피에트로가 프란체스코 살해범과 공범일지도 모른다는 의심이 아직도 사비나를 괴롭혔다. 어쨌든 피에트로는 이제 그녀를 생각하지 않았다. 그런데 왜 이런 헛된 사랑을 고집하고 있단 말인가?

그녀는 온화하고 이성적이었지만 은밀히 간직하고 있던 복수의 열망이 그녀를 떠밀었다. 그녀의 구혼자는 로사나 우리 옆에 우리가 있는 목동 안토니오 페라의 동생이었다. 주세페는 피에트로 베누에 대해 사비나에게 몇 마디했고, 이는 그녀의 호기심을 자극했다. 생각할수록 의심이 더해졌다.

'마리아와 피에트로는 절대 결혼하지 않을 거야. 그래, 결혼하지 않을 거야…….' 이런 생각을 하자 슬프지만 만족스러웠다.

막 동이 터왔다. 12월의 맑고 차가운 새벽이었다. 사비나는 머리에 항아리를 이고 구르구리가이 샘으로 갔다. 하지만 솔리투디네 성당 앞에 이르렀을 때 걸음을 멈추었다. 약속 장소였다. 주세페는 아직 오지 않았다. 그래서 그녀는 약간 부끄러워하며 이런 생각을 했다.

'그 사람이 뭐라고 할까? 내가 너무 일찍 왔나? 그래, 좋을 대로 생각하라지 뭐. 어차피 내 남편이 될 텐데. 저기 왔다!'

주세페 페라가 붉은 말을 타고 오고 있었다. 사비나를 보자마자 말에서 뛰어내려 말을 묶은 뒤 웃으며 달려왔다.

'그리 젊지는 않아. 그래도 선량한 남자 같아. 이도 고르고 눈도 아름다워.' 사비나가 생각했다. 그래서 그녀도 웃었다.

"나 왔어요." 사비나가 친절하게, 그러나 너무 부드럽지는 않게 말했다. "내게 원하는 게 뭐예요?"

"뭘 원하냐고요! 잘 알잖아요! 알다시피 난 떠나야 해요. 옥수수 파종을 다 마쳤기 때문에 숲으로 일하러 가야 해요. 두 달 동안 멀리 가 있을 거예요. 사비나, 나한테 아무 말도 하지 않을 겁니까?"

주세페 페라가 그녀를 바라보았다. 그의 두 눈은 그의 사랑이 얼마나 열렬하고 깊은지를 고스란히 보여주었다.

사비나는 눈을 내리깔았다. 날씬한 허리에 투니카를 입고 추워서 볼이 빨개진 채 머리에 항아리를 이고 있는 그녀는 정말 예뻤다.

"내게 어떤 대답을 원하세요? 벌써 당신을…… 좋아하겠다고 약속하지 않았나요?"

"그것만으로는 부족해요, 사비나. 내 아내가 되겠다고 약속해줘야 해요."

"그러면 약속할게요……."

"사비나, 들어봐요. 그래도 아직 부족해요. 당신이 성당 제단 앞에서 약속해줘야 해요. 그래서 여기서 만나자고 한 거예요. 내가 성당 열쇠를 받았거든요. 여기요……."

사비나의 얼굴에서 핏기가 살짝 사라졌다. 그 순간에 수천 가지 생각이 머리를 스쳤다. 주세페가 제안한 의식은 누오로 사람들에게는 결혼만큼의 효력이 있었다. 거짓 맹세는 끔찍한 불행을 초래했다.

"잠깐만 생각하게 해줘요." 그녀가 한 손으로 이마를 만지며 말했다. "그사이 성당으로 가서 문을 여세요……."

"아, 그럼 허락하는 겁니까?"

"말했잖아요. 가세요."

그가 작은 성당의 문 쪽으로 갔다. 사비나는 항아리를 내려놓고 거리에 사람이 없는지 살펴보았다. 아무도 보이지 않았다. 작고 붉은 말만이 참을성 있게 주인을 기다리고 있었다. 새벽 여명이 작은 성당 뒤로 장밋빛 아치를 그렸다.

사비나가 구혼자에게로 갔다. 그리고 그와 함께 초라한 회색 성당으로 들어갔다. 주세페가 모자를 벗어 어깨에 대고 성호를 그었다.

"주세페." 사비나가 성당 한가운데에서 걸음을 멈추더니 말했다. "잠깐만요……. 한 가지 하고 싶은 말이 있어요. 이제 맹세를 하고 앞으로 당신 아내가 될 거예요. 그런데 먼저 한 가지를 말해줘야 해요."

"말해봐요."

"당신이 알고 있으니 내게 말해야 해요. 프란체스코 로사나를 죽인 사람이 누구죠?"

"내가 안다고요?" 그는 너무 놀라 펄쩍 뛰며 소리쳤다. "어떻게 그런 헛소리를……."

"아니, 헛소리가 아니에요. 보세요. 당신이 아는 게 전혀 없다면 당장 투룰리아가 아니냐고 말했어야 해요……."

"맞아요. 그자예요……."

"아니, 그 사람이 아니에요." 사비나가 고개를 저으며 말했다. "당신하고 당신 형, 그리고 아마 다른 사람들도 알고 있을걸요. 그리고 나도 알고 있고……."

"그만해요, 그만해요. 그런 말 하지 마요."

"안 해요. 당신에게만 하는 말이에요. 무엇보다 내게 그런 건 중요하지 않아요. 당신이 원치 않듯, 당신 형이 원치 않듯, 다른 사람들이 원치 않듯 나도 문제를 일으키고 증오의 대상이 되고 싶지는 않아요. 정의의 심판이 내려지겠죠. 정의가 살인자들을 찾아내지 못하면 그 사람들에게는 좋은 일이겠죠……. 세상에는 모두의 자리가 있으니까요. 그렇지만……."

"그렇지만?"

"그렇지만…… 말해줘요……. 지금은 고집하지 않을게요. 그렇지만 우리가 결혼한 뒤 살인자의 이름을 물어보면 말해줄래요?"

"말할게요." 그가 약속했다.

그래도 사비나가 고집스레 말했다.

"필요하면 그 전에라도 말해줄 수 있겠죠. 안 그래요? 말하자면 마리아 노이나와 피에트로 베누가 결혼하게 된다든지……."

농부의 눈이 떡 벌어졌고 혹시라도 입에서 나올지도 모를 말을 삼키려는 듯 즉시 입술을 꽉 깨물었다. 하지만 사비나에게는 더 이상의 말이 필요 없었다.

"이제 그만해도 돼요. 가요."

두 사람은 아무 장식도 없이 먼지만 쌓인 제단으로 갔다. 주세페가 두 개의 초에 불을 붙이고 사비나 옆에 무릎을 꿇고 그녀의 손을 꼭 잡았다.

"나는 당신의 남편이 되기로 맹세합니다."

"나는 당신의 아내가 되기로 맹세합니다."

다른 말은 하지 않았다. 주세페의 손길로 따뜻해진 손을 빼내자 사비나는 눈물이 날 정도로 슬펐다. 그녀는 맹세를 후회하지 않았지만 한때는 너무나 맑고 선했던 영혼에 검은 베일이 드리워졌다.

21

5년의 세월이 흘렀다.

피에트로의 노쇠했던 두 숙모도 차례로 세상을 떠났고 하인이던 피에트로는 이제 숙모들의 작은 집을 확장하고 수리해 그곳에서 살았다.

"세상이 얼마나 변했는지!" 이웃 여자들이 부러워하며 말했다.

"지난 일은 다 잊히는 법이야!"

실제로 피에트로는 이제 하인이 아니라 부유한 상인이었

다. 모두 그를 존경했는데 그가 진지한 젊은이이고 잘난 체하지 않으며 아무에게도 피해를 주지 않기 때문이기도 했다.

그는 이제 서른세 살이었다. 원숙한 젊음의 활력이 넘쳤다. 건강하고 민첩했으며 예전보다 좀 더 살찌고 가무잡잡해진 외모가 수려했다. 그리고 일요일마다 새 옷을 입고 시계를 차고 주머니에 하얀 손수건을 꽂고 정오 미사에 갔기 때문에 유복한 집안의 아가씨 몇몇이 부드러운 눈으로 그를 쳐다보았다.

하지만 그가 마음에 품은 희망과 야망은 단 하나였다. 그의 인생에서 다른 목표는 남아 있지 않은 것 같았다. 그는 이 목표를 위해 여러 해 동안 싸웠다. 그리고 그의 야망은 그를 영리하며 침착하고 세련되게 만들었다.

그는 선술집에 드나들지 않았고 수상한 사람들과 어울리지도 않았다. 선술집 주인의 아내는 피에트로가 노이나의 집으로 가느라 선술집 앞을 지날 때마다 달려 나왔지만 허탕이었다. 이제 그는 그녀를 쳐다보지도 않았다. 다 지난 일이었다!

예전 주인집에서는 그를 친구처럼 정중하게 맞아주었다. 루이사 이모는 그 근엄한 성격이 허용하는 한에서 친절하게 대해주었지만 이따금 잊지 않고 그의 원래 출신과 오래전의 상황을 상기시키곤 했다.

숙모들이 죽고 나서 몇 주 되지 않은 어느 날, 피에트로가 자기 집 앞에서 벽돌공들의 작업을 지켜보고 있을 때 안티네가 찾아왔다.

자그맣고 대담한 그는 부르주아 차림이었다. 머리는 희끗
희끗했지만 면도를 하지 않은 얼굴은 청년 같아서 한층 호감
이 갔다. 그는 이미 1년 전에 가난하지만 집안이 좋은 처녀와
결혼해서 누오로에 정착했다. 여기서는 고리대금업을 주로 하
고 있었다.

피에트로와 안티네는 얼마 전부터 동업을 그만두고 각자
자신의 사업을 이어갔다. 하지만 계속 만나며 서로에게 도움
을 주었다.

안티네는 피에트로와 함께 건축 중인 벽 앞에 섰다. 기분
좋게 햇볕을 즐기기에 알맞은 2월의 화창한 날이었다.

"내 아내가 아기를 낳았어. 여자아이야. 글쎄, 아내가 그런
실수를 할 줄이야 생각도 못 했어!" 안티네가 진담 반 농담
반으로 말했다.

"진짜 실수는 누가 했는지 봐야겠는걸." 피에트로가 짓궂게
대답했다.

"약속대로 자네가 대부가 되어줄 거지?"

"대모는 누군데?"

"그것도 자네가 선택해……."

"아, 내가 선택하고 싶은 여자는 받아주지 않을걸!"

"해봐. 어쨌든 그녀에게 부탁을 해봐, 피에트로. 자네에게
는 거절을 못 할지도 몰라. 만일 그녀가 온다면 저녁에 세례
를 받을 수 있어. 좋은 기회가 될 거야. 사람들이 '저 두 사람
이 결혼하나봐!'라고 말하기 시작할 테니까 말이야."

"난 사람들이 그런 말 하는 거 안 좋아해. 질투하는 사람이 너무 많거든." 피에트로가 낮은 목소리로 말했다. "포도주 한 잔할래?"

"마셔야지, 그럼! 그런데 이 벽은 왜 쌓는 건가?"

"창고를 만들려고."

두 사람은 지저분하고 어수선한 작은 방으로 들어갔다. 피에트로는 간신히 술잔 두 개와 술병 하나를 찾아냈다.

"자." 그가 허리를 숙이고 술병의 마개를 따며 말했다. "지금 집이 엉망진창이야. 하녀도 나가버렸어. 부모들이 남자 혼자 사는 집에서 일하는 걸 원치 않아서…… 어쨌든……."

"그렇게 잘난 체하지 마. 자네는 성인이 아니야. 자, 좋아! 술 따라. 젠장, 축하는 하지 말게."

피에트로가 포도주를 따라서 조금 바닥에 뿌렸다. 안티네가 소리쳤다.

"건배! 그러니까 대모가 되어줄 수 있는지 마리아 노이나에게 물어봐줘. 행운을 비네."

피에트로가 고개를 저으며 술잔을 들었다. 얼굴에 슬픔이 묻어났다.

"농담하지 마, 젠장. 내가 싫어하는 거 알잖아……. 그건 그렇고 말해봐. 200스쿠도 더 빌려줄 수 있겠나?"

"내가 자네에게 빌리려고 했는데!"

"농담 그만하고." 피에트로가 다시 말했다. "정말 돈이 필요해. 자네도 알다시피 내 자본이 보잘것없잖나. 그런데 사람들은 내가 큰 부자가 될 거라고 생각하거든……."

"자넨 큰 부자가 될 수 있어. 왜 그녀와 결혼할 결심을 못 하는 거지? 지금 진지하게 말하는 거야, 피에트로!"

"내가? 아니 할 수 있었으면 백만 번 결혼했을 거야. 그런데 두려워. 마리아가 나를 거절하는 게 두려운 게 아니야! 오, 아니야, 내가 어떻게 원하겠어! 지금 그녀는 아직 피지 않은 작은 꽃잎 같아. 피어나기 위해 약간의 햇빛을 기다리는 꽃잎." 피에트로가 손가락을 구부렸다가 펴며 말했다. "내가 어떻게 원하겠어! 그녀를 보는 것만으로도 충분해. 그녀 옆에서 수없이, 셀 수 없이 떨고 있지만 감히…… 아직 너무 일러."

"좋아, 그러니까 꽃잎이 마르길 기다리는군그래! 둘 다 늙을 때를 말이야! 봐, 자네 때문에 화가 나, 피에트로 베누." 안티네가 탁자에 잔을 탁 내려놓으며 소리쳤다. "보라고, 이번에도…… 지난번 같은 일이 벌어질 거야……. 그때 너무 어리석었다고 자네가 말하지 않았나……."

"기억하고 싶지 않아……." 피에트로가 주먹을 깨물며 말했다. "입 닥쳐."

"아, 그래, 피에트로 베누. 너는 행운을 타고났어……. 그런데! 됐어. 넌 제대로 된 남자가 아니야. 갈대 같은 남자라고! 넌 항상 두려워했어. **그때도** 넌 겁을 냈지. 그런데 다 잘됐잖아. 그 시절이 좋았지! 넌 내 말을 들었고 용감했어. 너 자신을 뛰어넘었어. 증오와 열정이 널 밀어붙였지. 그러고는 모든 게 끝났어. 두려움! 두려움! 그래, 넌 모든 일을, 모든 사람을,

네 형제인 나까지도 언제나 두려워했어! 내가 수도 없이 말했지. 두려움이 많은 남자는 행운을 가질 수 없다고."

피에트로가 밖을 내다보며 고개를 저었다.

"행운을 가졌다고!" 깊게 잠긴 목소리로 쓸쓸하게 말했다. "나보다 더 불행한 사람은 없어. 난 정직하게 태어났는데 도둑이 되었어. 난 사람을 죽이려고 태어난 게 아닌데 살인을 했어…… 그리고 봐, 내가 부자가 됐다고 할 수 있는 걸까? 겨우 더러운 몇천 리라 가지고! 얼마나 많은 위험을 감수해야 했는지. 불쌍한 사람들을 얼마나 파멸시켰는지!"

"무슨 소리야! 수소 몇 마리와 암소 몇 마리 정도가 아니라 수백만 리라를 훔치고 싶었나? 쯧쯧, 그런 큰 도적질은 육지에서나 할 수 있어."

"그만해." 피에트로가 명령했다. 혹시라도 벽돌공들이 다가와 무슨 말이라도 들을까 걱정되어 계속 밖을 내다보았다. "그 이야기는 그만하고 이제 세례식 이야기나 해보지. 아기 이름은 뭐라고 지을 거야?"

"마리아. 자네가 마리아 노이나에게로 가길 바라는 마음을 강조하는 거야……"

"이름을 어떻게 짓느냐야 자네 마음이지. 나는 다시 말하지만 사람들의 입에 오르내리는 게 싫어. 마리아가 한번은 익명의 편지를 받았대. '피에트로 베누가 당신 집에 드나들지 않는 게 아주 좋을 겁니다'라는 내용이었지. 그 일 이후 나는 굉장히 조심하고 있어. 됐고, 나가세. 아기 보러 가세."

두 사람은 밖으로 나갔다. 길을 걸으며 안티네는 피에트로에게 어느 투기업자의 편지를 보여주었다. 그는 스코르치니•와 카리올란티•• **일**을 할 사람들, 그러니까 알제리 숲에서 벌목할 사람들을 모집하는 일을 하고 있었다. "나무껍질을 손질할 여자들도 필요하다네. 스코르치니와 카리올란티 들이 아내를 데려와도 괜찮아. 숙소는 충분해."

"아마도." 피에트로가 말했다. "남편을 따라가고 싶어 하는 빌어먹게 가난한 여자들이 있을 수도 있겠군. 찾아보자고."

안티네의 아내도 자기 아기가 마리아를 대모로 해서 세례받는 모습을 보고 싶다고 말했다.

그러자 피에트로는 방금 출산한 젊은 여인의 의심을 사지 않기 위해 '새로운 땅을 탐험'하겠다고 약속했다.

"나중에 내가 공식적으로 요청하겠네." 안티네가 농담을 했다.

그들은 다시 함께 나와서 노이나 삼촌 집으로 향했다.

"가봐. 이제 자네가 중간에서 잘해보라고. 나중에는 내가 자네 중매를 서줄게." 안티네가 말했다. "두고 보라고. 결국 나한테 그 일을 맡기고 말 테니. 결정을 해. 응? 지난번에 토스카나인이 뭐라고 했는지 알아? 프라치스칸토니 무레두가 니콜라 삼촌 집에 자주 드나든다더라고…… 조심해, 피에트

• 코르크나무 자르는 일을 하는 노동자.
•• 수레를 모는 사람.

로. **첫 번째 결혼**을 기억해야지……."

"마리아는 중매 들어온 걸 여러 번 거절했어." 노이나 집을 볼 때마다 불안해지는 피에트로가 말했다. "또 거절할 거야."

"조심해, 피에트로. 마리아가 기다리다가 지칠 수도 있어. 이제 다 왔네. 여기, 토스카나인의 술집에서 기다릴게. 가봐."

피에트로는 선술집의 아내가 그를 보기 위해 문 앞으로 달려 나온 것도 알아차리지 못한 채 노이나의 집으로 들어갔다.

마리아는 물론 안티네 아기의 대모가 되는 것을 거절했다. 여러 해가 지났지만 깊은 슬픔이 아직도 젊은 과부의 마음을 무겁게 짓눌렀다.

그녀는 좀처럼 밖에 나가지 않았고 제일 한적한 길로만 다녔으며 항상 검은 상복 차림이었다. 친척들에게도 늘 진지한 표정이었고 때로는 슬픔이 엿보이기도 했다. 거의 수녀가 된 것 같았고 삶에서 한발 물러선 듯했지만 젊음과 사랑에 대한 열망이 핏속에서 그녀를 뒤흔들었다.

그녀는 자신이 다시 피에트로를 사랑하는지 스스로에게 자주 묻곤 했다.

그녀는 알지 못했다. 아니, 좀 더 정확히 말하자면 감히 진짜 마음을 고백할 용기가 없었다. 하지만 그의 존재는 그녀에게 한없는 기쁨을 주었다. 피에트로처럼 그녀를 바라보는 남자는 아무도 없었다. 그의 시선을 받으면 그녀는 거의 정신을 잃을 것만 같았다. 언제나 흔들림 없고 빈틈없는 그녀의 굳은 마음이 그 앞에서만 나약해졌다.

세례식이 있는 일요일 아침, 햇살은 눈부시고 성당의 종소리가 맑게 울려 퍼지는 가운데 피에트로가 갑자기 노이나의 집 부엌으로 들어왔다. 니콜라 삼촌과 루이사 이모는 성 요셉의 축일에 거행되는 로사리오 성당의 노래 미사에 가고 없었다. 마리아 혼자 수수하게 차려입고 맨발로 점심 준비를 하는 중이었다.

"안녕하세요, 마리아." 피에트로가 그녀에게 다가와 말했다.

그녀가 약간 당황해서 돌아보았다. 그는 고급스러운 옷차림을 하고 모자를 쓰고 있었다. 손은 부르주아처럼 하얬다.

마리아가 급히 검은색 슬리퍼를 신었다. 그리고 미소를 지으며 말했다.

"아버지는 로사리오 성당 미사에 가셨어요. 아버지에게 무슨 할 말 있어요?"

"아닙니다, 당신하고 얘기하고 싶어요."

"그럼 앉으세요. 세례식은 끝났나요?" 그녀가 의자를 집으며 말했다. 아침 일찍 이미 의자를 닦아놨지만 다시 먼지를 털었다. "자, 여기 앉으세요. 저쪽 말고요. 거기 앉으면 옷이 더러워질 거예요."

그녀는 의자를 문 옆에 놔두고 화덕 쪽으로 돌아갔다. 그녀는 당황스러운 모습을 숨길 방법을 찾지 못했다.

바닥 여기저기에 물이 뿌려져 있고 티끌 하나 없이 깨끗한 부엌은 난롯불 때문에 따뜻한 온기가 돌았다. 아늑한 집은 평화롭고 조용했다. 피에트로는 용기를 냈다. 그는 이 가족적인 분위기에서 함께 보낸 아름다운 순간들만을 떠올렸다. 그가 말했다.

"마리아, 내가 왜 왔는지 짐작할 수 있을 텐데…… 이리 가까이 와요. 돌아서서 내 말을 들어요. 그동안 얼마나 많은 시간이 흘렀는지! 제발 돌아서서 이리 와요."

그녀가 다가왔다.

"손을 줘요, 마리아! 싫어요? 왜 눈을 들지 않는 거예요? 왜 손을 주려 하지 않는 거예요? 아니, 두려워할 것 없어요. 당신을 해치지 않겠다고 맹세한 걸 잘 알잖아요."

그녀가 눈을 들지 않은 채 고개를 저었다.

"말해봐요, 피에트로. 나한테 원하는 게 뭐죠?"

그러자 피에트로는 마리아의 손을 잡고 싶은 유혹을 이기려는 듯 의자 등받이를 양손으로 잡았다. 그러더니 약간 몸을 숙이며 말했다.

"당신한테 원하는 게 뭐냐고? 잘 알지 않나요. 난 당신이 내여자가 되길 원해요! 이제 때가 됐어요! 당신은 과거에 신경쓰지 않고 예전의 내 낮은 신분을 잊으리라 믿어요. 내가 당신의 배신을 더 이상 기억하지 않듯이…… 우리 새 삶을 시작합시다. 난 당신을 사랑하고 당신 때문에 살아요. 당신만이 나를 나로 살아가게 할 뿐이에요. 그리고 당신도 나를 사랑하고 있어요. 우리는 눈으로 수없이 그걸 확인했어요! 말을 해요. 나를 봐요. 최소한……."

마리아가 그를 보았다. 둘 다 떨었지만 그는 아직 자제를 할 수 있었다.

"봐요." 그가 초조하게 의자 등받이를 꽉 잡으며 말했다. "당신은 나를 사랑해요. 당신 눈이 그걸 말하고 있어요. 우리가 왜 더 괴로워해야 합니까? 나는 당신에게 물어볼 수 없었기 때문에 사랑 이야기는 하지 않기로 마음먹었어요. 마리아, 내가 한 약속 기억하지요? 내가 그 약속을 지켰나요, 아니면?"

"지켰어요!"

그녀는 이제 그의 매혹적인 눈에서 눈을 뗄 수 없었다.

"그러면 당신도 당신 약속을 지켜요! 왜 대답을 하지 않는 겁니까? 왜? 두려워요? 그래요. 당신은 어머니를 두려워해요. 예전의 자기 집 하인을 사위로 맞고 싶어 하지 않을 테니까요. 당신은 사람들을 두려워해요, 당신 자신을 두려워해요. 내가 착각했거나 당신 눈이 거짓말을 한 거죠. 당신은 이제 날 사랑하지 않나요? 아무 기억도 나지 않아요? 이 벽, 이 난로, 이 불이 당신에게 아무 이야기도 하지 않나요? 기억해 봐요, 마리아. 그때 당신은 10년이라도 나를 기다리겠다고 약속했어요. 그런데 이제 막 7년이 지났어요. 그래서 나를 거부하는 거예요? 나를 원하지 않아요? 내가 불쌍하지도 않아요? 마리아…… 마리아…… 우는 거예요?"

피에트로는 그녀에게 다가가서 손을 잡고 그녀를 흔들었다.

"말을 해요! 말을 해요! 왜 우는 겁니까? 그렇게 절망해야 할 심각한 이유가 있어요?"

마리아가 고개를 저었다. 그는 그녀의 이마에 한 손을 얹어 그녀가 얼굴을 들고 자신을 바라보게 만들었다. 그 역시 창백했고 입술은 부어올랐으며 열망과 두려움으로 떨고 있었다.

"무슨 이유가 있어요? 이유가 있어요?"

"아니에요." 그녀가 소녀처럼 눈을 감으며 말했다. "난 이미 죽은 여자나 마찬가지예요. 왜 나를 되살려내려 하는 거예요? 당신은 젊어요……. 당신은……."

"내가 원하는 건 당신뿐이에요." 그가 거칠게 숨을 몰아쉬며 대답했다.

그리고 두 사람은 키스를 했다. 이 세상에서 가장 비극적이고 달콤한 것들, 그러니까 후회와 희열과 야망과 사랑이 그들의 입술 위에서 떨렸다.

그 일요일 오후에 피에트로와 안티네는 함께 있었다.

"알제리 투기업자에게 보낼 **일꾼**들을 찾아봐야겠어. 오늘은 일요일이니 농부들이 동네에 있을 거 아니겠나." 안티네가 말했다.

피에트로는 그와 함께 갔다. 그들은 로사리오 성당 앞에서 걸음을 멈췄다. 농부와 장인들이 사람이 올라가는 포플러 장대를 구경하고 있었다. 몇 명의 건달만이 아니라 착실한 남자들까지 장대에 오르려고 시도해보았지만 성공하지 못했다.

매끈한 데다가 비누칠까지 해놓은 높디높은 포플러 장대 끝에서는 둥근 원이 흔들렸다. 원에는 빨간색과 노란색 스카프, 신선한 치즈, 가방, 신발 한 켤레가 매달려 있었다. 맑은 하늘에서 서서히 해가 저물었고 쌀쌀한 바람이 불어 스카프가 나부꼈다. 스카프들은 그 위에 매달려 사람들의 시선을 끄는 게 즐거워 보였다.

건달들이 한 명씩 차례로 올라갔지만 어느 부분에 이르면 미끄러지고 말아서 다시 오르려는 시도를 하지 않았다.

사람들이 소리를 지르며 웃었다.

피에트로와 안티네가 광장에 도착했을 때 약간 나이가 있는 남자가 발에 누더기를 감고 나무에 기어올랐다.

스카프는 이제 장대 꼭대기에서 펄럭이지 않았다. 신발과 가방과 치즈만이 햇빛을 받아 여전히 반짝였고 승리자의 손을 기다리며 살짝 흔들렸다.

피에트로는 자신을 사로잡은 열정과 무거우면서도 달콤한 생각에 빠져 있었지만 그 흥미로운 장면을 즐겁게 지켜보았다. 그사이 안티네는 자신이 아는 마을 사람들과 여기저기서 이야기를 나누었다.

그중에 사비나의 남편인 주세페도 끼어 있었다. 그는 축일에 맞는 복장을 했고 수염도 정성 들여 빗었지만 벌써 흰 수염이 듬성듬성했다. 그의 친구들인 농부와 장인들이 주위에 빙 둘러서서 그의 수호성인 축일이니 술을 마시러 가자고 부추겼다.

발에 누더기를 감은 남자가 점점 더 위로 기어 올라가서 핀노네•의 거의 반쯤까지 도달했다. 하지만 갑자기 군중 속에서 누군가가 소리쳤다.

"양쪽 발에 낫날을 묶었어. 그러니까 안 미끄러지는 거지."

모두들 고함을 치며 웃었다. 건달들이 장대 주위에 모여들어서 장대를 흔들고 사기를 친 우승자에게 항의하며 장대에서 떨어뜨리려고 했다.

"이봐, 자네, 염병할! 내려와! 그렇게까지 할 필요 없어. 내려와. 내려오라고!"

하지만 사내는 계속 올라갔다. 그는 마르고 민첩했다. 장대 위에서는 느리지만 확실한 동작으로 몸을 구부렸다가 쭉 폈다.

장대의 맨 위에 있는 기이한 전리품들이 모두 흔들렸다. 둥근 원은 나무 꼭대기 주위로 빙글빙글 돌았고 가방의 금속 고리가 지는 해를 받으며 여전히 빛났다.

웃고 소리치는 사람들 속에서 안티네는 카리올란티로 갈 농부들과 간단하게 계약을 맺었다. 그들 대부분이 술에 취해 있었다.

그가 주세페에게 다가갔다.

"이봐요, 얘기 좀 해봐요. 아프리카에 **일**하러 갈 생각 없소?"

"해안에서 아주 먼 곳이오?"

"그리 멀지 않아요. 당신 아내도 데려갈 수 있소? 숙소도 다 있어요."

"내 아내는 껍질 벗기는 일을 할 필요가 없는데." 주세페가

● 미끄러운 장대(원주).

대답했다. "그렇긴 한데, 어디 한번 봅시다…… 내가 나중에 한번 말해보지요."

"저기 있어요. 당장 가서 물어봐요. 일하러 가고 싶어 하는 인원을 파악해야 하니까."

정말 사비나는 딸을 안고 핀노네를 올려다보며 다른 여자들과 수다를 떨고 있었다.

사람들이 항의를 하고 야유의 휘파람을 불어도 아랑곳하지 않고 마른 남자는 장대 위로 오르고 또 올랐다. 몸을 쭉 피더니 마침내 장대 끝에 도달했다. 사람들은 불안한 듯 잠깐 입을 다물었다. 해가 사라졌고 둥근 원이 멈췄다.

"멋지다!" 안티네가 승리자 쪽으로 팔을 흔들며 외쳤다. 원에 손이 닿는 곳에 도착한 승리자는 가방을 낚아챘다.

사람들은 그걸 보자마자 자신들도 모르게 박수를 쳤다. 남자가 아래로 내려왔고 그의 뒤로 원이 끌려 내려왔다. 남자가 땅에 도착하자 사람들이 항의를 하며 서로 밀쳤다. 사나운 청년들은 고함을 치면서 그의 발을 조사했다. 남자는 스카프와 치즈와 신발을 원에서 떼어내어 한 꾸러미를 만들어 가버렸다.

안티네가 주세페 페라를 데리고 피에트로에게 다가가 웃으면서 그를 보았다.

"봤지?" 그가 피에트로에게 의도적으로 말했다. "저렇게 하는 거야!"

피에트로가 경멸적으로 고개를 저었다. '저렇게 하는 거야!' 그도 알았다. 마리아와의 키스로 아직도 입술이 뜨거웠던 그가 미소를 지었다. 그의 눈은 기쁨으로 반짝였다.

그는 친구와 주세페와 함께 사비나에게 갔다.

사비나에게서는 예전의 느낌을 찾기 힘들었다. 빛바랜 금발이 이마와 귓가에 삐져나온 채 마르고 노르스름한 얼굴을 감쌌다. 코가 두드러져 보였다. 맑고 투명한 눈만이 예전 젊은 시절 그대로였다.

그녀는 불행하지는 않았지만 가난했다. **배고픔**이 실제로 그녀 집의 문을 두드리지는 않았다. 하지만 사비나는 일을 하고 아이를 낳고 젖을 먹여야 했다. 이 많은 일을 하는 여자들은 금방 황폐해졌다. 결혼 후 노이나 가족과의 관계는 거의 단절되었다. 그녀는 부자 친척을 찾아가볼 시간이 없었고 노이나 가족은 그녀를 기억하지 못했다.

사비나는 과거를 잊었다. 저녁 무렵 문가에 앉아 남편을 기다리다가 정직한 농부인 남편이 어깨에 자루를 메고 지친 황소들을 끌고 좁은 길 끝에 나타나는 것을 보면 딸에게 손뼉을 치게 하며 말했다. "저기 아빠 오시네. 저기 아빠 오시네!" 그러면 그녀는 행복하다는 생각이 들었다.

하지만 피에트로가 다가오는 것을 보자 살짝 얼굴을 붉혔다. 그가 어쩌나 잘생겼던지! 옷차림도 훌륭하고 두 눈은 행복에 겨운 듯했다. 그가 '할 말이 조금 있다'고 약속했던 가을 이후 수십 년이, 수백 년이 흐른 것만 같았다!

세상은 어떻게 움직이고 인간의 운명은 어떻게 변하는지! 낫날 조각을 발에 묶고 오른 사람은 원하는 곳에 도달하고 맨발로 기어오르려고 애쓴 사람은 위험하게 미끄러져버린 다! 됐다. 다른 세상에는 적어도 정의가 있기를 바라보자. 이 세상에는 정의 같은 건 없으니까.

"그러니까." 의기양양한 피에트로의 모습을 보고 살짝 당황한 사비나가 자신의 그런 모습을 숨기려 아이에게 입을 맞추었다. 안티네가 말했다. "남편과 갈 겁니까, 말 겁니까? 집에서 세 달이나 남편 없이 혼자 지내기에는 너무 젊은 것 같은데."

"어쨌든 같이 있어달라고 당신을 찾지는 않을걸요!" 사비나가 즉시 대답했다.

그러더니 수확 철에 일이 다 끝나는지 물었다.

"밀만 파종했잖아요." 사비나가 주세페에게 말했다. "그러니까 거기 7월까지 있을 수 있겠네요."

"좋소. 7월까지." 안티네가 승낙하고는 수첩에 표시를 했다.

일꾼들은 며칠 뒤 출발했다. 사비나와 다른 가난한 여자들이 남편들을 따라갔다.

22

마리아의 두 번째 결혼은 극비리에 이루어졌다. 아무도 그 일을 몰랐다. 가장 가까운 친척도 몰랐고, 피에트로가 예전 주인집에 매일 가는 것을 보는 데 익숙한 이웃도 몰랐다.

마리아가 하녀를 해고한 지는 오래되었고, 선술집 주인인 토스카나인조차도 지난 며칠 동안 노이나 집안의 소식을 알아채지 못했다.

5월 초에 할 일 없는 사람들이 시청 문에 붙어 있는 결혼 예고문을 보게 된다면 매우 놀랄 것이고 소문도 무성해질 것이다.

"그래서 그랬군!" 벌써 깃털 모양으로 자른 종이로 파리를 쫓아내기 시작한 선술집 주인이 말했다. "어느 날엔가 루이사 이모와 니콜라 삼촌이 심하게 다투는 걸 들었다. 피에트로 베누라는 이름이 들렸고, 루이사 이모가 삼촌에게 이렇게 말했어. '물론 당신은 그 사람이 마음에 들겠지요. **까마귀와 까마귀는 서로 눈을 파먹지 않는 법이죠.**' 둘이 닮았다는 뜻이지. 루이사 이모가 피에트로를 사위로 원치 않는다는 걸 알 수 있어."

선술집 주인이 추측했다. 마리아가 피에트로 베누와 결혼하겠다는 확고한 의사를 밝혔을 때 루이사 이모는 얼굴을 붉혔겠지. 이모는 자기 인생에서 분노와 부끄러움을 분명히 드러낸 적이 거의 없었어. 나중에는 어머니와 딸, 남편과 아내가 다투고 서로 모욕했겠지. 니콜라 삼촌은 피에트로의 요청에 영광이라고 말할 뻔했을 거야. 루이사 이모는 진짜 눈물을 흘릴 정도로 '체통'을 잊어버렸겠지.

"피에트로 베누가? 내 하인이? 내 딸과, 프란체스코 로사나의 과부와 결혼을 하겠다고? 천하디천한 린니아●의 사내랑 말이야? 드디어 갉아먹을 뼈를 찾은 떠돌이 개랑? 마리아, 그런 게 네 마음을 사로잡았다고? 프란체스코 로사나가 다시 살아난다면 무슨 말을 할까? 애야, 사랑스러운 내 딸아, 지금 나는 네가 두 번째 살해를 당한 것처럼 너를 위해 울고 있어!"

"악마가 당신을 위해 울겠소." 니콜라 삼촌이 지팡이로 바닥을 치며 소리쳤다. "당신은 첫 번째엔 울지 않더니 두 번째에 울고 있군!"

"죽은 사람은 그냥 내버려둬요." 마리아가 말했다. "아무리 분노하셔도 소용없어요. 저는 결정했어요. 저는 몇 년 동안 생각해왔고, 확신하지 못했다면 입을 열지도 않았을 거예요. 그러니까 소리치셔도 소용없어요. 어머니는 제 뜻을 알고 있어요. 우리는 바로 결혼할 거예요. 어머니가 원하신다면 우리는 떠날게요. 얼마 후면 피에트로의 집이 완성될 테니까요."

"사람들이…… 사람들이 뭐라고 할까?" 루이사 이모가 흐느꼈다. "나를 위해서가 아니라…… 사람들을 위해, 가족의 품위를 위해서야!"

"진정해요, 왕실 부인." 종종 아이러니하게도 그녀를 그렇게 불렀던 니콜라 삼촌이 말했다. "마리아는 사람들과 결혼하는 게 아니라 진취적이고 운이 좋은 청년인 피에트로 베누와 결혼해야 해. 자, 담배를 한 모금 들이마셔봐요. 재채기가 도움이 될 거요."

● 혈통(원주).

루이사 이모는 코담뱃갑을 집어 안뜰에 던졌다.

"둘 다 입 다물어요. 뻔뻔하기는! 어떻게 되는지 두고 보자고!"

그러나 루이사 이모는 체념했다. 자신을 위해 적어도 두 가지 호의 정도는 베풀어달라고 간청했다. 첫째, 결혼은 극비리에 진행한다. 둘째, 피에트로가 자주 방문하여 그녀를 지루하게 만드는 일이 없도록 한다는 것이었다.

게다가 피에트로는 첫 방문 때부터 분명히 말했다.

"루이사 이모, 저를 좋아하지 않으신다는 것 잘 알고 있습니다. 이모가 틀렸다고 생각하지 않아요. 저는 당신을 존중하고 존경합니다. 빨리 결혼식을 치렀으면 합니다. 뭘 더 기다려야 합니까? 수년 동안 우리는 가장 중요한 것, 바로 마리아의 동의를 기다렸어요. 그렇다면요? 제집은 아직 완공되지 않았지만 마리아와 그 집에서 살 수 있습니다. 며칠 후 저는 칼리아리로 떠납니다. 그곳에서 가구와 신부를 위한 선물을 살 겁니다. 돌아와서 결혼 예고문을 낼 겁니다."

"좋네. 제대로 말할 줄 아는 사람이구먼!" 니콜라 삼촌이 소리쳤다.

루이사 이모는 침묵했다.

구혼자와 멀리 떨어져 앉아 그를 거의 쳐다보지도 않던 마리아는 이렇게 생각했다.

'피에트로가 칼리아리에서 물건을 구입하고 싶어 하네! 거기 사람들이 분명히 그를 속일 텐데.'

그러나 그녀는 감히 말을 하지 못했다.

피에트로는 약혼녀를 두 번 더 방문했는데 늘 밤에 와서 결혼과 별 상관 없는 이야기만 했다.

어느 날 저녁 마리아는 우연히 죽은 남편의 이름을 입에 올렸고 피에트로의 입술에 약간의 혐오감이 묻어나는 것을 보았다. 그가 나가자마자 니콜라 삼촌이 그녀에게 말했다.

"조심해라. 두 번째 배우자 앞에서 첫 번째 배우자를 기억하는 일은 결코 해서는 안 된다. 절대 다시는 하지 마라."

"하지만 전에도 늘 그 사람 얘기를 했는걸요!"

"그때는 피에트로가 네 약혼자가 아니었지. 약혼자가 약혼하기 전과 같다고 생각하는 건 아니겠지? 그렇지 않아. 잘 들어. 남자는 무기와 같아서 장전되지 않으면 무해하고 장전되면 위험하지……. 약혼자는 장전된 무기야. 건드리면 안돼……."

네 번째 방문에서 '장전된 무기'는 결혼식 날을 잡아야 한다고 주장했다.

그는 열정으로 뜨겁게 타올랐고 모든 게 불확실해서 고통스러워했다. 부엌에 들어올 때마다 탐욕스러운 눈으로 마리아를 바라보며 젊은 과부의 얼굴에 불안한 기색이 나타나지는 않는지 자세히 살폈다.

그녀는 잠깐 그를 쳐다보기만 했을 뿐인데, 욕망에 가득 찬 그 표정만으로도 그가 다른 모든 것을 잊고 원초적인 쾌락으로 온몸을 떨고 있음을 충분히 알 수 있었다. 결혼에 관해 처음 이야기를 나눈 뒤 그들은 둘만의 시간을 갖지 못했다. 루이사 이모는 피에트로가 떠날 때 대문까지 동행했고 두 위험한 약혼자가 이별하는 것을 지켜보며 잔인한 즐거움을 느끼는 것 같았다.

어느 일요일 아침, 피에트로는 마리아만 혼자 있을 거라는 희망을 품고 갑자기 들어왔다. 예상대로 루이사 이모는 로사리오 성당의 첫 번째 미사에 가고 없었다.

"나는 오늘 칼리아리로 떠나요." 피에트로가 말했다. "오늘 밤에 마코메르에 들러 일을 처리하고, 사 일 후에 돌아올 거예요. 결혼 예고문에 필요한 서류를 준비해요, 마리아."

그는 약속했던 사 일이 아니라 팔 일 동안 모습을 보이지 않았다. 마리아는 슬프고 안절부절못했다.

그녀는 그를 그렇게 절실히 생각해본 적이 없었다. 처음에 그를 사랑하게 되었던 몇 달 동안에도 그 정도는 아니었다. 때때로 그녀의 옛 자존심이 다시 솟아오르기도 했다. 부유한 프린치팔레의 아내였다가 이제 전직 하인과 결혼해야 한다고 생각하니 깊은 모욕감이 몰려왔다. 그러나 그녀는 자신의 열정에, 고삐 풀린 사랑에 대한 뜨거운 열망에 자기를 완전히 내맡겨버렸다. 오랜 과부 생활로 그녀는 다시 처녀가 된 듯했고 거친 성격은 부드러워졌다. 그녀는 사랑을 제외하고는 다른 모든 기쁨과 고통을 경험한 것 같았다. 그녀는 부러움을 샀었고 사람들은 그녀의 비위를 맞췄었다. 그리고 자신의 배신에 대한 값비싼 대가를 치렀다. 이제 그녀의 30년은 욕망으로 불타올랐다.

그녀는 즐거움을 갈망했고 잃어버린 시간을, 헛되이 낭비한 젊음을 모두 되찾고 싶었다. 그러나 이 모든 것에는 충동적인 뭔가가 담겨 있었다. 봄날의 따뜻함, 편안함, 집 안의 고요함, 고독으로 인해 그녀의 감각이 갑자기 되살아나 모든 것을 압도했고 지칠 정도로 깊이 잠들어 있던 젊음이 눈을 떴다.

그러나 욕망으로 눈이 멀지 않을 때면 여전히 막연한 불안감을 느꼈다. 그것은 그녀의 영혼 깊은 곳에서 타오르고 남은 원한의 잔재였다. 그녀는 출신이 천한 피에트로를 받아들일 수 없었고 그의 사소한 결점도 용납할 수 없었다. 그녀의 내면에서 오만하고 빈정대길 좋아하는 옛 여주인이 살아났다. 그래서 그가 나흘째 되는 날에 칼리아리에서 돌아오지 않자 화가 난 것이다.

'봐, 거짓말을 하기 시작했어! 지키지도 못할 약속을 왜 하는 걸까? 그는 지금 칼리아리에서 무엇을 하고 있을까? 즐기겠지. 그것 말고 뭐가 있어? 누가 알겠어…….' 그녀는 이런 생각을 했다.

여섯째 날 그녀는 불안해지기 시작했다.

'돌아오지도 않고 편지도 쓰지 않는 피에트로! 틀림없이 안 좋은 일이 생긴 거야. 어젯밤 꿈에 검은색 테두리가 있는 편지를 받았어. 난 편지를 읽을 수 없었지. 그 편지는 슬픈 인상을 주었어. 온몸을 떨며 잠에서 깼지.'

실제로 그날 저녁 그녀는 피에트로에게서 편지를 받았다.

편지를 읽기 전에 오랫동안 만지작거리며 일종의 관능적 욕망을 느꼈다. 그런 다음 그녀는 편지를 읽기 위해 자신의 방으로 들어갔다. 피에트로는 늦었지만 용서해달라며 투박하지만 열렬한 말로 사랑을 표현했다. "그 일요일처럼 당신을 껴안고 당신에게 수천 번 키스하고 싶소. 꼭 안아주고 가까이에서 뜨겁게 키스하고 싶은 욕망에 죽을 것 같소."

이 말만으로도 그녀가 다시 황홀한 사랑에 빠지기에 충분했다.

"보이시오, 왕실 부인?" 니콜라 삼촌은 마리아가 손에 꼭 쥐고 있는 편지를 지팡이 끝으로 가볍게 두드리며 소리쳤다. "글도 쓸 줄 안다니까!"

"그런데 어디서 배웠을까?" 루이사 이모가 큰 소리로 말했다. 그리고 피에트로에게 답장을 할지 말지 조언을 구하는 마리아에게 당당하게 말했다. "진짜로 너 완전히 홀렸구나! 왜 답장을 하려는 거냐? 우체국에서 네 편지를 보게 하려는 이유가 뭐지? 애야, 조금이라도 품위를 갖춰라. 최소한의 품위를 지켜."

품위를 지키기 위해 마리아는 답장하지 않았다.

피에트로는 이틀 후 돌아왔다. 신부에게 멋진 선물을 가져왔고, 루이사 이모에게는 매우 값비싼 브로케이드 보디스를 선물했다. 이 친절로 미래의 장모가 조금 부드러워졌다.

"그러면." 마리아가 결혼 예고문을 발표한 다음 날 피에트로에게 말했다. "이 결혼식은 어떻게 할 건가요? 당신 친척을 초대할 거예요?"

그는 경멸스럽게 고개를 저었다.

"나는 친척이 없소. 당신이 누군가를 초대하고 싶다면 그렇게 해요. 나는 가까운 사람들만 초대해서 소박하게 치렀으면 좋겠어요."

"좋네." 루이사 이모가 대답했다. 그리고 그녀는 마리아의 첫 번째 결혼식을 떠올리면서 눈가가 촉촉해지는 걸 숨기려고 몸을 돌렸다.

이제 피에트로는 결혼식을 위한 마지막 준비가 이루어지는 동안 자유롭게 드나들며 약혼녀와 오랜 시간을 보냈다. 마리아는 웨딩드레스와 장신구를 다 보관하고 있었지만 새 남편을 맞는 과부에게 어울리는 매우 수수한 의상을 새로 장만했다.

피에트로의 집이 완공되지 않았고 결혼식은 5월 하반기로 예정되어 있었기 때문에 니콜라 삼촌과 루이사 이모는 부부에게 자기 집에서 밀월을 보내라고 제안했다. 어쨌거나 루이사 이모는 나쁜 사람이 아니었고 돈과 가족의 품위보다도 마리아를 한없이 사랑하는 마음이 먼저였다. 그리고 이웃 여자들은 듣기 좋은 소리로, 피에트로는 변함없는 친절로 그녀를 어느 정도 안심시켰다.

"피에트로가 선물한 보디스 좀 보여줘요." 이웃 여자들이 말하곤 했다. "세상에, 얼마나 고운지 모르겠어요. 고급 브로케이드네요. 이모와 피에트로 베누에게 딱 어울리는 선물이

군요. 그래, 결혼식은 언제예요?"

"아, 우리는 몰라요." 루이사 이모가 보디스를 개어 얇은 포장 종이로 싸며 말했다.

결혼식 전날까지 모두가 정확한 날짜를 몰랐다. 니콜라 삼촌조차도 침묵했다. 그는 오래된 관습을 존중했고, 첫 번째 남편에게 경의를 표하기 위해 두 번째 결혼을 축하하지 않는 게 옳다고 여겼다. 피에트로의 마음을 헤아리기가 가장 어려웠다. 그는 결혼에 대해 아무에게도 말하지 않았고 벽돌공들에게 공사를 빨리 끝내라고 재촉했다. 그는 노이나 가족과 함께 신혼을 보내고 죽은 자의 자리를 차지한다는 생각에 괴로워했다.

'그의 침대에서……' 그는 그 생각을 하며 몸을 떨었다.

결혼식 전날 마리아가 그를 바라보고 미소 지으며 물었다.

"준비됐어요?"

"무슨 준비요?"

"고해성사 할 준비요!"

그는 바로 대답하지 않았는데 그늘이 내려앉은 듯 눈이 흐려졌다.

"나는 아주 오래전부터 부활절 고해성사를 하지 않았어요." 그가 슬프게 말했다. "나는 너무나 많은 고통을 겪어서 이제는 하느님을 믿지 않아요."

"대죄를 속죄하지 않은 채 결혼해서는 안 된다는 걸 당신도 알잖아요." 마리아가 달래는 목소리로 말했다. "당신이 최근

몇 년 동안 죄를 지었을지도 모르는 일이고요! 고해하러 가야 해요. 마지막에 내 어머니를 불쾌하게 만들지 말아요, 피에트로……."

피에트로가 몸을 숙였다가 똑바로 세우고는 고개를 끄덕였다.

"좋아요, 그렇게 합시다. 하지만 당신도 내 부탁을 들어줘야 해요. 지금까지는 말할 용기가 나지 않았어요. 우리가 여기 당신 아버지 집에서 사는 동안, 내가 칼리아리에서 산 침대를 우리가 잘 방으로 옮겨놓게 해줘요."

마리아는 생각에 빠졌고 슬퍼졌다. 신혼 침대를 마련해야 할 사람은 신부였는데 자기 침대를 가져오겠다는 피에트로의 제안은 그녀를 모욕한 것이나 다를 바 없었다. 그러나 다른 한편으로는 그가 옳았다. 그렇다. 사리에 밝은 니콜라 삼촌도 이런 일을 예견하지 못했고, 마리아도 열정에 눈이 멀고여러 가지 일이 연이어 닥치는 바람에 프란체스코 로사나가 잤던 곳에서 자고 싶어 하지 않는 피에트로의 당연한 바람을 알아차리지 못했다.

그래서 그들은 합의에 이르렀다. 피에트로는 고해하러 가고 마리아는 자기 방에 다른 침대를 놓기로 말이다!

5월의 어느 날 새벽 3시에 작은 로사리오 성당에서 결혼식이 거행되었다.

마리아는 지난밤에 눈을 붙이지 못했다. 이미 1시부터 창백하고 피곤한 상태로 움직였다. 그녀는 마치 꿈을 꾸는 것 같았다. 시끌벅적하고 성대하고 호화스럽고 기쁨에 넘치던 첫 번째 결혼식이 떠올랐다. 이제는 모든 것이 조용히, 비밀리에 진행되었다. 집은 청소조차 하지 않았고 꼭 필요한 증인 두 명 빼고는 친척도 친구도 초대하지 않았다.

그러나 이번에는 신부의 심장이 기쁨으로 뛰었고 떨리는 손으로 첫날밤 침대를 준비했다.

그녀는 부엌으로 내려가 바닥을 쓸고 불을 피우고 커피를 끓였다. 지친 얼굴이 약간 발그레해졌다.

2시쯤에 그녀는 자기 방으로 돌아가 옷을 벗기 시작했다. 자리에서 일어나서 과부의 옷을 다시 궤에 넣으니 이상한 감정이, 기쁨과 슬픔이 동시에 밀려들었다.

그렇다. 그녀는 옷을 벗었고 고통의 굴레에서 자유로워졌다. 그녀의 몸과 마음을 비극적으로 속박하고 있던 그 검은 옷과 함께 그녀 삶의 슬픈 시기는 허물어지고 사라졌다. 그녀는 그 슬픔의 외피를 벗어버리자 고치에서 나온 나비처럼 날개를 얻은 것 같았다.

그러나 그녀가 거친 모직 코리투● 위에 상의를 놓고 팔라를 개어 넣은 다음 궤를 가볍게 닫자 진짜 아픔의 눈물이 그녀의 얼굴을 타고 흘러내렸다. 그녀는 어둑한 방에서 자고 있는 누군가를 깨울까봐 두려웠다.

● 코르셋. '팔라'처럼 사르데냐 전통 복장의 하나.

그녀는 무릎을 꿇고 궤 덮개에 팔꿈치를 대고 기도했다.

비극적인 환상이 다시 한번 놀랄 만큼 선명하게 그녀 앞에 나타났다. 풀마다 이슬이 맺힌 평화로운 봄날 아침에 풀밭에 버려진 남자, 자비를 구하는 것처럼 보이는 피 묻은 손…… 그리고 바위를 타고 내려와 꽃이 만발한 울타리를 비추는 달빛처럼 순수하고 고요한 종달새 울음…….

그녀는 온몸이 흔들릴 정도로 떨었다. 조용한 작은 집 너머에서 종달새가 정말로 노래하고 있었다.

그녀는 자리에서 벌떡 일어나 옷을 입기 시작했다.

결혼할 부부, 피에트로의 여자 친척 한 사람, 증인 두 사람, 니콜라 삼촌으로 이루어진 무리가 첫새벽의 희미한 빛이 비추는 한적한 좁은 길들을 한동안 조용히 걸어갔다. 모두가 사람들이 깨서 그들을 볼까봐 두려워하는 것 같았다.

그런데 피에트로에게 기대어 걷고 있던 마리아가 갑자기 조그맣게 터져 나오는 웃음을 참느라 손을 입에 댔다.

"무슨 일이오?" 신랑이 물었다.

"우리가 전부 도둑 같아서 웃음이 나와요." 그녀는 주위를 돌아보지 않고 대답했다.

그 순간부터 모두가 웃으며 수다를 떨기 시작했고, 그렇게 그들은 고요에 싸인 성당 앞에 도착했다.

의식은 길었다. 사제는 대머리에 누런빛이 도는 긴 수염을 기른, 사도처럼 생긴 늙은 마을 사람의 도움을 받아 신혼부부를 위한 미사를 거행했다. 사제의 느리고 달콤한 말은 새벽 여명이 촛불의 빛과 어우러지고, 장미 향기가 나는 성당의 우울한 고요 속으로 울려 퍼졌다.

신랑 신부는 아무것도 덮지 않은 제단 계단에 무릎을 꿇고 침묵하며 집중했다. 피에트로는 이따금 꿈에서 깬 것처럼 고개를 들어 마리아를 바라보다가 다시 슬픈 기억 속으로 빠져들었다. 그의 청춘의 꿈이자 고뇌를 안겨주기도 했던 그 엄숙한 시간은 그를 크게 감동시키지 못했다. 자신의 조건에 맞는 여자를 아무 장애 없이 선택한 신랑처럼 그는 자신이 자연스럽게 그곳에 와 있는 듯했다. 승리의 기쁨이 마음을 흔들지는 못했지만 한없이 달콤하고 평화로운 느낌이 그를 행복하게 했다.

어쨌거나 그는 마침내 그곳에 도착했다. 매복과 위험으로 가득 찬 숲을 지나 피곤에 지친 채 편안하고 안전한 곳에 도착한 여행자처럼 말이다. 여행자는 모든 두려움과 무서운 기억을 내려놓는다. 난로에서는 불꽃이 일렁이며 큰 잔에서는 향긋한 포도주가 반짝인다. 휴식을 취하고 마시고 취해야 할 때다.

사제의 경쾌하고 감미로운 목소리와 늙은 사도의 깊은 목소리가 이따금 그를 꿈에서 깨울 뿐이었다. 혼란스러운 기억이 마음을 스쳐 지나갔다. 막연한 공포와 다소 우울한 행복이 교차했다. 하지만 모든 두려움을 멀리 쫓아버리기라도 할 기세로 경멸하듯 고개를 들었다. 신부의 사랑스러운 얼굴을 바라보기만 해도 모든 게 기쁜 현실에 가려져버렸다. 마리아는 기도를 했고 기억도 했다. 그녀는 자신의 곁에 서 있는 살해 당한 남자의 슬픈 모습을 다시 보았지만 놀라지 않았다. 그를 충분히 애도하지 않았던가? 이제 그녀도 부활하고 즐길 시간 이다. 그녀는 그를 돌아보지 않은 채 피에트로를 보았고 젊고 강하고 열렬한 피에트로가 가까이 있음을 느꼈다.

하느님은 그들이 하나가 되길 원하셨다. 하느님을 찬양하 자! 모든 일은 그분의 뜻대로 일어난다. 이 은혜롭고 선하신 하느님에 대한 감사의 마음으로 신부는 차분하게 예식을 치르 려고 노력했다. 기억, 그녀를 괴롭히는 생각, 불안은 이제 멀리 떠났다. 오직 사랑만이, 탐스럽고 간절한 사랑만이 남았다.

성당에서 돌아오는 길에도 행렬은 눈에 띄지 않았다. 신부 와 신랑은 머리를 숙이고 말없이 움직였다. 가벼운 동풍이 불 고 따뜻하고 육감적인 바람결이 그들을 감쌌다.

그들은 아름다웠고 함께할 만했다. 완벽한 한 쌍이었다. **동 행자들**, 친척, 니콜라 삼촌은 감탄하며 그들을 바라보았다.

사제도 이렇게 말했다.

"하느님께서 이들을 축복하소서. 이들은 한 덤불에 핀 두 개의 꽃과 같습니다."

루이사 이모가 대문 뒤에서 기다리고 있었다.

그녀는 지난번처럼 울거나 신랑 신부에게 키스하지 않았지 만 그들에게 곡식 한 줌을 던지고 차분하게 축원했다.

"크게 행복하기를! 크게 행복하기를!"

그녀를 도와 커피와 케이크를 차리려고 온 두 여자도 신부와 신랑에게 곡식 한 줌을 던졌다. 그런 다음 쟁반을 가지러 루이사 이모의 방으로 올라갔다.

사제는 들어가자마자 눈에 보이는 침대를 신랑 신부의 침대로 착각하고 서둘러 축복했다. 니콜라 삼촌은 갑자기 터져나오는 웃음에 허리가 구부러질 정도여서 지팡이에 기대야 했다. 그가 요란하게 웃어댔다.

"내 아내가 이제 또 다른 아이를 갖게 될지 누가 알겠습니까! 하하, 또 다른 애를 지금 말입니다!"

모두가 웃었다. 마리아는 사제를 자신의 방으로 이끌었다.

"죄송해요. 정말 죄송해요, **파스칼레 신부님**. 여기로 오세요!"

23

여드레가 지났다. 어떤 밀월도 마리아와 피에트로의 밀월보다 더 뜨겁고 완벽하지 못했다.

니콜라 삼촌과 루이사 이모는 아침부터 저녁까지 거의 매일 시골로 가서 젊은 부부를 자유롭게 해주었다.

서서히 끝나가는 5월은 그 달콤함과 열정으로 이제 목가적인 자연을 완성했다. 신랑 신부는 야성적인 열정을 억제하지 않고 거기에 몸을 맡겼으며, 새 삶이 시작되는 세상의 어린 숲에서 태초의 부부가 서로 사랑해야 하는 것처럼 사랑을 나누었다.

한번은 피에트로가 마리아를 사나운 눈으로 바라보아서 마리아가 그를 무섭다고까지 느낀 적이 있었다. 녹색 빛이 도는 눈이 호랑이 눈처럼 이글거렸다. 남자에 대한, 난폭한 포식자에 대한 두려움은 그녀를 약하게 만들었고 헌신하는 기쁨이 커졌다. 그녀는 바람에, 관능의 회오리바람에 휩쓸리는 것 같았다. 그래서 거칠어졌고 평상시에 그녀를 감싸고 있던 교양이라는 가벼운 껍질을 쉽게 벗어버렸다. 그녀는 낫으로 벤 적이 없는 풀밭에서 파우누스를 기다리는 벌거벗은 요정으로 돌아갔다.

그가 돌아왔다. 그들 주위를 감싸고 있던 베일이 벗어졌고 세상, 집, 과거와 미래가 사라졌다. 피에트로는 이따금 안절부절못하고 우울해하는 모습을 보였다. 특히 집으로 돌아왔을 때 마리아가 그에게 미소를 지으며 열정적으로 쳐다볼 준비가 되어 있지 않으면 더욱 그러했다. 그는 그녀를 찾았고, 그녀를 불렀고, 그가 없는 동안 누군가를 만난 적이 있는지 물었다. 그녀는 그가 질투한다고 생각했다. 그러나 대부분의 시간 동안 그는 자신이 부드럽고 다정하며 공손하기까지 하다는 것을 보여주었다. 그는 하인이었던 예전의 자신을 잊지 않은 듯했다. 그 점도 그녀는 마음에 들었다. 그녀는 피에트로가 감히 그녀에게 자신의 모든 열정을 보여주지 못했던 먼 과거로 돌아가 사는 듯했다.

그러나 도취해 살던 일주일이 지나자 피곤함을 느끼기 시작했다. 그녀를 둘러싸고 있던 열정의 안개가 걷혔다.

어느 날 마리아는 부엌문 옆에 드리워진 그늘에 앉아 피에
트로의 셔츠를 바느질하고 있었다. 그녀는 혼자였다. 니콜라
삼촌과 루이사 이모는 포도밭에 가고 없었다. 피에트로는 그
들이 들어갈 작은 집의 마지막 공사를 독려하고 있었다.

물 뿌린 깨끗한 안뜰은 여느 때처럼 평화로웠다. 늦봄의 열
기와 카네이션과 바질의 냄새가 풍겼고 사랑에 빠진 제비가
끊임없이 지저귀는 소리가 들렸다. 마리아는 바느질하며 생
각에 잠겼다.

머리가 약간 무거웠지만 생각은 명료했고 호흡도 평소보다
안정되어 있었다. 그녀는 다시 자신이 할 일을 시작했다. 주
변을 돌아보았고 이웃 사람들의 입방아를 생각했다.

마리아는 마치 회복기에 있는 듯했다. 여전히 약간 나른하
고 지쳐 있었지만 이미 여러 날 동안 그녀의 정신을 빼앗아
간 열병에서 벗어났다.

'그래.' 그녀는 생각했다. '어머니는 나를 떠나보내기로 한
결정을 벌써 후회하시지만 이미 피에트로는 결심했어. 그래,
잠시 동안이라도 우리는 집을 옮겨 살아야 해. 그 후에 우리는
틀림없이 여기로 돌아올 거야. 피에트로는 베아토와는 다른
것 같아. 우리가 여기 더 있으면 그 사람은 결국 어머니와 다
투게 될 거야……. 어제저녁에도 **엄마**가 정말 너무 생각 없이
말씀하셔서 그 사람 기분이 상했잖아. "아이가 생기면 프란체

스코라고 부르자!"라고 해서 말이야. 그래, 그 사람은 여전히 죽은 사람을 질투해. 어머, 부엌에 무슨 일이 있는 거지?'

마리아는 일어나서 부엌으로 갔다. 고양이가 뚜껑을 떨어뜨린 것이었다. 그녀는 뚜껑을 제자리에 놓고 안뜰을 가로질러 달아나는 고양이를 쫓아갔다. 그러다가 다시 앉아서 집의 그림자가 닿는 곳을 바라보며 시간을 짐작했다.

'이제 10시야. 피에트로는 아마 정오에 돌아올 거야.'

그녀는 그를 다시 만나는 상상을 했다. 그는 대문을 밀고 들어와서 그녀가 보이지 않으면 즉시 그녀를 부른다. 그녀가 그에게 다가간다. 그들은 처음 만나는 순간의 연인들처럼 어색하게 서로를 바라보다가 미친 듯이 키스한다.

마리아는 잠시 남편을 떠올리기만 해도 여러 날 전부터 그녀를 괴롭혔던 사랑에 대한 집착에 다시 사로잡혔다. 그녀는 목에 뭔가가 걸린 것 같았고 숨이 찼다. 다시 바느질을 시작했지만 바늘이 손가락 사이에서 떨렸다.

문을 크게 두드리는 소리에 그녀는 그 생각에서 깼다.

그녀는 셔츠를 바닥에 놓고 문을 열러 갔다.

붉은 얼굴에 노란색 콧수염이 덥수룩한 덩치 큰 우체부가 마치 그녀가 맞는지 확인하려는 듯 마리아를 위아래로 훑어보았다. 그리고 확신이 들자 다섯 개의 커다란 봉인이 찍힌 편지를 가방에서 천천히 꺼냈다. 그 봉인 중에서 가는 무늬로 세공된 인장 자국 하나가 눈에 띄었다.

"로사나의 과부, 마리아 노이나 부인 앞으로 온 등기 편지."

그가 주소를 읽으며 말했다. "알제리에서 왔습니다."

"주세요." 마리아는 아직 알제리에 있을 사비나를 생각하며 손을 내밀었다.

"여기에 서명하세요." 우체부가 그녀에게 종이 한 장을 건네며 말했다. "여기요."

그녀는 자기 방으로 올라가야만 했다. 그녀는 서명을 하고 자신의 서명 뒤에 있는 서명을 보며 궁금해했다.

'사비나가 나에게 바라는 게 뭐지? 돈이겠지? 내가 결혼한 걸 아직 모르나?'

마리아는 다시 내려갔고 대문을 닫고 즉시 편지를 열었다. 거기에는 서명이 없었다. 그러나 그녀는 사비나의 손글씨를 알아보았다. 어쨌거나 편지는 이렇게 시작했다.

마리아에게,

내가 누군지 알겠지. 조심하려고 서명을 하지 않지만, 너는 내가 너를 사랑하는 사람이라는 걸 알 거야. 오늘에서야 누오로에서 온 사람에게서 네 결혼 소식을 듣게 됐어. 내 편지가 네게 너무 늦게 도착하지 않기를 주님께 기도하고 싶어. 그것은 너에게 끔찍한 불행이 될 테니 나는 오로지 이 불행에서 너를 구하기 위해서 이 편지를 쓰는 거야. 마리아, 피에트로 베누와 결혼하면 안 돼. 그는 프란체스코 로사나를 죽인 사람이야. 먼저 그와 그의 공범인 추안네 안티네가 치추 크로카, 그러니까 투룰리아를 죽인 다음 그의 칼로 프란체스코를 죽였어. 투룰리아의 시신은 오직 목동들만이 아는 은신처에 숨겨져 있어. **스피리토 산토 성당** 근처의 너희 탄카의 바위들 속에 말이야. 네가 원한다면 투룰리아의 참혹한 시신을 수색해서 내 말이 진실인지 확인할 수 있을 거야. 주변의 목동들, 안토니오 페라, 안드리아 삼촌 등은 비밀을 알고 있어. 그들은 그 두 살인자를 본 적이 있는데, 그자들이 바로 그때 누오로의 우리에서 사라진 소들을 다 훔친 도둑이기도 했기 때문이야. 피에트로 베누는 그렇게 재산을 모으기 시작했어. 그 끔찍한 살인 범죄에 대한 증거가 없더라도 이 한 가지 사실만으로도 그는 너와 결혼할 자격이 없어. 목동들은 두려움과 비겁함으로 침묵했지. 나도 네가 예전 하인과 결혼하기로 결정하지 않으면 조용히 있겠다고 맹세했거든.

이 편지가 네게 제시간에 도착하기를 성모님께 기도할게. 네 소신대로 해. 하지만 조심해야 해. 네가 그 사실을 알고 있다는 것을 피에트로가 알아채면 너를 죽일 수도 있으니까.

마리아는 자신도 모르게 안뜰을 가로질러 조금 전에 앉아 있던 작은 의자에 주저앉았다.

그녀의 얼굴은 붉어지고 경련을 일으켰다. 손과 머리가 떨렸다. 얼마 동안 그녀는 경미한 경련과 완전한 무의식에 압도된 듯 그렇게 앉아 있다가 고개를 들고 놀라서 주위를 둘러보았다. 무의식의 순간에 그녀의 영혼은 마치 그녀에게서 떨어져 나온 듯 신비한 여행을 했다. 그녀는 미지의 나라에 있었고 그곳에서 끔찍하고 엄청난 일들을 보았으며 딴사람으로 변해 돌아와서 그녀 주변 역시 하나도 빠짐없이 변한 것을 보고 공포를 느꼈다.

잠시 후에야 그녀는 의심이 들기 시작했다. 물론 끔찍한 진실이 사실임을 확신했고 사형선고보다 더 냉혹한 그 편지로 인해 진실을 손안에 쥐고 있는 듯했지만 말이다. 당혹감 때문에 자기 자신을, 이미 증명된 자신의 힘을 다 잃어버린 채 그녀는 본능적으로 보호와 위로를 바랐다. 그래서 피에트로가 돌아오기를 간절히 바랐다.

'그 사람이 오기만 하면!' 그녀는 편지를 보며 생각했다. '내가 그 사람에게 편지를 읽게 하면…… 모든 것이 끝날 것이다. 이것은 사비나의 복수다. 그래, 그 애는 한때 그를 사랑했고 그 사람도 그 애를 사랑했다……. 그러니까…….'

마리아는 짧은 전원시로 시작해 비극으로 끝난 그녀의 슬픈 소설 전체를 단숨에 떠올렸다. 그녀는 모든 것을 기억했다. 피에트로가 문 모퉁이 뒤 부엌 벽에 자기 외투를 걸고 있는 것을 보았다……. 우울하고 슬픈 날이었다……. 그녀는 그에게 포도주를 따라주었고 그를 불신의 눈으로 바라봤다. 그에 대해 떠도는 나쁜 소문이 사실인지 확인할 수 있는 게 전혀 없기는 했지만 당시에 그는 분명 평판이 나빴다.

구름이 흔적도 없이 지나가듯 세월이 흘러갔다……. 그동안 그녀는 무엇을 했을까? 그녀는 꿈을 꾸었다. 그녀는 아름다웠고 사람을 무시했다. 그녀는 그를 기억했다. 그렇다. 그녀는 공주처럼 오만했다.

그런데 그녀는 왜 그렇게 바닥으로 떨어졌을까? 그녀가 하인의 말에 귀를 기울였고 차츰차츰 그녀 자신을 가장 낮은 여자로서 그에게 내어주었기 때문이다. 당시 그는 좋은 사람이었다. 그녀는 그를 어린애처럼 유순하고 온순하다고 생각했고, 그를 자신의 장난감으로 만들었다고 생각했다……. 하지만 이제 그녀는 그때 그가 한 말과 약속이 기억났다.

'나는 부자가 될 겁니다. 행운을 갖게 될 거예요……. 당신을 위해…… 나는 불가능한 일을 하게 될 거예요…….'

아, 그때부터 그는 도둑이었거나 도둑이 되기로 생각했던 게 틀림없었다. 그런데 그녀는 눈이 멀어 보지 못했다. 귀가 먹어 듣지 못했다. 그녀는 그의 키스 맛만 보았을 뿐 그 키스가 자신의 삶에 독을 풀고 있다는 사실을 깨닫지 못했다.

하지만 그가 돌아온다면! 그가 돌아와 거친 입맞춤으로 그녀에게 이 무서운 고통의 시간을 잊게 해준다면!

'어째서 내가 그 사람을 의심하는 거지?' 당황해 어쩔 줄 모르는 영혼의 깊은 곳에서 어떤 목소리가 외친다.

그리고 더 크고 깊은 목소리가 대답한다.

'너는 의심하지 않아. 너는 확신하고 있어! 진실은 네 마음 속에 있어.'

싸움은 점점 더 격렬해졌다. 마리아는 처음으로 생각을 집중해서 과거의 일을 살폈다. 그러자 그녀의 눈에서 베일이 벗어지는 것 같았다. 그녀는 집에 돌아올 때마다, 그에게 미소 지을 준비를 하고 있는 자신을 발견하지 못할 때마다 불안해 하던 피에트로를 떠올렸다. 아주 세세한 일들이 마음에 떠올랐다. 그녀는 피에트로의 친구이자 그 역시 수상하게 부를 축적한 추안네 안티네의 모습이 기억났다. 그의 증언과 실종된 하인을 범인으로 몰았던 것을 생각하자 새로운 사실이 드러나는 듯했다.

'안티네가 공범이야.' 그녀는 생각했다. '의심의 여지가 없어……'

의심할 여지가 없다! 정말 이제 그녀는 더는 의심하지 않는 것 같았다. 그녀는 지나칠 정도로 조심스레 편지를 다시 펴서 읽었다. 모든 말이 그녀에게 단검처럼 상처를 입혔다.

마지막 문장을 다시 읽었을 때 그녀는 새로운 감정에 사로잡혀 흠칫했다. 그녀는 피에트로가 집에 돌아오는 게 두려웠다. 그는 지난 범죄들을 덮기 위해 새로운 범죄를 저지를 수 있었다.

편지를 가슴에 숨겼고, 그녀 쪽으로 점점 다가와 거의 발끝에 이른 일직선의 짙은 그늘을 막연한 두려움으로 지켜보았다. 시간은 흘러갔다. 태양과 함께 달렸다. 천천히 움직이는 그늘에 뭔가 살아 있는 것이 있었다. 그것은 전진하는 적이었다……

그리고 마침내 영혼에 한 가지 질문이 메아리쳤다.

'어떻게 하지? 어떻게 하지?'

피에트로는 곧 돌아올 것이다. 마리아는 조금 전 사랑의 꿈 속에서처럼 **그를** 다시 **보았다**. 그는 그녀를 불렀고 가까이 다 가왔다. 그리고 숨이 막힐 정도 그녀를 포옹했다······. 그러나 이제, 피에트로는 애인의 껍데기를 벗어버렸다. 그는 살인자 와 도둑이라는 진짜 모습으로 나타났다······.

어떻게 하지? 어떻게 하지?

마리아는 다시 제정신이 아니었다. 자리에서 일어나서 도 망칠 생각을, 아버지에게 보호를 요청하기 위해 포도밭으로 달려갈 생각을 했다. 그녀는 대문까지 걸어갔지만 편지의 섬 뜩한 그 문장이 마음에 되살아나며 그녀를 진정시켰다. '마리 아, 조심해야 해.'

그녀는 대문을 닫아 빗장을 걸었고, 무자비한 사냥꾼에게 잡혀 동굴 속에 갇힌 짐승처럼 안뜰을 돌아다녔다.

어떻게 하지? 어떻게 하지?

기억들이 강렬하게 되살아나 마리아의 공포와 괴로움, 희망 과 뒤섞이며 혼란스러운 마음을 더욱 어둡게 했다.

그녀는 희미한 달빛 아래, 탄카의 오솔길 끝에 나타나는 피 에트로의 모습을 다시 보았다. 그녀는 프란체스코의 죽음과 관련된 세세한 부분들과 남편을 잃고 보낸 시절의 모든 사건 을 떠올렸다. 비극 이후 그녀를 괴롭혔던 의심, 피에트로의 맹세, 그의 오랜 기다림, 눈에 띄는 영리함, 늘어나는 재산, 결 혼을 비밀로 하고 싶어 하던 바람, 살해당한 프란체스코의 이름을 듣거나 그가 살았던 곳에서 살거나 그가 자던 침대에서 자는 것에 대한 혐오…….

그러나 피에트로가 너무나 진지하게 맹세를 했고 또 몹시 기분이 상한 것처럼 보였기 때문에 마리아는 그 장면을 떠올리자 여전히 기쁨이 밀려오며 마음이 가벼워졌다. 그래서 그녀는 파도 밖으로 머리를 내미는 데 성공한 난파선 선원처럼 잠시 숨을 쉬었다. 그러나 곧 두려운 의심의 바닷속으로, 그녀를 익사시키는 절망 속으로 다시 떨어졌다.

'그 사람은 맹세했어. 거룩한 십자가에 맹세했어……. 그리고 나는 그 사람을 믿었어! 주님, 왜 제 영혼을 비추는 빛살을 제게서 거두셨습니까? 제가 어떤 잘못을 저질렀기에 이런 벌을 받아야 합니까?'

그녀는 맞잡은 손을 하늘로 들어 올리며, 불과 한 시간 전만 해도 행복한 신부의 꿈을 축복하던 깊은 봄의 하늘을 절망적으로 바라보았다. 그러나 하늘에서는 사랑에 빠진 제비들의 지저귐, 비웃음에 가까운 그 소리만이 그녀의 외침에 대답했다.

그래도 태양은 자기 길을 계속 갔고 그늘도 운명의 시간을 알리듯 점점 더 전진했다.

피에트로는 언제든지, 정오 이전이라도 돌아올 수 있다.

어떻게 하지? 어떻게 하지? 내색하지 않는 법은? 그의 시선, 괴물 같은 키스를 피하는 방법은?

문 두드리는 소리가 들렸다.

그 사람이다. 그가 왔다! 잠깐 동안 마리아는 숨도 쉬지 않은 채 꼼짝하지 않았다. 그러나 여자아이의 목소리가 들렸다.

"루이사 이모, 문 열어주세요. 어, 뭐지. 다 죽었어요? 아파요?"

마리아는 문을 열지 않았다. 하지만 소녀의 말을 들으니 피에트로가 자신의 혼란스러운 상태를 의심하지 않도록 아픈 척하는 것이 좋겠다는 생각이 들었다. 그녀는 보통 때처럼 빗장만 풀고 대문을 닫아둔 뒤 자기 방으로 돌아갔다. 어슴푸레한 고요한 방 안의 하얀 침대를 보자 숨이 막히고 한줄기 눈물이 흘러나왔다.

그때까지 격심한 고통을 안겨준 두려움과 방어 본능에 이어 이제는 선을 잃어버린 데에 대한 절망이 뒤따랐다. 그녀는 현실을 자각했고, 고뇌는 더욱 깊어졌다.

그녀는 로사리오의 성모 그림 앞에 무릎을 꿇고 다시 두 손 모아 애원하며 혼란스럽게 기도문을 더듬거렸다.

무엇을 원하는 걸까? 그녀는 잘 몰랐다. 피에트로가 결백하기를 원하는가? 아니면 하느님의 도움을 얻어 복수를 하고 그로부터 자유로워지기를 원하는 걸까? 그녀는 몰랐다. 정말 몰랐다.

하지만 마리아는 기도에서 위로를 받았다. 마음이 차분해져서 일어났다. 그러자 모든 게 나쁜 꿈만 같았다.

'이제.' 마리아는 가슴의 편지를 만지며 생각했다. '이제 찢어서 버리면 다 끝나는 일이야. 비방이야. 거짓말이야. 편지를 쓴 사람이 나를 여전히 과부라고 믿는 척하는 것조차 속임수야……. 내가 얼마나 어리석었으면 겁을 먹었을까!'

다시 그녀는 피에트로가 자기 집에 하인으로 들어오기 전에 그에 관해 떠돌았던, 난폭하고 파렴치하다는 평판을 기억해냈다. 그에 대한 나쁜 평판이 정당하다는 증거는 전혀, 아무것도 없었다. 비방이다. 그때도 지금처럼 그랬다. 반대로 그는 너무 선량하고 온화했다!

그녀는 따뜻하고 맥이 뛰기라도 하는 듯한 편지를 꺼내서 바라보았다. 그러다가 갑자기 다시 공포에 빠졌다.

그 종이 한 장, 응고된 피의 색깔 같은 검붉은 봉인 다섯 개는 그녀에게 기묘한 인상을 주었고 끔찍한 일을 상기시키는 기억의 표식과도 같았다. 오솔길의 풀과 돌들 위에 응고된 프란체스코의 피가 그녀의 눈앞에 다시 나타났다. 그녀는 자비를 간청하듯 하늘을 향해 있던 그의 손을 다시 보았다…….

두려움과 고뇌가 다시 그녀를 완전히 사로잡았다.

"죽은 자들이 다시 살아나." 피에트로가 볼 수 없도록 편지를 숨기며 그녀는 큰 소리로 말했다. "프란체스코가 부활했어. 그 사람이 이 편지에 영감을 준 거야. 그 사람이, 도살당한 양인 그 사람이……."

프란체스코에 대한 기억을 떠올리자 그녀의 얼굴에 부드러운 눈물이 흘렀다. 그에 대한 기억은 결코 그녀를 불안하게 하지 않았다. 그리고 무서운 진실이 밝혀진 지금 그녀는 처음으로 당연하게, 애정을 가지고 프란체스코를 생각했다.

프란체스코의 죽음을 애도하던 조문객의 장송곡이, 그녀가 한때 교훈으로 되뇌었던 그 말들이 자꾸만 다시 떠올랐는데, 그것은 그녀의 영혼 깊은 곳에서 솟아오르는 새로운 말들 같았다.

'그는 어린양처럼 선해서 양처럼 도살당했다……'

프란체스코는 얼마나 부드럽고 순수하고 다정했던가!

그의 영혼은 그의 눈에 그대로 드러났다. 그래서 그와 함께 사는 사람은 선하고 충실할 수 있었다. 반대로 저주받은 운명의 피에트로는 자기가 만진 곳을 불태우며 그 저주를 가져와 주위에 퍼뜨렸다.

프란체스코가 살아 있었더라면 마리아는 그를 진정으로 사랑했을 거라고 생각했다. 저열하게 하인과 얽힌 육욕적인 사랑이 아니라 순수하고 심오하며 시간과 같이 영원하고 늘 변함이 없고 항상 달콤한, 하느님이 명령하신 그 사랑 말이다.

'그자가, 그 비열한 하인이 나를 망치고 나를 죽였어……' 그녀는 신음하며 침대에 몸을 던지고 절망적으로 베개에 얼굴을 파묻었다. '어머니 말이 옳아. 그자가 나를 홀렸어. 나는 어떻게 변했는가? 나, 마리아 노이나. 나, 마리아 로사나! 나는 길 잃은 여자, 하인의 하녀가 되었어. 나는 어머니에게 죄를 지었어. 죽은 이들의 기억에, 나와 같은 모든 이에게 죄를 지었어. 내가 종을, 끔찍한 오물을 내 침상에 끌어들였어. 제가 이것 때문에 징벌을 받았나이까? 오, 아니 됩니다. 주여,

그 징벌이 너무 가혹합니다……. 제가 무엇을 행하였습니까?'

저 멀리 희미하게 있던 그녀의 의식을 뚫고 비난의 목소리가 솟아오르기 시작했다. 그러나 그녀는 필사적으로 막으며 그 목소리를 잠재웠다.

마리아는 피에트로가 오로지 그녀를 위해 악의 길을 갔다고 생각했다. 하지만 그녀의 잘못은 무엇인가? 그에게 처음 눈길을 준 게 그녀 아니었을까? 프란체스코와 결혼하지 않았더라도 피에트로는 자신의 목표를 달성하기 위해 똑같이 도둑이 되고 때로는 살인을 했을 것이다. 부자가 되려고, 그녀와 결혼을 하려고. 아, 그렇다. 그녀는 사랑을 나누던 초기에 피에트로가 했던 약속을 또렷하게 기억하고 있었다. '나는 부자가 될 거요. 나는 나의 행운을 찾을 겁니다……. 나는 무슨 일이든 할 거요……. 당신을 위해!'

그리고 그는 그렇게 했다! 운명을 어깨에 짊어지고 태어났다. 참새가 솔개의 발톱에 잡히듯 그의 발톱에 걸려든 가련한 그녀!

시간이 흘렀다. 그녀는 눈물을 흘렸고 기억을 떠올렸다. 그러나 영혼 깊은 곳에서 여전히 희망을 품는 사이에 최악의 본능이 살아나며 그녀를 지배했다.

그래서 마리아는 서서히 자신과 자신의 의지와 영리함을 되찾아 그것들의 주인이 된 것 같았다.

그렇다. 이제 그녀는 피에트로의 진짜 모습을 보는 듯했다.

그동안 얼마나 자주 얼핏얼핏 그런 모습을 보며 혼란스러워 했던지.

그녀는 여전히 여주인이었다. 그는 하인이었다. 하지만 그 하인은 도둑, 강도, 적이었다. 주인 것을 훔치고 그의 자리를 차지하기 위해 그를 죽인 자였다. 사랑에 빠졌어도 그는 폭력적인 남자였고 약탈자였다. 그리고 이제야 그녀는 그것을 느꼈다. 그러자 그녀가 한때 품었던 원한이, 그녀의 뿌리 깊은 계급적 증오가 숨겨진 악처럼 그녀 안에서 자라 마침내 출구를 찾은 듯했다.

'어떻게 하지? 이제 어떻게 하지?'

그리고 서서히 악이 자라나면서 질문은 더 크게 울려 퍼졌다.

용서한다는 생각은 그녀의 마음을 스쳐 지나가지도 않았다. 그녀는 피에트로가 무죄이기만을 희망했지만 만약 그가 유죄라면 그를 쳐야 했다.

친다? 하지만 어떻게? 그러나 우선 그의 범죄를 어떻게 확인할 수 있을까?

그녀가 아무리 영리하고 기민하다 해도 혼자서는 조사하고 탐색하고 발견할 능력이 없었다. 피에트로가 자신을 변호하고 형벌을 면하기 전에 그녀는 침묵을 지키거나 강력한 힘을 지닌 사람에게 도움을 구해 피에트로를 불시에 쳐야 했다.

하지만 누구에게 연락해야 하나? 누구에게 조언을 구해야 하나? 어머니에게? 루이사 이모는 비록 피에트로에게 원한을 품고 있지만 가족의 품위를 위해 그녀에게 침묵을 지키라고 충고할 수 있었다. 아버지에게? 니콜라 삼촌은 남자였지만 신중하지 못하고 가벼웠다. 아마도 그는 프란체스코보다 피에트로와 먼저 결혼하지 않은 그녀를 비난하면서 비웃을지도 몰랐다.

그렇다면 누구에게 알려야 할까? 그녀에게는 믿고 마음을 터놓을 친구도 친척도 없었다.

그러나 그녀는 돈이 많았다. 그녀가 가진 아스포델 바구니 안에는 금화와 은화가 가득했다…….

그렇다. 돈으로는 못할 일이 없다. 돈으로는 탄카의 돌에게도 말을 시킬 수 있고, 땅을 파 깊은 무덤에서 진실을 끌어낼 수도 있으리라. 돈으로는 모든 것이 가능하다. 그렇다면?

그렇다면 어떻게 하지? 어떻게 하지? 어떻게 하지?

그러자 처음부터 그녀의 영혼 깊은 곳에서 머나먼 천둥소리처럼 위협적이고 침울하게 울렸었던 그 말이 마침내 눈물에 젖은 쓰라린 그녀의 입술 위로 올라왔다.

'판사에게 가야겠어.'

판사는 무너진 세상에서 그녀가 기댈 수 있는 유일한 기둥이었다.

그는 아버지이자 친구이자 변호인이자 집행자였다. 그녀를 배신하지 않을 유일한 사람이었다. 강력한 힘을 가진 그만이 죽은 자들을 말하게 하고, 바위 사이를 뒤지고, 비밀을 밝혀

낼 수 있었다. 그만이 산 자와 죽은 자로 하여금 진실을 말하게 하고 죄인을 처벌하고 무고한 사람을 구원할 수 있었다.

마리아는 단숨에 계획을 세웠다.

'비밀리에 판사에게 가야겠어. 어쨌거나 그는 내 고통스러운 입장을 이해할 거야. 그는 즉시 피에트로를 체포하고 누가 고소했는지는 발설하지 않을 거야. 피에트로가 유죄라면 당연히 벌을 받게 되겠지. 그러면 나에게는 무슨 일이 일어날까? 어머니에게는? 아버지에게는? 우리는 평생 모욕을 당할 거야. 사람들은 우리의 불행을 기뻐하겠지. 아주 비열한 사람들은 우리에게 돌을 던질 수도 있을 거야.'

갑자기 모든 것이 끝을 알 수 없고 불확실하다는 생각에 다시 사로잡혔다. 그녀는 침대에서 몸을 벌떡 일으켜 안뜰에서 그랬던 것처럼 방 안을 절망적으로 서성거렸다. 어떻게 해야 하나? 어떻게 해야 하나? 그녀 자신이 판사에게 가서 몇 시간 전까지 맹목적으로 사랑했던 남자 피에트로를 어떻게 고발할 수 있단 말인가?

작은 성모상들과 벽에서 웃고 있는 소박한 성인들로 가득 찬, 그 하얗고 조용한 방의 모든 물건은 행복에 도취되어 있던 여드레를 상기시켰다. 몸이 여전히 떨렸다. 어떻게 하지?

오랫동안 찾던 열매처럼 탐욕스럽게 움켜쥔 기쁨을 어떻게 포기할 수 있겠는가?

그녀는 진주 묵주를 들고 있는 빨갛고 노란 조그만 성모 앞

에 다시 몸을 던지고 마음 깊은 곳에서 불가능하다고 생각하
는 것을 간청했다.

'그 사람의 결백을 증명해주세요. 저를 불쌍히 여기소서, 성
모님.'

그리고 큰 소리로 반복했다.

"모두 꿈이야. 사실이 아니다. 그것은 비방이다. 내가 왜 믿
었지? 내가 미쳤나?"

그녀는 가슴에 손을 얹고 편지를 만져보았다. 다섯 개의 봉
인이 살에 낙인을 찍는 것 같았다.

"조심해야 해. 네가 그 사실을 알고 있다는 것을 피에트로
가 알아채면 너를 죽일 수도 있으니까……"

마리아는 일어나서 다시 방을 서성이기 시작했다. 거울로
다가가보니 푸르스름하게 바뀌어버린 얼굴이 거의 딴사람
같았다. 가면 같았다.

의심의 그림자가 여전히 그녀를 둘러싸고 있었다. 판사의
모습이 친구에서 적으로 위협적으로 바뀌었다.

판사는 우물을 파는 사람과 같아서 수원을 찾을 때까지 쉬
지 않는다.

그녀가 아무리 자신을 방어해도 그녀는 자신이 어디에 있
고 악의 근원이 무엇인지 알고 있었다.

판사가 잘 조사하면 그녀에게 불리한 일이 너무 많이 드러
날 수 있다. 정의로운 사람들은 피에트로를 정죄할 수 있을
것이다. 하지만 사람들은 그녀를 비난할 것이다. 사람들이 말

이다! 아니, 사람들은 짧은 전원시를 무시하듯이 비극도 무시할 게 틀림없다. 사람들을 위해 그녀는 자신을 희생해야 할 것이다. 평생 동안……

마리아는 피에트로가 뜰을 가로지르는 것 같아서 어린애같이 공포에 떨며 다시 침대에 몸을 던졌다.

그녀는 다시 어린아이가 되어 침대에 누워 있는 기분이 들었다. 난롯가에서 들은 끔찍한 이야기를 마음에 고스란히 담은 채 겨울밤의 무시무시한 신비 속에서, 어둠 속에서 말이다. 수년 동안 어린 시절에 그녀를 가장 두렵게 했던 존재는 '강도'였다. 그녀는 강도가 떡갈나무만큼 크고 고양이 눈에 솔개 발톱 같은 두 손을 가졌다고 상상했다.

그는 보물을 숨겨둔 산속의 동굴에서 살았다. 밤이 되면 일곱 개의 칼로 무장하고 거기서 내려왔는데 아무 소리도 나지 않도록 자신의 거대한 발을 천으로 둘둘 감았다…….

그는 조용하고 가볍게 걸었다. 문을 부수고…… 부잣집에 들어갔다…….

그러나 피에트로는 오지 않았다. 그녀는 다시 진정되어 혼자 적과 싸우기로 마음을 먹고 준비하고 경계했다. 그녀는 싸우고, 몸부림치고, 배신의 상처를 입히기 위해 태어났다. 그녀는 항상 배신을 했다. 피에트로를 배신했고, 친척들을 배신했고, 사비나를 배신했다. 또한 프란체스코에게도 진실을 고백하지 않음으로써 그를 배신했다. 아마도 그녀가 솔직히 말했다면 그는 죽지 않았을 것이다. 그러나 온 세상은 배신과 함정으로 가득 차 있다. 인간은 태양과 대지의 몫을 차지하기 위해 인간과 싸워야 한다! 만약 그녀가 복병들이 숨어 있는 끔찍한 삶 속에서 덫에 걸리고 패배하지 않기 위해 싸워야 했고 여전히 싸워야 한다면 그녀의 잘못은 무엇인가?

원초적 본능이 그녀 안에서 되살아났다. 지나간 날처럼 사랑하기 위해서가 아니라 싸우고 자신을 방어하기 위해서 말이다. 시간이 흐르고 위험이 다가옴에 따라 그녀는 여성적인 본능이라는 무기를 모두 갖추었다. 하지만 그 본능을 지배한 것은 확고한 의지였다. 그녀는 자신의 주위에서 무시무시한 유령, 죽음, 범죄, 고통의 무서운 그림자를 본 여자로 돌아간다. 그리고 그녀는 전설 속의 인물처럼 비극적인 밤에 검은 숲을 지나가고 슬픈 운명을 만나러 갔다. 그것을 거부할 준비를 한 채.

안뜰에서 발소리가 들렸다.

"마리아, 어디 있어요?"

그가 왔다! 그가 올라왔다. 가볍게 호랑이처럼 자신감 넘치게 말이다. 그는 공격할 준비를 하며 전진하는 '강도'였다.

마리아가 침대에 누워 있는 것을 보고 피에트로는 깜짝 놀랐다. 그는 그녀에게 몸을 숙여 그녀의 손을 잡았다.

"마리아! 무슨 일이에요? 어찌 된 일이에요? 왜 침대에 있죠?"

그는 그녀에게 키스하고 그녀를 보았다. 그녀의 불안한 눈이 겁에 질린 아이의 눈 같았다.

그녀는 그를 바라보며 밀어냈다.

"몸이 안 좋아요. 아파요……. 머리가 심하게 아파요. 이제 좀 나아졌어요……. 놔주세요."

그는 불안하게 주위를 둘러보더니 알 수 없는 두려움으로 가득 찬 흐릿한 눈을 다시 그녀에게 고정시켰다.

"두통이라고요? 어쩌자고 가만있었죠? 아무도 부르지 않고 아무것도 하지 않고 말이야. 식초라도 조금 바르지 그랬어요. 당신은 어린아이 같군그래! 지금 나가서…… 식초 좀 갖고 올게요……."

그가 나갔다. 그녀는 아무 말도 하지 않았고 움직이지도 않았다.

'이 사람은 두려워하고 있어'라고 그녀는 생각했다. '날 쳐다보는 눈길 좀 봐! 이 사람은 나를 두려워해!'

그는 식초를 가지고 돌아왔다. 식초에 적신 손수건을 마리아의 이마에 얹었다. 그녀는 그가 하는 대로 내버려두었다. 그는 걱정스러워하며 그녀 쪽으로 몸을 숙였다. 계속 그녀를 바라보며 말하고 또 말했다. 그러나 그는 말을 너무 많이 했고, 그렇게 하면 악행이 적어지기라도 하듯 지나칠 정도로 애를 썼다.

"기분이 나아졌나요? 조금 괜찮지 않아요? 무슨 일이 있었던 거예요? 아니면 걱정이 있어요? 한참 아팠어요? 불이 꺼졌

네……. 오늘 아침에 누가 왔었어요? 기분이 좀 나아졌어요?"

"네, 좋아졌어요. 나가보세요. 저는 내버려두세요. 가서 먹을 것을 찾아보세요. 가보세요. 저는 내버려두고요."

그러나 그는 고집을 피웠다. 그는 그날 아침에 누가 왔었는지, 두통이 한참 전부터 시작되었는지, 원인이 무엇인지 알고 싶어 했다.

점점 불안해지던 눈이 갑자기 반짝였다.

"당신 임신한 거 아니에요, 마리아?"

그녀는 눈을 감고 고개를 저었다. 아무 말도 하지 않았지만 아직 생각해본 적 없는 피에트로의 질문이 다시 그녀의 영혼을 격렬한 고통 속에 빠뜨렸다.

그의 아들! 잘생긴 자식이 태어나는 건 당연했다! 그렇기는 하지만!

그녀는 다시 눈을 뜨고 피에트로의 얼굴을 주시했다. 그러자 그의 얼굴이 순식간에 변한 듯했다. 유순하고 어린아이 같은 얼굴이었으며 두 눈은 이제 불안해 보이지 않고 부드럽게 애원하는 듯했다. 그의 이런 모습을 본 적이 있었던가? 언제? 기억이 나지 않았다. 아마도 먼 옛날 첫사랑을 나누던 시기에는 그랬을지 몰랐다. 어쩌면 그날, 포도밭에서, 그가 그녀를 다치게 할 수 있었지만 그 대신 그녀에게 떠나라고 간청할 때였을 것이다. 아마 첫 키스를 나누었던 날 저녁, 그가 그녀를 껴안고 자기는 당신을 해치지 않을 거라고 말할 때였을 수도 있다.

하지만 그는 그녀에게 얼마나 많은 일을 저질렀는가? 그녀에게 얼마나 많은 짓을 했고 앞으로도 계속할 것인가! 그의 존재 자체가 이제 그녀에게 치명적인 고통을 가져다주었다. 그녀는 더 이상 그를 두려워하지 않았다. 아니, 오히려 맹목적인 열정을 가진 바로 그가 자신의 가장 좋은 보호자라고 느꼈다. 그는 자기 자신으로부터도 그녀를 지켜줄 것이다. 그녀에게 오기 위해 위험과 공포로 가득한 길을 여행했으니까.

피에트로는 그녀에게 몸을 숙인 채 다정하게 말을 걸었으며, 기분이 나아졌는지 계속 확인하고는 의사에게 진찰받고 이웃을 불러 커피를 준비시키는 게 어떻겠냐고 제안했다.

그녀는 분노를 제대로 억누르지 못한 채 계속 아니라고 대답했다. 그에게서 벗어날 수 없다! 치밀하고 수사관 같은 그와 이렇게 가까이에 있어야 한다! '강도' 소굴에 있는 이야기 속 소녀처럼 항상 그와 함께 있어야 한다.

그녀는 이것이 가장 큰 고통이라고 느꼈다. 그와 함께 있는 것! 몸속의 질병처럼, 불치의 암처럼 항상 자신과 함께, 자신의 내부에서 그와 가까이 있어야 한다! 그녀는 침대에 앉아 젖은 손수건에 덮인 이마를 손으로 움켜쥐었다. 식초가 뺨을 타고 흐르고 입술을 적시고 헐떡이는 분노의 눈물과 섞였다. 누군가가 예수에게 그랬던 것처럼 그녀에게 담즙과 식초를 마시라고 주는 것 같았다.

피에트로는 그녀에게서 떨어졌으나 여전히 그녀를 바라보았다. 그러나 더 이상 슬퍼 보이지도 불안해 보이지도 않았다. 그도 이해했거나 이해했다고 믿는 것 같았다. 마리아가 지나치게 병을 과장했다.

"우는 거요?" 그가 그녀를 가까이 끌어당기며 말했다. "고통이 그렇게 심해요? 그런데도 당신은 내가 의사를 부르기를 원하지 않는군! 내가 가서 이웃을 데려올게요. 잠시만 혼자 있을 수 있겠어요? 마리아, 대답해요!"

그녀는 몸을 숙인 채 이마에 손을 대고 바닥만 바라보았는데 마치 자신의 끔찍한 병에만 집중하는 것 같았다. 피에트로는 더 이상 감히 그녀를 만지지 못했다.

"내가 나가는 게 좋겠어요?" 그가 반복했다.

그녀는 이를 악물고 말했다.

"나가요. 당신이 나가요. 이웃은 부르지 말고요."

그는 밖으로 나갔다. 그녀는 생각했다.

'저 사람은 두려워하고 있어. 저 사람은 이해했어. 저 사람은 의사를 부르지 않을 거야. 이 세상의 어떤 의사도 우리의 병을 고칠 수 없어. 나의 하느님, 나의 하느님, 우리는 어떻게 해야 합니까?'

'우리는 어떻게 해야 하나?' 두 시간 동안 악몽을 꾼 후 처음으로 그녀는 피에트로의 고통을 자신의 고통과 연관 지었다. 혐오스럽고 참을 수 없는 그의 존재는 그녀에게 많은 것을 상기시켰다. 그의 다정하고 야만적인 시선, 하인의 시선, 형벌을 받은 자의 시선은 그녀에게 많은 것을 설명했다.

'우리는 어떻게 해야 하나?'

그녀는 앞으로 일어날 일을 분명히 예견했다. 그녀는 침묵을 지킬 것이고 여전히 희망을 가질 것이다. 그러나 언젠가 그녀가 프란체스코의 시신에 다가갔듯이, 앞으로 어느 날엔가 다른 희생자의 유해를 발견하고 그들이 말을 하게 만들 것이다. 그렇다. 죽은 자도 말을 한다. 그리고 때로는 살아 있는 사람들도. 돈과 의지가 있으면 무엇이든 이룰 수 있다. 그녀가 그토록 사랑했던, 자신보다 더 사랑했던 돈은 적어도 그녀가 원하는 것에, 즉 진실에 도달하게 하는 위안을 줄 것이다.

'피에트로는 침묵을 지키겠지.' 그녀는 식초에 적신 손수건을 깨물며 생각했다. '그 사람은 항상 모르는 체하고 침묵을 지킬 거야. 죽은 자, 산 자, 돌, 나무, 모든 것이 말을 할 수 있지만, 그 사람은 아니야! 아니야, 아니야. 그 사람은 말하지 않을 거야⋯⋯.'

그가 말을 한다 해도 그녀는 분명 그를 판사에게 고발하지 않을 것이다. 어떤 의사도 **그들**의 질병을 고칠 수 없듯이 어떤 판사도 그들에게 이미 내려진 형벌보다 더 큰 형벌을 선고할 수 없을 것이다.

그녀는 예전에 본, 유형지로 향하는 죄수들의 행렬을 기억했다. 그들은 함께 사슬로 묶인 채 둘씩 둘씩 나아갔다. 그녀와 피에트로는 그 비참한 사람들과 비슷했다. 같은 쇠사슬에 묶여 같은 형벌의 장소로 향했다.

여러 해 동안 그들은 악의 유령이 지켜보는 회색 길을 따라 함께 걸었다. 그리고 이제 교차로에 이르렀고 그 주위로는 모두 똑같이 구불구불하고 어두운 다른 길들이 열려 있었다.

이 길로 들어서든 저 길로 들어서든 똑같았다. 그 길들은 모두 같은 속죄의 장소로 이어졌다.

해설

선과 악의 갈림길에 서다

그라치아 델레다의 작품은 대부분 사르데냐섬에 뿌리를 두고 있다. 사르데냐는 이탈리아 서쪽 지중해에 위치하는데, 섬이라는 특성 때문에 본토의 영향을 거의 받지 않은 채 고유한 문화와 원시적인 아름다움을 고스란히 간직해왔다. 델레다는 사르데냐섬의 자연과 그 안에서 살아가는 인간의 욕망과 내적 갈등, 그리고 거기에서 비롯되는 죄의식을 섬세하게 그려냈고 그로 인해 1926년 노벨문학상을 수상했다. '고향인 외딴섬'에서의 삶을 생생하게 형상화한 동시에 보편적인 인간사를 심도 있고 열정적으로 그려냈다는 게 수상 이유였다. 그러니까 델레다와 사르데냐는 떼려야 뗄 수 없는 관계에 있다.

델레다는 1871년 사르데냐섬의 내륙지역인 누오로시에서 태어났다. 《악의 길》의 배경이기도 한 도시다. 그의 아버지는 법을 공부했지만 문학에도 관심이 많아서 인쇄소를 차리고 잡지를 발간하기도 했다. 델레다는 당시 사르데냐 여자들이 흔히 그랬듯이 정규교육을 제대로 받지 못했는데 초등학교 4학년까지 학교를 다닌 게 전부였다. 그 후에는 잠깐 동안 가정교사에게서 표준어인 이탈리아어, 프랑스어, 라틴어 등을 배우기도 했다.

그러나 줄곧 독학으로 문학을 공부해서 열다섯 살 무렵부터는 글을 쓰기 시작했다. 로마로 보낸 단편들이 발표되면서 작품 활동을 시작했고 신문과 잡지에 기고도 했다. 특히 몇 년 동안 이탈리아 민속 잡지에 사르데냐 전통에 대한 글을 썼다. 이 글은 '사르데냐섬 누오로 민중의 전통'이라는 제목으로 출간이 되었는데, 이런 영향으로 이 무렵 발표한 소설 《악의 길》에는 누오로의 전통과 풍습들이 어느 작품보다 많이 녹아들어 있다. 본격적인 장편소설인 《악의 길》은 이전의 연재소설 수준이던 작품과 이후 그녀에게 명성을 가져다줄 작품들 사이의 중요한 분수령이 된다.

1900년 결혼과 함께 로마로 이주하고 《바람에 흔들리는 갈대》(1913)나 《어머니》(1920) 같은 장편소설 30여 편과 20여 편의 단편소설을 발표하며 대중의 사랑을 얻는다. 이러한 작품들에서 사르데냐 사회의 윤리, 가부장적 구조, 원시적인 자연환경, 농업 문화 등을 주로 다룬다. 특히 《바람에 흔들리는 갈대》처럼 인간의 자유의지를 초월하는, 피할 수 없는 운명에 대해 이야기하는 것도 델레다 작품의 주요한 특징이다. 섬이라는 지역적 특성 속에서 억압받는 여성의 심리 역시 잘 포착해낸다.

델레다 작품에서 빼놓을 수 없는 것은, 금지된 사랑에 빠진 등장인물들이 본능을 억누르지 못하고 저지르는 죄와 그로 인한 죄의식들이다. 등장인물들은 자신들이 범하는 죄에 대해 정확히 인식하고 있으며 이 때문에 그 죄를 정당화하기도 하고 속죄하려 애쓰기도 한다. 델레다의 관점으로 볼 때 인간의 삶은 계속되는 선과 악의 투쟁으로 점철되고 인물들은 이러한 내적 갈등 속에서 살아간다.

《악의 길》에서도 이러한 델레다 작품의 전형적인 특징을 찾아볼 수 있다. 무엇보다 초기의 작품이기에 앞으로 다른 작품에서 다루게 될 주제들이 다수 담겨 있기도 하다. 《악의 길》은 진실주의 소설로 분류된다. 진실주의는 19세기 프랑스 자연주의의 영향을 받아 이탈리아의 사회적, 문화적 상황에 맞게 독자적인 성격을 갖게 된 사조다. 델레다는 이 작품에서 사실을 있는 그대로, 객관적으로 표현하려 애쓴다. 이 때문에 이탈리아 진실주의의 대표 작가인 조반니 베르가와 루이지 카푸아나의 호평을 받았다. 그러나 여기서 한 가지 주목할 만한 사실은 델레다의 작품에 대한 평이 극과 극을 오갔다는 점이다. 그러니까 한쪽에서는 델레다 작품의 특징을 '감상적 지역주의'라고 평가하며 사르데냐라는 지역적 정서에 갇힌 작가로 폄하했다. 또한 로마로 이주한 델레다는 주로 문단의 외곽에서 독자적인 작품 활동을 했기 때문에 델레다에게 노벨문학상이 주어졌을 때 많은 사람이 의외라는 반응을 보이기도 했다. 그러나 외국에서는 막심 고리키나 D. H. 로런스 같은 작가들이 델레다의 작품에 큰 관심을 보였고, 특히 로런스는 《어머니》 영국판의 서문을 쓰기도 했다.

다시 《악의 길》로 돌아와보면, 1896년 발표된 이후 1906년부터 1916년까지 20여 년에 걸쳐 개작되었다. 그러니까 우리가 읽은 작품은 1916년 완성본이다. 작가가 이렇게 심혈을 기울인 작품은 《악의 길》이 유일하다. 개작을 한 중요한 이유는 카푸아나의 조언을 받아들여 현실적인 인물과 구체적인 상황 묘사를 통해 삶에 더욱 밀착된 글을 쓰기 위해서였다. 수차례의 수정과 보완을 통해 본토와는 근본적으로 다른 사르데냐, 시간과 공간적으로 외따로 떨어져 있는 섬, 전통과 역사가 깊이 쌓인 모습을 보여주었다. 또한 초상화와 같은 세밀한 인물 묘사를 통해 다면적이고 균형 잡힌 등장인물들을 탄생시켰다.

즉 '신비한' 사르데냐에 사는 원초적이고 말수가 적으며, 자연의 목소리에만 귀를 기울이는 사람들, 자신들의 신앙과 전통에 갇힌 채 피할 수 없는 적대적인 운명과 싸우는 사람들을 등장시킨다. 그들은 적대적인 운명에 굴복하며 격렬한 열정에 흔들리고 사랑에 이끌린다. 죄를 저지르지만 죄책감에 괴로워하고, 이것은 그들을 속죄의 길로 이끈다. 이 작품의 주인공인 피에트로 베누와 마리아 노이나가 바로 그런 사람들이다.

피에트로 베누는 충동적이고 성급하며 깊이 생각하지 않는 청년이다. 꿈이나 몽상, 순간적인 열정에 빠지고 자신의 감정을 숨김없이 드러낸다. 그는 마리아 노이나의 집에서 하인으로 일한다. 마리아 노이나는 누오로시의 부유한 농부의 딸로 탐욕스럽고 거만하고 당당하다. 피에트로는 운명적이고 신비한 힘과 음울한 열정에 사로잡혀 마리아를 사랑한다. 물론 신분의 차이를 뛰어넘고 부자가 되었을 때에만 그 사랑을 이룰 수 있다는 것을 누구보다 잘 알고 있다.

마리아는 비천한 출신의 하인들을 경멸하지만, 자신의 집에서 성실하게 일하는 피에트로의 구애에는 무관심할 수가 없다. 처음에는 그를 거부했지만 친척인 사비나에 대한 질투심과 피에트로의 구애로 생긴 허영심 때문에 위험한 열정에 자신을 맡긴다. 이러한 열정은 피에트로와 비교도 할 수 없는 좋은 집안에다 성품이 온화한 남자와 결혼을 한 뒤에도 사라지지 않는다.

피에트로가 거침없이 사랑을 하고 마리아와 함께할 미래를 계획할 때 야심만만한 마리아는 자신의 위치에 맞는 결혼과 안락한 삶을 기대하며 다른 운명을 꿈꾼다. 마리아는 오래전부터 그녀와 결혼하길 꿈꿔온 부유한 프란체스코 로사나와의 결혼을 별다른 갈등 없이 결정한다. 프란체스코를 사랑하지는 않지만, 그는 마리아가 찾고 있던 안정감과 행복한 미래를 약속한다. 결혼식은 호화롭게 치러지고 신랑은 신부의 눈에 드리워진 우울한 그림자를 수줍음으로 착각하고, 상처받은 피에트로가 신부에게 키스하는 도발적인 행동을 해도 그것을 장난으로 치부한다.

델레다는 악을 쉽게 알아보거나 규정할 수 있는 것으로 생각하지 않는다. 악은 영혼에 스며드는 전염성 있는 독기로, 악한 사람은 물론이고 선한 사람에게까지 손을 뻗쳐 아무도 그대로 놔두지 않는다. 악은 작은 씨앗 같아서 조그맣게 태어나지만 점점 더 눈에 띄게 커져 제어하기 어려워진다. 피에트로는 본인을 정직하고 선하게 태어난 사람이라고 생각하는데 그런 그의 내부에도 악의 씨앗이 잠재해 있었고, 그것은 마리아와 프란체스코의 결혼으로 걷잡을 수 없이 커져버린다. 악이 본모습을 드러냈을 때는 이미 모든 게 끝나버린 뒤다. 악의 희생자는 항상 무고한 사람들로서 목숨을 잃거나 불행을 겪는다. 프란체스코는 선량한 사람이다. "그의 영혼은 그의 눈에 그대로 드러났다. 그래서 그와 함께 사는 사람은 선하고 충실할 수 있었다." 이런 프란체스코는 마리아와의 밀월 기간 동안 "자기가 만진 곳을 불태우며 그 저주를 가져와 주위에 퍼뜨"리는 저주받은 운명인 피에트로에게 살해된다.

남편을 잃은 마리아는 처음에는 겁에 질리지만 용기 있게 행동하며 비극을 견디고 남편의 죽음을 받아들인다. 부모의 집에서 과부로 5년을 지내는 동안 피에트로 베누의 모습이 더욱 강렬하게 마음에 들어온다. 피에트로 베누는 그사이 가축을 거래하는 능력 있는 상인이 되어 있었다. 여기에는 큰 비밀이 숨겨져 있었는데, 억울한 누명을 쓰고 감옥에 가게 된 피에트로가 감옥에서 안티네라는 사내를 만나 진정한 '악의 길'에 들어섰던 것이다. 피에트로는 여전히 하인이었다는 자신의 신분 때문에 마리아에게 청혼하기를 주저하지만 안티네가 부추겨 결국 마리아에게 고백한다.

마리아는 피에트로에 대한 감정을 이기지 못하고 그의 사랑을 받아들인다. 야성적인 열정에 다시 이끌린 두 사람은 결혼하지만 감춰졌던 진실이 드러나면서 마리아는 갈림길에 서게 된다. 알제리로 이주한 사비나에게서 온 한 통의 편지를 통해 프란체스코를 살해한 진범을 알게 된다.

이제 마리아 앞에는 판사에게 가서 진실을 밝히는 길과 침묵으로 일관하며 진실을 가슴에 묻는 두 가지 길이 열려 있다. 첫 번째 길로 가면 피에트로는 법의 심판에 따라 죗값을 받게 될 것이다. 그뿐만 아니라 마리아와 그 부모까지 사람들에게 손가락질을 받으며, 명예를 잃고 일순간에 인생이 나락에 떨어지고 말 터였다. 두 번째 길을 택하면 아무것도 잃지 않은 채 겉으로 보기에는 평온한 생활을 누릴 수 있겠지만 평생을 괴로워하고 갈등하며 마음속으로 속죄의 길을 걸어가야 할 것이다. 이 길에서도 행복은 영원히 찾기 어렵다.

이제 마리아는 단 한 번도 마음속 깊이 사랑한 적이 없는 전남편을 위해 정의의 편에 서서 사회적인 파멸을 감당할지, 아니면 진정으로 사랑하는 피에트로와 함께 악의 길을 가야 할지 선택해야 할 기로에 서 있다. 어떠한 선택이든 두 사람의 인생을 송두리째 바꿔놓을 게 자명하다. 피할 길 없는 냉혹한 운명의 순간이다. 막다른 골목에 서 있는 마리아는 "유형지로 향하는 죄수들의 행렬을 기억했다. 그들은 함께 사슬로 묶인 채 둘씩 둘씩 나아갔다." 이제 마리아와 피에트로는 살인에 대한 대가를 치르거나 속죄를 함께해야 할 공동 운명체가 되어버린 것이다. 델레다는 프란체스코와 결혼할 때 이미 이기적인 선택을 한 마리아가 과연 어떤 길로 들어설지 암시하는 듯한 결말로 소설을 마치지만 우리는 마리아의 선택을 영원히 알 수가 없다.

이 소설을 읽다보면 우리는 누오로 지방의 흙먼지에 뒤덮인 오솔길을 걷거나 잘 익은 포도송이를 따거나 쟁기질을 하거나 보랏빛으로 물드는 해 질 녘을 넋 놓고 바라보는 기분이 든다. 델레다는 인간과 자연이 공존하는 거칠고 원초적인 땅을 사실적으로 그려내는데, 다양하고 풍부한 언어를 통해 그곳의 미묘한 색감과 향기를 절묘하게 표현한다. 소설 속의 풍경은 그것을 바라보는 사람의 심리를, 주로 피에트로의 마음을 반영해서 때로는 평화롭게, 때로는 격정적이고 공포스럽게 묘사된다. 델레다는 사르데냐에 사는 사람들이 그 땅에서 자라는 식물과도 같다고 말하는 듯하다. 그 땅은 오래된 관습들이 아직도 뿌리를 내리고 있으며 삶과 사고방식에 고스란히 반영되어 있는 세계이기도 하다.

사르데냐의 풍속들 역시 생생하게 묘사되어 있다. 마리아와 프란체스코가 처음 만나는 고나레산 성소로의 순례 여행과 축제, 두 사람의 화려한 결혼식과 프란체스코의 장례식 장면들이 단순하면서도 자연스럽게 묘사되어 다시 한번 우리를 사르데냐로 이끈다. 그리고 모든 사건의 중심에 부엌이 등장하는 것도 인상적이다. 사르데냐의 부엌은 단지 음식을 준비하는 곳일 뿐만 아니라 그 가정의 부를 가늠해볼 수 있는 곳이기도 하고, 손님을 맞이하고 담소를 나누는 곳이자 좋은 일과 궂은일을 치르는 공간이기도 하다.

이처럼 작품에 묘사되는 사르데냐의 풍경과 풍습은 이야기의 또 다른 주인공이다. 단순히 지역색을 드러내기 위한 장치가 아니라 이야기를 진행시키는 데 꼭 필요한 유기체처럼 쓰인다. 사르데냐라는 특수한 공간은 델레다를 통해 보편성을 획득하게 된다.

《악의 길》은 우리가 흔히 생각하는 사랑, 배신, 범죄, 분노, 욕망 들이 뒤얽힌 이야기이지만 잊고 있던, 그리고 우리 내면 깊은 곳에 숨어 있을지도 모를 어리석음과 모순과 욕망들을 새롭게 인식하고 현재의 우리를 돌아보게 만들기도 한다. 21세기에 들어서며 이탈리아에서 델레다의 문학이 새롭게 조명되는 까닭도 여기에 있다.

이현경

휴머니스트 세계문학 019

악의 길

1판 1쇄 발행일 2023년 3월 6일

지은이 그라치아 델레다
옮긴이 이현경

발행인 김학원
발행처 (주)휴머니스트출판그룹
출판등록 제313-2007-000007호(2007년 1월 5일)
주소 (03991) 서울시 마포구 동교로23길 76(연남동)
전화 02-335-4422 **팩스** 02-334-3427
저자·독자 서비스 humanist@humanistbooks.com
홈페이지 www.humanistbooks.com
유튜브 youtube.com/user/humanistma **포스트** post.naver.com/hmcv
페이스북 facebook.com/hmcv2001 **인스타그램** @boooook.h

편집주간 황서현 **편집** 김대일 이성근 이은서 김선경 **디자인** 김태형
조판 이회수com. **용지** 화인페이퍼 **인쇄** 청아디앤피 **제본** 민성사

ISBN 979-11-6080-976-3 04880
    979-11-6080-785-1 (세트)

휴머니스트 세계문학